춘원 이광수 전집 16

그의 자서전

김지영 | 국민대학교 및 동 대학원을 졸업하고, 현재 안양대학교 교양대학에서 강의하고 있다. 박사학위논문으로「장혁주 일본어소설 연구 —『인왕동시대』,「우수인생」,「노지」,『개간』을 중심으로」를 썼다. 1930년대 후반부터 1945년까지 활동한 식민지 조선인 일본어 작가들 중에서 장혁주의 일본어 소설을 연구 대상으로 식민지 조선인 일본어 작가들의 의미를 새롭게 고찰하고자 연구를 이어가고 있다.

춘원 이광수 전집 16

그의 자서전

초판 1쇄 발행 2021년 7월 14일

지은이 | 이광수
감수 | 김지영

펴낸곳 | (주)태학사
등록 | 제406-2020-000008호
주소 | 경기도 파주시 광인사길 217
전화 | 031-955-7580
전송 | 031-955-0910
전자우편 | thspub@daum.net
홈페이지 | www.thaehaksa.com

책임편집 | 조윤형
편집 | 여미숙
디자인 | 이윤경 이보아
마케팅 | 김일신
경영지원 | 정충만
인쇄·제책 | 영신사

ⓒ 이정화, 2021. Printed in Korea.

값 19,000원

ISBN 979-11-90727-62-4 03810

이 전집은 춘원 이광수 선생 유족들의 협의를 거쳐 막내딸인 이정화 여사의 주관으로 발간되었습니다.

춘 원 **이 광 수** 전 집 **16**

그의 자서전

—

장편
소설

김지영 감수

태학사

이광수(李光洙, 1892~1950)

일러두기

1. 이 책은 1941년 조광사에서 출간된 단행본(제5판)을 저본으로 삼고, 삼중당(1963) 및 우신사(1979) 발간 전집본들을 참고했다.
2. 이 책은 2017년 3월 28일 문화체육관광부 고시 '한글 맞춤법'에 따라 현대어로 옮긴 것이다. 각각의 작품은 저본에 충실하되, 현대적인 작품으로 일신하고자 하였다. 단, 작가의 의도를 드러낼 필요가 있거나 사투리, 옛말, 구어체 중에서도 오늘날 의미나 어감이 통하는 표현은 가급적 살리고자 하였다.
3. 한글만 쓰기를 원칙으로 하되, 낱말의 뜻을 파악하기 어려운 한자어나 외국어의 경우 한글을 먼저 쓰고 한자 또는 해당 원어를 병기하였고, 경전, 시가, 한시, 노래 등의 원문을 그대로 인용한 경우에는 필요에 따라 번역문이나 독음을 덧붙였다.
4. 대화는 " "로, 등장인물의 생각이나 강조의 뜻은 ' '로, 말줄임표는 '⋯⋯'로 표기하였다. 읽는 이들의 편의와 문맥을 감안하여 원문의 의미를 훼손하지 않는 선에서 적절하게 문장부호를 추가, 삭제하거나 단락 구분을 하였다.
5. 저술, 영화, 희곡, 소설, 신문 등의 제목은 각각의 분량을 기준으로 「 」와 『 』로 표기하였다.
6. 숫자는 가급적 한글로 표기하되, 연도 등 문맥을 고려하여 필요하다고 판단되는 경우에는 아라비아 숫자로 표기하였다.
7. 현행 외래어 표기법을 따르되, 그 쓰임이 굳어진 것은 관례적인 표현을 따랐다.
8. 명백한 오탈자라든가 낱말의 순서 바뀜 등의 오류는 바로잡았다. 선정한 저본만으로 해결할 수 없는 경우, 다른 판본을 참조하여 수정하였다.
9. 이상의 편집 원칙에 따르되, 감수자가 개별 작품의 특성을 고려하여 유연하게, 탄력적으로 이 원칙들을 적용하였다.

춘원연구학회가 춘원(春園) 이광수(李光洙) 연구를 중심축으로 하여 순수 학술단체를 지향하면서 발족을 본 것은 2006년 6월의 일이다. 이제 춘원연구학회가 창립된 지도 15년이 되었다. 그동안 우리 학회는 2007년 창립기념 학술발표대회 이후 학술발표대회를 21회까지, 연구논문집 『춘원연구학보(春園硏究學報)』를 20집까지, 소식지 『춘원연구학회 뉴스레터』를 13호까지 발간하였다.

한국 현대문학사에 끼친 춘원의 크고 뚜렷한 발자취에 비추어보면 그동안 우리 학회의 활동은 미약하였다. 그러나 여러 가지 어려운 여건 속에서도 학회를 창립하고 3기까지 회장을 맡아준 김용직 선생님과 4~5기 회장을 맡아준 윤홍로 선생님, 그리고 학계의 원로들과 동호인들의 각고의 노력으로 우리 학회의 내일이 한 시대의 문학과 문화사에 깊고 크게 양각될 것으로 기대된다.

일제강점기에 춘원은 조선인들에게 민족의식을 일깨워주고 문학적 쾌락을 제공하였다. 춘원이 발표한 글 중에는 일제의 검열로 연재가 중단되거나 발간이 금지된 것도 있다. 춘원이 일제의 탄압에도 끊임없이 소설을 쓴 이유는 「여(余)의 작가적 태도」에 잘 나타나 있다. 이 글은 검열을 의식하면서 쓴 글임에도 비교적 자세히 춘원의 입장을 밝히고 있다. 춘원은 "읽을 것을 가지지 못한" 조선인, 그중에도 "나와 같이 젊은 조선의 아들딸을 염두에" 두고 "조선인에게 읽혀지어 이익을 주려" 하는 것이라 하면서, 자신이 소설을 쓰는 근본 동기가 "민족의식, 민족애의 고조, 민족운동의 기록, 검열관이 허(許)하는 한도의 민족운동의 찬미"라고 밝히고 있다. 춘원의 소설은 많은 젊은이에게 청운의 꿈을 키워주기도 하고 민족적 울분을 삭여주기도 했다.

뿐만 아니라 춘원은 『신한자유종(新韓自由鐘)』의 발간, 2·8독립선언서 작성, 대한민국 임시정부 수립, 임시정부의 『독립신문』 사장, 수양동맹회(修養同盟會)와 수양동우회(修養同友會), 그리고 동우회(同友會) 활동 등 독립운동과 민족운동에 참여한 바 있다.

일제는 1937년 7월, 중일전쟁 직전인 1937년 6월부터 1938년 3월까지 수양동우회와 관련이 있는 지식인 180명을 구속하고 전향을 강요하였으며, 1938년 도산(島山) 안창호(安昌浩)의 사후 춘원은 전향하고 '가야마 미쓰로(香山光郎)'로 창씨개명을 하게 된다.

당시의 정황은 우리가 생각하는 것처럼 단순하지 않다. 조선의 히틀러라 불리는 미나미 지로(南次郎) 총독이 전시체제를 가동하여 지식인들의 살생부를 만들고 그들의 생명을 위협하던 시기였다. 나라를 잃고 민족만 남아 있는 일제강점기에 우리 선조들은 온갖 고난을 감수해야만 했다. 일제에 저항하여 독립운동을 하고 옥사한 사람들도 있지만, 생존을 위해 일제에 협력하고 창씨개명을 한 이들도 적지 않았다.

해방 후 춘원은 자신의 과오를 반성하지 않고, 자신은 민족을 위해 친

일을 했고, 민족을 위해 자기희생을 했노라고 했다. 이러한 주장은 많은 사람들로부터 질타를 받았다. 그럼에도 춘원을 배제하고 한국 현대문학과 현대문화를 논할 수 없으며, 그가 남긴 문학적 유산들을 친일이라는 이름으로 폄하하는 것은 온당해 보이지 않는다. 문학 연구에 정치적인 논리나 진영 논리가 개입하면 객관적인 연구가 진척될 수 없다. 공과 과를 분명히 가리고 논의 자체를 논리적이고 이지적으로 전개해야 재론의 여지가 생기지 않는다.

삼중당본『이광수전집』(1962)과 우신사본『이광수전집』(1979)은 편집자의 의도에 따라 많은 작품이 누락되어 춘원의 공과 과를 가리기에 어려움이 있다. 또한 현대어와 거리가 먼 언어를 세로쓰기로 조판한 기존의 전집은 현대인들이 읽기에 어려움이 있다.

따라서 춘원이 남긴 모든 저작물들을 포함시킨 새로운 전집을 발간할 필요성이 제기되었다. 춘원연구학회에서는 춘원의 공과 과를 객관적으로 평가하는 장을 마련하기 위해 춘원학회가 아닌 춘원연구학회라 칭하고 창립대회부터 지금까지 공론의 장을 마련해왔으며, 새로운 '춘원 이광수 전집' 발간을 준비해왔다.

전집 발간 준비가 막바지에 달한 2015년 9월 서울 YMCA 다방에 김용직, 윤홍로, 김원모, 신용철, 최종고, 이정화, 배화승, 신문순, 송현호 등이 모여, 모 출판사 사장과 전집을 원문으로 낼 것인가 현대어로 낼 것인가, 그리고 출판 경비는 어느 정도로 할 것인가를 가지고 논의했으나 합의점을 찾지 못했다. 2016년 9월 춘원연구학회 6기 회장단이 출범하면서 전집발간위원회와 전집발간실무위원회를 구성하였다. 전집발간위원회는 송현호(위원장), 김원모, 신용철, 김영민, 이동하, 방민호, 배화승, 김병선, 하타노 등으로, 전집발간실무위원회는 방민호(위원장), 이경재, 김형규, 최주한, 박진숙, 정주아, 김주현, 김종욱, 공임순 등으로 구성하였다.

전집발간위원들과 전집발간실무위원들은 연석회의를 열어 구체적인 방안들을 논의하고, 또 전집발간실무위원들은 각 작품의 감수자들과 연석회의를 하여 세부적인 사항들을 논의한 끝에, 2017년 6월 인사동 '선천'에서 춘원연구학회장 겸 전집발간위원장 송현호, 태학사 사장 지현구, 유족 대표 배화승, 신문순 등이 만나 '춘원 이광수 전집' 발간 계약을 체결하였다. 춘원이 남긴 작품이 방대한 관계로 장편소설과 중·단편소설을 먼저 발간하고 그 밖의 장르를 순차적으로 발간하기로 하였다. 또한 일본어로 발표된 소설도 포함시키되 이 경우에는 번역문을 함께 수록하기로 하였다.

전집발간위원회에서 젊은 학자들로 감수자를 선정하여 실명으로 해당 작품을 감수하게 하며, 감수자가 원전(신문 연재본, 초간본, 삼중당본, 우신사본 등)을 확정하여 통보해주면 출판사에서 입력하여 감수자에게 전송해주고, 감수자는 판본 대조, 현대어 전환을 하고 작품 해설까지 책임지기로 하였다.

'춘원 이광수 전집' 발간은 현대어 입력 작업이나 경비 조달 측면에서 간단한 일이 아니어서 오랜 시일이 소요되었다. 전집 발간에 힘을 보태주신 김용직 명예회장은 영면하셨고, 윤홍로 명예회장은 요양 중이시다. 두 분 명예회장님을 비롯하여 전집발간위원회 위원, 전집발간실무위원회 위원, 감수자, 유족 대표, 그리고 태학사 지현구 사장님께 감사드린다. 아울러 실무를 맡아 협조해준 전집발간실무위원회 김민수 간사와 춘원연구학회의 신문순 간사, 그리고 태학사 관계자에게도 고마운 마음을 전한다.

2021년 6월

춘원이광수전집발간위원회 위원장 송현호

차례

어린 적

우리 집은 삼각산이 멀리 바라보이는 어떤 농촌이다. 지금 내 눈에 조선이라는 것이 한 점으로밖에 안 보이기 때문에 무슨 도, 무슨 군이라고 밝힐 필요를 느끼지 않는다. 그뿐 아니라 내가 아직도 살아 있는 사람이요, 내게 관계되는 사람들이 대부분은 살아 있는 사람들이기 때문에 내 집의 위치를 밝히는 것이 불편한 점도 없지 않다. 그러므로 내 자서전을 읽는 여러분은, 제목에는 '그'라고 하고 본문에는 나라고 하는 이 사람이 당신네 동네, 당신 이웃에 사는 사람으로 생각하시면 고만일 것이다. 사람의 생활이란 어느 곳에 가거나 대개 비슷한 것이니까 내 생활이 곧 당신의 생활이 아닐까. 이것이 실례되는 말이면 용서하라.

조선 사람의 조상들이 다 그러하였던 모양으로, 내 조상도 뒤에 산 있고 앞에 갈아먹을 들이 있고 개천이 있고, 그리고 사방이 폭 싸인 곳에다가 터를 잡았었다. 그리고 뒷산에는 선영이 있고 솔밭이 있고 밤나무가 있고, 울안과 집 근처에는 사오 명절과 제사에 쓰기 위한 배나무, 대추나무, 앵두나무며 아이들이 먹기 위한 살구나무, 복숭아나무가 있었다. 내가 이 세상에 처음 태어난 집도 그러한 집이었다.

내 집의 호주는 조부였으나, 그는 과거도 보려 아니 하고 젊어서부터 시와 글씨와 술을 좋아하고, 중년에는 기생첩을 얻어가지고 관도 다 벗어버리고 주막을 내고 술장사를 하고 있었다. 그는 풍신이 좋기로, 기운이 좋기로, 풍류남아로, 필객(筆客)으로, 주객으로 인근 읍까지 소문이 있었다. 그의 아버지는 학행이 있다는 선비로 효자정려를 받은 이요, 그의 숙부는 문과로 사간(司諫)을 지내고 그의 당숙은 문과로 승지(承旨)를 지내고, 그의 조부는 문과로 장령(掌令), 이러므로 그도 통덕랑(通德郎)으로 정오품이어서 남행(南行)으로 가더라도 원 한자리쯤 할 수 있는 문지(門地)였다. 그러나 그에게는 도무지 벼슬이나 재물에 욕심이 없었다. 다만 술 먹고 친구들과 유쾌하게 노는 것이 소원인 듯하였다. 그가 주막을 낸 것도 이러한 동기에서였다.

내 아버지는 기품에 있어서 조부보다 훨씬 졸한 사람이었다. 그는 초시(初試)를 하였으나 대소과(大小科)에 다 실패하고 역시 술 먹기로 일을 삼았다. 나는 어렸을 때라 잘은 모르지마는, 내 집 재산이 날로 기울어진 것도 아마 이 술값 때문이 아니었는가 한다. 내 삼촌, 당숙들, 재당숙들 모두 다 술 즐기는 패였다. 그리고 내 어머니를 비롯하여 내 숙모들도 다 술 빚기에는 선수였고, 일생의 대부분은 술상 보아내기에 허비하지 않았는가 한다. 한 집도 한 사람도 돈벌이, 농사, 이런 일에는 마음을 쓰는 이가 없었던 것을 나는 기억한다.

나는 우리 집의 쇠운(衰運) 머리에 태어난 아버지의 만득자였다. 내 집은 오 대 동안 장손이어서 우리 동네(동네라야 다 당내다)에서 큰집이라는 칭호를 받는 집이었거니와, 내 아버지 형제가 다 사십이 넘도록 딸만 있고 아들이 없었다. 내가 난 것이 아버지 마흔두 살 때, 어머니는 삼취(三娶)가 되어서 스물두 살 적이었다.

아들이 늦다고 해서 우리 집에서 매우 걱정이었더라는데, 그래서 대대로 다니는 T라는 절에 많이 불공을 드렸다고 한다. 조부의 일기를 보면, 아무 달 아무 날 T 절에 불공이라는 것이 많이 적혀 있음을 본다. T 절이란 것은 조그마한 절이나 덕이 높은 중이 있기로 그때에 유명하였고, 또 그 중은 후일에 내게 깊은 인상을 주기로 기억이 그리운 절이다. 그 이야기는 다시 나올 때는 있을 것이다.

내 아버지가 어느 여름 초저녁에 평상에 누워 잠이 들었을 때, 어떤 노승이 와서 학슬안경 하나를 주고 가는 꿈을 꾸고 나를 보았다 하여 내 아명을 수경이라고 지었다. 목숨 수 자, 거울 경 자다.

나는 나는 때부터 병이 많아서 아버지와 어머니가 밤을 새우는 때가 많았고, 살 것을 믿지 못했다고 한다.

아버지는 나를 잃지 않기 위해서 여러 번 이사하였다. 꿈자리가 사나우면 집을 떠나고 풍수가 무에라고 하면 집을 떠났다. 내가 알기에도 세 번 집을 옮겼다.

내가 내 집이라고 기억되는 집은 내가 난 뒤에 세 번째 옮아온 집이었다. 내가 내 집을 처음으로 의식한 것이 네 살 적이라고 기억되는데, 삼 년 동안에 세 번 이사를 한 것이다. 그 후에도 세 번이나 이사를 하고는 그만 더 이사할 힘이 없도록 집이 치패(致敗)하여져서 한 삼 년 동안 같은 집에서 살다가 아버지와 어머니가 세상을 떠나고 말았다.

내가 우리 집이라고 의식한 집은 동네에서 춘추로 고사를 지내는 성황

당을 모신 천주산이라는 높은 산에서 남으로 흐른 동그스름한 봉우리 기슭 남향으로 삼태기처럼 생긴 단양한 곳이었다. 우리 집은 안채는 기와, 아래채들은 초가의 입구자집이다. 앞에는 청룡모루라는 솔밭이 안산(案山)이 되고, 그 너머로는 두어 동네와 솔밭 있는 작은 산들을 격(隔)해서 자성산이라는 큰 산이 있었다. 이 산에는 봉웃등이라고 옛날 봉화 들던 데도 있고, 또 할미성이라 언제 쌓았는지 모르는 성도 있고, 그 꼭대기에 올라서면 서울 남대문에 나뭇바리 들어가는 것이 보인다고 일컫는 산으로, 우리 아이들에게는 신비한 산이었다. 대개 애송이들은 감히 올라갈 생각도 못 하는 높은 산이요, 어른들도 기우제 지낼 때에나 할미성까지 올라간다는 험악한, 거룩한 산이었다.

우리 집 동네에는 모두 열두어 집밖에 없는데 다 우리 집과는 성이 달라서 김해 김씨네들이요, 또는 문벌도 낮아서 우리 아버지는 노소를 물론하고 그 동네 사람들을 보고는 '하게'나 '해라'를 하였고, 내 젊은 어머니까지도 '응', '응' 하고 반말을 하였다.

우리 집에 달린 협막이 한 집 있어서, 그 집에는 아이들이 많았다. 나는 그 집 아이들하고 놀았다.

그중 큰아들은 벌써 떠꺼머리총각으로 큰 지게에 나무도 해 오고 밭 갈 때에는 한 사람 구실을 하였으나, 둘째 아들은 여남은 살 된 장난꾼으로 칼과 낫으로 장난을 하다가는 언제나 손을 베고 옷에 피투성이가 되고는 저의 어머니한테 매를 맞았다. 저의 아버지는 산골로 유기 장사 다니느라고 언제나 집에 없었다.

나도 이 작은놈한테 배워서 수수깡 껍질을 벗겨서 안경도 만들고 관도 만드느라고 가끔 손가락에서 피를 흘리고는 걱정을 들었다. 그런 일 저

지레가 생기면 작은놈은,

"이 녀석 다시는 들어오지 마라."

하여 어머니한테 쫓겨 달아났으나 얼마 아니 해서 또 매를 무서워하는 닭 모양으로 기웃거리고 들어오면, 어머니는 아까 말은 잊어버리고 본체만 체하였다. 그러면 나는 또 작은놈과 함께 솔 껍데기로 배를 만들기, 수수 깡으로 관 만들기를 하며 놀았다. 어머니는 그렇게 순한 사람이었다.

아버지는 낮에는 대개 어디를 나가고 없었다. 저녁때에 술이 얼근히 취해서 들어왔다. 그때에 아버지가 나를 어떻게 귀애주었는지 그 기억은 없다. 그렇다고 무서운 아버지라는 기억도 없다. 아마 내 성질이 그러한 모양으로 아버지도 뚝뚝하고 재미없는 이였던 듯싶다. 그러나 내가 앓을 때면 아버지가 동굴 목침을 베었다 하니, 나를 퍽 소중히 여긴 것만은 사 실이다. 목침이 구를 때마다 잠이 깨자는 것이다.

안방이 방위가 좋지 못하다고 해서 어머니와 나는 마당 서쪽으로 있는 아랫방에 거처한 것을 나는 기억한다. 아마 집이 쇠운이라 그런지 또는 아버지가 무슨 병이 있어서 그런지는 모르거니와, 아버지는 꿈자리가 매 양 사나웠고 또 그것을 퍽 괴로워하였던 모양이다. 그것은 '夢中凶事 壁 書大吉(몽중흉사 벽서대길)'이라는 글을 백지에 써서 아랫목 벽에 붙였던 것을 보아서 알뿐더러 그 후에도 아버지가 꿈을 이유로 집을 떠나는 것을 두 번이나 보았기 때문이다.

그렇다고 아버지는 남달리 귀신을 무서워하는 미신가인 것 같지도 아 니하였다. 그것은 굉장한 미신가인 내 외조모를 미워하던 것으로 보아서 도 그렇고, 푸닥거리를 믿지 아니하고 장님을 불러다가 경을 읽히는 것 도 반대하던 것으로 보아서도 그러하다.

본래 우리 집에는 귀신이 많았다. 안방 시렁은 귀신을 위해서 있는 것인데, 그중에 큰 당즉(고리짝 같은 것)이 '마울님', 그다음 검은 당즉이 '서천님', 그리고도 두서넛 있었으나 이름은 잊었고, 그리고 보꾹에 단것이 '성주님', 그리고 광에 모신 것이 '제석님', 뒤꼍에 핏섬인가 볏섬에 곱새 덮은 것이 '철륭님', 그리고 대문간에 오색 명주 헝겊을 너슬너슬하게 늘인 것이 '광대 삼성님', 그 밖에도 더 있었는지 모르나, 내가 기억되기는 이런 귀신들이었다. 광대 삼성은 대과(大科)한 집에만 있는 귀신이라고 하여 어머니는 그 귀신이 있는 것을 매우 만족해하는 모양이었다.

가끔 내 외조모가 아버지 없는 틈을 타가지고 와서는 목욕재계하고 새 옷을 갈아입고 마당에는 황토를 깔고 처마 끝에는 생솔가지를 꽂고 시루떡을 해놓고는 두 손을 싹싹 비비며,

"화식(火食) 먹는 인간이 무얼 압니까. 지은 죄는 수수만만(數數萬萬)하더라도 물로 씻고 불로 태워주시옵고 전에 입은 덕은 수수만만하더라도 새나 새 덕을 입혀주시오. 큰 소 잡고 섬떡 하고 굿해드리지요."

이러한 비난수를 수없이 반복하던 것을 기억한다. 그러고는 이 고사 퇴물을 뒤꼍으로 가지고 가서 벌여놓고 또 비는데, 여기서는 '산신님', '목신님', '산영산', 이러한 귀신의 이름이 불려지던 것을 나는 기억한다.

이러한 고사 지내는 것을 구경할 때에 나는 '귀신이란 어떠한 것인가.' 하고 무서운 생각이 났다.

내 외조모의 말씀에 의하건댄, 우리 집은 고갓집이 되어서 대대로 삼년에 한 번씩은 큰 굿을 하였고, 해마다 무당을 불러서 푸닥거리했는데, 근년에 와서는 그것을 아니 하기 때문에 꿈자리가 사납고 집이 보깨는 것

이라고 말하는 것을 나는 들었다. 그리고 우리 집에서도 무당을 많이 불러서 한번 큰 굿을 했으면 하는 생각을 하였다. 그것은 내가 외갓집과 동넷집에서 굿하는 구경을 한 까닭인데, 장구와 바라를 치고 울긋불긋한 옷을 걸치고 큰 부채에 방울 단 것을 흔들면서 춤을 추는 것과 또 "나무 아미타불이라." 하고 염불하는 것이며, "어헛구자, 아 검천왕, 아 왕님이." 하고 재미있는 이야기를 노랫가락으로 하는 것을 듣기가 재미있었던 까닭이다.

"엄마, 우리두 굿해."

하고 내가 조르면 외조모는 자기의 뜻을 받는 외손자라고 등을 두들겨주고 어머니도 굿이 하고는 싶지만, 스무 살이 나이가 틀려서 아버지와 같은 남편에게 조를 용기는 아직 나지 아니하였던 모양이었다. 아버지의 굿에 대한 정성이 없는 것도 이유거니와, 또 굿을 할 돈의 여유도 점점 더 없어져서 마침내 우리 집에서는 굿을 못 하고 말았다.

외조모의 말을 들으면, 내 어린 생각에도 이 세상은 모두 귀신 천지인 것 같았고 공중에도 수없는 귀신들이 무서운 눈을 뜨고 날아다니는 것 같았다. 그리고 동네 사람들이 사는 양을 보면 모두 귀신을 위하느라고 애를 썼다. 더구나 동네에 마마가 들어서 교통이 차단되고 우두 별성마마 냄을 낸다 하여 지푸라기로 조그마한 오쟁이를 만들고 거기다가 오색 헝겊을 너슬너슬 단 것을 동구 뽕나무 가지에 걸고 무당이 중얼거리는 것을 보면 더구나 귀신이라는 것이 무서웠다.

'어린애 죽은 귀신이 제일 무섭다.'는 말과, 동넷집에서 어린애가 죽으면 기다란 바지랑대에 낫 끝을 어린애 죽은 집을 향해서 달아 세우는 것이나, 산 옆에 돌멩이를 무더기로 쌓아놓은 어린애 무덤을 보면 고개를 돌리고 달아나는 것이나 다 귀신과 죽음의 공포를 어린 내 마음에 뿌리박히게 하였다.

더구나 외가에 가보면 수백 년이나 된 듯한 고가인 데다가 널따란 뒤울안에는 반쯤 말라 죽은 늙은 나무들이 있고, 그 나무에는 종이나 무색 헝겊을 달아서 귀신이 붙어 있다는 것을 표한 것을 보면 몸에 오싹오싹 소름이 끼쳤다.

내가 몸이 약해서 나면서부터 앓는 날이 많았다는 것은 위에 말했거니와, 무슨 병인지 나는 가끔 몸이 짤짤 끓고는 앓았다. 나는 열에 부대껴서 잠이 들었다가 빤히 눈을 뜨면 어머니가 나를 안고 앉았고, 아버지는 숟가락에다가 향을 풀어가지고 내가 잠 깨기를 기다리던 것과, 그 향을 마시면 속이 시원하던 것을 기억한다. 이 향은 조부의 집에 호인이 와서 여러 날을 묵으며 지은 썩 좋은 참향이라는 것으로 그 커다랗던 것이 내 병에 거의 다 깎여버리고 말아서 얼마 안 남은 덩치가 아버지의 뼈만 남은 손에 들려 있던 것을 기억한다.

내 병이 여러 날 되도록 낫지 아니하면 외조모가 와서 무꾸리를 다니고 무당을 불러오고, 어떤 때에는 몸소 나를 못 견디게 구는 귀신들을 대접하여 물리쳤다. 나를 못 견디게 구는 귀신은 혹은 여귀 혹은 남귀 혹은 목신 혹은 조상 동티 등등이었다. 소반에 밥과 국을 바쳐놓고, 어떤 때에는 베 석 자 세 치, 짚신 세 켤레 돈 몇 냥도 바쳐놓고, 그러고는 외조모는 혹은 귀신에게 빌고 혹은 위협하였다. 외조모는 사랑하는 외손자를 아무 귀신에게 빼앗기지 아니할 단호한 결심을 귀신들에게 보이는 것이었다. 한참이나 빌고 위협하고 나서는 식칼을 끝을 잡아서 공중에 빙그 돌도록 던졌다. 그러면 그 칼은 혹은 끝을 안으로 향하고 떨어지고, 혹은 집

에서 밖으로 향하고 떨어졌다. 만일 칼끝이 밖으로 향하면 귀신이 잘 먹고 물러간 것이라 하여 외조모는,

"쉑, 천리만리로 물러가서 다시는 이리로 발그림자도 말라."

고 호령하고 들어오지마는, 만일 칼끝이 안으로 향하면 외조모는 또 빌기와 위협하기를 반복해서 몇 번이고 칼을 던져서 그 끝이 밖을 향하는 것을 보고야 말았다. 나는 병이 대단치 아니한 때에 어머니 손을 붙들고 나와 서서 솔강불에 비추인 외조모의 입술이 움직이는 것을 보고 있었다. 칼을 던지는 것이 더욱 재미있었다. 칼끝이 안으로 향하고 떨어지면 젊은 어머니도 내 손을 뿌리치고 두 손을 싹싹 비볐다.

이러한 일이 있는 동안 아버지는 흔히 사랑에서 담배를 피우고 누워 있었다. 내가 앓을 때에 한해서는 아버지는 외조모의 하는 일에 반대를 아니 했다. 모르는 체하는 태도를 취했다.

아버지는 이 모양으로 귀신들을 위하는 것은 반대했으나, 조상 제사에는 상당히 정성을 들였다. 밀 가을할 때가 되면 밀 몇 섬을 뒤꼍에 새 멍석을 펴고 정하게 널어 말려서 사오 명절과 제사에 쓸 제주 누룩을 잡는데, 꼭 삼촌이나 당숙을 불러서 손수 잡았고, 이 누룩 띄우기에 쓰기 위하여 오월 단오에는 평생에 안 드는 낫을 들어서 약쑥을 베었다. 나도 이 날은 아버지를 따라다니면서 어느 것이 약쑥이요, 어느 것이 약쑥이 아닌 것도 배우고 또 노란 약쑥을 잘라서 씹어 먹기도 배웠다.

약쑥에 밀 누룩을 재울 때에는 그 향기가 썩 좋았다. 누룩은 아랫목에 재우고 뜨뜻이 방에 불을 때면 누룩에 약쑥 순과 같은 노란 곰팡이가 덮인다. 이것을 '옷'이라고 부른다. 누룩들에 노랗게 옷이 입혀지면 아버지는 그것을 무척 기뻐하였다.

이 누룩을 써서 술을 빚는 첫 제사요, 또 우리 집에서 가장 크게 하는 제사는 장령공 할아버지의 제사였다. 제사는 칠월(무론 음력이다) 칠일 보름 바로 백중날이다. 기명(器皿)을 닦고 집을 소제하고 당숙들과 숙모들과 형들과 누이들과 모두 모여든다. 다들 명절날 모양으로 머리들을 감아 빗고 새 옷을 입고 닭이나 생선이나 닭의 알이나 녹두나 참기름이나 무엇이나 한 가지씩 가지고 와서, 평소에는 식구가 적어서 쓸쓸하던 우리 집이 해마다 이날이면 북적 끓는다. 그리고 최후로 우리 집에서 한 오십 리 떠나서 사는 내 재당숙네 가족 일행이 낯이 볕에 뻘겋게 타서 하인에게 햅쌀이며 녹포나 장포며 기타 제물을 두세 짐이나 지워가지고 도착한다. 이에 모이는 기쁨이 완성되는 것이다.

이 재당숙 집을 남들은 남궁사간댁이라 하고 일가에서 돌모룻집이라고 한다(아직 미처 말하지 못하였거니와, 내 성은 남궁이라는 두 자 성이다). 이 돌모룻집은 재산도 제일 많고 또 사람들도 잘나서 일가에서 가장 부러워하고 사랑하는 집이기 때문에 그 집 식구들이 오면 특별히 다들 반가워하였다. 나도 이 집을 퍽 좋아하여서 그 집에 태어나지 못한 것을 한하기도 하였다. 그 집에는 아주머니들도 많고 누이들도 많고, 또 사람들이 모두 귀족적인 것 같았다. 그 집 아들이 바로 나와 동갑인데 생일이 나보다 며칠 떨어져서 내게는 동생이거니와, 그의 이름은 단(檀)이요, 내 이름은 석(柘)이거니와, 단과 나와는 어려서부터 오늘날까지 이상한 인연을 가진 삼종형제다.

부엌에는 새 옷 입은 부인네들이 분주히 들락날락하고 뜰에서 커다란 떡구유(이것은 참 고물이다. 하도 오랫동안 그 속에다가 떡을 쳐서 살이 얇어지도록 닳았다)에다가 떡을 치고 이 구석 저 구석에서는 부침개질하는 기름

냄새가 나고, 숙부들은 혹은 초를 잡고(촛농을 녹여서 새로 초를 만드는 것을 잡는다고 한다), 혹은 축문을 닦고, 늙은이들은 오늘 제사를 받는 할아버지에 관한 이야기들을 하고, 그리고 우리 아이들은 이 손 저 손에 먹을 것을 얻어 들고 끼드득거리며 밀려다녔다. 내가 장손이라고 해서 어른들이나 아이들이나 다 나를 소중히 여기는 것을 어린 나도 잘 의식하였다.

어머니는 장손부요 이 집 주인이지마는 나이 젊고 또 원래 칠칠치도 못할뿐더러, 그렇게 예절 숭상하지 못하는 집에서 자라났기 때문에 제수 서투른 것을 모두 돌모룻집 숙모에게 맡기고 내 누이동생인 젖먹이를 안고 오락가락하기만 하였다. 나는 내 어머니가 그렇게 칠칠치 못한 것이 애가 키이고 가여웠다. 왜 아버지는 저렇게 마르고 두 볼이 움쑥 들어가서 궁상이 끼고, 어머니는 저렇게 못났을까 하였다. 이러한 생각이 오랫동안 나를 괴롭게 하였다.

그래도 그 궁상스러운 아버지와 못난 어머니를 보고 숙부들과 숙모들이 '큰집 형님', '큰집 형님' 하고 깍듯이 경의를 표하는 것만은 기뻤고, 또 제사 지낼 시간이 되어서 수십 명 제관 중에 아버지가 제일 어른이 되어서 절도 맨 처음에 하고, 잔도 맨 처음에 드리고 하는 것을 보면 역시 아버지가 고작(高爵)인 듯싶어서 좋았다. 아버지는 지극히 정성된 얼굴로 말없이 조심스럽게, 그러나 익숙하게 모든 것을 하는 것 같았다. 아버지가 잔을 드릴 때에는 돌모룻집 맏아저씨가 아버지의 도복 소매를 위에서 붙들었다. 하얀 위패가 끄물거리는 촛불 빛에 빛났다.

고물인 사기 향로에서 자단향의 연기가 모락모락 올라가는 것이 퍽 좋았고, 정한 모래에다가 떼를 조금 심은 강신 그릇도 재미있었다. 어른어른하게 닦은 옛날 제기들이며, 노란 술이 담긴 놋잔이며 모두 내게는 신령한 무엇을 말하는 것 같았다.

합문(闔門)한 뒤에 모두 마당에 나와 서서 달과 별을 바라보는 것이 퍽 좋았다. 그리고 머리를 두어 술 파낸 밥과 제사 음식상을 받으면 나는 그만 곤해서 쓰러져서 잠이 들었다.

그러나 이튿날이 되면 왔던 사람들은 다들 가고 집 안은 도로 쓸쓸해졌다. 그러면 나는 일종의 슬픔을 느껴서 하루 종일 시무룩했다.

그렇지만 이 제사도 한 해 두 해 지날수록 적막하게 되었다. 우리 집 세사가 점점 어려워져서 누룩을 사게 되고, 나중에는 소주를 사다가 제주로 쓰게 되고, 또 얼마 아니 해서는 텅 빈 커다란 제상에 놋잔에다 냉수를 따라놓고 제사를 지내게 되어서 제관들도 오지 않게 되고 마는 것을 보고, 나는 어린 마음에도 내 집의 몰락을 슬퍼하지 아니할 수 없었다. 더구나 하도 살기가 어려워지매 아버지는 어디로 나가서 한 달도 있고 두 달도 있는 때가 많게 되매, 제삿날이 오면 어머니와 나와 둘이서 물을 떠놓고 흉내를 내는 일이 많게 되었다. 내 가슴이 이처럼 아팠으면 어머니 가슴은 얼마나 아팠으랴.

나는 내가 가장 사랑하는 이 집, 천주산 기슭에 있는 과일나무 많은 이 집을 떠나지 아니하면 아니 되게 되었다. 그것은 진실로 내 일생에는 처음 당하는 슬픔이었다. 나는 참으로 이 집을 사랑하였다. 그것은 내가 금생에 처음으로 내 집이라고 의식한 집인 까닭도 되거니와, 또 이 동네에서 제일 크고 좋은 집도 되고 그 볕 잘 들고 과일나무 많은 뒤꼍이며, 집 모퉁이에 흐르는 실개천이며 사랑 앞에 있는 큰 향나무와 대추나무며, 밤나무와 소나무와 자작나무로 보기 좋게 수풀을 이룬 뒷산이며, 잎이 온통 자줏빛이 되도록 오디를 따 먹던 뽕나무들이며, 모두 내게는 차마 놓지 못할 것들이다.

이 집을 판다고 나는 아버지를 보고 울며 팔지 말라고 조르던 것을 기억한다. 내게 졸리는 아버지 가슴은 견디기 어려웠을 것이다.

아버지는 하루는 어머니와 나와 있는 곳에서 이렇게 집을 파는 이유를 말했다.

"꿈을 꾸었는데 꿈자리가 아주 흉해. 이 집 마당에 물이 가득 차 보인단 말이야. 집에 물 드는 꿈은 아주 흉하거든."

이 말을 듣고 나는 다시는 아버지를 못 견디게 굴지 아니하고 도리어,

"자, 어머니 어서 가. 이놈의 집 내버리고 새 집으로 어서 가."

하고 내가 가장 사랑하는 초롱과 검을 들고 나섰다. 이 초롱은 나무로 네모나게 짜고 문은 드닫이요, 하얀 종이를 바르고 단단한 나무로 손잡이를 만든 것인데, 나는 밤에 이 초롱에 불을 켜 들고 다니기를 즐겨 해서 잘 때에도 머리맡에 놓고야 자는 것이요, 검은 문관이 차는 것이라고 아버지께 들은 것인데, 집은 검은 바탕에 좁쌀알 같은 흰 점이 박힌 것이다.

칼날은 작은놈이 손가락을 베어가면서 갈아서 번적번적하였다. 나는 이것을 메고도 다니고 차고도 다녔다. 어떤 때에 그 칼날을 빼어 들고 내어둘러서 그것이 볕에 번적거리는 것을 보고는 기뻐하고 위태하다고 어머님한테 걱정도 많이 들은 것이었다.

나는 아버지의 꿈 이야기를 듣고는 이 집이 싫어졌다. 무시무시해졌다. 또 생각하면 이 동네는 도무지 살기 어려운 동네였다. 그것은 이 동네 사람들이 우리 집을 미워하고 아니꼽게 보아서 도무지 서로 내왕이 없는 까닭이었다. 동네 사람들이 보기에 우리 집은 저희 영토를 빼앗아 들

어온 침입자요, 게다가 젊은 어머니께서 혀 꼬부라진 말을 쓰는 것이 얄미웠을 것이다. 그도 우리 집이 부자나 되어서 얻어먹을 것이나 있으면 모르지만, 뻔히 아는 바에 우리 집은 나날이 쇠해가는 집이 아니냐. 모두 동네 사람들이 우리 집과 사귀고 싶은 이유는 하나도 없을 일이었다.

나는 이 동네에 사는 동안(삼 년인가 사 년인가) 이 동네 애들과는 도무지 사귀어 놀지를 아니하였고 다만 작은놈네하고만 놀았다. 얼마 후에 우리 집이 아주 가난뱅이 된 뒤에 개울 하나 건너로 오막살이를 짓고 와서 밥을 굶고 사는 동안에는 나는 이 동네 아이들과 많이 섞여서 놀 수가 있었지마는.

우리가 이 집에서 못 살고 떠나가는 것을 이 동네 사람들이 얼마나 고소해했을까. 나는 내 어머니와 대판으로 싸운 일이 있는 몽둑이 할머니가 다 들으라는 듯이,

"네 그저 메칠 그 집에서 거드럭거리기나 했지."

하고 빈정대는 소리를 들었다. 우리가 들어 살던 집은 본래 몽둑이네가 대대로 살던 집이어서 몽둑이 할머니가 시집올 때 열두 바리나 싣고 이 집으로 왔다고 한다. 그러다가 그 집이 못살게 되어서 우리 집에다가 팔았기 때문에 우리 집도 저희와 같이 못 살고 떠나는 것을 보게 해달라고 몽둑이 할머니가 밤마다 장독대에 정화수를 떠놓고 선황님께 빈다는 소문이 나서 우리 어머니와 몽둑이 할머니가 대판 싸움을 한 것도 이 때문이었다.

몇 해 뒤에 나는 몽둑이와 좋은 동무가 되어서 몽둑이네 집에 놀러도 다녔으나, 그때에는 몽둑이 할머니는 부증이 나서 꼼짝 못 하고 삼 년째나 앓고 있었다. 얼마 아니 해서 몽둑이 할머니는 평생 스러진 옛집 회복

을 못 하고 죽었다.

우리는 삼사 년 같이 살던 당말 이웃의 고소해하는 조롱 속에 절아랫말이라는 동네로 이사를 갔다. 그래도 큰살림하던 끝이라, 이삿짐이 많아서 든든한 젊은 사람들이 땀을 흘리면서 하루 종일 져 나르던 것을 나는 기억하고, 또 가마에다가 신주(神主)와 홍패(紅牌)며 교지(敎旨) 뭉텅이를 모시고 풀이 죽은 아버지가 그 뒤를 따라오던 것도 기억한다. 신주는 윗간이라는 우중충한 방에 모시기로 하였으나, 정문(旌門)만은 세울 데가 없어서 돗자리에 싸서 헛간에 매다는 것이 내가 보기에도 슬펐다.

새로 떠나온 집은 방이 셋밖에 없고 대문간도 없는 초가집이었다. 뒤란도 없이 집 뒤가 곧 동네 사람들이 다니는 길이었다.

"원, 협착해서. 내년에는 새로 집을 지어야."

하고 아버지는 혼자서도 중얼거리고 인사 오는 동네 사람들에게도 변명 삼아 말했다. 그러나 아버지는 일생에 다시 사당간과 정문 있는 집에 살아보지 못하고 말았다.

얼마 동안은 예전 집을 팔아서 지금 집을 사고 남은 돈으로(아마) 걱정 없이 살아간 모양이나, 차차 어려워지는 모양이어서 평풍이며 책이며 문갑이며 이런 것을 팔아먹기 시작하였다.

"집도 좁은데 이것들은 다 두어서 무엇 해, 다 낡아빠진 것을."

이렇게 아버지는 중얼거리면서 하나씩 하나씩 내 팔았다. 내 초롱과 검을 팔지 아니하는 동안 나는 그렇게 크게 관심도 없었으나, 그러한 흥정이 있은 뒤에는 어머니는 울면서 아버지한테 대들었다.

언제부터 아버지, 어머니의 내외 싸움이 시작되었는지 기억이 없거니와, 필시 전해오는 세간을 파는 데서인가 생각된다.

"술을 잡숫지 말구려."

하고 어머니가 울면서 말하는 것을 여러 번 들은 것을 보아도, 그 싸움의 대부분이 있던 세간을 모조리 내어 팔아먹지 아니하면 아니 될 생계 곤란에서 온 것임을 알 수 있다.

아버지는 퍽 많이 빚을 진 모양이었다. 세말(歲末)이 되면 남바위 눌러 쓰고 수건 동여매고 두루마기 허리를 새꼬래기로 질끈 동인 빚받이들이 많이 찾아왔다. 남들은 떡을 하네, 부침개질을 하네 하고 분주한 한 그믐날 어머니는 불도 잘 때지 못한 방에서 우리 오누이의 설빔을 꿰매느라고 손을 불고 앉았노라면,

"초시님 계시우?"

하고 밖에서 발에 묻은 눈을 툭툭 털면서 부르는 소리는 모두 빚받이의 소리였다.

"안 계셔요."

하는 어머니 대답을 듣고도 그들은 냉큼 가지 아니하고,

"섣달 그믐날도 안 주시면 언제 주신단 말요? 물 힘도 없는 남의 것을 먹기는 왜 먹어."

하고 볼 부은 소리를 하다가는 할 수 없이 가버리고 말았다.

"초시님 계시우?" 하는 소리는 밤이 깊도록 들렸다. 어머니는 수없이 "안 계시오."를 반복하였다. 나와 내 어린 누이동생은 제 옷이 다 되는 것도 보지 못하고 이불 속으로 기어 들어가서 잠이 들어버리고 만다. 아침에 깨어보면 아버지는 언제 돌아왔는지 곁에 있었고, 그래도 차례라고 지낸 법하여 아버지는 망건을 쓰고 행전을 치고 있었다.

가난 고생이 심할수록 아버지 꼴은 더욱 말이 아니었다. 볼은 더욱 들

어가고 눈까지도 움쑥 들어갔다. 나는 '아버지가 저러다가 죽지 아니하는가.' 하고 근심하던 것을 기억한다.

나도 새 옷을 입고 행전을 치고 아버지를 따라서 이 동네에서 얼마 멀지 아니한 조부 집으로 세배를 간다. 조부 집에 들어가는 동구에는 버드나무가 여남은 그루 있었던 것을 지난여름에 그 임자가 찍어버렸다고 해서 아버지가,

"어, 고이한 놈들 같으니."

하고 어른 다니는 길에 선 나무를 찍은 것을 호령호령해서 마침내 잘못했다고 주인에게 사죄를 받고야 만 것이다. 나는 아버지 뒤에 서서 그 광경을 보고 이상하다고 생각한 것을 기억한다.

조부의 집은 조그마한 초가집이지마는, 조부의 취미라고 할까, 어떤 집에 가 살거나 그 집을 깨끗하게 거두고 꾸미는 재주가 있었다. 방은 언제나 깨끗하게 도배를 하고 평풍을 두르고 보료를 깔고, 그리고 어른어른하는 요강, 타구, 재떨이를 놓고 화류장롱이며 문갑을 놓고, 얼른 보아서 부잣집 늙은이같이 차리고 있었다. 그리고 벌써 얼굴이 불콰하게 술이 취하였다.

내 서조모(庶祖母)는 지금은 비록 늙었지마는, 그래도 젊어서는 인근 읍에까지 소문난 명기 옥섬의 자태가 남아 있었다. 내 조부는 이 서조모와 만날 때부터는 일절 큰집에는 발길을 아니 하였다고 한다. 그래서 제삿날만 잠간 참예하고는 곧 가기 때문에 내 조모는 십여 년간 남편과 말한마디 해본 일도 없다가 돌아갔다고 한다. 내가 나기 전에 벌써 조모는 세상을 떠났었다.

조부는 풍신이 좋았다. 칠십을 바라보는 사람이라고 할 수 없으리만큼

피부가 좋았다. 다만 백발만은 어찌할 수 없었으나, 그것이 도리어 조부의 풍신을 빛나게 하는 것 같았다.

"거, 원, 왜 그리 약하냐?"

조부는 세배를 드리고 난 내 손을 잡고 이렇게 걱정하였다. 주야장천에 술이나 자시고 해학이나 하고 장기나 두고 골패나 하고, 이것으로 세월을 보내는 조부도 내 건강에 대하여서는 퍽 염려를 하는 모양이었다. 나는 조부에게 무엇인지 모를 약을 여러 번 받아먹은 것을 기억한다. 그중에는 주발에 생찹쌀을 담고 거기다가 말끔전 몇 푼을 두고, 그러고는 자정수를 떠서 일주야를 묵혔다는 것을 날마다 마시라고 하던 것도 기억한다. 나는 그것이 먹기가 싫었으나 조부의 정성과 또 그가 노여울 때에 발하는 호령이 무서워서 주는 대로 받아 마셨다.

'할아버지는 이렇게 잘하고 사는데, 우리는 왜 이렇게 가난한고?' 하고 나는 대여섯 살 적부터 이상하게 생각은 하면서 감히 누구에게 묻지는 못하였다.

아버지는 조부에게 대해서 지극히 효순하는 아들이었다. 아버지도 오십이 다 되었지마는, 조부 앞에서는 전전긍긍하는 빛이 보였다. 다른 방에 가서야 서조모가 주는 술과 담배를 먹고 또 편히 앉아서 웃고 말도 하였다. 산수 간으로 떠돌아다니는 내 숙부도 이날은 조부의 집에 왔다. 그는 아무 욕심도 근심도 없이 맑은 바람과 안개만 먹고 사는 사람과 같았다. 그는 딸 하나를 시집을 보내고는 상처한 뒤로 재취할 생각도 아니 하고 떠돌아다녔다. 언제나 의관은 깨끗하였다. 그리고 경치 좋은 데와 세상 소식을 많이 알았다. 아버지만이 가난에 쪼들려서 궁상이 더덕더덕하였다.

일 년에 두 번, 설날과 조부 생신과 삼부자가 한집에 모이는 때에는 내가 보기에도 그 관계가 무척 화평하였다. 아버지는 삼촌 위해 걱정을 하고 삼촌은 아버지를 위해서 걱정을 하고, 또 조부는 딴 방에 앉아서도 큰 목소리로(조부의 목소리는 참 컸다) 아들들에게 이 말 저 말을 물었다. 이 방 저 방으로 들락날락하는 내가 보기에도 이 삼부자는 다 선량한 사람들인 것 같았다.

이것은 훨씬 나중에 안 일이거니와, 아버지가 그렇게 갑자기 가난하게 되어서 천주산 기슭에 있는 집까지 판 것도 조부의 빚 때문이었다고 한다. 조부도 모르게 빚을 갚고 빚쟁이더러는 조부에게 대해서는 탕감했다고 말하라고 했다는 것이었다. 이런 것을 보면 아버지는 다른 것은 다 몰라도 효성만은 있던 모양이었다. 아무리 조석 끓일 것이 없어도 조부한테는 말 말라고 어머니에게 여러 번 당부하는 것을 들었다.

다만 조부나 아버지나 삼촌이나 다 세상에는 아무짝에 쓸데없는 인물들이었다. 조상의 유업을 받아가지고 놀고먹고, 그리고 가난해져서 쩔쩔매는 그러한 사람들이었다. 그들은 밥 굶을 날이 앞에 다닥뜨리는 것을 보면서도 어찌할 줄을 모르는 사람들이었다. 다만 제 생활에만 무관심인 것이 아니라, 모든 세상일에 대하여 다 무관심한 사람들이었다. 나는 이런 사람들의 자손이 된 것을 부끄러워하지 아니할 수 없다. 그러면서도 그들에게는 어떤 선량한 것, 나로서는 배우기 어려운 선량한 것이 있었다. 그러면 그들은 시대의 희생인가. 그때 정치가 나쁘고 교육이 잘못되어서 그 선량한 사람들이 아주 유해무익한 사람으로 끝을 마쳤는가.

나는 내 부여조(父與祖)를 논죄하였다. 이것은 용서 못 할 불효일 것이다. 나는 이 불효의 죄를 대상(代償)하기 위하여서 어린 적의 내 죄를 자백하지 아니할 수 없다.

그것은 당말 예전 집에 살던 때 일이다. 내 누이동생이 난 지 얼마 아니해서 누가 날보고 그런 말을 했는지는 기억이 없으나, 내 동생이 협막 작은놈 동생만큼 잘나지 못했다는 말을 듣고, 나는 이 말을 퍽 분하게 생각하였다. 그래서 나는 몇 번 협막에 나가서 작은놈 동생을 보고 내 동생과 비교해보았다. 그런 말을 들어서 그런지는 모르나, 그 사람의 말과 같이 작은놈의 동생이 내 동생보다 잘생긴 것 같았다. 나는 더욱 분했다.

어느 늦은 여름날이었다. 텃밭에 삼이 길이 넘게 자랐을 때니까. 나는 협막에를 갔다. 어른들은 다 일하러 나갔었다.

우리 집이 가난해지매 우리 집만 믿고 살 수가 없어서, 작은놈네는 다른 집 땅을 얻어가지고 농사를 짓지 아니하면 아니 되게 되었다. 그래서 작은놈까지도 일터에 나가고 젖먹이 어린 계집애 하나만을 토당(봉당이라고도 한다)에 누이고 마당에 굴러떨어지지 않도록 어린애 허리에 끈을 매어서 문고리에 비끄러매어놓고는 집을 비우고 나가버린 것이다. 그리하면 어린애는 강아지에게는 핥음을 받고 닭들에게는 쪼임을 받고, 울다가는 자고 자다가는 울고, 나중에는 울 기운도 없어서 이몽가몽 누워 있게 된다. 파리들이 수없이 어린애 눈과 입과 똥 발린 볼기짝에 붙었다가는 어린애가 꿈지럭거리면 일어났다가는 또 앉는다.

내가 나갔을 적에는 어린애는 자고 있었다. 나는 어린애 허리를 비끄러맨 끈을 끄르고 어린애를 번쩍 안았다. 안고는 삼밭으로 가서 바자 두른 위로 삼밭에 떨어뜨리고는 집으로 뛰어 들어와서 갈퀴를 끌고 나갔다. 갈퀴를 거꾸로 들고 갈퀴 자루로 짓찧어서 작은놈의 동생을 죽여버리자는 것이었다.

내가 갈퀴를 번쩍 들어서 바자 너머로 절구질을 하려고 할 때에,

"수경아!"

하고 뒤에서 내 팔을 붙드는 것은 어머니였다. 어머니는 어린애가 삼밭에 떨어질 때에 까르륵 막혀서 우는 소리와 내가 황황하게 갈퀴를 끌고 나가는 것이 수상해서 푸새를 하다 말고 뛰어나온 것이라고 나중에 아버지를 보고 말하였다.

"이 녀석 무얼 허니?"

삼밭을 들여다본 어머니는 파랗게 질려서 그 어린애를 꺼내어다가 제자리에 누이고, 돌아와서 갈퀴를 들고 우두커니 서 있는 내 볼기짝을 터져라 하고 여러 대를 때리고는 우는 나를 끌고 안으로 들어갔다.

나는 그날 아버지한테도 매를 맞았는지 기억이 없거니와, 하루 종일 뒷담 뒤 잎나무 더미 밑에 숨어서 나오지를 아니하다가 해가 진 뒤에 온 집안이 발끈 뒤집혀서 내 초롱에 불을 켜고 찾아다니다가 곯아떨어져서 잠이 든 나를 나뭇더미 밑에서 찾아서 아버지가 안아 들여갔다는 말을 들었다.

"이 자식, 살인할 뻔했구나."

하고 그 큰 눈을 부릅뜨던 아버지를 기억한다. 나는 이때에 처음 사람 죽이는 것이 살인이란 것인 줄을 배우고, 사람을 죽인다는 것이 어떻게 무섭고 흉악한 일이라는 것을 배웠다.

나는 작은놈의 누이, 내가 죽이려던 그 불쌍한 계집애가 그 후에 어찌 되었는지를 모른다. 우리 집이 떠난 뒤에 그 집에서는 살 수가 없어서, 어디 멀리멀리 감자와 귀리 농사 지어먹는 곳으로 갔다는 말을 그때 들었을 뿐이요, 그 뒤에는 도무지 소식을 듣지 못하였다. 그리고 내 누이동생

도 멀리멀리 시집을 따라서 가서 살다가 수십 년간 남매가 서로 만나보지도 못하고 벌써 세상을 떠나버렸다.

내가 병을 많이 앓는 것을 보고 어떤 중이 그것은 전생에 살생을 많이 한 업보라고 했거니와, 아마 그런지 모른다. 다섯 살 먹은 놈이 살인을 하려 들었으니, 결코 선업을 닦은 내가 아닌 줄을 알 수 있고, 또 내가 태어나자 내 부모가 다 가난하게 되고 또 얼마 아니 하여 구몰(俱歿)한 것을 보더라도 내가 어떻게 박덕 박복한 아이인 줄을 알 것이다. 그것을 생각하면 지금 이 글을 쓰도록 죽지 않고 살아 있는 것만 해도 실로 분외의 향복이다.

나는 절아랫말에서 꼭 몇 해를 살았는지 모르거니와, 여기서 글방에 다니기를 시작했다. 천자(千字)와 반절(反切)은 네 살 적에 깨트렸으니, 하고 남들이 말하거니와, 내가 외조모한테 이야기책을 읽어드리고는 상급으로 밤과 배를 받은 것을 기억하고, 또 외조모가 돌아갔을 때에 어머니가 끌러놓은 댕기를 허리에 두르고 장난하던 것을 생각하면 여섯 살쯤인 것 같으니, 한글을 깨트린 것은 꽤 일렀던 듯하고, 또 아버지가 읍내에 가서 달포 병으로 누웠을 때에 아버지가 내게로 보낸 편지를 내가 보았고, 또 그 편지 답장을 내 손으로 쓰고 그 끝에 '戊戌 至月 念一日(무술 지월 염일일)'이라고 쓴 것이 기억되니, 무술이면 내가 일곱 살 적이다. 그러면 그때에는 한문도 몇 자 알았던 모양이다.

내가 절아랫말 글방에서 처음 읽었다고 기억되는 것은 『사략(史略)』 하편이라는 책인데, 그러면 『사략』 초권은 언제 읽었는가 분명치 아니하고 "天皇氏以木德王(천황씨이목덕왕)"으로부터 초권 한 권을 통합독한 것은 생각이 난다. 그러고는 『무제시(無題詩)』라는 책, "天長九萬里 地

濶三千界 白酒紅人面 黃金黑士心 天淸一雁遠 海濶孤帆遲 欲究天里目 更上一層樓(천장구만리 지활삼천계 백주홍인면 황금흑사심 천청일안원 해활고범지 욕구천리목 갱상일층루)", 이런 것들이 적힌 책이었다. 그다음에는 "馬上逢寒食 途中屬暮春 可憐江浦望 不見洛橋人(마상봉한식 도중층모춘 가련강포망 불견낙교인)" 같은 것을 쓴 『마상소시(馬上小詩)』, 그러고는 『대학(大學)』, 『중용(中庸)』, 『맹자(孟子)』, 『논어(論語)』, 『고문진보(古文眞寶)』 전집(前集)과 후집(後集) 같은 것을 읽었는데, 아마 줄글은 겨울에, 귀글은 여름에 읽었을 것이다. 그러나 여름에 『맹자』를 읽던 기억도 있다.

『맹자』를 읽던 어느 여름날 나는 다른 아이들과 함께 선생을 따라서 산 하나 너머 물골이라고 하는 큰 서당에 향음주례(鄕飮酒禮) 구경을 갔던 것을 기억한다. 높은 고개에 올라서 퍼런 서해 바다를 바라보는 것이나, 물골 김씨네의 즐비한 기와집들을 바라보는 것이나, 또 김정언 집 큰 은행나무를 본 것이나, 또 우리 동네 서당이라고 남의 집 사랑 구석인 것과 달라서 물골 서당이 산속 경치 좋은 데 지어놓은 커다란 기와집인 것을 보고, 그 서당 앞에는 큰 연못이 있어서 고기들이 펄떡펄떡 뛰고 꽃나무들이 많고 마당이 넓고 한데, 큰 차일을 넷이나 연폭(連幅)해 치고서 유건 도복 입은 선비들이 오락가락하는 것이나 다 내 눈에는 신기하고 부러웠다.

선비들이 거문고를 무릎 위에 놓고 딩동당동 하는 것과, 활을 쏘고 강을 한다, 시를 읊는다, 홀기(笏記) 부는 것을 따라서 서로 읍하고 절하고 층계로 오르고 내리고 술을 먹고, 이런 것이 모두 이상하였다. 이 서당의 눈훅보기 선생은 학자님으로 꽤 명망이 높은 이였다. 그 선생이 모인 중에 제일 위엄이 있어서 그 굴젓 눈까지도 빛이 나는 것 같아서 나는 언제나 이 눈혹보기 김 선생만 바라보고 있었다.

저녁때에 우리는 비를 맞으면서 산을 타고 넘어왔다. 그 서당이 부럽고 그 눈혹보기 선생이며 유건 쓴 커다란 선비들이 부러웠다.

무에야 모두? 우리 서당이란 것은 쌍창도 툇마루도 장판도 없는 임 참봉네 사랑이다. 아이들이라고 모두 코 흘리는 것들, 하늘 천 따 지가 아니면 천황씨 지황씨 하는 것들, 선생이라고 성은 김 선생이지마는, 거적눈이여 말더듬이여 언제나 구지레하게 차리고 젊은 아내한테 물벼락이나 맞기로 소문난 못난이, 이게 다 무에야? 나는 퍽 내 서당이 불만해서 아버지를 보고 다른 서당으로 가고 싶다고 졸랐다.

그러자 임 참봉네가 사랑에 불을 땔 수가 없고 또 거적눈이 김 선생이 다른 데로 떠나게 되어서 나는 다른 아이들 몇과 함께 고개 너머 자성재라는 꽤 큰 서당으로 옮기게 되었다. 이 자성재라는 것은 바로 자성산 기슭에 있는 서당으로서 꿇어앉는 젊은 학자님이 선생으로 와 있었고, 이 서당에는 『시전(詩傳)』, 『서전(書傳)』 읽는 관 쓴 사람도 몇 있고, 게다가 처음으로 애정을 가르쳐준 심태섭이라는 아이도 있었다. 나도 점심밥 그릇을 망태에 넣어 들고 책을 끼고 이런 큰 서당에 다니는 것이 퍽 좋았다. 지위가 높아진 것 같았다.

우리는 서당에 가면 책을 앞에 놓고 절을 하였다. 이것도 거적눈이 김 선생한테서 배울 때에는 없던 법이다. 나는 이것이 선생을 향해서 하는 절인지 책을 향해서 하는 절인지 몰랐다. 왜 그런가 하면, 선생이 자리에 안 계실 때에도 꼭 그와 같이 절을 하였으니까.

꼭 꿇어앉아서 글을 읽는 것이 고통이었으나 그래도 규칙이 엄한 것이 좋았다.

　"글을 읽어라."

하는 선생의 명령이 내리면 우리는 모두 꿇어앉아서 몸을 혹은 앞뒤로 혹은 좌우로 흔들면서 목껏 소리를 내어서 글을 읽었다. 수십 명이 목에 핏대를 돋워가지고 악을 쓰면, 집이 떠나가는 것 같았다. 이렇게 하루 종일 글을 읽다가,

　"밥 먹으러 가거라."

하는 선생의 명령이 내리면, 우리는 일제히 글 읽기를 끊고 책을 덮고 일어나 절하고, 그러고는 신도 미처 못 신고 뛰어나온다. 다른 때에는 오줌 누러를 나와도 문패를 들고야 나오고 자주 나오면 야단을 만나는 것이었다.

　심태섭이란 아이는 나보다 열 살이나 위이다. 열육칠 세는 되었을 것이다. 전반같이 머리를 땋아 늘이고 아주 얼굴이 동탕(動蕩)하게 잘생기고, 그러고도 점잖았다. 그는 가난해서 아직 장가를 못 들어서 머리 꼬랑지를 땋은 까닭으로 아랫목에를 못 앉고 관 쓴 사람들 다음에 넷째로나 앉았지마는 글이나 글씨나 이 서당에서는 으뜸이었다. 그는 도무지 말이 없었다. 그러나 언제나 빙그레 웃었다. 나는 태섭 곁에 앉고 싶었지마는, 글 정도를 따라서 그 담담에 앉았다. 그러나 나는 그가 나를 사랑해주는 줄을 느꼈다. 그가 나를 보고 빙그레 웃을 때면 나는 가슴이 울렁거리고 그의 품에 안기고 싶었다. 형도 없고 누나도 없는 쓸쓸한 가정에서 자라나는 때문이었을까, 나는 어려서부터 퍽 고적을 느꼈는데 내 고적한 혼을 만져주기 위하여 처음 나타난 사람이 이 심태섭이었다.

　사월 파일이 되었다. 우리는 밥주발에 쌀 한 주발씩을 가지고 와서 그

것으로 화전을 부쳐가지고 자성산에를 오르기로 하였다. 바라만 보던 자성산, 할미성이 있는 자성산, 서울 남대문이 보인다는 자성산, 어른들도 올라간 사람이 많지 못하다는 이 자성산에 오른다는 것은 내게는 큰 감격이었다. 왕복 이십 리나 넘는 험로니 조무래기들은 오지 말라는 말도 아니 듣고 나는 따라나섰다. 다른 조무래기들은,

"애, 거기는 호랭이 나온대, 애."

하고 나를 위협하고 저희는 떨어져버렸다.

오늘이야말로 나는 실컷 태섭의 곁에 있을 수가 있는 것이다. 나는 깎아 들인 비탈길을 태섭의 손에 매달려 오를 때에 행복 그 물건인 듯하였다. 그의 손은 부드럽고 따뜻하였다. 그는 내가 아무쪼록 다리가 아프지 않도록 해주려고 애를 썼다. 여러 가지 재미있는 이야기도 해주었다. 무슨 이야기를 했는지 하나도 기억이 없거니와, 그때에 무척 행복되던 것만은 아무리 길게 써도 끝이 나지 아니할 것 같았다.

가며 가며 진달래를 꺾었다. 다른 데는 벌써 꽃이 졌지마는 자성산 북쪽에는 아직도 빨갛게 피어 있었다.

할미성에 올랐다. 언제 쌓았는지, 무엇 하러 쌓았는지 모르는 성이다. 큰 돌을 썩 잘 다듬어서 오불꼬불하게 아늑하게 쌓은 성이다. 나는 태섭과 함께 단둘이 언제까지나 이 성안에 있고 싶었다. 성 오붓한 굽이에 들어가면 보이는 것이 오직 하늘뿐이었다. 그 굽이는 아마 가장 거룩한 골인 듯한데 너른 방 한 칸만 하였다. 지금 생각하건댄, 아마 이것은 옛날 우리 선인들이 하늘에 제사드리던 거룩한 제단이었을 것이다. 그러나 동네 사람들의 말에는, 천태산 마고할미가 베 치마 아홉 죽을 다 꿰뜨리면서 쌓은 성이라고 한다. 안민세(安民世) 말과 같이 성모 시대의 유적일

는지도 모른다. 아무려나 이 거룩한 성, 산꼭대기 하늘 가까운 곳에 있는 성에서 나는 처음으로 애정의 경험을 한 것이다. 그것은 우리가 소나기를 만났을 때 태섭은 바위 밑에서 나를 꼭 껴안아주어서 젖지 않고 춥지 않게 해주고, 그리고 소나기가 그치고 볕이 나서 우리가 바위 밑에서 나올 때에 태섭은 내 목을 꼭 껴안고 입을 맞추어주었던 것이다. 나는 그의 입의 향기를 지금도 기억하고 있다. 그것은 그의 마음의 향기였을지도 모른다.

그해 여름에 아버지는 절아랫말과 당말과 중간에 새집 하나를 짓고 그리로 떠났다. 이것이 우리 집이라고 일컬을 마지막 집이었다. 이 집에서 우리는 가난의 극도를 경험하고 불행의 극도를 경험한 끝에 아주 집이 없어지고 말았다.

집이라고 부엌 한 칸, 방 두 칸, 사당 모실 방 한 칸, 그러고는 사랑과 대문간을 포함할 아래채들은 내년에나 후년에 짓는다고 아버지는 선언하였다. 그러나 그것은 아버지의 공상뿐이었다. 어디서 돈이 나서 아래채를 지으랴. 낙수 층계도 놓지 못하고 헛간 하나 변변히 못 짓고 만 것을. 바깥문도 다 썩어 문드러진 뒤로는 수수깡으로 다시 엮어 달 생각도 못 한 것을 어린 내 눈으로 보기에도 이 집은 참 우스웠다. 커다란 안채 하나만이 덩그렇게 있고, 담도 없고, 대문도 없고 그런 집이 천하에 어디 있어! 그래도 이것이 내가 열한 살 되던 가을까지 내 집이라고 부르던 집이었다. 그래도 채마는 조금 있어서 어머니가 오이, 가지, 고추, 옥수수, 호박, 파, 마늘, 이런 것들을 심었다. 내가 즐겨 하는 옥수수, 불 때는 아궁이에 구워서 싸리 꼬챙이에 꿰어서 맛나게 먹은 옥수수, 그리고 시큼한 늙은 오이 속, 그리고 강낭콩밥, 이런 것들은 다 이 채마에서 나온 것이었다.

내 외가는 큰 농사를 하는 집이었다. 내 맏외사촌은 공부를 하였으나, 작은 사촌은 사람들을 두고 큰 농사를 지었다. 이렇게 농사하던 집에서 자라난 어머니는 농사하기를 퍽 즐겨 하는 모양이었다. 그런데 내 집에 터전도 많을 시절에는 내 집 가풍으로 부녀가 나갈 수 있는 곳은 목화밭 뿐이었다. 그러다가 이제 할 수 없이 가난하게 되니까, 어머니는 손바닥만 한 채마에 평생소원이던 농사를 지어본 것이었다.

어머니는 또 채마에 삼을 심은 일도 있었다. 그것으로 베 한 필을 낳아서 내 고의적삼을 지어 입은 일도 있었고, 누에를 쳐서 명주도 두어 필 낳았고, 외가에서 목화를 얻어다가 무명도 열한 새, 열두 새 각각 한 필씩을 낳았다. 이것은 내가 왜 이렇게 소상하게 기억하는고 하면, 이 명주와 무명(그것은 내가 장가갈 때 쓰자는 것이었다)을 팔아서 내가 서울 유학 가는 밑천으로 삼았기 때문이다.

어머니는 벌지 아니하고는 먹고살 수 없음을 확실히 인식한 모양이었다. 그러나 농사를 지으려니 땅이 없고, 길쌈을 하재도 삼밭이나 목화밭이 없었다.

나는 어머니가 새벽 밝기 전에 어디 가서는 오리나무 가장귀를 한 잎씩 따 이고 오는 것을 알았다. 혹시 비 오는 날이면 낮에도 그렇게 나무를 해 이고 오는 것을 보았다. 그럴 적이면 젖은 치마폭에 아주까리 잎에 싼 딸기를 우리 두 남매에게 주었다. 어디서 나무를 해 오느냐고 물으면, 외갓집 나무판에 가서 해 온다고 어머니는 한숨을 지으면서 대답하였다. 그 나무를 볕에 말리노라면 집에 오는 사람마다 다 이상하게 보는 듯하여서, 어떤 때에는 어머니가, 어떤 때에는 내가 이것은 천주산 외갓집 나무

판에서 해 온 것이라고 변명을 하였다.

어머니가 나무를 해 오는 것을 보고 나도 나무를 해볼 생각이 났다. 그러나 모두 남의 산이 되어서 풀 한 포기 마음 놓고 벨 데가 없었다. 그래도 나는 낫 하나와 새끼 한 올을 들고 돌아다니다가 마른 풀이며 마른 나무 가장귀를 따서 조막만 하게 한 단을 만들어서 집으로 메고 들어오면 어머니는 기뻐하였다. 가을이 되면 솔그럼이와 콩그럼이와 조그루, 피그루 같은 것을 하루에 두서너 단씩 해 왔다.

새집으로 떠나온 뒤에는 서당이 없어서 집에서 놀았다. 그리고 새끼도 꼬고 짚신도 삼고 나무도 하고, 이런 일로 그날그날을 지냈다. 아버지는 더욱더욱 집을 떠나는 날이 많았다. 어디로 돌아다니는지 우리는 몰랐다. 이따금 편지 한 장과 쌀말, 댕깃감, 마른 물고기 등속을 사람 편에 보내는 것으로 보아서 집식구들 먹일 것을 찾느라고 애쓰고 돌아다닌 것만은 사실이었다.

그게 언젠가, 아마 추석 밑인가, 또는 설 대목인가. 아무려나 무슨 큰 명절 대목이었다. 어머니와 나와 어린 누이와 셋이서 끓여 먹을 것이 없어서 어쩌나 하고 방에 모여 앉았을 때였다. 기름이 없어서 불도 못 켜고 앉아서 서로서로의 얼굴도 잘 보이지 아니할 때에 마당에 사람 들어오는 소리가 났다.

"왜 불도 안 켜고 있어?"

하는 것은 아버지 목소리였다. 우리는 아버지가 돌아오려니 생각도 아니하고 있었던 것이다.

"아버지 오셨다."

하고 어머니가 그래도 반가워서 먼저 문을 열었다. 우리도 문을 막아선 어머니를 비집고 "아버지!" 소리를 치며 내다보았다. 어두운 곳에 두 사람의 모양이 희끄무레하게 보였다.

"왜 불을 안 켜?"

하고 아버지는 꽤 호기를 부렸다.

"기름이 있어야 불을 켜지요."

하고 어머니는 뽀로통했다.

"흥, 기름이 없어? 자, 여기 기름 사 왔으니 어서 불을 켜."

하고 아버지는 어두운 방 속으로 고개를 쑥 디밀어서 우리를 찾는 모양이었다.

"저녁들이나 먹었니?"

하는 아버지 어성에는 불 켜달랄 적 호기가 없었다.

어머니는 짐꾼이 가져온 짐에서 기름병을 받아서 등잔에 기름을 넣어서 성냥이 어디 있나, 하고 한바탕 찾아서 등경(燈檠)에 불을 켜놓았다. 실로 조그마한 불이건마는 그래도 우리 눈에는 끔찍이 환한 것 같아서,

"야, 불 켰다!"

하고 나와 누이는 소리를 지르고, 갓난이 어린 누이도 좋아라고 손을 내저으며 소리를 질렀다. 아버지의 쭈글쭈글한 얼굴에는 웃음이 있었다. 아버지는 만족한 듯이 갓도 안 벗은 채, 두루마기도 입은 채, 그래도 내 집 아랫목, 다 떨어진 삿자리에 앉았다.

짐꾼이 간 뒤에 우리는 짐을 파복해보았다. 거기는 쌀이 한 말, 암치가 한 마리, 쇠고기 한 뭉텅이, 국수, 떡, 엿, 그리고 우리들의 옷감이며 댕기며 주머니 끈이며 어머니 신발이며, 이런 것이 마치 방물장수 짐을 헤친 것과 같았다.

"이거 이렇게 많이, 이 돈이 다 어디서 났어요?"

하고 어머니는 마치 일생에 처음 당하는 경사인 듯이 기뻐하였다. 그러고는 아버지의 설명을 들을 새도 없이 부엌으로 내려가서 국수장국을 끓였다. 나는 이때와 같이 맛난 국수장국을 먹어본 일이 없다. 누이도 한 그릇을 다 먹고, 젖먹이도 국물을 좀 마셨다. 또 내가 기침을 한다고 해서 나만 따로 기름에 비빈 국수를 주발 뚜껑으로 하나쯤 더 먹었다.

아버지의 설명에 의하건댄, 두무깨 장에서 출통(出筒)한 만인계(萬人 契)에 남궁석(南宮柘)이란 이름이 삼등이 빠졌는데, 김소저라는 이름과 쌍알이 빠졌기 때문에 엽전 삼백 냥을 둘에 갈라서 일백쉰 냥이 우리 몫에 돌아와서 그 돈으로 이 모든 것을 사가지고 왔다는 것이었다. 이런 이야기를 다 하고 나서 아버지는,

"그 김소저라는 애가 우리 수경이허구 인연이 있나 보아."

이런 말을 하고 웃었다.

이날 밤을 새워서 어머니가 내 옷을 지어준 것을 기억한다. 또 그 이튿날은 이 새 옷을 입고 내가 의기양양해서 동넷집으로 돌아다닌 것도 기억한다.

그러나 이 일백쉰 냥이 언제까지 갈 리는 만무해서 또 우리들은 밥을 굶기를 시작했다. 아버지는 아마 만인계란 만인계는 모조리 따라다니는 모양이었다. 그러나 일백쉰 냥짜리도 다시는 빠졌단 말을 못 들었다.

그때에 감사들이 돈을 먹느라고 만인계를 많이 허해주었다. 하늘 천 자 일 호에서부터 십 호까지, 잇기 야 자 일 호에서부터 십 호까지 모두 만 장 표를 한 장에 석 냥씩에 팔아서 삼만 냥(엽전)을 모아가지고 제비를 뽑아서 일등에 만 냥, 이등에 천 냥, 삼등에 삼백 냥, 이렇게 주고는 그

나머지로 감사에게 바치고, 그러고는 주최자가 노나 먹는 노름이었다. 누구는 일등이 빠져서 갑자기 부자가 되었다는 둥, 누구는 한꺼번에 천 장이나 샀다가 한 알도 안 빠져서 망했다는 둥 이런 소문이 많았다.

만인계는 각처에 거의 매삭 한 번씩은 보이는 모양이었고, 또 천인계 라는 것도 있었다. 모두들 꿈을 꾸어가지고는 표를 사고, 또 꿈을 팔아먹 는 사람들도 있었다. 나도 '만인계 일등이나 하나 빠졌으면.' 하고 기다 리던 것을 기억한다.

아버지는 한번은 만인계 사장이 되었으나, 그것은 웬일인지 흐지부지 하고 말았다. 아마 나라에서 금령이 내렸기 때문이나 아닌가 한다.

만인계도 없어지고 아버지의 건강도 점점 쇠하는 듯하였다. 무슨 병인 지 모르나 가끔 누워 앓았고, 어떤 때에는 객지에서 한 달 이상이나 앓아 서 어머니는 젖먹이를 업고 아버지를 찾아가고, 일곱 살 먹은 나와 세 살 먹은 누이와 단둘이서 이불을 있는 대로 내려서 두르고 추운 겨울에 밥을 굶고 앉았던 것을 생각한다. 뒷집 사랑채에 사는 무당이 새벽에 우리 집 에 나와서 문을 열어보고, 우리 둘이 이불을 두르고 오그리고 앉아서 눈 만 말똥하고 있는 것을 보더니,

"그래도 얼어 죽지는 않구 둘이 다 살아 있구나."

하고 밥과 국과 숭어 구운 것을 갖다가 주던 것을 기억한다.

어머니는 이번에는 아버지가 돌아가시나 보다고 눈이 펑펑 쏟아지는 날 젖먹이를 업고 오십 리나 되는 길을 찾아갔는데, 그 이튿날 돌아올 때 에는 돈을 몇십 냥 얻어가지고 와서 아버지가 좀 나으시더라고 기뻐하였 다. '戊戌 至月 念一日(무술 지월 염일일)'이라는 편지는 이때 내가 아버 지에게 쓴 편지였다.

그때부터인가, 아버지는 집에 있는 날이 많아졌다. 아버지는 싸리로 그릇도 만들고, 저으락, 청흘치로 노끈도 꼬고 돗자리도 치고 발도 치고, 또 끈목도 치고, 또 면에서 하는 호적들도 베끼고, 이렇게 돈 생길 일을 하려고 애쓰는 모양이었다. 나도 끈 옥치는 법을 배웠다. 그러나 그것이 얼마나 돈이 되었는지는 모른다. 또 호적 베끼는 일도 도와드렸다. 그것은 뻘건 물감으로 목판에 인쇄한 용지에다가 호주의 아비, 조부, 증조부, 고조부, 이렇게 사 대의 이름과 벼슬과 배우의 성씨를 적는 것이었다. 이것도 얼마나 돈이 되는 일인지 몰랐으나, 나는 '유학(幼學)'이니 '학생(學生)'이니 '한량(閑良)'이니, 증조 무슨 대부니 고조 무슨 대부니 외조 무엇이니 하고 쓰는 것이 재미있었다.

그러나 아버지의 이러한 노력으로 우리 다섯 식구의 입에 풀칠을 하기는 어려웠다. 그래서 나를 위해서 남겨두었던 책까지 내 이종에게 팔아먹게 되었다. 나도 그 책들을 팔 때에 몹시 울었다. 당말 집을 팔 때보다도 슬펐다. 나도 내 집의 몰락이란 것을 더욱 느낄 만하게 철이 난 것이었다. 여러 해 뒤에 내 이모가 나를 보고, 내가 그렇게 원통해하는 것을 그 책을 가져가서 아들이 죽었다고 눈물을 흘리면서 말하였다. 내 이종은 장가를 들고는 곧 죽어버린 것이었다.

내가 열 살 되던 해, 즉 임인년 팔월이 되었다. 우리 집은 더할 수 없이 가난하게 되었다. 옷은 다 떨어지고 팔아먹을 것은 다 팔아먹고 꾸어 올 만한 데서는 다 꾸어 오고, 인제는 앞도 절벽, 뒤도 절벽이 되었다. 추석이 내일모레라고 하건만도 다례 성묘는커녕, 조석 끓일 것이 없었다. 나는 아버지가 넉넉한 친구들에게 구걸하는 편지를 쓰는 것을 여러 번 보았거니와 그중에,

"節日在邇百物掃如兒輩號泣于飢寒(절일재이백물소여아배호읍우기한)."

이러한 구절이 있던 것을 소상히 기억한다. 나는 그런 편지를 전하는 일도 해보았다.

이러한 궁박한 경우에 가끔 내 종매가 시부모 모르게 혹은 쌀말 혹은 돈냥을 얻어서 심복 되는 애꾸눈이 하인 편에 보내던 것을 기억한다. 그 누나의 시집은 부자였다. 그러나 그 시부모는 소문난 고림보여서 아버지는 누나가 보내는 것을 받을 때마다,

"이 애가 이러다가 제 시아비 녀석헌테 들키면 어떡할 양으로."

하고 노 격정을 하였다. 아버지는 누나 시아버지네 일족을 돈만 아는 상놈들이라고 미워하였다.

이때에도 추석이 재이(再邇)하건만 백물(百物)이 소여(掃如)하여서 혹시나 누나한테서 애꾸눈이 하인이 오지나 아니하는가 하고 연해 앞길을 바라보는 것은 아마 나만이 아니었을 것이다. 소낙비는 주룩주룩 오는데 아버지는 꽂을 물건도 없는 산적 꼬치를 깎고 있었다. 두부도 꽂을 것이 없는 것을. 그러고는 아버지는 사당으로 들락날락하면서 무엇을 치우는 듯하였다.

지금 생각하면 그때 아버지의 마음에는 봉제사도 못 하게 된 자기 신세를 한탄하여 다례도 못 지내는 상당 간에 먼지나 털려는 것이었는지도 모른다. 효성만은 있었다고 믿어지는 아버지라, 추석 명절에 제주 한 잔 없이 빈 산적 꼬치만 깎는 심정이 거기에 더욱 동정이 된다.

그날 나는 무슨 생각이 나서 어머니를 보고 복숭아가 먹고 싶다고 졸랐다. 아마 그해에 내가 여름내 이질을 앓아서 복숭아나 살구를 도무지 못

먹다가 이날에 불현듯 생각이 난 모양이었다.

아버지는 산적 꼬치를 깎다가 말고 거의 다 저녁때에 두루마기를 떼어 입고 갓을 쓰고 나섰다.

"내 어디 큰골 가서 복숭아 있나 보고 오지."

하였다.

"술 취하지 말고 오시우."

하는 것이 어머니의 인사였다.

나는 들락날락하면서 아버지가 복숭아를 얻어서 오기를 기다렸다.

거의 황혼이 되었다. 나는 아버지가 돌아올 길로 얼마를 마중을 갔다. 통통거리고 달음박질을 쳤다.

생이고개를 바라보는 개천을 건너서 밭둑으로 얼마를 걸어갈 때에 메추라기 한 마리가 포드득 날아나는 것을 보았다. 나는 아버지 마중 가던 것도 잊어버리고 손으로 풀을 헤치며 메추라기 둥지를 찾아서 얻었다. 거기는 알이 세 갠가 네 갠가 소도록이 놓여 있었다. 나는 어미 메추라기가 반드시 둥지로 돌아올 줄을 믿고 밭둑에 가만히 숨어서 기다리고 있었다. 먼 데 사람이 아니 보일 만하게 어뜩어뜩한 어스름이 땅을 덮고 하늘에만 비 온 뒤 저녁노을이 자줏빛으로 약간 남아 있었다.

아나나 다를까, 얼마 아니 해서 메추라기가 날아 돌아왔다. 그는 둥지 있는 곳에서 댓 걸음 떨어져서 땅에 내려앉아서 고개를 되록되록하고 사방을 둘러보더니 살살 기어서 제 둥지로 들어가는 모양이어서 풀대가 간들간들 흔들렸다. 조그마한 날짐승이 적에게 제 알 있는 곳을 모르게 할 양으로 애쓰는 양을 나는 신통하게 생각하면서 풀대들이 간들거리지 아니할 때를 기다려서 손에 들었던 돌멩이를 메추라기 둥지를 겨누고 던졌다. 그러고는 놀란 메추라기가 날아나기를 기다렸으나 아무 소식이 없었다. 나는 발끝으로 사뿐사뿐 걸어서 메추라기 둥지 있는 곳에 가보았다. 내가 던진 돌은 분명히 메추라기 둥지에 떨어져서 그것을 덮고 있었다.

나는 그 돌을 들었다. 그러고는 나는 두 손을 귀밑에 들고 입을 딱 벌리고 한참은 화석한 사람과 같았다. 메추라기는 알을 품은 채로 내가 던진 돌멩이에 맞아서 으스러져서 내가 돌을 쳐들 때에 두어 번 날갯죽지를 퍼뜩퍼뜩하는 듯했으나 죽어버렸다. 알이 터져서 노란 것이 어지럽게 흩어져 있었다.

나는 머리가 쭈뼛거리고 등골에 소름이 끼침을 깨달으면서 손에 들었던 돌멩이를 내어던지고 뒤도 아니 돌아보고 집으로 달아 들어갔다.

어머니는 젖먹이를 안고 누이를 데리고 집 앞 살구나무 밑에 나와서 아버지와 나를 기다리고 있었다.

"아버지 오시던?"

"아니."

하고 나는 씨근거리며 어머니 곁에 섰다. 나는 어머니가 두 딸을 데리고 또 나까지 데리고 황혼에 서 있는 양이 내가 금방 때려죽인 메추라기와 같은 것만 같아서 마음이 괴로워서 거듭 어머니의 얼굴을 쳐다보았다.

"너, 왜 날 그리 쳐다보니?"

하는 어머니의 말씀이 더욱 비창한 것 같아서 주먹으로 눈물을 씻고 울기를 시작했다.

"울기는 왜 울어? 누구허구 싸웠니?"

"아니."

"그럼 왜 울어? 자, 들어가 밥이나 먹자. 웬걸 아버지가 저녁 전에 오시겠니? 오늘이야 간 데마다 술이니깐 잠뿍 취하였겠지."

우리는 달 올라오는 것을 바라보면서 밥을 먹으려고 토방에 둘러앉았다. 이것은 달을 바라보는 것이 목적인 것보다도 방에 불을 켜지 않겠다는 것이었다.

나는 메추라기 죽인 것이 암만해도 맘이 키여서 못 견디었다. 어머니 앞에 자백을 하면 다소 마음이 가벼워질 것 같았다. 그래서 나는 어머니에게 메추라기 죽인 이야기를 하였다.

어머니는 손에 들었던 숟가락을 떨어뜨리며,

"어그머니! 왜 그런 짓을 했니?"

하고 책망하는 눈으로 나를 바라보았다. 어머니는 분명 마음이 섬뜨레하는 모양이었다. 나도 기운 없이 내 숟가락을 내 작은 밥상 위에 떨어트렸다.

"그래, 그 어미 메추라기가 아주 죽었어?"

하는 어머니의 음성은 떨렸다.

"응, 두어 번 퍼뜩퍼뜩하더니……."

"알도 깨지구?"

"응, 알이 깨져서 노란자가 어미 날갯죽지에 모두 묻었어."

어머니는 길게 한숨을 쉬더니,

"우리 집이 무슨 크게 흉한 일이 있을라나 보다. 내가 죽을라나?"

하고 몸이 맥이 풀리는 듯했다.

"어머니, 왜 그런 소리를 허우?"

하고 나는 어머니가 죽는다는 말에 몸이 소름이 끼치고 무서움이 났다.

"네가 어금니 빠져 보이는 꿈을 꾸었다지? 내가 또 부뚜막에 뻘건 쇠

고기가 놓인 꿈을 꾸었어. 추석 명절이 되어서 고기를 생각해서 그런지도 모르지마는, 아무려나 우리 집안에 죽을라면 내가 죽어야지, 다른 식구가 죽어서 되니?"

어머니는 가끔 내가 어린앤 줄을 잊고 어른과 할 말을 하는 일이 있었다. 그것은 어머니가 밤낮 우리 둘만 데리고 있고, 어른들과 이야기할 기회가 없는 때문인지 모른다.

나는 어머니의 이 말이 크게 불길한 말인 것을 느꼈다. 그리고 갑자기 아버지가 걱정이 되었다. 일전에 내가 꾼 어금니 빠져 보이는 꿈, 그리고 요새에 도무지 기운이 없는 아버지의 모양. 실상 아버지는 눈과 볼만 쑥 들어간 것이 아니라, 얼굴빛까지도 꺼멓게 된 것 같았다. 가난 고생에 또 여름내 내가 이질을 앓아서 죽게 되었던 까닭에 그 뇌심에 아버지는 무섭게 초췌하였었다. 내 이질이 어떻게 오래 끌고 또 심하였던지 나는 쑥방석을 깔고 밤낮 누워 있었다. 그러는 동안 아버지는 꼭 내 곁에 있어서 나를 간호하였다. 어디 나가는 일이 있다면 그것은 양식이나 약을 구하러 나가는 일뿐이었다. 그러다가 내가 좀 나아서 일어나 앉을 만해서는 내가 심심치 않게 하느라고 장기도 가르쳐주고 바둑도 가르쳐주고 또 골패 노는 법까지도 가르쳐주었다.

"사내가 이런 것도 다 알아는 두어야 해. 여기 미쳐서는 못쓰고."

아버지는 번번이 이런 훈계를 하였다.

이 모양으로 죽을 뻔한 나를 간호하기에 아버지가 얼마나 상심하였을 것은 내가 어린것들이 앓을 때 상심해보고 더욱더욱 절실히 느꼈다. 마흔둘에 낳은 만득자 외아들인 나, 만사에 무심한 듯한 아버지도 이것을 죽이고는 살 수 없을 듯했을 것이다.

이런저런 일로 몹시 초췌한 아버지의 모양, 더구나 아까 산적 꼬치를 깎다가 후줄근한 두루마기를 입고 다 낡아빠진 갓을 쓰고 풀이 죽어서 나가던 아버지의 모양을 생각하매 나는 누를 수 없이 겁이 났다.

'만일 아버지가 돌아가신다면.'

이렇게 생각하면 나는 도저히 살 수가 없을 것 같았다. 아버지 없는 세상, 그것은 열한 살 먹은 나로는 상상도 할 수 없이 무서운 세상이었다.

"아버지가 왜 안 오셔?"

하고 나는 살구나무께를 바라보았다. 벌써 달이 구름에서 나와서 커다란 늙은 살구나무가 더 크게 우뚝 솟은 것이 보였다. 그 살구나무 밑으로 아버지가 두루마기 고름을 풀어헤치고 걸어오는 것이 보였다.

"아버지!"

하고 나는 맨발로 마주 뛰어나갔다. 마치 돌아가셨던 아버지가 살아오는 것이나 같이 반갑고도 소중하였다. 나이로 말하면 할아버지 나이나 되는 늙은 아버지!

"복숭아는 다 없어졌더라. 대추를 좀 얻어 왔다."

하고 아버지는 종이에 싼 대추 봉지를 내게 주었다.

"저녁 잡수셨소?"

"아니."

"시장하시겠구려."

"아까는 좀 허기가 나더니 임옴이네 집에서 술을 한잔 먹고, 빈대떡을 좀 먹었더니 괜찮어."

아버지는 취하지는 아니하였다. 근래에는, 내가 이질을 앓을 때부터는 아버지가 취하는 양을 보지 못했다. 내가 앓는 것이 걱정이 되어서 그렇기도 하려니와, 또 술을 자시려야 자실 돈도 없을 것이다. 인제야 누가 우리 아버지께 외상을 주며 돈 한 푼을 꾸어는 주랴? 꿀 데는 다 꾸고 질 데는 다 진 아버지다. 나는 아버지께 그 좋아하는 술을 실컷 대접해보았으면 하고 여러 번 생각한 것을 기억한다. 더구나 내 병이 점점 더해져서 오늘내일하고 죽을 시각을 찾을 때에, 약값은 없어, 양식은 떨어져, 어머니는 어떻게 사느냐고 어린것들을 한 팔에 하나씩을 껴안고 울어, 할 때에, 아버지는 발치에 놓였던 칼을 들어서 목을 따려고 하는 것을 죽어가던 내가 무슨 기운이 있었던지 뛰어 일어나서 붙들고 울고 난 뒤에는, 나는 어머니더러 밥주발을 갖다주고라도 아버지 술이나 좀 사다 드리라고 떼를 쓴 일도 있었다. 아버지도 어머니도 울었다. 그런데 오늘도 어찌해서 취하지를 아니 했을까.

아버지는 상을 받고 두어 술 밥을 뜨더니 속이 편치 않다고 상을 물렸다. 그러고는 뒷간으로 갔다. 나는 웬일인지 가슴이 덜컥 내려앉아서 아버지를 따라갔다. 설사가! 나는 발을 동동 구르고 싶었다.

그해는 괴질이 사람을 휩쓸던 해다. 그러나 팔월에 들어서면서는 추풍이 나서 그런지 뜸했다. 그런데도 나는 아버지의 설사가 치명적인 것을 직각하였다.

뒷간에서 돌아온 아버지 곁에 나는 떨고 서 있었다.

전과 같이 나는 아버지와 한방에서 자리에 누웠다. 나는 얼마 동안 아버지의 동정을 근심하였으나, 별일이 없는 것을 보고는 잠이 들었다. 얼마나 잤는지 모르거니와, 내가 놀라서 깨어난 때에는 어머니는 피마자기름을 입에 물어서 아버지의 항문으로 아주까리 대로 불어넣고 있고, 아버지는 괴로워서 몸을 비비 틀고 있었다.

내 예감대로 아버지의 병은 호열자였던 것이다.

나는 일어나 앉아서 이 광경을 보고는 "천우신조하오, 천우신조하오." 하고 수없이 부르며 울었다. 아버지의 파랗게 질린 얼굴을 보고는 또 울고 또 울었다.

해가 떠오를 때에는 벌써 아버지는 눈이 곧아 돌리지를 못하고 혀가 굳어서 어음이 분명치 못하였다. 그리고 두 다리와 손이 죽은 사람의 살 모양으로 퍼렇게 되었다.

어머니는 의원을 청하러 간다고 어디로 가고 어린애들은 안방에 소리 없이 있고 나만 아버지 곁에서 울었다.

아버지는 나를 보고 무슨 말씀을 하는 모양이나 어음이 분명치 못해서 무슨 뜻인지 알 수가 없었다. 그것이 설워서 나는 또 울었다.

"수경아, 수경아."

하는 소리만은 분명히 알아들을 수가 있었다. 그리고 여러 번 여러 번 또하고 또 한 결과로 아버지 말뜻이,

'내가 죽어야 네가 잘돼.'

하는 말인 줄을 알아들었다. 그러고는 나는 아버지의 싸늘한 손을 가슴에 안고 울었다. 아버지가 돌아가면 나도 따라 죽을 것만 같았다.

아침 일찍 나간 어머니가 점심때나 되어서야 곽향정기산(藿香正氣散) 두 첩과 무슨 잿빛 나는 가루약 한 봉지를 가지고 돌아왔다.

"내일이 추석이라고 누가 오려야지. 박 의원두, 이 의원두 다 못 오겠다구."

어머니는 원망스럽게 말하고는 그 가루약을 아버지에게 먹이고 첩약을 달이러 부엌으로 나갔다.

가루약을 먹인 지 얼마 아니 하여 몸의 검은빛은 가슴까지 올라가고 아버지는 아주 정신을 잃어버리는 것 같았다.

나는 김 의원이나 강 의원을 불러오려고 뛰어 나섰다. 이날도 때때로 소나기가 쏟아졌다.

김 의원이나 강 의원은 다 아버지의 친한 친구였다. 그러나 그들은 다,

"송진을 먹여라. 내일이 추석이니까 나는 못 가."

"머루 넝쿨을 대려 먹여라. 내가 가도 별수 없어."

이렇게 말하고, 내가 아무리 울고 졸라도 와주지 아니하였다.

나는 이때에 처음으로 인심이 어떻게 박한 것을 깨달았다. 내가 의원이 되면 어떤 때에 어떤 사람이 부르더라도 반드시 달려가리라고 맹세하고 울고 돌아섰다.

"떡 먹고 가거라."

하는 것을 대답도 아니 하고 나서서 비를 줄줄 맞으면서 집으로 향하였다. 논 사이로 밭 사이로 오불꼬불한 길은 아무리 걸어도 가지는 것 같지 아니하였다. 더구나 소낙비가 산, 들을 가리고 눈물은 눈을 가려서 나는 몇 번이나 미끄러지고 발을 헛짚어서 논과 도랑에 빠졌다. 내가 입은 베고의적삼은 흙투성이가 되고 물이 흘렀다.

드렁다리라는 큰 돌다리께 다다라서 비가 그치고 천주산 쪽으로 푸른 하늘이 번뜻 보였다. 나는 길바닥에 넙적 엎드려서 수없이 절을 하면서,

"하나님 나려다봅소사. 서낭님 나려다봅소사. 아버지 살려줍소사."

하고 빌었다. 그 푸른 하늘 조각이 점점 커질 때에 하나님은 내가 비는 것을 들으신 것 같았다. 나는 하나님이나 서낭께 절하고 빈 것이 이때가 처음이었다.

나는 아버지가 어떻게나 되었나 하고 그것이 궁금해서 줄곧 달음박질을 쳤다. 그러면서도 입으로는,

"하나님, 서낭님."

하고 중얼거리며 빌기를 그치지 아니하였다.

나는 마침내 내가 메추라기 죽인 곳에 다다랐다. 나는 메추라기 둥지 쪽을 향하고,

"메추라기야, 내가 잘못했다. 우리 아버지 살려다오."

하고 메추라기 귀신을 향해서도 빌었다.

살구나무 밑에 갑작비에 생긴 개천에서 누이가 놀고 있었다.

"아버지 어때?"

하고 나는 누이에게 물었다.

"엄마가 좀 나았다고 그래."

하는 것이 누이의 대답이었다.

나는 아버지 앓는 방으로 뛰어 들어갔다. 아버지 곁에 앉았는 어머니는 내가 들어오는 것을 보고, 조용히 하라고 손을 내저으면서,

"아버지가 좀 나으신가 보다. 지금 잠이 드셨다."

하고 안심한 듯이 빙그레 웃기까지 하였다.

나는 가만가만히 아버지 곁에 가서 얼굴을 들여다보았다. 나는 곧 아버지에게 숨이 없음을 깨닫고 코에다가 손을 대어보았다. 숨이 없었다.

"아버지 죽었어!"

하고 나는 저도 놀랄 만한 소리를 질렀다. 그제야 어머니도 놀라서 내가 하던 모양으로 손을 코에 대어보았다. 그러고는 참 이상도 한 일이었다. 어머니나 나나 도무지 울 생각은 없었다. 도리어 나는,

"어머니는 바보야. 죽은 줄도 모르고 앉았어."

하고 웃기까지 하였다.

어머니는 날더러 아버지 눈을 감기라고 명하고, 내가 그대로 한 뒤에는 내 머리 꼬랑지를 풀고 어머니도 머리를 풀었다. 그러고는 홑이불로 아버지의 얼굴을 가리었다. 한 팔을 가슴에 얹은 채로, 한 다리를 구부린 채로 그것을 펼 줄도 모르고, 어머니는 언제까지나 멀거니 앉아 있었다.

"수경아, 어떻게 사니?"

어머니는 이런 말을 한마디 던지고는 또 멀거니 앉아 있었다.

"수경아, 뒷집에 가서 창넌이더러 돌꼬리 기별해달라고 그래라, 아버지 돌아가셨다고, 중간에서 술도 먹지 말고 노름도 하지 말고 급히 기별을 해달라고."

어머니는 나를 보고 이렇게 명령하였다. 나는 머리를 풀어헤친 채로 뒷집으로 갔다.

"여보, 여보, 돌꼬리 좀 갔다 와주."

하고 나는 대문 안에 들어가지 아니하고 소리를 쳤다. 나는 아버지의 돌아가신 병이 남들이 싫어하는 병인 줄을 알았던 때문이다.

창넌 어머니가 문으로 머리를 내밀어서 나를 바라보면서,

"왜 그러니? 아버지 좀 나으셨니?"

하였다. 나는 우리 집에서 그렇게 보꾸탕을 쳐도 들여다보지도 않은 이 이웃에 대하여서 반감을 느끼면서,

"아버지 돌아가셨어요. 얼른 돌꼬리 기별이나 좀 해주어요. 가다가 술도 먹지 말고 노름도 하지 말고요."

하고는, "에그머니나." 하는 창넌 어머니와 무당 마누라의 늘 하는 양을

믿게 생각하면서 집으로 뛰어왔다.

집에 와서 나는 이상한 광경을 보고 놀랐다. 그것은 어머니가 젖먹이를 업고 아버지의 시체를 타고 넘는 것이었다. 타고 넘는 그 일에 놀란 것보다는 그때 어머니의 표정에 놀란 것이었다. 나는 어머니가 그때처럼 침착한 표정을 하는 것을 처음 보았다. 얼마나 침착한고 하니, 마치 반쯤 조는 사람과 같았다. 그러면서도 그의 눈은 빛났다.

"어머니, 왜 아버지 송장을 타고 넘우?"

하고 나는 어린 마음에 그 행동이 하도 수상해서 물었다.

"이렇게 시체를 타고 넘으면 데려간대. 나허구 애란이허구는 아버지를 따라가야지. 너는 애경이허구는 오래오래 살아야 하고."

이렇게 말하고 업었던 애란을 내려놓았다. 그도 이상하지, 세 살 먹은 애란이 무엇을 알겠길래 아버지 시체를 보면은 바르르 떨며 어머니 품에 착 달라붙어서 그 까맣고 다팔다팔한 머리를 살래살래 흔들었다. 그것이 마치,

"나는 죽기 싫어. 나는 살고 싶어."

하는 것 같아서 한량없이 가여웠다.

"어머니, 왜 그런 소릴 허우?"

하고 나는 울었다. 아버지는 돌아가셨는데 어머니마저 돌아가면 참으로 이 세상에서 살 수 없는 것만 같았다. 진정으로 말하면(심히 황송한 말이나), 나는 어머니를 그만치 소중하게 알지 아니하였다.

그것은 아버지가 혹은 농담으로 혹은 싸울 때에 어머니를 어리석은 사람으로 말씀하는 것을 들은 때문인 것같이 생각된다. 실상 아버지 나이보다 이십 년이나 아래요, 게다가 칠칠하다고는 할 수 없는 어머니를 항

상 경멸하고 있는 것이 어린 내 눈에 분명히 보였다. 그래서 나도 어머니는 대수롭지 아니한 존재로 알고 있었다. 기억은 없으나 어머니의 훈계나 꾸지람은 내가 귓등으로 들었을 것같이 생각한다. 그러나 이날에 젖먹이를 업고 아버지의 뒤를 따른다고 그 시체를 타고 넘는 모양을 보고는 나는 어머니가 무서운 사람 같았고, 또 끔찍이 소중한 존재도 되었다. 열한 살 먹은 나를 머리로 다섯 살, 세 살 되는 세 어린것이 어머니마저 여의면 어떻게 살아갈까 하면 어린 마음에도 앞이 캄캄하였다. 나는,

"어머니, 죽지 말어, 잉."

하고 어머니를 위협하듯이 울었다.

"아니다. 나허구 애란이허구가 죽어야 너희들 잘산다. 수경이가 귀하게도 되고오."

어머니의 눈에서도 눈물이 떨어졌다.

아버지가 돌아간 지 아흐레 만에 어머니도 정말 아버지의 뒤를 따라가고 말았다. 그리고 일 년 뒤에는 애란도 아버지와 어머니의 뒤를 따라가고 말았다.

나는 차마 아버지의 시체를 밀짚 거적에 싸서 밭귀에 묻던 말과 어머니가 아버지 돌아간 뒤에 영 식음을 전폐하고 아흐레 만에 돌아간 것이나, 또 내가 가장 사랑하던 동생 애란이 남의 집에 가서 굶어 죽다시피 한 것이나, 또 내 일가친척들이 어떻게나 무정하게 우리 세 고아를 대한 것이나, 그것은 차마 말할 수도 없고, 또 남들에게는 말할 필요도 없다.

어찌했든지 나는 이리하여 고아가 되었다. 아버지가 있는 것은 다 팔아자시고 어머니와 젖먹이를 데리고 나와 다섯 살 먹은 누이동생 하나만을 알몸으로 세상에 남기고 가버렸다.

나는 아버지를 원망한 일은 없었다. 더구나 철이 나서부터는, 내가 나서부터 집이 치패하고 또 내가 병을 앓기 때문에 아버지로 하여금 뼈가 빠지게 해서 늙음과 죽음을 재촉한 것을 생각하면 아버지에게 대하여 황송한 마음이 많다. 그러나 아버지가 무척 못난 어른이란 생각은 지금도 가지고 있다. 오직 어머니만은 언제 생각해도 불쌍하다. 그는 늙은 남편의 아내가 되어서 굶고 헐벗고, 말년에는 겨울에도 솜옷을 못 입고 떨던 것을 나는 기억한다. 그렇게도 남처럼 살아보려고 애를 쓰다가 하나도 소원은 못 이뤄보고 남편의 뒤를 따라갔다. 그러나 내 가슴을 가장 아프게 한 죽음은 애란의 죽음이다. 그의 유난히 야드르하게 까만 머리와 까맣고 반짝거리는 눈. 그는 내가 이 인생에서 처음으로 깊이 사랑하던 존재다. 애경에게 대해서는 심히 미안한 말이거니와, 나는 이 누이에게 그렇게 정이 없었다. 애경이 죽었다는 기별을 들은 때는 내가 오십을 바라보는 때지마는, 애란의 죽음을 아파하던 십분지 일도 아파하지 못하였다.

나는 어린 적의 기록을 너무 지루하게 쓰기를 원치 아니하여 이만 그치거니와, 크게 부끄럽고 분개하고, 아버지와 어머니를 위해서 미안하던 일 한 가지만을 더 말하고 싶다. 그것은 지금 생각해도 부끄러운, 식은땀이 흐르는 일이니, 그때 아버지의 부끄러움이야 오죽했으랴. 그 일은 이러하다.

내가 열 살을 넘는 때로부터 어머니는 나를 장가를 들여서 며느리를 얻는 것이 소원이라고 하여 가끔 아버지를 졸랐다. 그러다가 내가 열한 살이 되어서부터는 어머니의 조름은 더욱 심하였다. 나는 어머니의 말을 철없는 소리라고 생각하였다. 지금 이 식구만으로도 굶는 때가 많은데 또 한 식구를 데려오면 무엇을 먹이나 하는 것이 걱정이 되었다. 그러나 속으로는 분홍 치마, 노랑 저고리 입은 새아씨가 있었으면 하는 생각도 있었다.

그러나 사실을 말하면, 며느리를 먹일 걱정보다도 우리 집에 며느리로 딸을 줄 사람이 있을 것 같지 아니하였다. '무엇을 보고 딸을 주어?' 그러하건마는 어머니의 며느리 소원은 갈수록 더 간절하여서 아버지를 보고 울고 조르는 때조차 있었다. 아마 그는 겨울에 솜옷 한 벌도 못 입던 원을 며느리에서나 풀어보려는 것 같았다.

하기는 나만 한 아이로서 상투를 짜고 관을 쓰고 명주 누비바지에 모본 단 배자를 입는 아이도 많았다. 그러나 그것은 부잣집 아이들이었다. 앞집 둥퉁이라는 아이는 나이가 스물두 살이나 먹어서 얼굴에 여드름이 더덕더덕하고 개기름이 뻔지르 돌아도 아직도 굵다란 꼬랑지를 늘이고 있었다. 그러나 내 어머니는 가난한 집 아들로 나를 생각하기를 원치 아니하는 모양이었다. 갈밭굽이 이모의 아들은 나보다 두 살 위인데도 벌써 커다란 새아씨가 있었다. 이것이 다 어머니를 자극하는 재료였다.

아버지도 이 문제에 대해서는 퍽 상심하는 모양이었다. 그러한 결과로 어느 부자 친구에게 말하여 그의 딸이나 손녀를 며느리로 청하고 볏백이나 덤으로 받아 왔으면 하는 생각을 하게 된 모양이었다. 만일 그리된다면 며느리 생기고, 재산 생기고, 이른바 일거양득일 것이다. 궁한 늙은이가 할 만한 생각이었다. 또 누구든지 우리 집에 딸을 주려는 사람이 있다고 하면 그는 제 딸이 먹고살 것까지 끼워주지 아니하면 아니 될 것이다. 그렇지 아니하면 제 딸이 굶어 죽을 것이 분명하니까.

하루는 아버지가 나를 데리고 물골로 갔다. 물골은 김씨네들 사는 동네로, 내가 어려서 비 오는 날 향음주례를 구경하러 갔던 곳이다. 그리고 아버지가 찾아간 집은 그 늙은 은행나무가 서 있는 김정언 집이었다.

김정언은 소문난 구두쇠로, 과거한 뒤에도 벼슬도 마다하고 일생을 돈 모으기에 보낸 사람이었다. 내 아버지의 친구는 이 김정언의 아들 김 교리였다. 김정언이 대과를 하게 된 데는 내 종증조의 힘이 많고, 김 교리가 과거를 한 것도 내 재종증조의 힘이라고 해서 아버지는 평소에 김정언 집을 오가소립(吾家所立)인 것같이 말하는 것을 여러 번 들었다. 아버지는 결코 김정언을 좋게 말하는 일이 없고 언제나 경멸하였다. 아마 아버지가 어려서는 김정언 집은 우리 집보다 훨씬 세력이 없던 모양이었다. 그러나 지금이야 정반대가 되었지마는, 아버지는 이 변천, 무상한 인사의 변천을 승인하기를 원치 아니하는 모양이었다. 지금도 비록 헌털뱅이를 입고 구걸을 다닐망정 수천 석 하는 김정언 집에 대해서는 여전히 우월감을 가진 모양이었다. 사실 내가 보기에도 김 교리는 아버지한테 눌리는 듯하였다. 아버지가 김 교리보다 사오 년 연장되는 까닭도 있겠지마는, 그렇대야 서로 허교하는 처지면서도 아버지는 김 교리에게 마치 선배인 듯한 호기를 부리고, 김 교리는 아버지에게 대해서 다소 어른 대접을 하는 태도가 있었다. 아마 소년 시대에 우리 집에 눌리던 버릇이 오늘날까지도 남아 있는 것이었다. 아마 이것이 아버지에게 남은 유일한 재산이요 자랑이었을 것이다. 이 자존심만이, 아마 아버지는 한 달이 다 못 하여 세상을 떠날 때까지 이것 하나만은 잃지 않고 갔으리라 믿는다. 거적송장이 되어서 나가면서도.

김 교리는 술을 나외어서 아버지를 취케 하였다. 그는 아마 아버지가 돈이나 양식을 구걸하러 온 줄로 알았을 것이다. 아버지가 구구한 청을 하러 왔다가도 술에 취하여 호기가 나게 되면 고담준론을 하고 운자(韻字)를 불리고 절구(絶句)를 짓노라고 하다가 그만 팽창된 자존심에 얽매이어서 구구한 소리를 못 하고 돌아가는 성미를 아는 부자 친구들은 아버지에게 술을 대접해서 호기를 뽐내게 하는 것으로 한 방패를 삼는 것이었다. 이날도 분명 김 교리는 이 수단을 쓰는 것이었다.

아버지는 연해 기울어지는 갓을 바로잡고 수염을 내리쓸기 시작하였다. 이것이 취하는 표다. 나는 아버지가 이러한 동작을 하게 되면,

"아버지 가요."

하고 일어나기를 재촉하는 버릇이 있었다. 그러나 나는 여름에 내가 이질을 앓으면서 아버지가 즐기는 술도 못 자시고 촐촐하게 지내던 것을 생각하고 좋은 안주에 술이나 실컷 자시기를 바라는 마음으로 가만히 앉아서 조바심만 하고 있었다. 그러면서도 주인인 김 교리의 지르르 흐르는 좋은 옷과 자신과 자존심 있는 태연한 태도에 비겨서 아버지의 초췌한 얼굴, 남루한 의관, 그리고 속 빈 호기가 도리어 궁상인 것 같아서 마음이 괴로웠다.

아버지는 한참이나 잠잠히 있더니,

"여보게, 나 오늘 자네헌테 청할 말이 있어서 왔네."

하고 김 교리를 보고 마침내 담판을 개시하였다.

"자, 청은 이따가 하고 술이나 들게."

하고 김 교리는 분명히 돈 말이 나올 줄 아는 모양이었다.

"아니, 자네가 이 청을 들어주면 내가 오늘 밤새도록 취할 테고, 만일 자네가 내 청을 안 들으면 나는 지금 곧 갈 테네. 그러고는 다시는 자네 집에 안 올 것일세."

이러한 말을 하는 아버지에게는 비통한 빛이 있고 듣는 김 교리도 좀 의외인 듯이 들었던 잔을 내려놓고 놀라는 모양으로 아버지를 바라보았다. 나도 이 장면이 심상치 아니함을 보았다.

김 교리가 멍하니 아버지를 바라보고 앉았는 것을 보고 아버지는 단단히 결심한 듯이 고개를 좀 앞으로 내밀고,

"여보게, 자네 딸 내 며느리로 안 주려나? 내 청이란 그것일세."

하는 말에 나는 쥐구멍에라도 들어가고 싶어서 고개를 푹 수그려버렸다. '아버지가 왜 이런 어리석은 말씀을 할까. 김 교리가 우리 집에 미쳤다고 딸을 주어?' 하고 나는 아버지를 원망했다. 될 수만 있으면 그 말을 도로 거둬들이고 싶었다.

김 교리는 하도 어이가 없는 듯이 물끄러미 아버지를 바라보고 다음에는 나를 바라보고, 말이 없었다. 나는 김 교리의 입에서 영원히 말이 아니 떨어지기를 바랐다. 그 입에서 떨어지는 말은 우리 부자를 쇠뭉치로 내리패는 말일 것이 분명하였다.

"어떡할 텐가? 내 청을 들을 텐가, 안 들을 텐가?"

하고 다지는 아버지 말에는 벌써 처음보다는 풀이 꺾였다.

"자네, 내 딸을 데려다가 무엇을 먹이려고 그러나?"

하고 김 교리는 비로소 마음을 가라앉힌 듯이 빙그레 웃었다.

"자네 딸 먹을 것을랑 자네가 주게그려. 볏백이나 주면 되지 않나?"

아버지가 차마 어떻게 이런 뻔뻔한 소리를 하는가 하고 나는 더욱 부끄러움을 참을 수가 없어서 죽고 싶었다. 딸을 며느리로 달라던 말보다 이 말은 더욱 내 자존심을 상하게 하였다. 나는 아무리 해서라도 김 교리 집보다 더 잘살리라고 맹세를 하였다. 그리고 내 아버지를 김 교리가 입고

앉았는 것보다도 더 좋은 옷을 해드리고 비단 보료에 편안히 앉아서 호강을 하시게 하리라, 이러한 결심을 하였다. 이 순간에 내 가슴속에 일어난 수치와 분함과 비통함은 영원히 잊힐 수 없을 것이다.

"어서 술이나 들게."

하고 김 교리가 권하는 술잔을 받으려고도 아니 하고 아버지는 벌떡 일어나,

"나는 가네. 다시는 자네 집에 발길을 아니 할 것일세. 잘살게."

하고 나를 앞세우고 오르내리 십리 영을 넘어서 집으로 돌아왔다.

나는 애경 누이를 조부님 댁에 데려다 두고는 방랑 생활을 하였다. 괴질에 어미 아비 다 잡아먹은 열한 살 나는 흰 댕기 드린 아이 녀석, 머리와 옷에는 이가 끓는 아이 녀석, 이것은 결코 어느 집에서나 환영받을 손님은 아니었다.

나는 외가에도 갔다. 외조모도 없고, 외숙모는 늙은 데다가 장성한 두 아들을 다 앞세운 슬픔으로 얼이 다 빠져가지고 하루 종일 물레질만 하고 있어서 울지도 웃지도, 말 한마디도 아니 하였다. 다만 맏형수만이 나를 불쌍히 여겨서 머리도 빗겨주고 버선도 기워주었다. 그러나 한 집에 한 달 이상 붙어 있기는 어려워서 나는 외갓집을 떠나서 우리 액내(額內)에서는 가장 잘살고 또 내가 가장 좋아하는 식구들이 사는 재당숙 집으로 간다. 이 집에는 노적(露積)도 있고, 종도 있고, 아직도 숙모들이나 누나들은 대문 밖에를 안 나오는 생활을 하고 있었다. 내 맏당숙은 사랑문을 열어놓고 앉아서 접빈객(接賓客)을 하였고, 가운데 아저씨는 선생이었고, 작은 아저씨는 접장(接長)으로 『서전』을 읽는 새서방님이었다. 그리고 백(柏)이라는 내 삼종제는 나와 동갑으로서 이 빛난 가문의 외아들로

귀여움을 받고 있었고, 또 과년한 아주머니며 누나들도 있어서 퍽 유쾌한 가정이었다. 행복은 결코 완전하지 못하여서 이 집에도 걱정 하나가 있었으니, 그것은 큰누이가 고칠 수 없는 병으로 시집갈 나이가 지나도록 뒷방에 가만히 앉아서 바느질하기와 책 보기로 세월을 보내는 것이었다. 나는 이 누나 인연으로 언문 책을 많이 얻어 보았다. 『사씨남정기』니 『창선감의록』이니 『구운몽』이니 이런 책들은 다 이 누나의 인연으로 보았고,

"석아, 너도 이런 책을 지어보려무나."

하는 말도 이 누나에게 처음 들었다. 석(柘)이란 내 이름이다. 다른 일가 사람들은 내 아명인 수경을 부르지마는 이 누나는 나를 석이라고 불렀다. 그것이 나를 대접해주는 것 같아서 기뻤다.

윷놀이도 이 집에서 배우고 공기놀기도 여기서 배우고, 또 승경도(陞卿圖)도 여기서 배우고, 또,

구름 간다 구름 간다
구름 속에 선녀 간다.
선녀 적삼 안고름에
울금 대정 향을 찼다.
꽃밭에서 말을 타니
말발굽에 향내 난다.

이러한 노래며, 또,

우리 아버지 가는 길엔
술과 안주 널렸더라.
우리 오빠 가는 길엔
기생첩이 널렸더라.
우리 언니 가는 길엔
칠보 화잠(花簪) 널렸더라.

　이런 노래며, 지금은 더러는 생각나고 더러는 잊어버린 여러 노래들을 들은 것도 내 재당숙 집에서다. 그 노래들 중에는, 어머니의 죽음을 슬퍼해서 그 무덤에 가서 잔디 잎이 포릇포릇 나오는 것을 보고, 어머니가 운명할 때며, 염습할 때며, 장례 나갈 때며, 무덤에 묻을 때며, 이러한 것을 아름답게 서사시적으로 읊은 것도 있었는데, 암만해도 생각이 나지 아니한다.

　또 내 작은 재당숙들이 여자들의 청을 들어서 『삼국지』나 『수호지』를 진서(眞書) 책대로 조선말로 번역해 읽어주었다. 나는 그것이 무척 부러웠다.

　아무러나 지금 생각하면, 내가 문학이란 것에 접촉한 것이 여기서라고 볼 수 있다. 나는 조그마한 이야기책 하나를 지어서 큰누나에게 보였으나 칭찬은 듣지 못하였고, 또 내 삼종제와 함께 노래와 고풍 한시를 짓기를 내기했으나 언제나 내가 졌다. 백은 무엇에나 나보다 재주가 승하였다. 그러나 내가 백을 대할 때에 제일 부러운 것은 그의 꾸겨짐 없이 쭉 펴인 천진난만한 성품이었다. 나는 부모 없이, 집 없이 남의 밥을 먹게 되어서 그런지 벌써 눈치꾸러기가 되어 있었다. 나는 어린 마음에 그것이 깨끗지 못한 것임과 궁상임을 알아서 퍽 부끄러웠다.

'나는 왜 백이 같지 못한고.'

하면 퍽 슬펐었다.

나는 이 집에도 오래 있지는 못하였다. 어떤 때에는 책 한 권을 읽고는 떠나고, 어떤 때에는 무슨 노염이 나서는 저녁도 안 먹고 떠났다.

이 모양으로 떠돌아다니기를 일 년에 나는 세상 인정의 차고 쓴 맛을 꽤 보았고, 또 세상의 더러운 것도 꽤 보았다. 나는 그동안에 어떤 집 윗목에서 얻어 자다가 남녀의 관계란 것도 목격하고, 또 남자들의 부자연한 성욕 만족이란 것도 구경하였다. 예전에는 나를 끔찍이 소중히 여기던 사람들도 내가 고아가 된 뒤에는 지지리 천대하는 것을 당하였다. 어떤 겨울날 나는 조부의 집을 향하고 오던 길에 선밀고개라는 고개를 넘어서서 양지 쪽 골짜기를 찾아 들어가서는 눈 녹은 자리를 가리어서 바지를 벗어서 이를 잡고, 그러고는 바지로 웃통을 가리고는 저고리를 벗어서 이를 잡고 있었다. 이것은 내가 다른 집으로 갈 때마다 하는 버릇이었다.

"수경이 와 자더니 이가 올랐어."

이런 소리를 아니 듣자는 것이다. 산에 눈이 하얗게 덮였지마는, 양지 쪽은 따뜻했다. 나도 옷의 이를 다 잡아 입고 머리의 이를 잡느라고 눈 위에 툭툭 머리를 널고 앉았노라니 웬 보지 못하던 사람이 곁에 서 있는 것을 발견하였다. 그는 이러한 촌구석 사람 같지는 않게 해사하게 생긴 사람이었다. 눈에 볕이 강하게 비춰어서 그는 눈이 부신 모양이었다.

"너 남궁석이 아니냐?"

하고 그는 부드러운 소리로 물었다.

이것이 서병달이었다. 그는 이 지방 동학 두령인 박 대령의 수제자요,

또 자기도 천여 명 교인을 거느린 대접주(大接主)였다. 동학에서는 사십 명 포덕을 한 사람을 해접주(該接主), 삼백 명 포덕을 한 사람을 수접주(首接主), 천 명을 대접주(大接主), 만 명을 의창대령(義昌大領), 오만 명을 해명대령(海明大領), 그리고 십만 명 도인을 거느린 사람을 수청대령(水淸大領)이라고 하는데, 수청대령은 이용구(李容九) 한 사람뿐이요, 그 위에는 대도주(大道主) 의암(義菴) 손병희(孫秉熙) 선생이었다. 이 서병달이란 사람은 대접주로서 해명대령 박해명의 수제자인 줄은 나중에 알았다.

이 사람은 나를 자기 집에 불러서 오만 년 무극대도니 수운 선생, 해월 선생이니, 철도, 윤선(輪船), 은행이니 여러 가지 처음 듣는 말을 하여주고, 또 머리도 빗겨주고 새 옷도 하여주고 끔찍이 친절하게 해주었다. 그 집은 다 쓰러져가는 오막살이 단칸집이나, 방은 깨끗하고 책도 못 보던 것이 여러 가지 있었다.

거의 달포나 두고 나를 시험하고 훈련한 뒤에 서 접주는 나를 박 대령 집으로 끌고 갔다. 그것도 산골짜기에 있는 아주 초라한 집이지마는, 방에 들어가보면 심히 정결하였다. 그리고 대령이란 이는 아직 선비다운 점잖은 한 오십 된 사람으로, 언제나 두루마기를 입고 갓을 쓰고 몸을 단정히 하고 있었다. 나는 그에게 절을 하였다. 서 접주 부인이 참빗질을 잘해서 서캐까지 말짱하게 훑어서 머리를 곱닿게 땋고 흰 댕기도 옥양목으로 좀 널찍하게 접어서 드려주고, 속속들이 옥양목 바지저고리, 두루마기에 버선까지 기워 신겨주어서 박 대령 집에 갈 때에는 제법 말쑥한 도련님이었다.

나는 곧 입도 예식을 행하여 '懺悔從前之過 願隨一切之善(참회종전

지과 원수일체지선)'하여 '布德天下廣濟蒼生保國安民(포덕천하광제창생
보국안민)'의 '无極大道大德(무극대도대덕)'을 위하여 일생을 바치기를
하느님께 서약하였다.

나는 평생 처음 이런 엄청나게 큰 소리를 들었고, 또 이런 정성 있고 용
기 있고 친절하고 겸손한 사람들을 보았다. 나라에서는 이 사람들을 잡
기만 하면 죽인다는데, 그래도 그들은 조금도 두려워 아니 하고 포덕을
하고 기타 활동을 하고 있었다. 밤이면 동학 두령들이 많이 찾아오는데,
모두 순실하고 점잖고 겸손하였다. 나는 '참 이상한 사람들이다.' 하고
보고 있었다.

내가 이 집에서 하는 일은 서울서 오는 글발을 베껴서 각 포(포라는 것
은 한 두령이 거느린 도인의 단체였다)에 보내는 일이었다. 이를테면 중앙
정부에서 온 지령을 도에서 받아서 각 군에 전달하는 셈이다. 그러므로
내 직분은, 좋게 말하면 대명의 비서요, 나쁘게 말하면 서기였다. 나보다
먼저 이 집에 와서 그런 일을 하고 있는 아이가 하나 있었는데, 그는 운현
이라는 아이로 나보다 사오 년이나 위이어서 큰 총각이었다. 키는 작고
낯바닥은 방패와 같이 생겨서 얼굴이 기다랗고 음흉해 보이는 아이였다.
이 애가 장차 내 경쟁자가 될 아이였다.

운현이란 애가 차차 나를 미워하게 된 까닭은, 박 대령의 내게 대한 사
랑과 신임이 커가는 것 외에도 또 한 가지 있었다. 그것은 박 대령의 딸
때문이다. 이 예옥이라는 열여섯인가 열일곱 살 되는 계집애는 얼굴은
이쁜 편이 아니나 몸 모양과 목소리가 고왔다. 운현이 녀석은 이 색시에
게 마음을 두어서 장차 이 집 사위가 되리라고 생각했던 모양이었다. 운
현은 내라는 새 인물이 들어오기 때문에 위험을 느낀 것이었다. 박 대령

앞에서는 아주 점잖은 그, 내게 대해서도 친절하고 엄숙한 형과 같이 대하는 그는 나하고 단둘이만 있는 곳에서는 공연히 나를 향하여서 눈을 흘기거나 그렇지 아니하면 나를 깔보아서 장난감으로 삼으려고 하였다. 그는 내 입을 맞추려 들고 껴안으려 들고, 어떤 때에는 더러운 말까지 하였다. 나는 그럴 때마다,

"도인이 그래서 써?"

하고 톡톡 쏘았다.

이 녀석은 대단히 내숭스러운 녀석이었다. 어른들 앞에서는 아주 엄전하였다. 나는 이 녀석이 대단히 미웠으나 나보다 나이도 많고 또 먼저 이 집에 와 있는 선배라 어찌할 수가 없었다. 다만 나는 일하는 것과 행실을 단정히 가지는 것으로 운현을 이기리라고 결심하였다.

글씨름은 운현이 나보다 나았으나 박 대령의 뜻을 받아서 편지나 글을 짓는 것은 운현이 나를 따르지 못하였다. 박 대령은 가끔 운현 앞에서도 내 글재주를 칭찬하였다. 이 일로 나는 운현보다 중요한 지위에 있게 되었다. 박 대령은 무식한 이는 아닌 모양인데 웬일인지 그는 제 손으로 붓대를 잡는 일이 없고 꼭 대필을 시켰다. 들으니, 그는 본래 노름 잘하고 사람 잘 치고 유명한 오입쟁이요 날탕패라고 한다. 그러다가 동학에 입도한 뒤로 이렇게 딴사람이 되어서 여러 사람의 숭앙을 받는다고 한다. 내가 보기에도 그는 아버지보다도, 할아버지보다도, 어느 아저씨들보다도 덕이 높고 엄숙한 이였다. 그는 한두 잔 술을 먹으나 결코 취태를 나타내는 것을 못 보았고, 언제나 의관을 정제하고 똑바로 앉아 있었다. 그의 눈과 온몸에서 거룩한 빛이 발하는 것같이 내게는 보였다. 우리 고을에서 유명한 학자님이요 승천재라는, 초시 과거까지 보았다는 큰 재(齋)의

선생인 이학암보다도 더 거룩하다고 나는 생각하였다. 이러한 어른의 신임을 받아서 모든 기밀을 맡아 하는 내 지위는 심히 중요한 것임을 나는 인식하였다. 박 대령 집에 찾아오는 나 많은 두령들도 나를 존경해서 '해라'를 아니 하고 '하오'를 하였고, 어떤 두령은 '합시오'까지 하였다. 이런 것이 다 운현의 비위에 거슬리지 아니할 수 없었다.

박 대령이 특히 나를 신임하는 또 한 이유는, 내가 비밀을 엄수하는 것이었다. 까딱 잘못해서 비밀이 누설되는 날이면 관에 잡혀가서 목이 달아나는 이 판에 비밀을 엄수하는 것은 동학 두목들에게는 가장 중요한 덕이었다. 그런데 운현은 너무 아는 체를 해서 가끔 비밀을 누설하였다고 박 대령에게 꾸중을 들었다.

이렇게 되매 박 대령의 부인도 나를 사랑하였다. 아마 내가 나이 어린 까닭도 있겠지마는, 나는 이 집 안방에 무상출입하는 특권이 있었고, 따라서 예옥과도 가까이할 수가 있었다. 예옥은 나를 동생처럼 귀애하면서도 또 한편으로 나를 존경하고 어려워하였다.

나는 때때로 기밀 편지며 문적을 가지고 각 포에 심부름을 갔다. 동학을 잡으라 하는 영이 나서 동학 하는 사람이면 지목이 대단하기 때문에 나 같은 어린아이가 비밀 사명을 띠고 다니는 것이 편하였다. 더구나 일로전쟁이 터져서 일본군에서 동학당을 잡으라는 영을 발한 다음부터는 동학 두목들의 생명은 참으로 위태하였다. 나는 이러한 기회에는 퍽 필요한 인물이었다. 나는 간 데마다 큰 환영과 큰 대접을 받았다. 동네에 들어가는 것은 대개 밤인데, 그것은 동네 사람에게 낯선 사람이 누구 집에 다녀갔다는 소문을 내지 아니하려 함이었다. 밤중에 내가 살랑살랑 들어가면 온 집이 떨어나서 나를 맞아서 반드시 안방 아랫목에 재우고 더

할 수 없는 사랑과 음식으로 나를 대접했다. 이것은 그들이 도를 존중하는 때문이었다. 그리고 내가 대표하는 박 대령을 존중하는 때문이었다.

그리고 내가 가면 그 집에서는 이웃에 있는 도인들을 불렀다. 수십 리 밖까지 사람을 보내어서 대령님께서 무슨 말씀이 왔으니 와서 들으라고 하였다. 그들이 모이는 대로 나는 대령이 전하는 글발을 읽어주고, 또 동경 계신 대도주 소식이며, 요새 세상 형편이며, 우리 도인에 대한 지목이 심하지마는 그러할수록 우리는 더욱 마음을 단단히 먹고 도를 닦아야 될 것이며, 멀지 아니해서 우리 도가 창명(彰明)이 될 것이니 기뻐하라는 말로 권면을 하였다. 어린 입에서 나오는 이러한 말들은 특별히 그들에게 감격을 주는 것 같았다. 내 말이 끝나면 그들은 정말로 절하고 치사하였다. 나는 이 동학 도인들의 순진하고 정성스럽고 겸손하고 서로 위하고 아끼고 하는 것을, 지금까지도 일생에 처음 보고 다시 못 볼 것이라고 생각한다.

내가 자고 일어나면 내 머리맡에는 새 옷과 새 버선이 있었다. 이것은 나를 위하여 밤 동안에 도인들이 준비한 것이다.

이 모양으로 나는 혹은 사오일, 길면 십여 일 돌아다니면서 사명을 다하고는 박 대령에게 일일이 복명하였다. 그러면 운현은 더욱 나를 미워하였다.

내가 눈길을 여러 날 여러 밤을 걷고 돌아오면 박 대령은 안방에서 그 부인과 딸이 있는 곳에 나를 불러서 음식을 주고 이야기를 물었다.

"자, 보아. 어쩌면 어린것이!"

하고 박 대령은 그 부인을 보고 나를 칭찬하였다. 나는 그것이 무척 기뻤다. 예옥도 때때로 애정 있는 눈으로 나를 보는 것 같았다.

박 대령은 가끔,

"애 예옥아, 너 석이 저고리 동정 갈아주어라. 내가 이르기 전에 네가 알아서 갈아주어."

하였다. 이것은 운현에게 대해서는 없는 일이었다. 운현은 옷이 더러우면 여기서 한 시오리 되는 제집에 가서 갈아입고 왔다.

일로전쟁이 터진 봄이면 나는 벌써 열세 살이 되었을 것이다. 이때에 나는 벌써 이성에 대한 그리운 생각을 가졌었다. 그것은 내가 열 살 내외 되었을 적에 몽득이라는 아이한테 이성에 관한 이야기를 많이 들은 것과, 또 열한 살부터 열두 살까지 떠돌아다니는 동안에 이성 관계에 대한 이야기도 많이 듣고, 또 못 볼 것을 본 까닭인가 한다. 그래서 나는 심히 어렴풋하게 예옥을 그리워하는 생각을 가졌던 것 같다. 그리고 이 눈치가 운현의 눈에 띄었는지는 모르나, 나중에 알아본즉 운현은 내게 대하여 질투를 가졌던 것이 사실이다.

한번은 박 대령이 어디 가고 그 부인도 나가고, 예옥하고 나하고 단둘이만 안방에 마주 앉아서 이야기를 하고 있었다. 이날 예옥이 웬일인지 내 등 뒤에서 내 목에 팔을 걸고 뺨이 서로 스치리만큼 가까이 제 뺨을 내 뺨에 대고 심히 흥분된 태도를 보였다. 그리고 새 토시와 새 대님을 주고 내 손을 만지고 쩔쩔매고 있었다.

이것을 언제 들어왔던지 운현이 곁방에서 창틈으로 엿보고 있다가,

"석아!"

하고 분개한 소리로 불렀다.

예옥은 얼굴이 고추같이 되어서 물러앉고, 나도 어쩔 줄을 모르고 장지문을 열고 운현이 있는 방으로 뛰어나왔다.

"석아, 그게 도인의 짓이야?"

하고 운현은 나를 몰아셌다. 나는 고개를 숙이고 대답이 없었다.

"선생님 돌아오시면 내가 이를걸."

하고 운현은 그 기다란 얼굴이 선짓빛이 되어서 나를 위협하였다.

나는 무서워서 조부 집으로 뛰어 돌아와서 안 갔다. 나는 다시는 박 대령 집에는 못 갈 것으로 알고 조부님 명령대로 『시전』을 내어놓고 읽기를 시작했다.

사오일 후에 서병달 접주가 찾아와서 나를 데리고 박 대령 집을 갔다. 나는 안 간다고 버티었으나 서 접주의 말을 거역할 수가 없었다.

나는 박 대령한테 야단 만날 것을 예기하였다. 그러나 의외로 박 대령은 온화한 낯으로 나를 맞았다.

"조부님 기운 안녕하시더냐?"

"네에."

"너 어찌 그렇게 오래 있었어?"

나는 대답이 없이 고개를 숙였다.

운현이 어디 갔나 하고 기다렸으나 운현은 들어오지 아니하였다.

사모님(박 대령 부인이다)도 장지를 열고 내다보면서,

"네가 여러 날 없으니깐 선생님이 어떻게 너를 찾으시는지. 나도 보고 싶고 또 예옥이도 섭섭해서 울려고 들었다."

하고 웃었다.

도무지 영문을 알 수가 없었다.

박 대령은 내 머리를 쓸어주면서,

"석아, 인제부터 나를 네 아버지로 알어. 사모님은 어머니로 알고. 또 예옥이는, 그래 누나라고 불러라."

하고 애정 가득하게 말해주었다.

나중에 알고 보니, 내가 집으로 달아난 뒤에 집에 아무도 없는 틈을 타서 운현이 예옥을 협박을 하다가 예옥이 울고 야단을 치는 판에 박 대령이 돌아와서 운현을 곧 집으로 쫓아 보낸 것이라고 한다.

나는 이로부터 박 대령 부처와 예옥의 사랑을 독점할 수가 있었다. 나는 오래간만에 화락한 가정의 사랑을 맛볼 수가 있었다. 그것이 어떻게 내게 큰 기쁨이 되었는지는 말할 필요도 없었다. 도인들은 내가 박 대령의 사위로 결정된 것같이 알고 있었다.

그러나 나는 이 접붙인 가정의 사랑 속에 오래 머물 수가 없었다.

한번은 어디를 갔다가 밤에 늦게 집에 들어오니 조부가 펄쩍 뛰며,

"이 녀석, 어서 어디로 달아나거라. 헌병 둘이 너를 잡으러 왔어. 아마 지금도 이 동네 어느 집에서 자는 모양인데 붙들려 가기만 하면 죽는다더라. 어서 달아나. 이 녀석, 동학은 왜 쫓아다녀?"

하고 눈만 크게 뜨고 소리도 크게 내지 못하였다.

나는 서조모더러 어머니가 짜든 명주와 세목(細木)과 또 은물을 달라고 하였다. 노자로 쓰자는 것이다. 나는 헌병이 잡으러 왔다는 것이 조금도 무섭지 아니하고 도리어 영광스러웠다. 도를 위해서 죽는 것은 영광이란 말을 늘 들은 까닭이었다. 수운 선생도, 해월 선생도 다 도를 위하여서 돌아갔고, 또 한 달 전에만 해도 두목 두 사람이 잡혀서 혀를 깨물고 총살을 당한 것을 안다.

나는 조부 앞에 하직 절을 하였다.

"너 어디로 가련?"

하는 조부의 음성은 젖고 떨렸다.

"서울요."

내 대답에는 힘이 있었다. 나는 작년과는 달라서 속에 야심이 있었다. 이로부터 조선에 일등 가고 세계에 이름이 높은 사람이 된다는 야심이 가슴속에 용솟음친 것이다.

"서울?"

하고 조부는 나를 물끄러미 바라보더니,

"그래, 가거라. 내가 처음 서울 간 것이 열일곱 살이야. 그래 가. 허지만 머리를 깎으면 다시 내 눈앞에는 못 올 줄 알어."

나는 또 한 번 조부와 서조모에게 하직 절을 하고 나섰다. 어린 손자, 하나밖에 없는 어린 손자를 방랑의 길로 내보내는 조부의 심사, 아마 그날 밤을 담배로 새웠을 것이다.

밖에는 여전히 비가 왔다. 나는 어머니의 유물을 등에 지고 캄캄한 밤길을 나섰다. 피신하는 날씨로는 가장 합당하다고 생각하였다.

나는 암만해도 박 대령 집에를 아니 다녀갈 수가 없다고 생각하였다. 나를 잡으러 다닌다면 박 대령도 필시 잡으러 다닐 것이다. 그렇다 하면 박 대령도 벌써 피신하였을 것이다. 나는 박 대령이 만일 집에서 피했다면 어디 가 숨어 있을까를 생각해보았다. 대개 나는 박 대령이 비밀히 왕래하는 집을 다 알기 때문이다.

박 대령이 집에 없으면 예옥만이라도 한 번 더 보고 떠나고 싶었다. 이번 가면 언제 다시 돌아올지 모르는 길이다. 어찌 되면 길에서 붙들려서 죽을는지도 모르는 길이다. 나는 내 누이동생보다도 예옥을 떠나는 것이 더 어려웠다.

나는 아무쪼록 길을 피해서 박 대령네 집으로 갔다. 이렇게 비 오는 캄캄한 밤에 헌병이 나와서 나를 찾아다니리라고는 생각지 아니했으나, 그래도 나는 할 수 있는 대로 조심하여서 길 아닌 데를 골라서 박 대령 집 뒤꼍으로 기어 들어갔다. 방 안은 캄캄하고 고요하였다. 나는 뒷문고리를 달각달각 흔들어보았다.

"거 누구요?"

사모님은 이렇게 비밀히 다니는 일에는 익숙해서 그리 놀라지도 아니하고 겨우 들릴락 말락 한 소리로 물었다. 아직 그가 잠이 들지 아니한 것은 분명하다.

"저야요, 석이야요."

하는 내 대답도 안에서 들릴락 말락 했다.

문이 열리며 어떤 팔이 나와서 나를 안아 들여갔다. 그것은 무론 사모님 팔이었다. 이 사모님은 독실한 도인으로 "지기금지(至氣今至) 원위대강(願爲大降) 시천주조화정(侍天主造化定) 영세불망만사지(永世不忘萬事知)"를 밤낮 외우시고 있는 이였다.

"석이, 너 헌병이 잡으러 다닌다는데 웬일이냐?"

사모님은 이렇게 말하였다.

"그래서 지금 달아나는 길이야요. 선생님은 어디 피하셨어요?"

"그럼, 홍 접주가 사람을 보내서 헌병이 잡으러 나간다고, 선생님이랑 서 접주랑 너랑 잡으러 나간다고 어서 피하라고 그래서, 그럼, 오늘 새벽에 그런 기별이 와서 선생님은 고기 장수로 차리고 피신을 하셨단다. 만일 네가 들르거든 받여울 오 접주 집으로 오라고 그러시더라. 글쎄, 그런 망할 녀석이 어디 있니? 글쎄 운현이 녀석이 읍내 들어가서 헌병대에 일

러바쳤다는구나, 너만 잡으면 두목들을 모주리 잡을 수가 있다고. 그리고 은전으로 이십 원을 상을 탔다구. 원 그런 녀석이 어디 있어?"

"오, 모두 운현이 녀석의 농간이로군."

하고 나도 운현의 기다란 음흉스러운 얼굴을 상상해보았다.

"전 가요."

하고 나는 일어났다.

방이 캄캄해서 예옥이 어디 있는지 알 수가 없었다. 불을 켜기도 겁이 나서 못 켜는 것이었다.

"애, 예옥아, 자니? 석이가 간다."

하고 사모님의 팔이 움직이는 쪽에 희끄무레한 것이 예옥이었던 것이다.

"아이, 예옥이가 우네. 석이 떠나는 게 섭섭해서 우는구나. 안 그렇겠니? 친동기같이 지내다가."

하는 사모님의 말에 나도 주먹으로 눈물을 씻었다. 그러고는 나섰다. 그리운 예옥의 얼굴도 한번 못 보고 목소리조차도 들어보지 못하고. 그러나 예옥이 운다는 것만이 고마웠다.

나는 헌병에게 붙들리지 아니하고 무사히 서울까지 왔다. 좁은 길가에 떡집, 보행객줏집, 이러한 납작한 집들이 늘어선 남대문 밖을 지나서 남대문을 바라볼 때에는 그 문이 굉장히 큰 것 같았다. 그리고 그 문통으로 전차가 요란한 소리를 내고 나오는 것을 보고 나는 신기하게 생각하였다. 그때에는 전차라면 동대문에서 용산까지, 그러고는 종로에서 서대문 밖까지 있었고, 일등, 이등이 있었다.

나는 그때 서울을 자세히 기록할 필요는 없을 것이다. 다만 상투 있고 망건 쓴 순검과 병정과 헌병들이 있었고, 일진회가 개혁 운동을 하던 때라는 것을 말하면 족할 것이다. 서울서 일 년쯤 지나는 동안에 나 자신으로 보아서 잊히지 아니하는 일도 있고, 또 당시의 정치적, 사회적 정세를 그릴 수도 있지만, 그것은 어린 내 운명의 발전에는 직접으로는 그리 큰 관계가 없다고 보기 때문에 약하려고 한다.

그러므로 내 자서전은 여기서 한 이 년 껑충 뛰어서 내가 기독교 사상과 당시 전 세계를 풍미하던 자연주의문학에 접촉하던 때에서부터 시작하려고 한다.

내가 동경으로 간 것이 열네 살, 바로 일로전쟁이 끝나고 이른바 을사조약이 맺혀서 동경에 있던 조선 공사관이 조선 유학생 감독부로 변하던 해다. 나는 그해 여름에 동경에 가서 다음 해 봄까지 어학 준비를 하고 열다섯 살 되던 봄에 J 중학교 일 학년에 입학하였다가 일 년 동안을 다니고는 M 중학교 삼 학년에 보결시험을 치르고 입학하였다. 한 해를 껑충 뛴 셈이다.

이 M 학교는 예수교 장로교 계통의 학교로서 신학교와 칼리지와 중학교가 셋이 한 구내에 있었고, 미국 사람 선생도 여러 사람 있어서 이른바 미션스쿨 풍이 있는 학교였다.

나는 이 학교에 입학하여서 비로소 예수교의 성경이라는 것을 처음 배웠다. 보기조차 처음 하였다. 이 학교에서는 날마다 채플에서 기도회를 보고 또 한 주일에 두 시간씩 성경 과목이 있었다.

소년 시대

내가 M 학교에 입학해서 처음으로 성경을 배운 것은 「마태복음」 삼 장부터였다.

그때 세례 요한이 유대의 광야에 나와서 설법하여 가로되, 너희들은 회개하라, 하늘나라이 가까웠나니라.

로 시작된 것이다. 이런 것은 내가 일생에 처음 듣는 소리였다. 약대 털 로 짠 옷을 입고 가죽띠를 허리에 띠고 메뚜기와 석청을 먹으면서 강가에 서서 외치는 요한의 모양이 내 상상을 퍽 기쁘게 하였다. 나도 세례 요한 모양으로 대동강 가나 한강 가에 서서,

"회개하라, 너희 조선 사람들아!"

하고 외치고 싶었다.

나는 예수께서 세례를 받으신 뒤에 하늘이 쪼개지고 하나님의 신이 비

둘기같이 내려왔다는 둥, 하늘에서 소리가 나며, 이는 내 사랑하는 아들이라고 했다는 둥 하는 말이 믿기지 아니하여서 픽 웃기까지 하였지마는, 예수께서 사십 일, 사십 야 광야에서 금식 기도를 하시던 끝에 먹을 것, 입을 것에 대한 탐욕과 명예에 대한 탐욕을 이기시고 갈릴리 바닷가로 혼자 돌아다니시면서 어부들에게 설법하시는 것, 이런 것이 다 내 마음에 들었다. 만일 H라는 성경 선생이 좀 더 종교적인 인물이었던들 나는 좀 더 감격을 얻었으리라고 생각한다. 그러나 H 선생은 성경을 가르치면서 국가주의만 선전하였다. 그것이 내 비위를 거슬렀다. 그리고 기도회 시간에 기도하는 선생들이 대부분 바리새교인 같음을 느낄 때에 더욱 나는 반감이 생겼다. 오직 하나 W라는 늙은 미국 선생 한 분만이 진실로 예수를 믿고 예수의 말씀대로 행하는 것 같아서 나는 무척 그를 숭배하였다. 그는 얼굴이 벌겋고 머리가 허옇고 키가 훌쩍 크고, 언제나 화평한 낯과 언사로 우리를 대하였다. 그는 결코 성내는 일이 없었다. 그렇다고 웃지도 아니하였다. 도무지 말이 많지 아니하였다. 그는 『바이블 스토리(Bible Story)』라는 책을 영문으로 가르쳐주는 선생이었거니와, 나는 그에게 배운 『바이블 스토리』에 대한 기억은 없어도 그의 화평한 태도, 자비스러운 표정을 잊을 수가 없다. 키 작은 교장은 교만하였고, 얼굴이 기다란 부교장은 수신을 가르치면서도 너무 정치적이었고, 수염 빠뚜룩한 교무주임은 평생 양미간을 찌푸리고 짱짱거리고, 우리에게 수사법을 가르치던 L 선생은 심술궂었고, 아라사 병정이라는 체조 선생은 야비하고 우락부락하였다. 그런 중에 W 선생만이 인자하고 점잖고 참되어서 내 마음에 들었다.

나는 W 선생을 대할 때마다 내가 어려서 가끔 보던 J 절의 노장을 생각하였다. 나는 이 노장의 이름을 모른다. 아버지가 그를 '방주' 하고 부르던 것만 기억한다. 이 노장이 W 선생과 같이 낯은 불콰하고 머리는 허옇고, 그리고 말이 없고, 그러면서도 인자하고 겸손하고 정이 들었다. 그 노장은 나를 볼 때마다 합장하고 허리를 굽히고는 한 번 빙그레 웃는 버릇이 있었다. 나 같은 어린애를 대할 때에도 농담도 없고 꼭 점잖은 어른을 대하는 듯하였다. 나는 사오 세부터 이 노장을 숭배하였다. 내가 절에 가고 싶어 하는 것은 이 노장을 보려 하는 것이 주장 목적이었다. 나는 이 노장이 먹물 들인 장삼에 주홍 가사를 메고 까맣게 때 묻은 목탁을 두드리면서 부처님 앞에 수없이 내 복을 빌어서 절하던 것을 기억한다. 우리 집에서 불공을 가면 반드시 새벽에 하였다. 환하게 법당에 촛불을 켜놓고 이 노장이 축원하는 것을 볼 때에는, 나는 가장 엄숙한 감정을 경험할 수가 있었다. 나는 이 노장에게 절을 하고 싶었으나, 아버지가 그것을 금하는 것을 불만하게 생각하던 것을 기억한다. 또 나는 내 조부의 풍신이 이 노장의 풍신과 비슷하면서도 밤낮 술이나 자시고 농담이나 하고, 아무리 생각해도 이 노장이 가진 위엄이 없는 것이 슬펐던 것을 기억한다. 더구나 그 밖에 다른 갓 쓴 사람들이 술 냄새를 피우면서 이 노장을 보고 '허게'를 하는 꼴들이 미웠던 것을 기억한다.

나는 이제 W 선생을 대할 때에 이 노장을 생각하게 된 것이다. 이름도 모르는 노장, 조그마한 절에서 혼자 살다가 돌아간 노장은 좋은 집에 행복된 가정에 어른으로 있는 W 선생보다 더 높은 데가 있는 것 같았다.

그러나 W 선생은 적극적으로 우리를 감화하려고 애쓰는 양을 보이지 아니하였다. 그것이 우리에게는 불만이었으나 또 어찌 생각하면 그 무심한 듯 초연한 듯한 것이 더 고상해 보이기도 했다. '아무려나 예수를 믿어서 잘 닦으면 저러한 인격이 되리라. 그러나 나는 W 선생보다 더 열정적이요 적극적인 인격이 되리라. 그래서 이 세상 인류의 그릇된 생활을 다 바로잡아주리라.' 이러한 생각을 하였다.

이러한 엉큼한 생각에 더욱 불을 질러준 것은 톨스토이의 사상에 접촉함이었다. 내 동급생에 야마사키(山崎)라는 아이가 있었다. 그는 지금은 상당히 이름 있는 문사지마는 나보다는 한 살이 위요 얼굴이 아름답게 생기고, 그리고 예수교인의 가정에서 자라나서 몸과 마음과 행동이 참 깨끗하였다. 우리 반에는 흉악한 장난꾼들이 많아서 M 학교 창립 이래에 가장 말썽 많은 반이라고 학교 당국에서는 치를 떨던 터로, 우리는 스트라이크를 한 일은 없지마는, 학교에서 석탄을 잘 안 준다고 해서 선생의 의자를 쪼개서 난로에 집어넣기, 또 우리가 원치 않는 선생의 시간이면 방 안 가득 석탄 연기를 피워서 그 시간을 쉬게 하기, 이 밖에도 선생을 울리는 일을 많이 한 반이었다. 그런 중에 야마사키는 참성도와 같이 단정한 애였다. 야마사키는 니와(丹羽)라고 하는 애와 아울러 우리 학교의 모범생이었다. 니와라는 애는 목사의 아들이었고, 지금은 상당히 이름 높은 목사다.

나는 야마사키하고 가장 친한 동무였다. 우리들은 하학 후면 다른 애들 축에 섞이지 아니하고 운동장 한편 모퉁이에 모여 앉아서 성경 이야기를 하였다. 그의 형이 톨스토이 책을 많이 가지고 있어서 그는 톨스토이의 성경에 관한 이야기를 많이 하였다. 그리고 H라는 우리 성경 선생의 강의가 예수의 참뜻이 아니란 말을 힘 있게 야마사키가 했는데, 나는 그때에 굳세게 동감이었다. H 선생의 태도는 반그리스도적이라고까지 극언하였다.

우리는 전쟁을 부인하였다. '죽이지 말라.' '심판하지 말라.'는 「마태
복음」에서 배운 말을 고대로 믿어서 톨스토이와 함께 비전론자였다. 그
때는 일로전쟁이 끝난 다음 해여서 누구나 전쟁의 승리를 찬미하는 때이
므로 야마사키와 같은 비전론자는 반 다른 애들에게서는 비국민의 지목
을 받았다. 수신 시간에 야마사키가 전쟁은 하나님의 뜻에 어그러진 일
이라는 영어 연설을 했기 때문에 오가와(小川)니 이시모토(石本)니 하는
애국주의자들이 기숙사 뒤 으슥한 데서 야마사키에게 '철권제재(鐵拳制
裁)'를 가하였다. 그래도 야마사키는 '악을 악으로 대적하지 말라.'는 예
수의 말씀을 지켜서 오른편 뺨을 맞고는 왼편 뺨을 돌려대고 도무지 저항
하지 아니하였다.

"남궁 군, 나는 오늘 하나님께 감사하다는 기도를 올리고 한참 울었
네. 내가 그 사람들한테 얻어맞을 때에 조금도 대항하지 아니하고 또 마
음속으로도 그 사람들을 미워하는 생각이 나지 아니한 것이 어떻게 기쁜
지, 어떻게 감사한 일인지. 이것이 다 하나님의 은혜가 아니고 무엇인가.
남궁 군, 우리는 사랑으로 오직 사랑으로만 악을 정복한단 말일세."

이렇게 말하는 야마사키 군의 시퍼렇게 멍이 든 두 눈에는 맑은 눈물이
이슬같이 고여 있었다.

이런 말을 하고 있을 때에 오가와와 이시모토 외에 해진 교복을 입은
패(그들은 다 불량한 패들이다)가 우리 앞으로 지나가다가 암팡진 오가와
가 우리가 앉은 앞에 우뚝 서며,

"정신 차려!"

하고 불량스러운 눈망울을 굴렸다.

야마사키는 일어서서 온화한 말로,

"오가와 군, 그리고 이시모토 군, 자네들이야말로 회개하게. 그렇게 우락부락하는 것이 애국이 아닐세. 진정한 애국은 하나님의 뜻에 순종하는 것이야. 나는 자네들을 위해서 기도를 올리기를 쉬지 않네."
하고 두 사람과 및 함께 있는 아이들을 보았다. 그는 마치 순교자와 같이 태연하였다.

"건방진 소리 말어. 또 얻어맞을 테니! 그 눈등에 멍이나 풀리거든 이번에는 눈망울이 쏟아지도록 단단히 때릴 터이다."
하고 주먹을 내어두르고는 웃고 지껄이며 가버렸다.

"남궁 군, 하나님의 자녀는 이 세상에 많지 못하단 말일세."
하고 야마사키는 내 손을 잡고 떨었다.

나는 성경에서 배우는 것을 고대로 실행하려고 결심하였다. 나는 예수와 같이 십자가에 못 박히는 일이 있더라도 기쁘게 예수를 따라가리라고 결심하였다.

첫째로 내가 실행한 것은 우리 집 하녀에게 대한 태도를 고침이었다. 우리는 사오 인 유학생이 집 한 채를 빌려가지고 마나님 하나를 두고 자취를 하고 있었다. 그 마나님은 시나노(信濃)라는 시골에서 온 어수룩한 무식한 노파였다. 우리는 무론 그에게 아무 경의도 가지고 있지 아니하였다. 그런 것을 나는 존경하는 말로 대하고, 또 깍듯이 어른에게 대한 인사를 하였다. 그리고 세숫물이나 무엇이나 내 손으로 할 수 있는 것은 내가 손수 하고 이 노인을 부리지 아니하였다.

내 이러한 태도를 보고 이 노파는 처음에는 어리둥절하였다. 혹 내가 자기를 조롱하는 것이나 아닌가 하는 모양이었다.

그러나 이틀 사흘 지나는 동안에 그는 내 성의를 안 모양이었다. 하루는 내가 혼자 책상 앞에 앉아 있을 때에 오다케 바아상(이것이 이 마나님의 이름이었다)이 들어와서 주춤주춤하다가 내게 그렇게 자기를 너무 공대하지 말라고, 그러면 도리어 미안해서 못 견디겠다고 하였다. 그러나 나는 내 믿는 대로 하였다. 오다케 바아상은 나를 대단히 사랑해주었다. 그 늙은 눈이 나를 바라볼 때마다 언제나 사랑과 감사의 빛이 어리어 있었다. 나는 오다케 바아상의 편지를 보아도 주고, 써도 주었다. 그는 집에서 편지가 올 때마다 나에게 보아달라고 하고는 곁에 서서,

"그년이 죽었나 좀 보아주시우."

하는 버릇이 있었다. 그년이란 이 마나님의 시앗이었다.

"그 시앗이 젊어요?"

하고 내가 물으면,

"젊지요. 나보다 다섯 살 아래라우."

하고 분한 표정을 하였다.

"마나님은 몇 살인데요?"

하고 내가 웃으면서 물으면,

"할멈은 벌써 환갑이라우."

하고 자기도 어이없는 듯이 웃었다.

"그래도 샘이 나요?"

"그럼요. 영감장이가 홀딱 반해서 죽을지 살지를 모르는 것을 할멈은 그 꼬락서니를 보기가 싫어서 이렇게 집을 버리고 나왔지요. 그래도 할멈이 이렇게 남의집살이를 하는 것을 보면 영감장이가 회심을 할 줄 알고 그랬더니, 인제는 좋다구나 하고 떡 그년을 큰집에 불러들여서는 내 방에서 내 세간을 쓰고 산대요, 글쎄, 우리 딸이 그러는데."

하고 영감이 곁에 있으면 당장에 대들기라도 할 것같이 낯빛이 변하고 목소리가 떨렸다.

나는 이때로구나 하고,

"원수를 사랑하고 원수를 위하여 기도하라."

하고 예수의 말씀을 들어서 말했으나 그는 옳다고는 하면서도 편지만 오면 그 말씀은 잊어버리고 여전히 치를 떨었다.

나는 한집에 있는 친구들보고도 사람은 다 평등으로, 형제요 자매라, 높고 낮음이 없으니 오다케 바아상을 존경하자는 제의를 가끔 하였으나 나보다 나이가 많은 그들은,

"여, 예수 또 났군."

하고 놀려먹기만 하고 K라는 짓궂은 친구는 한술 더 떠서 일부러 오다케 바아상의 트집을 잡아가지고는 몰아세웠다.

이런 경우에 내가 잘못하여 성을 내면 그들은,

"어, 예수도 성내나? 성내지 말라고 했어."

하고 더욱 나를 조롱하였다. 나는 이렇게 어린 순교자의 설움을 받는다고 생각하였다.

나는 길을 가다가 무거운 짐을 실은 수레를 끌고 가는 것을 보면 뒤에서 몰래 밀어주었다. 언덕을 다 밀어 올린 뒤에 내가 모른 체하고 가면 뒤로는,

"고맙습니다."

하는 소리가 들렸다. 이 말을 들을 때에는 기쁘고 안 들을 때는 섭섭하였다. 그러나 나는 '은밀한 중에 보시는 하나님'이란 말씀을 생각하고 내 마음이 깨끗지 못함을 뉘우쳤다.

또 나는 전차에서 여학생들을 볼 때에 마음이 움직이지 아니하려고 애를 썼다. '마음에 음심을 먹기만 하여도 벌써 간음을 행한 것이라.'는 말씀을 지키려 함이나 이것은 참 어려웠다.

나는 예배당에도 다녀보았다. 그러나 그 모든 예식과 또 하는 말들이 나를 만족하게 못 하였다. 내가 성경을 보고 그렸던 그리스도인은 어디서도 찾아볼 수 없는 것 같았다. 그리스도인은 외모부터도 보통 사람과는 다르게 질박하고 온유하고 겸손하고, 그리고 무슨 거룩한 빛을 발하지 아니하면 아니 될 것같이 나는 생각하였다. 그런데 어찌하여 우리 교장이나 교회 목사나 다 기독교계의 이름 있는 인물이라고 하면서 저렇게 보통 사람과 같이 다름이 없을까 하면, 일변으로는 환멸의 비애를 느끼는 동시에 일변으로는 반감이 생겼다. 내가 기도회 시간 끝에나 교회에서 돌아오는 길에 야마사키를 보고 이런 감상을 말하면 야마사키는 내 어깨를 치고 내 손을 힘 있게 쥐어서 나와 동감인 뜻을 표하였다.

그래서 나는 다시 교회에 아니 다니기로 하고 나 혼자 그리스도인이 되어서 부패한 현대 기독교를 혁신하리라는 엄청난 야심을 품었다. 이 마음을 알아주는 이는 야마사키였으나, 그래도 그는 이론으로 승인할 뿐이요, 자기가 몸소 실천하려는 열심은 보이지 아니하였다. 그래서 야마사키에게 대하여 그것이 불만이면서도 내 맘을 알아주는 것만으로도 야마사키의 존재를 나는 힘 있는 도움으로 생각하였다.

나와 같이 M 학교에서 공부하던 조선 학생들 중에도 점잖은 예수교인이 이삼 인 있었다. 그중에도 R라고 하는 이는 이름이 중학생이지, 나이가 삼십이 넘고 고향에서는 교회 장로까지 지냈다는, 아버지 같은 어른이었다. 그래도 나는 그들에게 대해서는 내 신앙을 고백하고 싶지가 않았다. 그것은 그들이 벌써 완고하게 일가견을 이루어서 제 의향과 다른 의견을 용납할 아량이 없다고 생각한 때문이었다.

나는 「마태복음」 칠 장 이십 절에, 열매로써 그 나무를 안단 말과 또 이십일 절에 '주여 주여 하는 자마다 다 천국에 들어가는 것이 아니라, 하나님의 뜻을 행하는 자만이 천국에 들어갈 수 있다.' 하신 예수의 말씀을 따라서 예수께서 하라신 대로 꼭 행하고, 말라신 것은 목숨을 내어 대이고라도 아니 하기로 결심을 하였다. 내가 이 결심을 한 것은 학교에서 얼마 멀지 아니한 전나무 수풀 속, 내가 항상 혼자 기도하기를 즐겨 하던 자리에서였다. 나는 밤에 같이 있는 사람들이 다 잠이 들기를 기다려서 살짝 문을 열고 나서서 내 기도하는 처소에 가는 버릇이 있었다. 인가도 길도 없는 산림 속의 밤은 형언할 수 없이 어두웠으나, 나뭇가지 틈으로 보이는 하늘 조각과 별에서 오는 빛이 이러한 어둠 속에서야말로 고맙기도 하고 신비하기도 하였다. 이러한 곳에서,

"나는 일생을 주의 뜻을 따라 살아가기를 작정하옵니다. 어떠한 괴로움이 있든지, 비록 이 몸이 죽더라도 주의 뜻에서 벗어나지 아니할 것을 서약하옵니다. 이 연약한 어린 죄인에게 힘과 은혜를 부어주옵소서."
하고 빌 때에는 두 뺨에 뜨거운 눈물이 흘렀다.

그러고 나서는 나는 그 나라와 의를 위하여 나를 희생할 기회를 찾았다. 나는 나와 같이 있는 식구들의 심부름을 하기를 힘썼다. 그들이 모르는 동안에 구두를 닦고 책상을 치고, 이러한 일도 하였고, 또 오다케 바아상을 위하여 우물의 물도 길어주었다. 한번은 한방에 있는 학생 하나가 내 학비 이십 원을 훔친 것을 빤히 알고도 아무 말도 아니 하였다. 이것은 내게는 심히 큰 타격이었다. 그 이십 원을 찾지 못하면 오는 한 달

동안을 살아갈 길이 없는 것이다. 그러나 나는 이때야말로 내 믿음을 실행할 기회라고 생각하였다. 예수께서는 원수를 사랑하라 하셨고, 겉옷을 달라거든 속옷까지 주라 하셨고, 형제를 심판하지 말라 하셨다. 이 가르침을 지키자면 나는 이 돈 이십 원을 찾을 길은 없다고 생각하였다.

그러나 어린 나는 이 괴로움을 이기어나가기 심히 어려웠다. 한 일주일 동안이나 괴로워한 끝에 나는 내 돈을 훔친 P라는 학생을 보고, 장난으로 내 돈을 감추었거든 그만하고 도로 달라고 부드럽게 말을 하였다가 단단히 핀잔을 당하고, 그 이튿날이 월사금 낼 기일이므로 이 층에 있는 K라는 사람에게 월사금 꾸어달라는 말을 하였다.

K는 내가 학비를 잃어버렸다는 말을 듣더니, 두말없이 내 방으로 뛰어내려와 P에게 내 돈을 내어주라 하고, 그래도 안 들으매 P를 타고 앉아 실컷 두들겨주고 마침내 그 돈 이십 원을 찾아내었다. 이것은 P가 본래 손버릇이 나쁜 줄을 같이 있는 동무들이 다 알기 때문이었다. 그러나 나는 P를 위하여 대단히 마음이 괴로워서 P를 소바(そば) 집으로 끌고 가서 소바를 대접하고 용서해달라고 빌었다.

나는 누가 무엇을 달라든지 무엇을 시키든지 거절 아니 하기로 결심했기 때문에 대단히 바빴다. 십여 명 M 학교에 있는 조선 학생들의 작문이란 작문은 모조리 내가 지었다. 그것은 내가 어학의 힘이 나은 때문이었다. 그러나 나는 큰일을 할 기회가 없는 것을 매양 한탄하고 있었다. 추운 겨울밤 같은 때 길을 걸어가다가 떨고 지나가는 거지를 보고 외투를 벗어준 일도 있고, 어떤 서양 사람 거지에게는 스웨터와 주머니에 있는 돈을 온통 떨어주고 내복만 입고 집에 돌아와서 여러 사람의 의심을 받은 일도 있었다. 바른손이 하는 일을 왼손에게도 알리지 말라신 예수의 말씀을 따라서 이러한 말은 아무에게도 일절 말을 하지 않았다.

이러한 생활을 한 일 년 계속했을 때에 Y라고 하는, 어느 대학에 다니는 학생의 소개로 어떤 조선 여자 하나를 만났다. 그 Y라는 대학생은 특별히 나를 사랑하고 칭찬하는 사람이었다. 내게 소개한 S라는 여자는 그와 척분이 있는 여자로서 그의 보호 밑에 동경에 와 있었다. 그때에 내 생각에는 조선 여자로 그렇게 아름다운 여자는 처음 보는 것 같았다. S는 얼굴이 희고 머리가 까맣고 청초하다는 인상을 주는 여자였다. 무척 쌀쌀해 보였으나, 맑고 빛나는 그 눈에 많은 총명과 아울러 자비심이 있는 것 같았다. 나는 내 기억에 있는 고모들, 누이들, 기타 모든 여자들을 회상하여보아도 S와 같이 높은 기품을 찾을 수가 없는 것 같았다. 나는 S와 초면 인사를 할 때에 낯이 화끈함을 깨달았으니, 필시 내 낯이 붉었을 것이다. 그러나 내 마음에 일어나는 생각은 저이가 내 누이였으면 하는 것이었다. 젊은 여성을 누이로 보는 생각은 내가 성경대로 행한다고 작정한 이래로 줄곧 계속하는 것이어서, 지금에 와서는 아주 한 습관이 되어버렸다. S와 만난 뒤에 Y 씨는 S에 대한 내 감상을 물었다. 나는 대단히 청초하고 존경할 만한 여자라고 대답하였다. Y는 자기 하숙에 나를 데리고 가서 스키야키(すきやき)를 먹이면서,

"걔가 내 내종매인데, 제 아버지는 돌아가고 조부님이 계셔. 딸 하나뿐이고 아들이 없어 날더러 동경서 사윗감을 골라달라는데."
하고는 빙그레 웃었다.

그 후부터 내 맘에서 S의 모양이 떠나지를 아니하였다. 나는 내 생각이 누이라는 지경을 넘어가지 않게 하려고 많이 애를 썼다. 독자는 내가 일찍 박 대령 집에 있을 때에 박 대령의 명령으로 그 딸 예옥을 누나라고 부

르게 되었던 것을 기억할 것이다. 그러나 그때는 내 나이 열두 살에서 열세 살, 지금은 내 나이 열일곱이다. 그만큼 가슴에 울려오는 이성의 발자국이 다를 것이다. 아침부터 밤까지 거의 한순간도 S를 잊을 수가 없었고, 또 날이 갈수록 그 그리움이 더 간절하게 되었다. 그러나 곧 여름 방학이 되었기 때문에 다시 S를 만날 기회도 없이 동경을 떠나서 조선으로 돌아오게 되었다. 동경서 얼마를 오다가 나는 차에 S가 Y와 함께 타고 있는 것을 발견하였다. Y는 나더러 짐을 가지고 그 곁으로 오라고 하였으나, 나는 그리 가고 싶은 마음을 억지로 죽이고 내 자리에 머물러 있었다. 연락선을 탈 때에도 나는 아무쪼록 두 사람에서 멀리 떨어져 자리를 잡았는데, 이렇게 하는 것이 그리스도인의 위신을 보전하는 것이라고 믿었기 때문이다. 내 마음속이 한없이 설렌 것은 말할 것도 없거니와, 나는 S와 대면하는 기회에도 아주 심상한 표정을 꾸미느라고 애를 썼다.

이때에 내 조부는 팔아먹을 것을 다 팔아먹고, 서조모도 돌아가고 남의 집 사랑에서 아이들에게 하늘 천 따 지를 가르치고 있었다. 나는 이렇게 된 줄까지는 모르고 그래도 집 한 칸은 쓰고 있으리라고 믿고 있었었다. 조부의 떨리는 글씨로 쓴 편지에는, '잘 있으니 염려 말아. 네 누이도 잘 있다. 몸조심하고 공부 잘하여라.' 이러한 말이 구식 한문체로 쓰여 있을 뿐이요, 이렇게까지 못살게 되었단 말은 한마디도 내게 알리지 않았다. 남의 집 사랑에 가서 식객의 신세가 되어 있는 조부의 앞에 내가 절을 할 때에는, 조부는 아무 말이 없었다. 그 좋던 얼굴에는 검은 버섯이 많이 돋고, 위엄 있기로 이름이 있어서 번개같이 번쩍거린다고 하던 그의 눈도 마치 구름에 덮인 것같이 빛이 없었다. 나는 늙은 조부의 이러한 모양을 보고 모든 야심과 욕망이 다 스러지고, 다만 단 한 칸 집이라도 내 집이라는 것을 잡고 조부를 모시고 있고 싶었다. 조부뿐 아니라, 이제는 열두 살이나 된 누이 애경이 남의 집 식구들 틈에 눈칫밥을 먹고 있는 것이 몹시 가여워서 나는 누이를 데리고 뒷산에 올라가서 서조모가 돌아가던 일이며, 긴고갯집을 팔고 이 집으로 오게 되던 일이며, 이 집에 와서 사는 모양을 묻고,

"이 집에서 너 귀애주시던?"

"그저 그렇지."

하는 것을 듣고는 걷잡을 수 없이 울고 말았다.

나는 중학교만 졸업하면 조선에 돌아와 직업을 얻어서 늙은 조부를 봉양하고 어린 누이를 공부를 시켜서 편안히 살 수 있는 집에 시집을 보내려고 맘을 먹고 있었다. 그러나 지금 형편 같아서는 앞으로 이태 동안을 더 기다릴 수도 없는 것 같았다. 그렇다고 열일곱 살 먹은 중학교 삼년생으로는 아무리 그때 세상이라도 직업을 구할 길은 없었다. 나는 어찌할 바를 모르고 이곳저곳으로 친척과 아는 집을 찾아 돌아다녔다. 조부가 부쳐 있는 집에는 하루를 묵기가 고통이기 때문이었다. 검은 양복을 입은 동경 유학생이란 것은 촌사람들의 호기심을 끌기에 족하였기 때문에 어디를 가도 이틀 사흘은 눈칫밥을 아니 먹고도 지낼 수가 있었다. 땅이 둥글다는 이야기며, 화륜선(火輪船), 화륜거(火輪車) 이야기며, 번갯불로 등불을 켜는 이야기며, 머리를 깎는 것이 좋다는 이야기며, 나는 이런 이야기들을 하며 무슨 큰 문화 운동이나 하는 듯한 자존심을 가지고 돌아다녔다. 사람들은 내 말을 매우 재미있게 듣는 모양이었으나, 예수에 관한 말이 나면 다들 질색 팔색으로 반대하는 것이었다. 나도 우리 집에 『척사윤음(斥邪綸音)』이라는 책이 있어서 그것을 읽은 기억이 있거

니와, 예수교가 사특한 가르침이라는 인상은 내 친척 되는 계급의 머릿속에 대단히 깊이 박힌 모양이었다. 그래서 예수교나 동학이나는 어리석고 천한 백성들이나 하는 것으로 여기는 모양이었다.

나는 친척을 찾아다니는 길에 박 대령 집을 찾아갔다. 박 대령은 벌써 돌아가고 그 부인과 딸 예옥과 단 두 식구가 구마우라고 하는 바닷가 산골짜기 조그마한 초가집에 사는 것을 발견하였다. 사 년 만에 찾아온 나를, 더구나 양복 입은 나를 그들은 얼른 알아보지 못하였다. 사모님은 변상한 듯이 바스러지고 머리를 쪽 찐 예옥은 몸집은 커졌으나 얼굴에는 옛날의 순진한 빛이 스러지고 산전수전 다 겪은 여편네와 같은 것이 슬펐다. 내가 누군지 알아본 사모님은 절하는 내 어깨를 붙들고 울었다.

나중에 들건댄, 이용구가 일진회를 끌고 선언서를 발포하였을 때에 박 대령은 분연히 반대하고 일어나서 싸우려다가 헌병대에 붙들려 거문도로 귀양을 가서 거기서 죽고, 한 푼 유산도 없는 사모님은 예옥을 데리고 헤매다가 할 수 없이 운현이 녀석을 사위로 맞았으나 운현은 헌병 보조원이 된 것을 큰 출세로나 알아서 읍내에서 첩치가(妾置家)를 하고 예옥을 돌아보지 않는 것은 벌써 두 해가 넘는다고 한다. 예옥과 살림을 하는 동안에도 운현은 나를 문제로 삼아가지고는 예옥을 볶고, 술이나 취한 때에는 때리기까지도 여러 번 하여서 풍파가 끊인 날이 없었다고 하는데, 어머니가 이런 이야기를 하는 동안 예옥은 훌쩍훌쩍 울고 있었다. 우는 얼굴에서 나는 옛날 예옥을 찾을 수가 있었다.

방 한 칸, 부엌 한 칸인 예옥의 집. 사모님의 이야기를 듣기에 날이 다 저문 때에 나는 그곳을 떠나려 하였으나 사모님은 굳이 붙들었다.

"그게 웬 소리냐? 아무리 우리가 못살게 됐기로."

하고 묵어가라는 것이었다. 그날 밤에 나는 이러한 이야기를 들었다. 박 대령이 거문도에서 세상을 떠날 때에, 거기 따라가 있던 서 접주에게 한 유일한 유언은, 내가 돌아오기를 기다려서 예옥의 남편을 삼게 하라고 한 것이었다고 한다.

"그런 것을."

하고 사모님은 내 손을 잡으면서,

"그러니 네가 언제 올지 모르고 또 모녀가 어디 가 의접할 곳은 없고, 그런데 운현이 녀석이 날마다 와서 조른단 말이지. 그래 저는 싫다는 것을 어리석은 어미가 우겨서 그만 혼인을 해버렸구나. 내가 어리석은 년이지. 남편의 유언을 어기고 하나밖에 없는 딸자식의 일생을 망쳐놨구나. 그러기루 운현이 녀석두 사람이지 설마 이럴 줄이야 알았니? 인제는 영 발길두 안 하는구나. 그런 몹쓸 놈이 어디 있니. 하나님이 내려다보시지. 그놈에게 앙화가 안 내려?"

나는 이튿날 읍내로 들어가서 운현을 찾았다. 나는 운현의 집에 가기 전에 먼저 읍내에서 수소문을 해보았다. 운현은 글씨를 잘 쓰고 일본말을 잘하기 때문에 헌병대에서 세력이 있고, 민간에서는 대패라는 별명을 얻어서 몹쓸 놈으로 소문이 높다고 한다. 대패라는 것은 그 얼굴이 긴 데서 온 별명이겠지마는, 또 닥치는 대로 깎아 먹는 뜻이라고 한다. 이러한 세력을 보고 막(蟆)이라고 내 조부가 별명을 지은 이 호장이라는 아전이 운현을 손자사위로 삼아서 운현은 이 호장 집 주인 모양으로 거드럭거리고 산다는 말을 들었다. 이 호장은 풍신 좋고 말 잘하고, 그러면서도 간사하기가 짝이 없어 원이 오는 대로 손에 놓고 주무르고 돈 있는 백성들을 잡아들이고는 청을 받고 놓아주고, 이리하여 수천 석 재산을 모은 사람인데, 소위 양반이라는 패에서는 사갈(蛇蝎)같이 미워하지마는, 옛날과 달라서 어찌할 수 없다고 한탄하는 말을 나도 어려서 들은 적이 있고, 내 조부가 그놈은 쇠를 먹기 좋아하니, 쇠 먹는 버러지는 막이라, 그놈은 막이라고 한 뒤부터는 이 호장을 막이라고 부르는 사람이 많다.

이만한 예비지식을 가지고 나는 운현의 집을 찾았다. 내가 찾아갔을 때에는 그는 마침 몸살이 났다고 집에 누워 있었다. 내 명함을 보고 운현은 풀대님으로 나와서 반갑게 맞아서 내 손을 끌고 제 방으로 들어갔다. 그의 행동에는 내게 대하여 적의를 가진 빛은 없었다.

"아이, 이거 얼마 만이야! 왔단 말을 들었지."

이런 말들이 모두 나를 옛 친구로 반갑게 맞는다는 뜻을 보였다. 방에는 장이며 금침이며 모두 신부의 방인 것을 표시하였다. 화문석 돗자리 위에 깨끗한 요를 깔고 그 위에 또 돗자리를 깔고 모시 겹이불을 밀어놓은 것이라든지, 시골서는 상당히 사치한 생활이었다. 다만 벽에 걸린 땀밴 누런 복장과 두 뼘 되는 칼이 이 호화로운 환경에는 어울리지 아니하였다.

"여보, 여보."

하고 부르는 소리에 응하여 지게문 밖에 와서 반쯤 몸을 가리고 선 이는 모시 분홍 치마를 입은 열육칠 세나 되는 색시였다.

운현은,

"이리 들어오우. 이이는 내 아이 적 친구야. 남궁석 씨라구, 지금 동경 유학하는데 나와는 형제 같은 이란 말이야. 인사하오."

하고 나를 향하여,

"내 아내야."

하는 말을 대단히 큰 소리로 외치는 듯이 선언하였다.

젊은 부인은 잠시 머뭇거리더니 고개를 숙이고 방으로 들어왔다. 나는 어찌할 줄 모르는 감정을 가진 채로 자리에서 일어나서 또 미처 맘을 준비할 새도 없이 그 부인의 절에 대하여 마주 절을 하였다. 그 부인은 이런 집 딸에게서 흔히 보는 모양으로 높은 맛은 부족하나 꽤 아름다운 여자였다.

나는 그 젊은 부인이 마루에 앉아서 떠나지 않는 기색을 보았기 때문에 도무지 예옥의 말을 꺼낼 기회를 얻지 못하였다. 그러다가 주인이 나를 대접할 것을 준비하라는 말을 그 아내에게 해서, 젊은 부인의 발자국 소리가 멀어지는 것을 보고 나는 이 기회를 잃지 아니하려고,

"여보게, 자네 예옥이 누나는 어찌하려나?"

하고 담판을 개시하였다.

"이 사람, 그런 소리 말구 우리 오늘 하루 술이나 먹구 유쾌하게 놀자구."

운현은 고개와 손을 함께 내저었다.

"글쎄, 자네네 가간사(家間事)니까 내가 할 말이 아니지마는, 어저께 사모님을 뵈러 갔더니 우시고 말씀을 하신단 말야. 세상에 처첩하는 사람이 한둘이겠나마는 자네나 내나 은혜를 잊어서야 쓰겠나. 가끔 돌아보고 양식이라도 대드려야지."

하는 내 말도 운현을 움직이는 것 같지 아니하였다. 운현은 다만 예옥을 버리는 것도 아니요, 예옥이 개가하지 않는 동안 양식은 대어줄 것을 말하고는, 이 문제에 관하여 더 말하기를 원치 않는 표를 보였다. 그리고 내 화두를 돌리려는 듯이 문득 날더러,

"여보게 석이, 자네도 인제 공부 고만하고 베슬이나 해보지. 조부장도 연로하신데 돌아가시기 전에 좀 봉양을 해야 안 하나?"

하고 도리어 나를 책망하는 어조였다. 이 말에는 나는 고개가 수그러지지 아니할 수 없었다. 제 늙은 할아비와 어린 동생을 남의 집으로 굴리면서 운현더러 조강지처를 돌아보라는 권고를 할 면목도 없을 것이다. 나는 말없이 고개를 숙이고 방바닥만 들여다보고 있었다. 그러나 불쌍한 예옥의 모양이 눈에서 떨어지지를 아니하였다.

"이거 봐. 지금 헌병대에서 통역생을 하나 구하는데 보조원으로 월급이 구 원, 통역생 수당이 육 원, 한 달에 십오 원이란 말이야. 게다가 편지까지 쓸 줄 알면 삼 원을 더 준다 하거든. 그러면 월급이 십팔 원이 아니냐 말이야. 십팔 원이면 자네네 세 식구 먹고도 한 달에 팔 원씩은 남을 것 아닌가? 자네 같으면 이 세 가지 월급을 다 받을 수가 있을 것이야. 분대장이 자네 이름을 알아요. 또 내 말이라면 믿어주거든. 나도 실상 외로워. 어디 말할 친구나 있나. 어때? 어디, 그래보지?"

대신을 희망하는 나더러 헌병 보조원이 되라는 것은 큰 욕인 것 같아서 불쾌하였지만, 집 사정을 보면 십팔 원 월급이라는 말이 내 귀를 솔깃하게 하지 아니함도 아니었다. 사실상 십 원만 매삭 생기는 데가 있다 하더라도 학교를 그만두고 살림을 시작하려고 하던 터가 아니냐. 내가 대답이 없음을 보고 운현은 재차,

"그럼 그것은 천천히 생각하기로 하고. 또 한 가지 내 헐 말이 있네. 그렇지 않아두 자네가 동경 가기 전에 한번 만날 양으로 자네가 있는 곳을 찾던 길이야. 무슨 말인고 하니, 내 처제가 있는데 내 처조부 말씀이 자네를 사위를 삼고 싶다고 말씀한단 말야. 그런데 무엇을 꺼리는고 하니,

자네 조부께서 안 들으실 것 같거든. 예전 같으면야 될 말인가. 그런 소리 했다가 볼기 맞지 않겠나? 그러나 지금 세상에 양반 상놈이 어디 있느냐 말야. 그래서 내가 처조부보고 장담을 했네. 자네를 만나기만 하면 꼭 허락을 받는다고. 어떤가? 장가나 들구, 통역생이나 되구, 남부러울 것 없지 않은가? 또 내 처제 몫으로 볏백이나 갈 걸세."

이런 소리까지 하였다. 나는 운현의 이 말에는 거의 본능적으로 비위가 뒤집혔다. 호장의 사위가 되라는 것은 헌병 보조원 되라는 것보다 좀 더 모욕인 것 같았다. 더구나 운현의 첩 동서라는 것을 생각하면 더 견딜 수가 없었다. 만일 예수의 가르치심이 사람에는 높고 낮음이 없고 다 평등한 형제라고 하시지 아니하였던들, 나는 낯에 핏대를 돋워가지고 운현에게 대들었을 것이다. 그러나 내가 가만히 반성할 때에 내 조부 남궁 생원과 이 호장과 다를 것이 무엇이냐, 이 호장의 손녀가 내 아내가 되기에 부족할 이유가 무엇이냐 하는 결론에 다다랐다.

그렇지마는 이것은 이론뿐이요, 내 감정은 아무리 하여도 호장의 집에 장가든다는 것을 허락하지 않았다. 그래서 나는,

"고마워. 자네 호의는 내가 잘 아네. 그렇지만 나는 아직 나이도 어리고 또 공부하는 몸이니까 장가들 생각은 없어."

하고 흥미 없는 대답을 하였다.

내 흥미 없는 대답이 운현을 불쾌하게 한 듯하였다. 그것은 운현도 박 대령 집에 나와 같이 있을 때에 제 문벌이 내 것만 못한 것을 고깝게 생각한 때가 여러 번 있으므로 오늘 내 태도도 자기에 대한 멸시로 생각할 만도 할 일이다. 나는 운현이 호장이나 만나보고 가라는 말도 거절하고, 왔던 목적인 예옥의 말도 충분히 못 하고 공연히 마음만 설뗑하게 되어가지

고 이 집에서 나왔다.

　부끄러운 말이지마는, 그 후 며칠 동안 나는 운현의 말을 들었던 편이 좋지 아니할까 하고 하루에도 몇 번씩 생각해보았다. 동경 학교 마당에 있을 때와 달라서 고향에 돌아와보니, 단단한 현실이 말랑말랑한 내 어린 꿈을 형적도 없이 부숴버리고 말았다. 인류를 건진다는 높은 이상이나, 나랏일을 한다는 빛나는 결심도 악착한 이 현실 속에서는 해를 본 장마 버섯같이 맥없이 스러져버리는 것 같았다. 월급 십팔 원, 부잣집 딸, 이런 것은 야비하다고 웃어버리기에는 이 현실 사회에서는 너무나 가치가 컸다. 동경 있을 때 같으면 코웃음거리도 안 될 조그마한 사실이 나로 하여금 비틀거리게 하는 큰 힘이 될 것이다. 내가 내 조부를 보고 이 호장 문제를 웃음거리 삼아서 말한 것은 십분지 칠쯤은 조부의 의향을 떠보려는 것이었다.

　"뭣이 어째? 저런 죽일 놈이 있나. 아무리 세상이 거꾸로 됐기로서니 대대로 하정배(下庭拜)하던 놈이 내 집과 혼인을 하자고? 그래 너는 가만히 듣고만 왔어?"

하고 호령호령할 때에는 나는 가슴이 뭉클하던 것이 쑥 내려가는 것 같았다. 그러나 다음 순간에 조부의 얼굴에는 실심한 빛이 있었다. 큰소리로 호령하던 시절이 아닌 것과 자기의 신세가 어떻게 말 아님을 생각함일 것이다.

　이때 안에서 나오는 저녁상. 아아, 그것은 도저히 노인이 먹을 수 없는 것이었다. 더구나 치아가 하나도 아니 남은 조부는 오이 쪽이나 무 쪽이나 우거지는 씹을 길이 없다. 십여 년 전부터도 김장을 할 때에는 조부를 위해서는 무를 삶아서 넣었고, 서조모가 생존하였을 때에는 치아 없는 조부의 식성을 고려하여서 음식을 만들었다. 그러나 이 한 뼘씩 되는, 이름이 열무김치지 쇠디쉰 무 줄거리와 또 무 잎사귀를 데쳐서 간장을 찔끔 친 것, 이것은 이가 튼튼한 사람이라도 씹기가 힘이 들 것 같았다.

조부는 물을 말아서 김칫국물 해서 밥을 자시고 있었다. 건더기는 애초에 입에 넣을 생각도 아니 하는 모양이었다. 나는 내 살을 베어내어서라도 국 한 그릇을 끓여드리고 싶었다. 나는 운현 말대로 헌병 보조원이 되어서 십팔 원 월급을 받아가지고 늙은 조부 공양을 해볼까 하고, 그날 밤은 잠을 아니 자면서 생각해보았다.

이튿날 나는 오십여 리 길을 걸어서 내 삼종 집에 갔다. 이 집은 내 어린 적의 낙원이지마는, 이번 길은 그 낙원 맛을 보려고 간 것은 아니었다. 일생에 처음 현실적인 금전 문제를 가지고 간 것이다.

이날 밤에 나는 재당숙이 혼자 사랑에 있는 틈을 타서 내가 금후 이 년이면 중학교를 졸업할 터이니 그런 뒤면 월급 생활을 할 수 있으니, 그동안 조부와 누이를 먹여달란 말을 하고, 내가 월급을 받게 되면 이태 동안 두 식구에게 준 생활비를 갚겠노란 말을 하였다. 나는 이 말을 할 때에 감히 고개를 들지 못하고 등에는 땀이 흘러서 적삼을 적셨다. 그러면서도 나는 아저씨가 아마 이 청을 들어주리라고 믿었다.

재당숙은 내 말을 들을 뿐 아무 대답이 없었다.

이튿날 아침에 나는 아저씨가 부르기를 기다렸으나 아무 말이 없었다. 내 삼종과 함께 이웃에 아는 사람을 찾아서 놀다가 낮이 이울어서 돌아왔을 때에 재당숙은 나를 보고,

"세사가 전과 달라서 어떻게 할 도리가 없다."

하고 거절하는 말을 하고는 오 원짜리 지전 한 장을 동경 가는 여비에 보

태라고 주었다.

나는 이것만 해도 고마운 일일 줄을 모르고 속으로 재당숙의 무정함을 원망하고는 저녁때에 밥도 아니 먹고 그 집을 떠났다.

나는 내가 혼인을 하게 된 동기를 길게 설명하고 싶지는 않다. 나는 다만 이상한 인연이 나로 하여금 급작스럽게 혼인을 하게 하였다는 것과 이 혼인이 내 일생에 큰 파란의 원인이 되었다는 것만 말하면 고만일 것이다.

나는 돈을 탐해서 이 혼인을 한 것도 아니었다. 왜 그런고 하면, 그 집은 부자가 아니었기 때문에. 또 나는 색을 탐해서 그 집과 혼인을 한 것도 아니었다. 왜 그런고 하면, 나는 그 여자를 한 번 본 일도 없을뿐더러, 그집이 미인 딸을 둘 만한 가문이 아닌 것도 잘 알고 있었기 때문에. 또 문벌을 탐해서 한 것도 아니었다. 왜 그런고 하면, 그 집은 내 집보다 문벌이 좋지 못한 집이기 때문에.

그러면 나는 무슨 까닭으로 이 혼인을 하였나? 나에게는 여러 가지 설명도 없지 아니하지만 결국은 인연이라고 믿을 수밖에 없다.

내가 재당숙 집에서 실망과 원망을 품고 돌아오는 길에 성재(省齋)라는 내 족대부가 나를 찾아서 재당숙 집으로 허덕거리고 오는 것을 만났다. 그는 육십이 넘은 노인으로서 기다란 지팡이를 짚었다. 그는 가난한 한학자님으로 내 선친과 의분 좋게 지내던 이인 줄을 나는 안다.

성재가 늙은 몸으로 여러 십 리 길을 나를 찾아 나선 것이 다른 일이 아니라, 내 혼인에 관한 일이었다. 그는 내 아버지의 술친구이던 S라는 노인이 방금 병석에서 오늘내일하고 시각을 다투는데, 꼭 나를 사위로 삼아서 어린 자식을 맡기고야 눈을 감는다는 것이다.

나는 성재를 따라서 그날 밤으로 음력 칠월 그믐의 캄캄한 산길과 미끄러운 벌판길을 걸어서 S 노인의 집을 찾았다.

S 노인은 내 손목을 붙들고,

"석아, 너의 아버지 친구야. 나는 너만 믿어. 내 딸이 변변치 못하지만 너만 믿어. 너만 믿고 눈을 감을 테야."

하는 말을 가까스로 알아듣게 하였다. 벌써 혀가 꼬부라져서 어음이 분명치 못하였다. 나는 무조건하고 "네." 하여버렸다. 이것을 내 감격성이라고 할까. 나는 이 임종의 병인의 말을 거스를 용기가 없었다. 만일 이임종의 병인이 청하는 말이면 무엇이나 거스를 수가 없었을 것이다.

이리하여 부랴부랴 혼인을 하게 되었다. 조부는 불만하여서 입맛을 다시면서도 반대하지 아니하였다.

나는 음력 팔월 어느 날 남전복 옥색 도포에 탕건 쓰고 갓 쓰고 사린교에 덩그렇게 앉아서 장가를 들어 전안(奠雁)의 예를 행하였다.

그러나 어떻게도 짧은 인연이었던고? 나는 장가든 이튿날에 곧 동경으로 간다고 떼를 썼다. 그런 법은 없다고 하여서 겨우 삼일을 치르고는 신붓집에서 해준 옷을 다 벗어버리고 고쿠라 양복을 입고 떠나버렸다.

'싫다.'

하는 한 생각이 내 마음을 꽉 붙들고 놓지 아니하는 것이다. 신부는 나와 동갑이었다. 신부에게 무슨 결점이 있는 것도 아니다. 그는 보통 사람이었고, 마음씨는 보통 사람 이상이었다. 그런데 어찌하여서 이렇게 싫을까. 그 싫은 모양은 도저히 형언할 수가 없었다.

나는 경솔한 혼인을 후회하면서 지극히 불쾌한 생각을 가지고 동경으로 왔다. 혼인이라는 이 한 사실이 내 우주를 온통 변해버린 것 같았다.

오직 예수를 따라서 예수와 같이 되리라는 단순한 생각만을 품고 있던 내 가슴에는 여러 가지 번민이 들어왔다. 나는 밤에 늦도록 잠을 못 이루는 버릇을 얻고 때때로 시무룩하게 앉아서 한숨을 쉬는 버릇도 생겼다. 나는 내가 기도하는 수풀 속에 기도를 드리러 가지마는, 전과 같이 마음이 통일되지를 아니하고 하나님과 그리스도가 구름 안개 속에 가려서 아무리 하여도 그 얼굴이 보이지 아니하였다. 번뇌는 진리를 보는 마음의 눈을 어둡게 하는 것이다.

친구들은 내 성격이 갑자기 침울하게 된 것을 보고 아내가 그리운 것이라고 놀려먹었다. 이러한 소리를 들을 때에는 더욱 괴로워져서 나는 그 자리에서 뛰어나가거나 가끔 성을 내기도 하였다.

깨끗한 소망만이요, 아무 거리낌이 없던 내 마음에는 혼인으로 하여서 잠시도 뗄 수 없는 큰 걱정이 뿌리를 박았다. 내 마음은 흙탕물 모양으로 흐렸다.

성경에는, 부부란 하나님께서 짝지어주신 것이어서, 사람의 힘으로 뗄 수 없는 것이라고 하였다. 내 마음에도 이 말씀은 옳았다. 만일 세상이 남자 절반 여자 절반이라고 하면, 한 남자가 두 여자를 차지할 때에 여자 없는 남자가 생기거나, 그렇지 아니하면 한 남자는 처녀 아닌 여자를 아내로 삼을 수밖에 없을 것이라고 생각하였다. 그러므로 이혼을 하거나 첩을 얻거나, 일시라도 다른 여자를 접촉하는 것은 죄악이라고 생각하였다. 그러므로 나는 이미 혼인한 아내와 일생을 같이하지 않으면 아니 된다. 그리하기 위하여 나는 이 싫은 사람을 사랑하도록 힘쓰지 아니하면 아니 된다고 생각하였다. 그렇게 결심도 하고 기도도 하였다.

그러나 그것이 마귀의 시험이란 것일까. 내가 힘쓰면 힘쓸수록 아내의

미운 방면만이 생각나고 세상에 수없는 여자가 다 내 배필이 될 수가 있었을 것을 하는 생각이 났다. 더욱이 S 양에게 대한 사모는 날로 더하였다. 내가 혼인한 줄을 아직 모르는 Y는 유난히 나를 졸랐다. 그래서 하루는 마침내 내가 혼인했다는 말을 자백해버릴 때에 그는 낙심하는 양을 보였다.

나는 S를 사모할 권리가 없음을 깨달았다. 마음으로 사모하는 것만도 죄가 됨을 깨달았다. 그러면 그러할수록 S에게 대한 사모는 더욱 간절하게 되었다.

싫은 아내를 사랑하려는 고민, 사모하는 S를 마음에서 떼어버리려는 고민, 이러한 속에서 일 년을 지나는 동안에 나는 처음으로 일기를 쓰기와 시를 짓기를 시작하였다. 지금은 그때 쓴 일기가 다 서실되어버렸지마는, 열렬한 사모와 혹심한 고통을 적은 것이었다.

다음 해 하기휴가에 나는 단단히 결심하였다. 이번에 고향에 가면 내 아내를 힘껏 사랑해주리라고. 아내의 아름다운 점만을 발견하고 마음에 안 드는 점에 대해서는 눈을 감아버리리라고. 나는 예수 그리스도를 따르는 성도가 아니냐. 아무리 마음에 들지 아니하는 사람이라도, 원수라도 사랑하여야 할 사람이 아니냐. 나는 이를 악물고라도 이 아내를 사랑하리라고.

나는 고향에 가서 조부의 곁에서 하룻밤을 지내고는 곧 처가로 갔다. 이때에는 벌써 장인 되는 이는 죽고 가세도 더욱 치패하여서 조그마한 초가집에 떠나와 있었다. 그 집은 수수밭에 파묻혀 있고 바로 뜰 앞까지 삼이 길게 자라서 삼 잎사귀의 향기가 코를 찌르고, 지붕에는 박과 호박이 달리고 질척질척한 뜨락에는 닭들과 개들이 가댁질을 하고 있었다.

아내 되는 사람이나 장모 되는 사람이나 작년에 이틀 동안 잠깐잠깐 본 사람들이라 모두 초면에 대하는 사람 같고 도무지 말이 어울리지를 아니하였다. 파리가 까맣게 덮인 방 속은 찌는 것 같았으나, 그렇다고 밖에 나와 앉을 데도 없었다.

그래도 사위가 왔다고 닭을 잡고 생선을 사 오고 달걀을 찌고 호박을 지지고 소주까지 받아 오고 이 집 일가 사람들까지 모여들어서 극진히 관대를 하였다.

그때에는 아직 머리 깎은 사람도 적고 보통학교도 한 고을에 하나씩이나 있던 때라, 이 농촌 사람들은 옛날 조선 사람 고대로였다. 옛날이라야 이조 말년의 퇴폐한 옛날 말이다. 젊은이들은 모여만 앉으면 음담패설이요, 도박이요, 술 먹기요, 담배 피우기요, 이것이 그들의 일이었다. 더욱이 이 근방은 더하였다. 삼 년이나 동경 생활을 하여 마음에 교만이 잔뜩 들어앉은 내가 보기에 이 사람들은 마치 딴 인종인 것만 같고, 내 속에 품은 높은 뜻은 알아줄 것도 같지 않다고 생각하였다. 그들은 내게 술을 권하고 담배를 권하고 또 노름을 권했으나, 나는 다 거절하고 도리어 술 먹기와 노름 놀기를 그만두고 예수를 믿고 머리를 깎으란 말을 권하여보았다. 생각하면, 그때 내 정경이 가엾기도 하고 아니꼽기도 하였다. 제가 무엇이길래, 가장 높은 체하고, 가장 깨끗한 체하고, 그러나 나도 그때에 아직 제가 어리석은 물건인 줄을 알지 못하였다.

이 소년 청교도는 사흘이 못 하여 동경서부터 품고 온 결심, 아내를 지성으로 사랑하리란 결심을 깨트리고서는 방학도 다 끝나기 전에 동경으로 와버렸다.

나는 나 스스로에 대하여서 낙심하였다. 도저히 지어먹고 아내를 사랑할 수가 없는 것 같았다.

　이때 내 청교도적 생활을 뒤집어엎은 것이 당시 동경(아마 세계를 다)을 휩쓸던 자연주의 문예와 바이런의 시들이었다. 하세가와(長谷川)라는 어느 대학교수가 지은 『현실 폭로의 비애』라는 책이 어떻게나 내 가슴에 깊은 동요를 주었는지. 종교니, 도덕이니, 습관이니 하는 것에 대한 경의를 어떻게 근저로부터 깨트려버렸는지. 그리고 K라는 친구에게 권함받은 바이런의 시들, 「카인」, 「해적」, 「돈 후안」 등이 어떻게 청교도적 생활이 천박함과 악마주의의 힘 있고 깊음을 내게 가르쳤는지, 나는 마치 부자유한 감옥이나 수도원에서 끝없이 넓고 밝은 자유의 신천지에 나온 것같이 생각하였다. 나는 K와 함께 발매금지되는 잡지와 서적을 사 보는 것으로 자랑을 삼았다. 그때에 발매금지라면 사상적인 것이 아니요, 노골적인 성욕 묘사로 풍속 괴란의 혐의로서였다.

　"쾌락의 일순은 고통의 천년보다 낫지 아니하냐?"
하는 돈 후안의 말이 어떻게 내 가슴을 뒤흔들어놓았던고. 카인의 하나님에게 대한 원망은 이상한 매력을 가지고 내 마음을 고혹하였다.

　나는 톨스토이의 깨끗한 문학에 맛을 잃고 인생의 암흑면을 폭로하는 문학을 탐독하게 되었다. 돈 후안과 함께 인생 향락의 단술에 취하여서 카인과 함께 하나님을 저주하고 싶었다. 이러한 생각을 가지게 된 것을 나는 내가 크게 진보한 것이라고 생각하였다. 나는 악마주의를 찬양하게 된 것이다.

　나는 술 먹기를 시작하였다. 나는 길에서나 전차에서나 젊은 여자를 보면 실컷 음란한 마음을 품는 것을 당연하게 생각하였다. 내가 예수의 가르침을 배반하고 악마주의의 제자가 될 때에 열팔구 세의 춘기 발동기인 나는 성욕의 노예가 되었다. 나는 오다케 바아상의 딸이 내 집에 와 자는 밤에 억제할 수 없는 육욕을 가지고 거의 밤을 새운 것을 기억한다. 나는 그것을 이루지 못한 것을, 내가 용기가 부족한 때문이라고 한탄하였다. 나는 요시와라(吉原)라는 창기촌에도 몇 번 갔다. 갈 때에는 갖은 추태를 다 부려서 더러운 욕심을 만족하리라는 결심을 단단히 하고 가건마는, 정작 가서 낯에 분칠을 하고 귀신 같은 모양을 하고 있는 여자들의 모양을 면대하면 그것이 모두 짐승의 일과 같아서 침 뱉고 물러 나왔다.

저주와 불평과 불만과 육욕과, 이러한 열등 감정의 포로가 되어버린 나는 밤이면 술에 취하는 때가 많았다. 같이 있는 H, K 등 친구들은 내가 이렇게 변하는 것을 보고 걱정해주었으나 나는,

"흥, 너희 같은 속물이 어떻게 내 깊은 사상을 알아?"

하고 가장 깨달은 체하였다.

이때에 만일 내가 죽어서 무엇으로 태어난다 하면 그것은 잔나비일 것이다. 왜 그런가 하면, 그때에 내 마음속에는 술과 계집에 관한 욕심밖에 없었기 때문에. 그리고 욕심만 있고 하나도 채우지를 못하였으니 반드시 아귀가 되었을 것이다. 그리고 잠시도 마음이 편할 때가 없고 항상 저주와 불평으로 끓었느니, 그때 생활이야말로 곧 지옥 생활이다. 나는 그때에 지옥과 아귀와 축생의 삼악도에서 수없이 윤회하고 있었던 것이다. 그때에 내 얼굴에서는 순결한 빛이 스러지고 내 마음에서는 천국의 평안이 가버렸다. 눈과 같이 희던 내 영혼은 칠과 같이 검게 물이 들어버렸다. 일생을 두고 씻더라도 다 깨끗해지지 못하리만치.

나는 날마다 야마사키 군을 대하였으나, 야마사키 군이 여전히 깨끗한 것을 볼 때에는 본능적으로 부끄러운 생각이 나기는 나면서도 나는 야마

사키가 유치하고 내가 한층 높은 데로 올라선 것이라고 스스로 위로하고 스스로 속였다. 아마 야마사키 군은 내 혼 속에 악마가 들어앉은 줄을 몰랐을는지 모른다. 아니, 그럴 리가 없다. 마음에 먹은 것은 몸에 나타나는 법이다. 그때 내 얼굴과 행동에서는 반드시 악마적인 빛과 냄새를 발하였을 것이다.

교원 생활

나는 이러한 중에서 중학교를 마치고 고향 K라는 학교의 교사로 영빙 (迎聘)되어서 조선으로 돌아왔다. 중학교만을 마치고 조선으로 돌아온 것은 늙은 조부 때문이란 것도 한 이유가 되지마는, 그 밖에도 또 두 가지 이유가 있었다. 하나는 당시 기개 있다고 자처하는 청년들은 이때가 안 락하게 공부하고 앉았을 때가 아니라, 고국에 돌아가서 민중을 각성시켜 야 할 때라는 비분강개한 생각을 가졌었다. 그해가 바로 합방이 된 경술 년이었다면 상상될 것이 아니냐.

또 한 가지 동경서 고등학교에 들어가기를 고만두고 돌아온 이유는, '공부는 더 해서 무엇 하느냐. 나는 벌써 최고 지식에 달한 것이 아니냐. 나는 벌써 인생관과 우주관을 완전히 가진 것이 아니냐.' 하는 건방진 생 각이었다. 마치 산전수전 다 겪어서 인생을 다 알고 난 사람과 같은 초연 한 듯한, 인생에 피곤한 듯한 그러한 태도를 나는 가지고 있었다. 그래 서 이제는 내가 무엇을 배울 때가 아니요, 남을 가르칠 때라고 자임하였다. 이러한 건방진 생각을 품고 열아홉 살 먹은 나는 고향으로 돌아온 것이다.

내가 고향에 돌아온 때에는 조선서는 인심이 물 끓듯 하였다. 이등(伊藤) 공작 암살 사건, 헤이그 평화회의 사건, 양위 사건, 군대 해산 사건 등등. 그리고 민간에는 학교들을 세우고, 연설들을 하고, 대운동회들을 하고, 비밀결사들이 생기고. 그러나 나는 여기서 그러한 자세한 이야기를 아니 하는 것이 좋을 것이다.

나는 서울을 들러서 며칠을 머물면서 지사들이 법석하는 구경도 하고, 또 어떤 대신에게서 원으로 가라는 권도 받아보고, 그러고는 그때 개통된 지 얼마 안 된 기차를 타고 고향으로 갔다.

정거장에는 수백 명 학생과 직원이 이 젊은 새 교사를 맞느라고 나와서 정렬하고 있었다. 이 학교는 중등학교와 초등학교를 합한 학교로서, 상급생 중에는 내게 아버지뻘이나 되는 나이를 먹은 사람까지 있었고, 중등과의 거의 반수 이상이 나보다 나이 많은 이들이었다.

이러한 학생들이 십 리나 되는 정거장까지 나와서 맞는 것을 나는 별로 고맙게도, 더구나 미안하게도 생각지 아니하고 도리어 당연한 것처럼 생각하였고, 한술 더 떠서 '나 같은 장한 사람이 너희들의 선생으로 오는구나.' 하는 생각까지 있었다. 나는 의기양양하게 탈모 경례하는 학생들의 행렬 앞으로 군대를 검열하는 장관의 태도로 걸어 지나가서 백발이 성성한 N이라는 교주와 초면 인사를 하였다. 그러고는 N의 소개로 늙은, 젊은 여러 선생과 인사를 하고 학생 행렬의 선두에 서서 학교로 들어갔다. 학교에서는 소를 잡고 여러 가지 음식을 여투고 이 애송이 선생의 환영회를 성대하게 열었다. 이제 겨우 중학교를 졸업한 열아홉 살 된 아이인 나를 N 교주 이하로 대소 직원들이 끔찍이 대접을 하였다. 다만 학교 경비가 곤란해서 월급이 없는 것만은 어찌할 수 없는 일이었다. 그러나 나는 이에 대해서도 별로 감사한 생각을 가질 줄을 몰랐다. 나 같은 큰 인물이 이런 시골 학교에 온 것이 이 학교와 N 교주 이하 모든 직원들에게 큰 영광이라고까지 생각하였다.

내가 이 학교 취임한 지 며칠이 못 하여 내 늙은 조부는 병이 위중하게 되었다. 그러나 나는 남보고는 늙은 조부를 봉양하러 왔노라고 하면서 중병 든 조부의 곁에 있기를 원치 아니하였다. 나는 조부의 병을 핑계로 학교를 쉬고는 이리저리로 술을 먹고 돌아다녔다. 어렸을 적 친구들이 모두 벌써 술꾼들이 되어서 오래간만에 만난 친구라고 간 데마다 술을 사 주었다.

이렇게 술을 먹고 돌아다니다가 하루 저녁은 문득 앓는 조부가 마음에 켕겼다. 나는 친구가 붙드는 것도 뿌리치고 밤길을 육십 리나 걸어서 조부가 앓고 누운 곳으로 달려왔다. 닭이 울었다. 대문 밖에 나섰던 내 당숙모가,

"너 인제 오느냐? 큰아버님이 돌아가셨다. 너를 기다리다 못해서 아버님이 눈을 감기셨구나. 석아, 석아, 하고 두 번이나 부르시고 운명을 하셨어."

하였다.

나는 방으로 뛰어 들어갔다. 조부는 자는 듯이 반듯이 누워 있었다. 그 곁에는 종조부가 혼자 앉아 있었다. 난봉난 당숙들은 어디 가고 없는 모양이요, 그의 운명을 본 이는 오직 그 아우와 질부 두 사람뿐이었던 모양이다.

나는 승중상(承重喪)으로 거상을 입을 것이언마는 쓸데없는 허례라고 주장하여 상복을 아니 입었다. 무론 영연(靈筵)도 설하지 아니하고 조객이 와도 곡도 아니 하였다. 내 아내가 삿갓가마를 타고 머리를 풀고 와서 우는 것을 듣기 싫다고, 다시는 곡성을 내지 말라 하고, 머리 푼 것도 보기 싫다고 소리를 쳤다. 다들 내 말대로 순종하였다.

벌써 시집간 애경 누이가 온 것도 울지 말라고 소리를 질렀다. 나는 이것으로 구습을 혁파하는 것이라고 자처하였고, 나만 한 큰사람은 이렇게 새 법을 내는 것이 옳다고 자신하였다. 일가와 어른들은 내가 하는 해괴한 행동에 눈살들을 찌푸리고는 다 달아나버렸다. 욕이 내 귀에도 들어왔다. 그러나 나는 잘하는 체하고 뻗대었다. 개혁가요 선구자로 자처하였다.

그러나 나는 해가 갈수록 늙은 조부에게 대하여 죄송한 마음이 깊었다. 나는 '동경서 돌아온 뒤에만이라도 왜 곁에서 모시며 시탕(侍湯)을 못 했던고, 운명하는 마지막 밤만이라도 그 곁에 못 모셨던고.' 하는 한이 가슴에 맺혔다. 나는 조부의 앞에 엎드려,

"다시는 조부님 곁을 안 떠나겠습니다."

하고 우는 꿈을 사십이 넘은 오늘까지도 꾸는 때가 많다. 아마 이 한은 내 일생을 두고 가실 날이 없을 것이다. 지금 이 글을 쓸 때에는 나는 몸에 소름이 끼침을 깨닫는다.

K 학교 교사로 온 뒤에 조부상, 기타로 약 일 개월이나 학교를 쉬고 밤낮 술만 먹고 돌아다녔다. 나중에 들었거니와, 교주 N 노인은 나를 초빙한 것을 크게 후회하였다고 한다.

"저것이 원 선생 노릇을 할 수 있나?"

이렇게 걱정하였다고 한다.

N 노인은 나를 자리를 잡게 하기 위하여 집 하나를 사고 살림을 차리게 하였다. 집이라야 방 두 칸, 부엌 한 칸뿐이요, 대문도 없고 헛간 하나뿐인, 북향 외딴 오막살이다. 산을 남쪽으로 등지고 있어서 하루 종일 가야 볕 한번 안 들고, 그리고 대낮에도 방 안은 골방같이 음침하였다. 이집은 내 부모가 돌아가던 집만도 못한 집이었다. 나는 그 집이 무론 마음에 안 들었다. 나는 아버지 적만도 못하다는 비애까지 느꼈다. 나 같은 훌륭한 선생을 데려다가 이 모양으로 대우하는가 하고 나는 N 교주에게 대하여 불쾌하였다. 이러한 집에서 마음에 안 드는 아내와 단둘이서 살라는 것은 큰 모욕이요, 큰 형벌인 것같이 생각하였다. 더구나 나를 아는 사람들이,

"남궁석이는 서울을 갑네, 동경을 갑네 하기에 무엇 큰사람이나 되는 줄 알았더니 인제 저 꼴이야?"

하고 나를 멸시하는 것이 더욱 견딜 수가 없었다. 그것은, 나와 한 고향 사람으로서 나와 같이 동경 가 있던 사람이 이웃 골 원을 해가지고 와서 거드럭거리는 M이라는 사람과 대조하는 데서 더욱 심각하였다.

'나는 내부대신이 원으로 가라는 것을 마다고 박차고 온 사람이야.'

하고 속으로는 뽐내어보지마는, 그 속을 세상이 알아주지를 아니하였다. 실상 나는 군수가 되라는 것을 욕으로 알고 픽 웃고 말았건마는, 그래도 교육 사업을 하는 것이 가장 높은 지위라는 자신이 서지를 못한 것이다. 게다가 내 아버지 나이나 되는 학생들이 힐끗힐끗 의문의 눈으로 나를 감시하고 비평하는 양이 못 견디게 불쾌하여서 나는 날을 세우노라고 늙은 학생을 불러서 세워놓고 딱딱거려도 보았으나 도무지 어울리지를 아니

하였다.

나는 여전히 술을 먹었다. 학교 시간만 끝나면 술친구를 찾아다녔다. N 교주나 직원들과도 아무쪼록 아니 대하려고 하였다. 밤새도록 술을 먹다가 술냄새를 피우면서 교실에 들어갔다. 준비도 없는 중학교 졸업생이, 놀라지 말지어다, 물리, 화학은 물론이거니와 천문학, 심리학, 이러한 일생에 들어보지도 못한 과정을 가르치니 기막힐 것 아닌가. 그때 그 학교에는 천문학, 심리학 외에 헌법, 국제법, 형법 같은 과정까지도 있었다. 중등학교인지 전문학교인지 모르는 그러한 학과들이었다.

나는 내가 공부하던 중학교를 표준으로 K 학교의 학과 배정이 옳지 못함을 주장하였다. 그러나 어린 주정뱅이 교사의 말이 설 리가 없었다. 나중에 들은즉, 여름방학만 되면 나를 내어보내기로 내정했더라고 한다.

사월, 오월을 이 모양으로 취하여 보내다가 나는 마음을 돌려 잡을 수가 있었다. 하나님은 나를 버리지 아니하신 것이었다.

나는 술을 뚝 끊고 아침에서 해 질 때까지 학교에만 있었다. 나는 내일 가르칠 교재를 내 힘껏 준비하고, 또 직원과 학생과도 사귀었다. 나는 야구와 정구와 축구를 사다가 학생들에게 가르치고, 또 손수 비를 들고 학교 구내의 청결을 하여서 학생들의 모범이 되려고 하였다. 그리고 어떤 교재를 모아서 등사판에 박아서 교과서로 삼았다. 나는 N 학교에서 공부하던, 깨끗하던 시대의 나를 회복할 수가 있었다. 나는 조국에 대한 의무를 굳세게 인식하였다. 나는 이 학생들을 가르치기에 전 생명을 다 바치리라고 혼자 맹약하였다. 나는 내가 가난한 생활을 하는 것을 조국에의 봉사로 생각하려 하였다.

이렇게 고쳐진 내 생활은 한 달이 못 하여 N 교주와 기타 직원, 학생들의 인식한 배 되어서 나에 대한 신임과 존경은 날로 더하였다. 나는 학교를 내 집으로 알고 학생들은 내 사랑하는 형제들로(자녀라는 생각은 나이 관계로 나지 아니하였다) 깊이깊이 정을 들이게 되었다.

여름방학이 지나고 가을 학기가 되어서는 N 교주와 R라는 교무주임 격인 늙은 선생이 학칙 변경을 내게 일임하도록 나는 신임을 받았다.

그뿐 아니라, 나는 N 교주의 고향인 Y라는 동네의 동회에 회장이 되고 남녀 야학교의 교장이 되어, 집도 Y 동네로 옮겼다. 나는 가정생활로도 동네의 모범이 되리라 하고, 닭을 치고, 방이며 부엌이며 마당을 아침마다 손수 깨끗이 치고, 새벽 일찍 일어나 동네 길을 쓸고, 학교에 건너와 학교의 청결을 몸소 하였다. 특별히 부엌과 뒷간의 청결을 위하여서 동회에서 많이 권면하였고, 또 이불과 베개를 깨끗이 할 것을 장려하였다. 동회를 세우기는 N 노인이거니와, 이러한 여러 가지 실행에는 내 힘도 없지 아니하였다.

내가 몸소 행하는 정성은 동회의 인정하고 신임하는 바가 되어서 회원들은 기쁘게 내 충고를 들었다. 얼마 지난 뒤에는 나는 회원들의 만장일치의 결의로 청결 검사위원이 되어서 토요일마다 집집으로 순회하면서 방과 부엌과 뒷간과 금침(衾枕)까지도 모두 검사하는 권한을 받았다. 부뚜막은 일주일에 한 번씩 새로 '흙칠'을 하여야 하고, 뜰에는 황토를 깔아야 하고, 이불과 욧잇과 베갯잇에는 때가 묻으면 안 되고, 또 가마솥과 기명은 어른어른하게 닦이지 아니하면 아니 되고, 담이나 영이나 바자나 다 가축하게 아니하면 아니 되었다.

"이것이 더럽습니다."

한다든가,

"여기를 좀 고치시지요."

하면 부인네들은 다 기쁘게 내 말을 들었다.

나는 이 밖에 회원 전체를 통하여 남자는 매일 짚신 한 켤레, 여자는 끼니때마다 매 식구에 쌀 한 숟가락씩을 모아서 한 달에 한 번 동회 모이는 날에 회에 바치되, 저마다 제 구좌로 하여 저금해두었다가 그 돈이 백 원이 차거든 찾아갈 수 있고, 그동안에는 저리로 대부하는 제도를 세웠다. 이 제도에 대하여서는 처음에는 이론도 있었으나 결국 그대로 시행하여 불과 반년에 오백여 원 자금이 모였다.

동네 전체가 예수교인인 것과 또 이 동회로 하여 Y 동네는 이웃 다른 동네와는 딴판인 동네가 되었다. 술과 노름이 없는 것은 물론이거니와, 어느 동네에서도 흔히 보는 이웃끼리의 싸움도 없었고, 집들, 옷들도 다 깨끗하게 되어서 헌병들이 청결 검사도 아니 들어오게 되었다. Y 동네에는 실로 경찰이 올 필요가 없었던 것이다.

이듬해 봄까지에는 학교도 면목이 일신하고 동회도 자리가 잡히고 모든 것이 재미 붙으리만 한 때에 큰 사건이 일어났다.

내가 K 학교에 온 해 팔월 이십구일에 합방이 되었다. 나는 K 역에 붙은 두 나라 황제 폐하의 합병 조서를 읽었다. 그날은 핼리 혜성이 지나간다는 이 지방에는 무척 해무가 자욱하게 낀 날이었다. 이 합병이라는 큰 사실이 내게 깊은 인상을 준 것은 말할 것도 없다. 내가 학교와 동회에 전 생명을 바치려던 것도 이 영향이 한 원인이 되었을는지도 모른다.

그런데 합병한 이듬해에 N 교주가 신민회 사건으로 경무총감부로 붙들려 가서 K 학교는 주인을 잃어버리게 되었다. K 학교는 기본금이 없고 N 교주가 돌아다니면서 동냥하다시피 하여 유지해오던 터이다. N 교주를 잃어버린 K 학교는 가장을 잃은 가족과 같았다.

신민회라는 것은 합병 전부터 있던 비밀결사다. T라는 이의 계획으로 된 단체로서 동지를 규합하여 교육과 산업을 일으키고 신국민다운 힘을 기르기를 목적으로 하였던 단체다. N 교주는 이 신민회의 일방의 두령이었다.

N 교주가 잡히자 우리 K 학교의 직원은 다 연루자로 잡혀갈 것을 예기하였다. 실상 헌병이 매일 학교에 왔고, 어떤 때에는 밤에도 달려드는 일이 있었다. 모든 우편물은 다 헌병의 손으로 검열을 받았고, 동회의 문서까지도 다 몰수를 당하고, 또 당분간 집회 금지를 당하였다. 여기서 얼마 멀지 않은 S라는 학교에서는 직원, 생도 삼십여 명이 검거되어서 학교는 휴교할 수밖에 없이 되고, 오늘은 어디서 누가 잡혔다 하는 소문이 아니 들리는 날이 없었다. 그도 그럴 것이다. 칠백여 명이 붙들렸으니.

N 교주는 학교 직원을 한 사람도 불지 아니하였다. 또 N 교주는 학교의 전도를 미리 생각하고 학교 직원에게는 신민회에 관한 말은 일절 아니할 만한 지혜도 가진 이였다.

이 사건은 여러 가지 파란을 지난 뒤에 제일심에 일백오 인이 유죄 판결을 받았다가 복심에서 구십구 인은 무죄가 되고, N 교주를 포함한 여섯 사람만이 징역을 지게 되었다.

K교는 참으로 어려웠다. 그러나 우리는 밥 한 그릇, 된장 한 그릇으로 버티어가면서 N 교주가 돌아오기를 기다렸다. 나는 그동안에도 K교 일과 동회 일로 불매증이 생기도록 과로하는 생활을 하였다. 그렇지마는 나는 불평도 아니 하였다.

그러나 나는 이 K교를 떠나지 아니하면 아니 될 일이 생겼다. 그것은 내가 여름방학 동안 어느 먼 지방에 강습회 강사로 초빙되어 가 있는 동안에 나에게 배운 몇 사람이 나를 톨스토이주의를 선생 간에 선전하는 이단자라고 해서 교회와 학부형 방면에 나를 배척하는 운동을 일으킨 것이었다.

나를 배척한 이 두 장본인은 K 학교를 졸업하고 어느 신학교에 다니는, 장차 목사가 되려는 사람들이었다. 그들은 거룩한 교회와 교회학교 안에 나와 같은 부정한 인물을 둘 수 없다고 주장하여서 교원 일부분의 동의를 얻은 모양이었다. 교원 중에는 내게 시기에 가까운 일종 불쾌한 감정을 품고 있던 모양이었다. 첫째는 그중 나이가 어린 내가 교무주임의 지위에 있는 것이 불쾌하고, 둘째로는 내가 학생들 간에 사랑을 받는 것이 불쾌한 것이었다. 또 나 자신도 자기의 열정과 철없음으로써 나이로는 내 선배인 동료들에게 잘못한 일도 많을 것이다.

나는 K 학교가 교회의 관리로 넘어간 것을 말하기를 잊어버렸다. 교회의 관리에 들어갔기 때문에 교장은 미국 선교사 R 목사였다. 나를 배척하는 두 사람 C와 S는 필시 이 R 목사에게 나를 먹었을 것이요, 또 K 교회에 중심 인물 격인 K 장로가 본래 사람이 음흉하니까 이 두 사람과 공모하였을 것이 분명한 일이었다.

개학 때가 되어 내가 학교에서 나가게 된다는 말이 돌아가매, 학생들과 학부형의 일부분과 또 나를 지지하는 교원들이 들고일어나서 나를 옹호하기로 하는 모양이었다. 그래서 내 교수 시간도 여전히 맡기려는 모양이었다.

그러나 사 년간, 열아홉 살부터 스물세 살까지의 인생의 꽃을 이 학교를 위해서 시들려버린 내게 대하여 이러한 갚음이 오는 것을 볼 때에, 세상 풍파를 모르는 나는 그만 낙심이 되어버렸다. 그렇지 않아도 가정의 불만과 몸이 약해짐과, 또 새로운 야심에 대한 동경으로 마음이 편안치 못하던 나는 이 사건으로 해서 K를 떠날 마음이 굳게 들게 되었다. 나는 K 학교도 있을 곳이 아니요, 내 가정도 몸 붙일 곳도 아니라고 생각하고 방랑의 길을 떠나리라는 로맨틱한 생각을 품게 된 것이었다.

나는 사 년간 영양 부족과 과로와 심려로 무척 몸이 약하게 되었다. 내가 후년에 중병으로 오래 신고한 원인이 여기서 시작된 것이었다. 월급이란 거의 한 푼도 받아보지 못하고, 나무와 양식과 무, 배추 같은 반찬 거리를 얻어먹을 뿐이었다. 의복도 말이 아니었다. 혹 지나가는 손님이 두루마기 한 감, 모자 한 개를 선물하는 것을 받아서 썼다. 양말은 구멍이 뚫어지고 미투리는 창이 났다. 그러고는 학교 시간만을 한 주일에 서른네 시간, 그리고 야학 있고, 동회 있고, 또 교회에서 때때로 설교까지 하였다. 게다가 가정 관계, 기타로 내 마음에는 번뇌가 늘 있었다. 잡아가둔 내 청춘, 내리누른 청춘은 가끔 반란을 일으켰다. 나는 때때로 누구도 아닌 사람을 그리워하는 생각도 났다. 이것저것이 합해서 나는 밤에 잠 안 드는 병이 생기고 몸은 마르고 기침까지도 났다. 의원들은 몸이 약해졌으니 쉬고 복약하라고 권하였으나, 나는 쉴 새도 없고 복약할 돈도 없었다. 여름방학까지도 나는 하기 강습 교사로 다녔다. 나는 강습회 다녀오던 길에 차중에서 졸도한 일도 있었다. 나는 이렇게 피곤한 생활을 하다가 피가 말라서 죽는 것을 영광으로 생각하고 있었다. 그러나 내가 가르친 사람들과 내 동료들에게 배척을 받음을 볼 때에 나는 환멸의 비애를 느끼지 아니할 수 없었다.

내가 만일 세례를 받았다면 배척 문제가 아니 일어났을는지 모른다.

그러나 나는 교인 된 지 칠팔 년이 되도록 세례를 못 받았다. 그것은 세례 문답에 번번이 낙제가 되기 때문이었다. 아마 K 장로가 나를 세례를 못 받게 하기 위하여 목사에게 미리 약속하는 모양이었다. 그러길래 평소에는 먼 교회에 있어서 이따금 순회로 오는 R 목사가 내게 문답을 할 때에는 반드시,

"그리스도께서 동정녀 마리아에게 잉태하신 것과 본디오 빌라도에게 죽으사 사흘 만에 다시 살아난 것을 믿으시오?"

하는 것과,

"『구약성경』도 하나님의 말씀인 줄을 믿으시오?"

하는 것과,

"이후에 예수께서 재림하시는 날 죽은 자들이 모두 무덤에서 일어나서 심판을 받을 것을 믿으시오?"

하는 세 가지를 꼭 물었다. 다른 사람에게는 이런 것을 아니 묻기도 한다는데 내게는 꼭 물었다. 여기 대해서는 내가,

"네, 믿소."

하고 대답하지 아니할 줄을 R 목사는 미리부터 아는 모양이었다. 다른 이들은 그것을 믿기에 믿는다고 대답하겠지마는, 나는 그것을 못 믿으니까 믿는다고 대답할 수가 없었다. 이래서 번번이 나는 세례 문답에 낙제한 것이었다. 나보다 나중 교인이 된 사람들이 다 세례를 받고 집사가 되네, 장로가 되네 하건마는 오직 나만은 만년 학습 교인으로 있었다.

이것은 나중에 안 일이지마는, 내가 W라는 고을에 하기 강습 강사로 가 있는 동안에 C와 S 두 사람은 벌써 R 목사에게 말해서 나를 학습 교인의 적에서까지 제명해버렸다고 한다. 전에도 말한 바와 같이, R 목사는

K 교회를 관리하는 목사인 동시에 K 학교의 교장이었다. 무론 한 학기에 한 번도 다녀갈까 말까 하는 목사요, 교장이었다. 이리하여 우선 나를 교회에서 제명해놓고 학교에서 몰아내자는 것이었다.

이에 나는 분연히 K 학교를 떠나기로 결심을 하였다.

개학이 된 지 한 달이나 지나도록 나는 학교 사무를 보지 아니하였다. 그러나 나는 오늘내일하면서도 차마 학교를 떠나지 못하였다. 그것은 학교와 학생들에게 정이 든 까닭이었다. 실상 나는 사랑 없는 가정생활을 하여가는 사랑의 주림을 학생들에 대한 사랑으로 채웠다. 이제는 K 학교에 온 지가 사 년이나 되니, 학생은 전부 내 손에 길러 난 아들까지는 안 되더라도 동생들과 같았다. 밤낮 그들과 함께 어울려서 나는 내게 있는 정을 모두 학생들에게 쏟아주었다. 나는 하루도 그들을 대하지 아니하고는 살 수 없도록 그들이 그리웠다. 그들 중에 앓는 이가 있으면 나는 내 건강이 허하는 한에서 지성으로 그들을 간호하였다. 어떤 때에 장질부사로 고통하는 학생을 꼭 껴안고 밤을 새우기도 하였다. 그들은 내 애인이었다. 그들을 떠난다고 생각하면 나는 모든 것을 잃어버리는 것 같아서 천지가 텅 비는 듯하였다.

나는 학교에는 아무 말도 아니 하고 슬그머니 일어설 작정이었다. 가지 말라고 붙들거나 또는 송별회를 하거나 이런 것이 다 내 마음에는 귀찮았다. 나는 병이라는 핑계로 학교를 쉬고 있었기 때문에 내가 떠나더라도 눈에 아니 띌 것이었다.

문제는 아내뿐이었다. 어린것을 하나 났다가 돌도 못 되어서 죽고 가족이라고는 단 두 식구뿐이었다. 평생 가도 이야기 한번 하는 일 없는 두 내외였다. 그렇다고 피차에 성낸 모양이나 미워하는 모양을 보이는 일도 없었다. 남이 보기에는 의좋은 부부일 것이다.

실상 아내는 착한 사람이었다. 내가 학교에 가서 열, 스무날 묵고 안 돌아오더라도 불평한 말 한마디 하는 일이 없었다. 어린것이 앓는 동안 나는 돌아보지도 아니하였건마는, 거기 대해서도 입 밖에 내서는 아무 말도 없었다. 어린것이 죽은 뒤에 나는 집에 돌아오지 아니하였건마는, 그는 아무 말 없이 혼자 있었다. 얼마나 슬프고 무서웠을까. 나는 실로 무정하고 죄 많은 사람이었다. 나는 어린애가 돌이 가깝도록 한번 안아 준 일도 없었다. 그리고 어린애가 숨을 모으는 것을 보고도 나는 웃고 잡담하였다. 그것이 죽은 뒤에도 나는 눈물 한 방울 아니 흘렸다. 나는 일 년쯤 후에 죽은 어린애에 대해서 무정하게 한 것을 퍽 뉘우쳤다. 꿈이면 그 어린것이 두렁이를 입고 팔을 벌리고 내 앞에 서서 시무룩하고 있는 양이 보였다. 그는 그 짧은 일생 동안 내가 무정하게 한 것을 원망하는 것이었던가.

나는 그 후에 새 아내에게 난 아들 하나를 끔찍이 사랑하다가 잃어버렸다. 그러고는 피눈물이 나도록 가슴이 아팠다. 만일 인연으로 태어나는 것이라면 그 어린애가 나에 대한 미진한 인연을 풀기 위하여, 또 나로 하여금 자식 죽은 슬픔을 가르치기 위하여, 인정 없던 악한 버릇을 징계하기 위하여 다녀간 것인지도 모른다.

이렇게 무정한 아비요, 남편은 반드시 벌을 받아야 옳을 것이다. 또 벌도 실상 받았다. 앞에 오는 이야기를 들으면 알 것이다.

나는 K 학교를 떠나기 전날 아내를 불러놓고 내 뜻을 말하였다. 나는 이로부터 정처 없는 길을 떠나노라고. 다시 조선에 돌아올지도 모르거니와, 설사 살아서 돌아온다 하더라도 언제 돌아오는지 모른다고. 그러니까 내가 돌아오기를 기다릴 것 없이 다른 남편을 얻어서 시집을 가든지 마음대로 하라고 선언하였다. 이 선언을 본시 내약한 내가 얼마나 오래 별러서 한 것임은 말할 것도 없다. 그리고 이 말끝에는 반드시 한바탕 비극이 날 것도 예상하였다.

그러나 의외였다. 아내는 지극히 냉정한 태도로,

"나도 당신 생각이 그러신 줄 알아요. 나는 친정에 가 있지요. 어디를 가시든지 몸 성히 댕기시고 큰 이름 내시오."

하고 도리어 빙그레 웃기까지 하였다. 그러나 그것이 결코 빈정대는 말이 아니었다. 나는 이 사람이 누구를 빈정댈 사람이 아닌 것을 믿는다. 그는 어디까지든지 순량한 사람이었다. 그러한 미점(美點)을 잘 인식하면서도 그를 사랑하지 못하는 내가 원망스러웠다. 아마 나는 더 아름다운, 더 좋은 아내를 바란 것일까. 그러나 다만 그렇다고만도 할 수는 없었다. 내 변명이 아니라 그저 싫었다. 나는 일생에 다른 아내를 구하려는 생각조차도 그때에는 없었다. 나는 다만 아내에게서 떠나서 혼자 됨으로써 만족할 것 같았다. 이것이 그때의 내 진정이다. 나는 지금 와서는 이것을 인연이요, 업보라고 믿는다. 그와 나와는 그만큼밖에 부부 생활을 할 수 없는 인연이었던 것이라고 나는 믿는다. 그렇다고 나는 내가 그와 이혼하여서 그의 가슴을 아프게 한 책임을 벗는 것이라고 생각한다는 말은 아니다. 지난 것은 지난날의 인연이라 하더라도 지금 그의 가슴을 아프게 한 업의 보는 내가 장래에 꼭 받아야 할 것이다. 혹시 안 받을 수도 있는 것이 아니라 결단코 받을 것임을 믿는다. 나는 그것을 벌써 받았거나 또는 장차 받거나 할 것을 믿는다. 나는 우주의 인과의 이법을 믿기 때문에, 만일 인과의 이법이 추호만큼이라도 부서지는 날에는 우주가 부서

126

질 것을 믿기 때문에. 나는 내가 이 업보를 받더라도 우주가 부서지지 않기를 원하기 때문에.

방랑의 길

　내가 이렇게 하고 집을 떠날 때에 내 몸에 지닌 것은 오직 입은 옷 한 벌과 겨우 국경을 넘을 만한 돈이 든 돈지갑 하나뿐이었다. 나는 한두 벌 옷도 가지지 아니하였다. 집을 떠난다고 해서 새 옷을 갈아입는 것도 아니었다. 나는 차마,

　"지금 나는 떠나오."

할 용기가 없어서 아내에게는 아무 말도 아니 하고 산보나 나가는 모양으로 집을 나선 것이었다.

　때는 늦은 가을이었다. K 학교를 에워싼 포플러 잎사귀들이 누렇게 황이 들어서 바람에 펄펄 날리고 있었다. 나는 학교에 와서 직원들과 학생들과 만나는 대로 인사를 하고 산보 가는 행색으로 정거장으로 나갔다.

　정거장은 K 학교에서 십 리나 되었다. 고개 하나 넘어서 산모퉁이를 돌아서면 조그마한 K 역이다. 나는 고개에 올라서서 학교를 바라보고 낙루하였다. 학교와 학생들이 그렇게도 그리웠다. 나를 미워하는 K 장로

나 M 교사까지도 다 그리웠다. 그들이 만일 이 고개에 나타난다 하면 나는 정녕 그들을 안고 울었을 것이다. 학교는 내 유일한 집이요, 학생들은 내 애인이었다. 나는 이 세상에 이밖에 정들인 곳이 없는 것이다. 술도 담배도 다 끊고 가정의 향락도 없는 나는 학생들을 바라보고 가르치는 것으로 유일한 낙을 삼았던 것이다. 학교 건물의 어느 기둥에는 내 손이 아니 닿았을까. 저 낙엽이 지는 어느 포플러는 내가 그 생일과 자라는 양을 모르는 것이 있을까. 눈물 어린 내 눈에는 학생들이 운동장에서 풋볼을 차고 있는 것이 보였다. 얼굴은 아니 보이지마는, 그 동작으로 보아서 어느 것은 누구, 어느 것은 누구라고 일일이 풋볼 차는 아이들을 지적할수가 있었다. 그들은 대개 십삼사 세 적에 만나서 십칠팔 세까지 길러낸 내 학생들이 아니냐. 나는 그들의 얼굴에 어디 기미가 있고 어디 여드름이 있는 것까지도 아는 터가 아니냐. 그들의 성품이 누구는 느긋하고 누구는 팔팔하고 누구는 헤식고 누구는 다부지고, 무엇은 내가 모르는 것이 있느냐. 나는 참지 못하여 눈물을 뿌리면서 정거장 쪽을 향하고 달음질쳤다. 만일 조금만 마음을 늦추었다면 나는 학교로 달아 들어가고 말았을 것이다. 내 결심은 굳었다.

나는 차를 탔다. 차는 K 학교를 바라보는 데로 통과하게 되었기 때문에 나는 한 번 더 창자를 끊지 아니할 수 없었다.

첫 정거장에 다다를 때에 나는 여기서 내려서 다시 K 학교로 가서 하룻밤만 학교에서 자고 떠난단 말을 한 뒤에 실컷 학생들과 이야기나 하고 떠날까 하는 생각이 간절하였다. 그러나 꾹 참았다.

내가 학교와 학생에게서 점점 멀어가거니 하면 나는 견딜 수가 없었다. 자식 떼어두고 쫓겨나는 어미의 마음이 이러할까. 발자국에 피가 고인다는 것이 이런 생각을 두고 이른 말일까. 나는 몸과 마음을 둘 곳을 몰랐다.

마침내 나는 셋째 정거장에서 내렸다. 여기서 학교까지는 육칠십 리나 된다. 그리고 내일 아침이 아니면 K 방면으로 가는 차는 없다. 그때에는 지금 모양으로 열차가 하루에 여러 번 있는 것이 아니라 하루 이삼 차밖에는 없었던 것이다.

나는 도저히 내일까지 차를 기다릴 수가 없었다. 나는 떡을 사서 들고 걷기를 시작하였다. 때는 석양도 지나고 거의 황혼이었다. 내 발에는 날개가 돋친 듯이 걸음이 빨랐다. 그 캄캄한 밤길을 다섯 시간 남짓하게 걸어서 자정이 다 되기 전에 K 학교에 닿았었다. 기숙사 각 방에는 불이 꺼지고 마당에 선 장명등만이 빤하게 켜 있었다.

나는 발자국 소리 안 나게 기숙사 방방 문 앞으로 다니면서 그 방 속에서 자고 있는 학생들을 생각하였다. 어느 방에는 누구누구, 누구는 아랫목에서, 누구는 윗목에서, 누구는 가운데서 자는 것을 나는 다 안다. 그들을 생각할 때에 나는 그립고 정다운 마음이 복받쳐 오름을 금할 수 없었다. 나는 방방 앞에서 학생의 이름을 하나씩 하나씩 들어서 정성껏 기도를 올렸다. 그러할수록 그들에게 대한 나의 그리움은 더욱 간절하였다. 나는 방문을 열고 그들의 편안히 잠든 얼굴을 보고 싶었다. 그러나 나는 그 일은 하지 아니하였고, 예전에 날마다 하던 모양으로 방 아궁이(기숙사는 옛날 조선식 건물이어서 방방이 툇마루 밑에 함실아궁이가 있었다)들을 돌아보고 어린 학생들이 벗어 던진 신발들을 바로 놓아주었다.

찌그러진 학생들의 신발. 나는 그것을 들고 반가움과 귀여움에 떨었다. 그 신발을 코에 댈 때에 나는 냄새, 그것은 내가 사랑하는 아이들의 살의 향기다. 이튿날 나를 만난 직원들과 학생들은 무척 나를 반가워하였다. 내가 마지막으로 한번 만나러 왔다는 말을 듣고 학교에서는 학과를 쉬고 나를 위하여 송별하는 자리를 베풀어주었다.

나는 사 년 동안 아침마다 조회 시간에 올라서던 이 연단에 최종으로 올라섰다. 나는 내 가슴에 쌓였던 학교와 학생에게 대한 사랑을 숨김없이 쏟아놓았다. 내 눈에 눈물이 흐를 때에는 학생 중에는 느껴 우는 사람도 있었다.

나는 정처 없이 방랑의 길을 떠난다는 말을 끝으로 하였다. 실상 이 시절에는 방랑의 길을 떠나는 사람이 나만이 아니었다. K 학교를 통과해서 간 사람만 해도 십여 인은 되었을 것이다. 그들은 대개 서울서 여러 가지 운동에 종사하던 명사로서 망명의 길을 떠나는 것이었다. 모두 허름한 옷을 입고 미투리를 신고 모두 비창한 표정을 가지고 가는 강개한 사람들이었다. 이때에 이 모양으로 조선을 떠나서 방랑의 길을 나선 사람이 수천 명은 될 것이었다. 그들이 가는 곳은 대개 남북 만주나 시베리아였다. 어디를 무엇을 하러 가느냐 하면, 꼭 바로 집어 대답할 말은 없으면서도 그래도 가슴속에는 무슨 분명한 목적이 있는 듯도 싶은 그러한 길이었다. 그것도 시대사조라고 할까, 이렇게 방랑의 길을 떠나는 것이 무슨 영광인 것같이도 생각되었던 것이다. T니 S니 C니 하는 거두들은 벌써 합병 전에 망명했거니와, 그때부터 줄곧 방랑의 길을 떠나는 자가 끊이지 아니하였던 것이다.

그렇기로 나 같은 사람이야 망명이랄 것도 없다. 그러면서도 스물네 살 된 젊은 몸이 정처 없는 방랑의 길을 떠날 때에는 비장한 듯한 감회도 없지 아니하였다. 내 송별에는 나 개인에 대한 이별의 정 외에 이 방랑의 시대정신도 도움이 되어서 직원과 학생의 감회가 더욱 깊게 한 모양이었다.

눈물 판으로 끝을 막은 내 송별회가 끝나자, 나는 더 오래 머무르기를 원치 아니하므로 곧 길을 떠났다. K 역에 차가 닿을 시각은 아직 멀었기 때문에 나는 여비도 절약할 겸, 또 떠나는 고향의 풍경을 좀 더 볼 겸 다음 정거장까지 걸어가기로 작정하고 뒷고개를 넘었다.

학생들이 많이 따라 나왔다. C라는 학생은 제가 덮던 뻘건 담요를 싸서 나오고, Y라는 학생은 어디서 난 것인지 일 원짜리 은전 한 푼을 내 손에 쥐여주고, 이 모양으로 신행(贐行)을 주는 이도 있었다. 오 리까지 나오는 이, 십 리까지 따라오는 이, 사십 리 길을 다 걸어서 다음 정거장까지 따라온 학생도 이삼 인은 되었다. 나는 일생에 이렇게도 아껴주는 전별을 받아본 일이 없다. 이렇게도 서럽고도 정다운 이별을 하여본 일이 없다.

이날은 늦은 가을에 흔히 있는 모양으로 봄날같이 따뜻하였다. 길가에는 서리 맞은 야국(野菊)이 더러 남아 있었다. 먼 산에는 아지랑이까지도 보였다. 어젯밤 서리를 많이 친 탓일는지 모른다. 나는 황량한 압록강 벌판을 바라보고 감개무량하였다.

내가 가던 날에
피눈물 난지 만지
압록강 내린 물에
푸른빛 전혀 없다.

하신 효종대왕의 노래를 생각하였다. 효종대왕은 청에 잡혀가는 몸으로서 피눈물 흘릴 만도 하지마는, 나 같은 이름 없는 한 서생이 부앙강개(俯仰慷慨)할 것도 없을 것이지마는, 석양에 방랑의 길을 나선 몸이 압록강을 굽어보는 감회는 눈물 없을 수 없었다.

안동현에서 일생 처음 중국 사람의 객잔(여관)에 들어서 귀에 익지 아니한 어음과 눈에 익지 아니한 모양들을 볼 때에, 일종의 불안이 없지 아니하면서도 또한 에피소딕한 흥미도 없지 아니하였다. 딸랑딸랑, 째깍째깍하는 물건 팔러 다니는 소리며, 삐걱삐걱 야릇한 소리를 내는 외바퀴 수레 소리며, 박석(薄石) 위에 떨어지는 말발굽 소리도 끊어지고 때 묻은 차렵이불에 찬 기운이 스며들 때까지 나는 잠을 이루지 못하였다.

자유는 언제나 적막을 데리고 다닌 것인 듯하다. 나는 모든 속박에서 벗어난 이역 객창의 첫날은 심히 외로웠다. 돌아보아 말할 사람도 없고, 날은 추운데 내 흰옷에 묻은 때만 유난히 눈에 띄었다. 밥값을 치르고 나니 주머니에 돈이 겨우 일 원 칠십 전, 이것을 가지고 나는 일생의 방랑의 밑천을 삼는 것이다.

나는 한 푼 없는 사람이 되려고 내 돈이 자라는 대로 봉천 방향으로 차표를 사가지고 거기서 내려서부터는 걸어서 북경으로 향할 작정이었다. 인가 있는 데서 밥을 얻어먹으며 중국 남방을 향하여 내려가서 안남(安南)을 거쳐 면전(緬甸)으로, 섬라(暹羅)로, 인도를 두루 돌아 파사(波斯)로, 소아시아로, 그러고는 구라파보다도 아프리카에 들어서 아비시니아와 애급(埃及)을 보고 대륙을 종단하여 희망봉까지 내려갔다가, 나는 이러한 꿈을 꾸면서 안동현 정거장을 향하고 걸어 나갔다.

내가 고개를 푹 수그리고 걸어가노라니,

"남궁 군!"

하고 부르는 소리가 들렸다.

고개를 들어보니 어떤 청복을 입은 젊은 사람, '옳다. 그는 W로고나.' 하고 나는 사오 년 전에 서울서 K 군의 소개로 한번 만난 일이 있는 글 잘하는 W 군인 줄을 알았다. K 군이라 함은 독자도 기억하실는지, 동경서 내게 바이런을 소개해준 친구다. 그는 나와 달라서 명가의 자제요, 그의 아버지는 무슨 벼슬을 하다가 시국에 분개하여 자살한 것으로 유명한 사람이다. 나는 K의 집에서 W 군을 처음 인사하였다. W는 몸이 가냘프고 손이 보드랍고 눈이 크고 정기가 있는 사람이다. 이는 K보다도 더 명가 자제로 그의 조부도 영의정을 지내고 증조도 영의정을 지냈고, W 군 자신은 십사오 세 적부터 벌써 문명이 높아서 문장이란 명칭을 듣는 이다.

그는 내 손을 잡고 반가운 뜻을 표하였고, 나는 다만 하루 동안만이라도 다만 강 하나 새 둔 곳일지라도, 이역의 외로움 속에 옛 친구를 만난 것이 기뻤다. 그는 내 여행의 목적을 듣더니 그럴 것 없이 우선 상해로 가라고 권하였다. 상해에는 바이런의 K 군도 있고, 당광생이라는 별명을 듣는 H 군도 있고, 또 성인이라는 별명을 가진 S 군도 있고, 그 밖에도 사 년 전에 K 학교를 들러서 망명의 길을 떠난 M 신문 주필 T도 있고, 여러 명사들이 많이 모였으니 그리로 가라는 것이었다. 바이런 K는 물론이거니와, 광생 H나 성인 S나 또 T 고집이나 다 내가 잘 아는 사람들이다.

"자, 그렇게 하라고."

하고 W는 그 가느단 손가락으로 지갑에서 십 원짜리 지전 두 장을 꺼내어서 내게 주고, 또 어떤 청복 파는 집에 가서 퍼런 청복 한 벌을 사 주었다.

나는 W의 이 의외의 호의를 무한히 감사하고, 그 말대로 상해에 가기를 약속하였다. W는 곧 서울로 갔다.

나는 배편을 알아보았다. 바로 그 이튿날 떠나는 요차오라는 영국 배가 있는데, 이것이 금년으로 마지막 배라고 한다. 대개 압록강이 얼어서 배가 다닐 수 없기 때문인데, 이 배도 강이 얼 것이 무서워서 안동현까지 못 올라오고 산딸랑터오라는 안동현서는 사오십 리나 하류에 있다고 한다.

삼등 표를 사려고 하였으나 그것은 쿨리(coolie)들이 타는 데라고 하므로 이등 표를 샀다. 표를 사고 나니 돈이 일 원 얼마밖에 안 남았다. 배까지 가는 삼판은 참으로 추웠다. 흐릿한 물에 풍랑은 높고 강 좌우 언덕은 개흙과 마른 갈대뿐이었다. 그래도 중국 사람들은 무에라고 줄곧 떠들어 대었다. 석양 풍랑 센 흐린 강 위에 일엽주를 타고 흘러 내려가는 감회는 실로 쓸쓸하였다. '나는 장차 어디로 가는고.' 하는 생각에 나는 길게 한숨을 쉬었다.

배에 올랐다. 낡은 조그마한 기선으로 더럽기가 짝이 없고, 내가 탄 선실에는 나 하나밖에 없었다. 넷이 탈 침대가 있는 선실에 나 하나뿐이었다. 침대라고 매트리스조차 없었고 널쪽뿐이었다. 바람은 불고 불기운 없는 방은 견딜 수 없이 추웠다. 나는 C라는 학생이 준 붉은 담요로 몸을 싸고 잠이 들려 하였으나, 추워서 잘 수가 없어서 방 안에서 담보로를 해서 언 다리를 녹였다.

거의 서서 새우다시피 하고 아침에 갑판 위에 나와보니 배는 아직 떠나지 아니하였는데, 갑판 위에는 얼음이 얼고 용암포 쪽 산들에는 밤 동안에 하얗게 눈이 덮여 있었다. 바다는 늠실거리고 바람은 여전히 돛대를 때려 울렸다.

아침 식탁에서 나는 조선 사람인 듯한 세 손님을 만났다. 이때에 조선 사람들은 서로 조선 사람을 무서워하는 판이었다. 지금도 그렇지마는. 그래서 피차에, '저놈이 조선 놈인 모양인데 어떤 놈인가?' 하고 서로 힐 끗힐끗 정탐하는 눈을 보내는 것이었다.

그 세 사람 중에 한 사람은 나와 같이 청복을 입었고, 두 사람은 양복을 입었다. 그 청복 입은 사람이 암만해도 낯이 익은데 섣불리 입을 열 수도 없어서 나는 때때로 힐끗힐끗 보기만 하였고, 저편도 그러하는 모양이었다. 그렇기로 손님이라고 우리 넷뿐, 식탁에는 배 사무원인 청인 세 사람, 아울러 일곱 사람뿐인데 언제까지나 말이 없이 시치미를 떼기는 참 거북하였다.

쿵쿵하고 엔진 돌아가는 소리와 떨그럭떨그럭 키 줄 울리는 소리가 들렸다. 배가 떠나면 경찰의 눈을 피해 다니는 사람들도 마음을 놓는 것이었다. 나도 마음을 놓았거니와, 세 사람도 마음을 놓는 모양이었다. 이제는 영사관 경찰의 손에 붙들려 내릴 근심은 없는 까닭이었다.

배가 떠나는 것을 보고야 양복 입은, 쾌활하고 잘생긴 친구가 먼저 입을 열어서 나를 향하여,

"남궁석 씨 아니시오?"

하고 말을 붙였다.

그 무거운 침묵이 깨어진 것이 어떻게나 시원한지 나는,

"네, 그래요. 나 남궁석이야요."

하고 너무도 기뻐서 젓가락을 떨어트렸다.

136

"나 M이야요. 우리 동경서 만났지요. 저 간다(神田) Y 군 집에서 만 났지요. S허구 점심까지 같이 먹지 않았어요?"

하는 M의 말에 나는 오 년 전 일이 환하게 기억에 오름을 깨달았다. 그의 말에 S라는 것은 그 여자다. Y의 외종매라는 그 여자다. M도 서로 척분이 있다던 것을 기억한다. S가 M더러도 오빠라고 부르던 것을 기억한다. 스키야키를 먹고 S가 밥을 뜨고 하던 그때에. 그러나 M도 변하였다. 그렇게 이쁜 홍안 미소년이던 M은 벌써 풍파 겪은 어른 맛이 있었다.

"네, 아, 이런."

나는 이런 말밖에 더 할 수가 없었다. M은 먼저 뚱뚱하고 눈 가는 친구를 소개하였다. 그는 C라는 사람이요, 다음에 청복 입은 친구를 소개하였다. 그는 S라는 사람으로 나중에는 이름난 사회주의 이론가가 되었다가 부산에서 물에 빠져서 자살한 사람이다. 만일 이 사람들의 본명을 말한다면, 여러분 중에서는 '아, 그 사람.' 하고 다 알 만한 사람들이다.

이로부터 나는 선중에서 적적하지 아니하였다. 내가 그들의 방에 가기도 하고, 그들이 내 방에 오기도 하였다. 그들은 여비도 넉넉한 모양인데, 가만히 눈치를 보니 M은 제 여비로 가는 모양이요, S는 C가 여비를 써주는 모양이었다. S는 퍽 재주 있게 맑지게 생긴 사람이나 좀 침울하고, C는 뚱뚱하고 후덕스럽게 생긴 사람이었다. 재주 있는 사람은 아닌 것 같았다.

나는 M에게서 S양의 말을 들은 것이 괴로웠다. 내 잠든 옛 기억을 일깨워준 것이다. 혼자 추운 내 방에 있노라면 S의 모양이 눈앞에 선하게 나타났다. 아마 벌써 누구의 아내가, 몇 아기의 어머니까지도 되었을지 모른다. M이 저만큼 변했으면 S도 어지간히 변했을 것이다. 그 가느스름한 눈, 한일자로 건너 문 불그레한 입, 좀 가냘픈 듯한 몸, 그러나 모두 다 옛 기억이다. 그렇더라도 이렇게 고적한 긴 항해는 추억으로 양식을 삼는 것이다. 나는 박 대령의 딸이 남편을 원망하고 울던 것을 생각하였다. 그리고 오다케 바아상을 생각하였다. 운현을 생각하였다. 운현은 이제 군서기가 되어서 금테 두른 모자에 금장식한 칼을 찼다. 언제 한번 만났을 적에 날더러도 군서기가 되라고 권하였다. 그는 날더러 혼인하라던 그 처제와 관계를 맺어서 그 둘째 마누라가 간수를 먹었단 말을 들었다.

대련, 연해, 청도를 거쳐서 우리는 어느 아침에 양자강을 올라가게 되었다. 물은 참 더러웠다. 흐리다 못해서 꺼멓다. 세계에 가장 큰 강 중의 하나인 양자강 입은 바다와 같았으나 무척 더러웠다.

그래도 황포강에 들어서서는 언덕이 보였다. 유명한 오송포대도 보이고, 산 하나 아니 보이는 벌판에 버드나무 잎이 누렇게 된 것이 보였다. 배들도 동양 제일 국제항인 상해를 향하고 또 상해를 떠나서 오르고 내렸다. 압록강 연안에는 눈이 내리고 얼음이 어는 겨울이었으나 여기서는 겹옷도 오히려 더울 만한 이른 가을과 같았다.

강물이 흐린 것과 같이 하늘도 흐릿하였다. 구름이 있어서 흐린 것이 아니라, 마치 뿌연 먼지가 낀 것 같은 그러한 흐림이었다. 강남 오천 리, 나는 강남을 온 것이다.

차팡(茶房)이라고 일컫는 보이들은 차치엔(팁)을 내라고 손님을 보고 소리소리 지르고, 적다고 더 내라고 악을 썼다. 참말 떠드는 백성이었다.

내 꼴은 말이 아니었다. 값싼 청복에서 푸른 물이 묻어서 모가지, 손 할 것 없이 온통 퍼렇게 되어버렸다. 손톱눈까지 퍼렇게 물이 들었다. 게다가 일주일간이나 입은 채로 뒹굴었으니, 꾸깃꾸깃한 것은 말할 것 없고 지나간 한밤 동안은 방이 더워서 땀이 흘러서 퀴퀴한 내 몸 냄새가 내 코를 찔렀다. M 군이 내가 아직 맥고를 쓴 것을 불쌍히 여겨서 제 보이 스카우트 모자를 주어서 얻어 쓰고 내 조선 옷과 붉은 담요 싼 보퉁이 하나를 들고 배에서 내렸다.

안개 속에 잠긴 상해의 시가, 강에 뜬 각국 병선과 상선, 뚜벅뚜벅 박이는 양인들과 헐레헐레 하고 떠들기만 하는 청인들, 그 속으로 나는 들어가는 것이다.

나는 우선 M, C, S 들이 가는 곳으로 끌려갔다. 간 데는 W라는 사람의 집인데 꽤 깨끗하였고, W라는 주인은 말쑥하게 차린 서양 냄새 나는 사람이었다. 이 사람은 상해에 온 지 십여 년 되는 사람으로 서양 사람 상점에 일을 보아주고 수백 원 월급을 받고 있는 사람으로서, 프린스 민이라는 민영익과, 또 하나 H라는 광무 시대에 임금께 긴히 다니다가 망명해 와서 사는 사람, 다음에는 가는 호사한 생활을 하는 사람이었다.

나는 K 군, S 군, H 군 들이 있는 집을 주인에게 물었으나 주인은 모른다고 하였다. 안동현에서 W 군에게 이 집에 와서 물으면 안다고 분명 들었는데도 주인은 모른다고 버티었다.

M 군은,

"가만있어요."

하고 나를 보고 눈을 끔적하였다. 그것은 미리 K 군 집에 사람을 보내어서 이러이러한 작자가 왔는데 보내랴 말랴, 주소를 가르쳐주어도 좋으냐 물어보고 처치하라는 뜻이었다. 상해에 와 있는 조선 사람들도 조선 사람을 무서워하여서 서로 믿는 터가 아니면 주소를 숨기는 것이다. 더구나 K나 H나 S나 또 T나 다 망명객이라 할 인물들이기 때문에 좀처럼 주소를 알리지 아니하는 모양이었다. 그리고 외계와의 통신은 이 W의 집으로 하는 모양이었다.

오후에야 나는 K의 집에 가는 '허가'를 얻어서 인력거를 타고 그 궁상스러운 보퉁이를 들고 갔다. 그것은 법조계 어느 종용한 농당(동네나 골목에 해당한 말)의 길게 늘여 지은 셋집의 한 채였다. 문패라고는 없고 오직 No. 22라는 집 호수가 붙었을 뿐이었다. 이러니까 도망꾼이 숨어 살기에는 십상이었다.

K의 기름하고 벗어진 얼굴하며, S의 심술 사나운 듯한 눈하며, M의 싱글거리고 기웃드름한 고개하며 다 반갑게 만났다.

W 군이 무사히 안동현을 통과하였다는 내 보고에 일동은 기뻐하는 모양이었다. 그 후에 알고 보니, W는 군자금(여기 모여 있는 사람들이 밥 먹고 담배 먹을 밑천)을 구하러 조선으로 들어간 것이었다.

그들은 꽤 궁하게 지내는 모양이었다. 다섯 사람이 모자 둘을 가지고 번갈아 쓰고 나간다는 것, 외투와 동복들이 없어서 불란서 공원까지밖에는 출입을 못 한다는 것을 알고는 나는 여기 온 것을 후회하였다. 나 하나 더 군식구가 늘기 때문에 다들 불편할 것을 생각한 것이었다.

그러나 다들 친한 친구들이기 때문에 그러한 걱정도 잊어버리고 유쾌하게 지낼 수가 있었다.

여기서는 모두 침대와 의자를 쓰는데 나는 침대를 살 돈이 없었다. 다른 사람들에게 돈이 있어도 나를 침대 하나를 사주겠지마는, 그들에게도 모두 돈이 없어서 나는 K와 한 침대에서 잤다.

침대라면 우리에게는 썩 사치한 것으로 들리지마는, 기실 이 원 내외로 살 수 있는 값싼 침대여서 나뭇개비로 네 기둥을 하고 역시 나뭇개비로 틀을 짜고는 종려 노로 그물 뜨듯이 얽어맨 것이었다. 이 집에서 매트리스를 깐 침대는 성인 S뿐이요, 그 밖에는 담요 하나를 깔고 잤다. K와 나와 둘이서 자는 침대도 이러한 침대였다.

바닥이 늘어나서 움쑥하게 들어가서 자다가 깨어보면 우리 둘은 엉덩이와 잔등이 마주 붙고 머리와 다리만 갈려 있었다. 동경에 있을 때에는 K와 나와는 혹시 늦도록 이야기하다가 한자리에서 자게 되면 서로 꼭 껴안고 키스까지도 하였지마는, 이제는 피차에 징그럽게 되어서 서로 고개를 돌려대고 엉덩이만 마주 대게 된 것이었다.

낮에는 성인 S는 마호메트교를 연구하느라고 『코란』을 읽고 앉았고, K는 오스카 와일드의 『도리안 그레이의 초상』을 탐독하고 있었다. 나는 K에게 바이런 소개를 받아서 혼이 난 일이 있기 때문에 이 『도리안 그레이의 초상』은 아니 읽으려 하였으나 K는 부득부득 읽으라고 하였다. 나는 드디어 『도리안 그레이의 초상』과 『데 프로푼디스(De Profundis)』를 읽었다. 그것은 바이런의 작품 이상으로 유혹적이었다. 그것을 읽고는 청춘의 번뇌가 일어나서 견딜 수가 없었다. 나는 K의 얼굴에 혈색이 없은 것이 이런 것을 읽고 마음의 번뇌에 부대낀 까닭이 아닌가 하였다. 그렇다고 K는 계집 집에를 다니는 사람도 아니었다. 다만 그는 마음속으로 오입을 하고 즐기는 모양이었다. 그는 동경서 내게 어떤 여자를 밤새도록 만지기만 하고 말았노라는 말을 하였거니와, 내가 믿기에는 그는 일생에 아내 이외의 여자와 관계를 맺은 일은 없을 것이다. 그는 좋게 말하면, 인정을 다 알기만 하고 알아만 두고 행하지는 않는 깨달은 사람이요, 나쁘게 말하면, 무엇이나 생각뿐이요 실행이 없는 사람이었다.

나는 오스카 와일드의 것을 읽고는 내 마음을 진정하기 위하여 그 해독

제로 『신약전서』를 읽지 아니할 수 없었다. 그렇지 않고는 나는 타버릴 것 같았다. 내가 『신약전서』를 읽는 것을 K가 빈정거리기 때문에 내약한 나는 숨어서 읽을밖에 없었다.

그리고 광생 H는 아랫방에 혼자 있어서 가끔 마룻바닥을 쾅쾅 밟으며 비분강개한 연설도 하고 또 무슨 시를 읊는 모양이었다. 그는 여간해서 이 층에 올라오지 아니하였다. 그렇다고 밖에 나가지도 아니하였다. 실상은 그나 나는 나가려야 나갈 옷이 없는 것이었다. 그는 늘 혼자 있었고 우리 이 층에 사는 사람들도 그의 고적을 구하는 생활을 간섭하려고 하지 아니하였다.

이러한 생활 속에 때때로 T가 찾아왔다. 그는 T 신문 주필로 이름이 높던 사람으로서, 그가 망명할 때에는 내가 있던 K 학교에 들러서 수십 일을 두류했기 때문에 나도 잘 아는 사람이다. 그가 K 학교에 두류할 때에 담배를 어찌 즐기는지 담뱃대를 털고는 대통이 식을 동안을 못 참아서 창에 구멍을 뚫고 그리로 대통을 내밀어서 찬바람에 식히던 것을 기억하고, 또 그가 세수를 할 때에는 꼿꼿이 앉아서 손으로 물을 낯에 바르기 때문에 소매로 물이 흘러 들어가서 저고리 소매를 적시면서도 고개를 숙이지 않던 것을 기억한다. 고개를 숙이지 않고 무릎을 꿇지 않는 것이 T의 매운 절개를 표시함이었다.

"에익, 고집불통 같으니."

하고 K 학교의 R 노인은 T를 보고 혀를 찼다.

그는 K 학교를 마치고 그 길로 청도(靑島)로, 해삼위(海蔘威)로 돌아다니다가 상해에 온 지는 얼마 안 된다고 한다. 여전히 고개를 잦히고 팔짱을 끼고 성난 듯한 얼굴로 우리 처소에 찾아왔다. 그러나 신이 나면 혹은 상글상글 웃기도 하고 혹은 낯이 주홍빛이 되면서 고담준론이 끊이지 아니하였다. 그는 술을 사랑하나 한두 잔 이상은 안 먹었다. 그는 의리 절개란 것으로 굳은 사람이었다. 그는 비위 틀리면 입을 다물고 일어나 나가는 버릇이 있었다. 이른바 자리를 차고 나가는 것이었다.

T가 하는 일은 하루 종일 팔짱을 끼고 책사(冊肆)를 더듬어 돌아다니는 것이었다. 그래서 조선에 관한 말이 있으면 책을 살 돈은 없으니까 그 자리에 서서 보았다. 오늘에 다 못 보면 이튿날 또 가서 보았다. 그러고는 책사 주인에게 핀잔을 맞으면서 요긴한 구절을 베꼈다. 이렇게 하루 종일 돌아다니다가 시장해지면 집으로 돌아왔다. 그러고는 그 이튿날은 또 책사 돌이를 떠났다.

T는 김부식(金富軾)을 원수같이 미워하였다. 그는 『삼국사기(三國史記)』를 쓸 때에 사실을 굽혀서 한족을 주로 하고, 제 나라를 종으로 하여서 민족에게 노예근성을 넣은 것을 분개하였다. 그리고 『동국통감(東國通鑑)』을 편찬한 무리들도 죽일 놈들이라고 낯을 붉히고 분개하였다. 그는 조선 역사를 바로잡는 것을 일생의 목표로 삼는 동시에 역사상에 불충 불의한 무리들을 필주(筆誅)하는 것으로 사명을 삼았다.

이러한 사람들과 나는 함께 살았다.

날마다 한두 차례씩은 대개 이야기판이 벌어졌었는데, 그때 어떤 이야기들을 했는지는 너무도 오래된 일이라 기억이 없고 지금도 머리에 남아 있는 것은 K의 관조론(觀照論)이다. 그는 일생을 관조하는 태도로 살아간다는 것인데, 아마 자기는 일생 갈등의 와중에 들어가지 아니하고 한층 높은 자리에 머물러서 인생을 내려다보고 살자는 뜻이 아닌가 한다. 그 후에 K는 안남으로, 인도로, 남양으로 돌아다녔으나 여행기 하나 쓴

일 없었다. '그것은 써서 무엇 해?' 하는 태도였다. 두어 번 그가 감옥에
도 들어가고 소설도 끝없이 긴 이야기를 하나 써보았으나, 끝을 맺지 아
니하고 말았다. 그는 평생에 그 '관조의 태도'라는 것을 떠나지 아니하는
모양이었다. 무엇이나 다 알아두지만, 내가 몸소 하지는 않는다. '그것
은 해서 무엇 해?' 하는 모양이다. 아마 은사(隱士)라든지 처사(處士)의
심경일는지 모른다.

그리고 그때 생활에 또 한 가지 잊히지 아니하는 것은 S의 종교론이었
다. 그는 불교와 예수교와 이슬람교를 한데 뭉쳐서 새 종교를 만든다고
자칭하고 있었다. 기실 불교에 관해서는 별로 책도 읽지 아니하는 모양
이었으나, 『성경』과 『코란』은 늘 들고 앉아 있었다. 그는 침대 위에 눈을
반쯤 내리깔고 앉아서 몸을 흔들흔들하고 있는 것은 방금 세계 각 종교를
한 솥에 넣고 끓이는 것이었다. 그것들이 녹아서 마치 족편 같은 젤리가
되기를 기다리는 모양이었다. 그러나 아직도 덜 끓은 모양인지 오늘에
이르러도 아무 소식이 없다.

그때에 상해에서 만난 사람 중에서 특별히 잊히지 아니하는 특색을 가
진 이는 역사가 T다. 그는 책사와 도서관을 뒤져서 얻어낸 새 재료로 조
선 고대사에 대한 여러 가지 논문을 썼다. 첫째로 그가 세상을 놀라게 한
것은 기자조선의 부인(否認)이었다. 지금 와서는 그것이 한 상식이 되었
지마는, 그때에 있어서는 기자조선의 부인은 실로 폭탄선언이었다.

그러나 T는 궁하게 궁하게 북경으로 상해로 유리(流離)하다가 마침내
변변치도 못한 일로 무정부주의자 일파와 함께 감옥에서 분사(憤死)하
고 말았다.

또 하나 상해에서 만난 사람이 있었다. 그이는 다만 상해에 모인 사람

들 중에서만 장로일뿐더러, 조선 안에서도 장로로 존경을 받는 이였다. 그는 P라고 호(號) 하고, 또 미친놈이란 뜻을 가진 호도 있었다. 벌써 이도 빠지고 머리도 센 파파노인으로 역시 합병 전에는 서울서 H라는 신문에 주필로 있던 이다. 그는 밥을 주면 먹고 옷을 주면 입고 또 술이 생기면 먹고 없으면 굶고, 다만 조선의 역사를 쓰고 불충불의한 자를 공격하는 것으로 생활을 삼고 있었다. 누구에게나 아첨하거나 비위 맞출 줄도 모르고, 저 생각하는 대로 말하고 행하는 늙은이였다. 그 절개에 있어서 T와 다름이 없으나, 성품에 있어서는 T보다 훨씬 시인적이요, 또 성자적이었다. T가 늙으면 P와 같이 되었을는지 모르거니와, T는 언제나 칼날 같은 의지와 절개로 뭉쳐진 사람으로서 시인적 여유조차 아니 가진 사람이었다.

아무려나 P나 T는 다 스러지는 조선의 그림자였다. 다시 나기 어려운 표본들이었다. 그들은 벌써 죽어 없고 그들의 이름조차도 젊은 사람의 귀에는 들릴 기회가 없어지고 말았다.

나는 상해에서 양력설을 쇠고 다시 방랑의 길을 떠나려고 했으나, 미국 있는 조선 사람들이 발행하는 S라는 신문에서 주필로 오라고 한다고 해서 승낙을 하였다. 나는 Y라는 사람의 손에서 돈 이백 원을 받았다. 그 중에서 양복 한 벌을 지어 입고 아화도승(俄華道勝) 은행이라는 아라사 은행에 가서 아라사 금전으로 바꾸니 백 원이 될락 말락 했다. 배표를 사고 나니 한 삼십 원 남았다.

"M이라는 데 가서 C를 찾으시오. 그러면 미국까지 갈 여비를 주리다."

하는 것이 내게 돈을 준 Y의 말이었다. 나중에 알아본즉, 미국에서는 주필 초빙 여비로 오백 불이 상해로 왔다는데, 다 집어쓰고 그것만이 남은 것이라 한다.

내가 탄 배는 P라는 아라사 배였다. 배에까지 K와 H와 기타 여러 친구들이 배웅을 나와주었다. 모두 '이제 떠나면 언제 만나나?' 망연하게 생각하였다. 그러면서도 마음에는 모두 국사적 자랑을 높이 가지고 있었다.

내가 배를 탄 것은 해삼위로 향함이었다. 날더러 시베리아 경유로 구라파를 돌아서 미국으로 돌아가라고 한 것은 일본 경유를 꺼리는 것이라고 말하였으나, 기실은 여비가 부족한 때문이 아니었던가 한다. 내게 있어서는 시베리아로 가는 것이 좋은 일이었다. 내 목적은 방랑에 있으니까 곧장 미국으로 가는 것보다는 시베리아, 구라파를 경유하는 것이 더구나 좋은 일이었다. 주머니에 돈은 몇 푼 안 되지마는 그래도 금돈이 몇 푼 되었다. 내 일생에 한몫 이만한 돈을 지녀보기는 처음이었다. M에만 가면 C를 만난다. C라면 합병 전에는 서울서 지사 패들의 간사장 격인 인물이었다. 기개 있고 돈 아끼지 아니하고 누구에게나 신임받는 사람이었다. C는 일신이 도시 담이라고 일컫는 사람이었다. 그는 합병 당시에 망명해서 미국으로 가던 길에 성피득보(聖彼得堡)에서 병을 얻어서 백림(伯林)에서 치료하다가 병이 낫지 아니하여 시베리아 철도의 M이라는 정거장 부근에 집을 잡고 치료하는 중이라는 말을 들었다. 그를 만나는 것만 해도 내게는 상당히 흥미 있는 일이었다. 하물며 해삼위라면 서간도, 북간도와 아울러서 그때 우리 젊은 인텔리전트 패에게는 기어이 한번 가보고 싶은 곳이었다. 거기는 많은 망명객들이 모여 있고 여러 가지 단체들이 있어서, 일도 하고 싸움도 하고 있었다. 그중에도 해삼위는 가장 큰 싸움판이어서 칼질이 나고 육혈포질이 나고 하여 C니 Y니 하는 사람이 피를 흘린 지도 얼마 오래되지 아니한 곳이었다.

이러한 해삼위에 들어가는 것이 무시무시하지 아니함도 아니지마는, 나는 W라는 해삼위에서는 주인이라고 할 만한 사람에게 소개장을 지니고 있었기 때문에 마음이 든든하였다. W라면 조선 말에 한참 세도를 부리던 Y 대신의 손자다. 그 재산이 얼마인지 모른다는 사람이다. 외국 은행에 예금한 돈만도 수백만이라는 말을 듣는 사람이다. 이 사람에게 소개장을 가진 나는 해삼위에 가더라도 맞아 죽을 근심은 없었다.

내가 해삼위에서 배를 내린 것은 해무가 자욱한 추운 아침이었다. 쇄빙선이 깨뜨려놓은 얼음 바다로 연해 붕붕 고동을 울리면서 까만 해무 속으로 배가 들어가는 것은 심히 음침하였다. 어디 세상 끝에 나온 것 같았다.

부두에서 썰매를 탔다. 썰매에는 말을 네 필이나 달았다. 큰 말, 작은 말. 이름이 신한촌이라길래 어떠한 덴가 했더니, 해삼위 시가를 다 지나나가서 공동묘지도 다 지나가서 바윗등에 굴 붙듯이 등성이에 다닥다닥 붙은 집들이 그것이었다. 이를테면 염라국 지나서다. 해삼위시에서는 이 귀찮은 거린채들을 공동묘지 저쪽으로 한데 몰아서 격리를 시킨 것이었다('거린채'라는 것은 '꼬레이츠'라는 아라사 말로 '조선 사람'이라는 말의 조선 사람 사투리다).

아이들과 청년들이 길바닥에서 얼음을 지치고 있다가 내 썰매가 오는 것을 보고는 욱 모여들었다. 그들은 거의 내 앞길을 막아섰다. 그러고는 매우 적개심 있는 눈으로 나를 훑어보았다.

그중에 한 청년이 쓱 나서며,

"웬 사람이야?"

하고 거의 반말지거리로 물었다. 여기는 모두 함경도에도 육진 사투리다.

나는 공손하게 내가 상해에서 온다는 말을 하고 주인들 집을 구한다는 말을 하였다.

"그 양복은 어디서 지어 입은 것이야?"

"모자가 일본 모잔데."

"행리도 일본 것이고."

"분명 조선 사람인가?"

청년들은 내가 들어라 하는 듯이 이런 소리들을 하였다.

"이리 내려오우!"

하여 그들은 나를 전후좌우로 옹위하고 어떤 집으로 들어갔다. 나는 그들이 하는 대로 가만히 있을 수밖에 없었다.

그들 방으로 들어가서 날더러 의자에 앉으라 하고는 십여 명 청년이 쭉 둘러서서 내 허락도 없이 내 짐을 수험하기 시작하였다.

그리고 나서는 내 몸 수험을 할 때에 벌써 이상한 인물이 왔다는 기별을 받고 K, Y, H 등 세 사람이 왔다. 이 세 사람은 K라는 조선인 단체의 간부인 동시에 그 기관 신문인 K 신보의 간부들이었다. 그중에 Y라는 이가 나를 알아보고,

"남궁 군, 이게 얼마 만이오?"

하고 내 손을 잡아 흔들었다. Y는 동경서 서로 안 사람이었다.

Y는 심히 반가운 빛을 보이면서,

"잘 왔소. 우리도 필경은 형이 이리로 오실 줄 알았어. 자, 우리 조밥

을 같이 먹고 일합시다."

하고 K, H 두 사람에게도 나를 소개하였다.

그제야 나를 죄인 취급하던 청년들이 물러나서 슬몃슬몃 빠져나가고 말았다. 나는 일생에 처음 당하는 일이다. 결국 소개장으로 무사히 될 줄을 알면서도 마음이 편안치 못하였다.

Y에게 듣건댄, 소개 없이 여기 들어온 사람들이 밀정 혐의로 올가미를 받아서 죽어서 그 시체가 바다 얼음 구멍에 장사된 사람이 여러 명이라고 하는데, 나도 그렇게 될 뻔한 사람 중에 하나다. 나는 여기서도 조선 사람끼리 서로 무서워하는 광경을 보고 슬펐다.

나는 C도 만나보았다. 그에게 저녁 대접도 받고, 또 다른 데로 갈 것 없이 해삼위에 머물러 있으란 권유도 받았다. 더구나 Y는 굳이 나를 붙들었다. 나를 끌고 교회며 회관이며 신문사며, 또 조선 사람들이 사는 시가를 두루 구경시키고는 여기 머물러서 같이 일하자고 여러 가지 계획을 말하면서 붙들었다. 그러나 나는 이미 미국에 가기로 허락하고 그 노자를 가지고 온 사람이니 그리할 수 없다고 거절하였다.

나는 이때에도 해외 조선 사람의 당파에 대한 인식이 부족하였었다. 미국에 있는 단체와 해삼위에 있는 단체가 서로 미워하는 줄도 몰랐고, 또 같은 아령(俄領)에서도 치타(Chita)를 중심으로 하는 K, M이라는 단체와, 해삼위를 중심으로 하는 K, U라는 단체가 서로 반목하는 줄도 몰랐고, 하물며 상해에 있는 사람들과 해삼위에 있는 사람들이 기호파, 북도파로 서로 미워하는 줄도 몰랐다. 알고 보면, 나는 적군의 소개장을 가지고 적군 중으로 들어온 셈이었다.

해삼위에도 N이라는 기호파의 수령 되는 이가 한 사람 있었다. 그도 얼마 아니 하여 떠나버리고 말았다고 한다.

나는 이러한 지식을 얻을 때에 환멸의 비애를 느꼈다. 대관절 무얼 가지고 싸우는고. 내가 보기에는 싸울 욕심 나는 것이 하나도 없었다. 손바닥만 한 조선에서 기호는 무엇이고 서북은 무엇인고? 나는 이 사람들을 다 저주하고 싶었다. 내가 조선 사람이 된 것까지 저주하고 싶었다. 그러나 그 후에도 근 삼십 년이나 지난 오늘까지 아직도 이 구석 저 구석에서 그런 어리석은 싸움을 하는 것을 보면, 조선 사람은 아직도 매를 더 맞아야 되겠다는 울분까지도 일어난다.

내가 해삼위를 떠나던 날도 해무가 자옥하였다. 나는 새벽에 썰매를 타고 정거장으로 나와서 모스크바로 가는 차를 탔다. 나는 W 씨로부터 M 역의 C 씨에게 보내는 편지와 돈 이백 원을 받았다.

나는 내가 일주일 동안 유하던 주인집 딸에게 대한 감사한 말을 한마디 아니 쓸 수 없다. 그는 열일곱 살쯤 되는 처녀였다. 얼굴이 동그스름하고 살빛이 분홍빛 나고 가느단 눈이 유난히 빛나는 여자였다. 내 방을 치워주고 빨래를 하여주고 옷을 다려주고, 그런데 내가 출입한 동안에 내 방에 들어와서는 방을 말끔히 치우고는 내 빨래를 추려서 내다가, 또 내가 출입하고 없는 동안에 그 빨래들을 말끔 다려다가 놓았다. 그 태도가 참 은근하였다.

내가 떠나기 전 어느 날 아침에, 내가 날마다 하는 습관대로 책상 앞에 앉아서 성경을 읽고 있을 때에 언제 왔는지 모르게 그는 내 등 뒤에 와서 갑자기 내 목을 안고 내 머리와 뺨에 수없이 키스를 하였다. 내가 깜짝 놀라서 돌아볼 때에 그는 빨갛게 낯을 붉히고 앞치마 자락으로 낯을 가리었다.

"언제 가세요?"

하고 그는 낯을 가리었던 앞치마 자락을 젖히고 어리광하는 듯이 물었다.

"내일 떠나요."

이것이 그와 나와의 첫 번 회화였다.

"가시지 마세요."

하고 그는 몸을 흔들었다.

"고맙소. 그래도 나는 내일 가야 돼요."

하고 나는 미안한 듯이 웃었다.

"사흘만 더 있다 가세요. 꼭 사흘만."

하고 그는 두 손으로 내 머리를 만적거렸다.

나는 내 가슴이 설렘을 깨달았다. 내 낯이 후끈거림을 깨달았다.

"내일 아침 차로 가요."

하고 나는 고개를 흔들었다.

"그럼 나도 같이 가요."

하고 그는 울먹울먹하였다.

"큰일 날 소리. 내 또 오께요."

이런 거짓말이 툭 나오고 말았다. 나도 숨소리가 컸다. 그러나 나는 성경을 읽던 기분을 잃지 아니하고 이 가여운 처녀에게 대하여 누이나 딸에게 대한 애정을 보전할 수가 있었다. 나는 잠깐 눈을 감아서 이 처녀를 위하여 복을 빌었다.

그는 터져 나오는 울음을 삼키려는 듯이 삐쭉삐쭉하더니, 내 이마와 뺨과 입과 머리에 열정적인 키스를 퍼붓고는 내 방에서 나가버렸다. 대문 열리는 소리를 들은 것이었다.

내가 썰매를 타고 떠날 때에 그는 담에 붙어서 나를 바라보고 있는 것이 보였다. 그의 코에서 위만이 보였다.

나는 공동묘지 앞으로 썰매를 달리면서 이름도 모르는 그 처녀를 생각하고 알 수 없는 인정을 다시금 생각하였다.

나는 이 처녀가 그 후 시집을 갔다가 과부가 되었다는 말을 한번 들은 일이 있다. 그러나 그 후에 어찌 되었는지를 모르거니와, 이것은 희한한 내 일생의 에피소드로 내 기억에서 사라질 수는 없는 사실이다. 도무지 터럭 끝만치도 죄라는 생각을 섞지 아니한 추억이다.

내가 탄 열차에는 동양 사람은 나밖에는 없었다. 모두 다 이야기 좋아하는 순직하고도 느려 보이는 아라사 사람들이다. 나는 일주일 동안 배운 아라사 말 지식으로 '다다다(Да, да, да, 네, 네)'니, '니에뚜(Нет, 아니오)'니, '니치에워(Ничего, 괜찮아)'니, '하러씨오(Хорошо, 좋지)'니 하는 말을 알아들을 뿐이었다.

큼직큼직한 정거장에서는 사람들이 오르고 내릴 때에 마중 나온 사람, 배웅 나온 사람들이 반갑게 만나는 사람, 섭섭하게 보내는 사람들과 서로 껴안고 쩝쩝 소리도 높게 입을 맞추는 것이 기이하였다.

니콜리스크우수리스키(Nikol'sk-Ussuriiski)라는 정거장에서 점심을 사 먹었다. 승객들이 역 식당에서 점심을 먹기를 기다리느라고 차가 사십 분 동안이나 섰는 것도 이상하였다. 여기서는 오르고 내리는 손님이 많으니만큼 입 맞추는 소리가 참으로 요란하였다. 비로소 딴 세상에 왔구나 하는 생각이 났다.

M 역에 도착한 것은 그날 밤이었다고 기억한다. 조그마한 정거장이었

다. 음력 섣달그믐께라 달은 없으나 만산 평야가 모두 하얀 눈이요, 하늘에는 별이 총총하였다.

나는 역두에 마중 나온 A 씨의 집에서 그날 밤을 지내고, 이튿날 아침에 A 씨의 선도로 C 씨의 집을 찾았다. 그 집은 정거장에서 한 킬로쯤 떨어져서 벌판에 혼자 있는 조그마한 아라사 집이었다. 통나무를 우물 정자로 올려 쌓고 위에 지붕을 만들어 만든 집인데, 이것은 시베리아에서 흔히 보는 건축이다.

우리가 그 집에 들어갈 때에는 문 안방에서 어떤 머리 땋아 늘인 처녀가 잣을 까고 있었다. 나중에 아니, 그는 C 씨의 유일한 혈육인 따님으로, 서울에 남아 있어서 공부를 하다가 아버지의 병 구원차로 그 어머니와 함께 여기 와 있는 것이라 하며, 그가 한 알 한 알 입으로 까는 잣은 그 아버지 드릴 잣죽 거리였다. C 씨는 그 딸 하나를 낳은 뒤에는 정치 운동을 하느라고 집에 붙어 있을 새가 없고, 또 서울에 집을 잡고 있는 동안에도 가족은 시골집에 두고 자기는 단신으로 있었기 때문에, 부인과 만날 기회가 없어서 더 아이를 못 낳은 것이라고 한다.

본래 응접실로 된 방에 C 씨는 안락의자에 앉아 있었다. 그의 몸은 작은 편이요 얼굴도 작고 눈도 작으나 빛이 날카롭고 단단하게 생긴 사람이었다. 그는 전신불수로 기동을 못 하는 지가 벌써 삼 년이나 되었다고 한다.

A 씨의 소개를 따라서 나는 그의 부자유한 손을 잡았다. 손은 무척 부드러웠다.

이로부터 나는 날마다 아침부터 저녁까지 그의 이야기 동무도 되고, 또 그의 편지도 대서하였다. 지금까지는 아직 고등학교도 채 못 마친 따님이 대서를 하였다고 한다.

우리는 매일 열 장은 편지를 썼다. 그 편지는 다 해외에 있는 동지들에게 하는 것으로, 혹은 위로하는 말, 혹은 격려하는 말, 그리고 가장 많은 것은 당파 싸움과 개인 간의 감정 소격(疏隔)을 조화하는 편지였다.

그는 편지를 부르다가는 무슨 사건 이야기가 나오면 그 전말을 내게 들려주어, 그 인물을 내게 설명해주었다. 그의 어음이 병으로 해서 비록 불분명하지마는, 그의 말은 심히 이지적이요, 그러고도 열정적이었다. 그는 혹은 지나간 일을, 혹은 동지의 일을 말하다가는 우후후 하고 웃기도 하고 또 낙루하면서 말이 막히기도 하였다.

그는 이 친구 저 친구의 권으로 강전식 정좌법도 하고 전기 치료도 하였으나, 그런 것에는 도무지 마음이 없는 것 같았다. 그는 제 일신이나 가족에 대해서는 일찍 말하는 일이 없었다. 그는 언제나 공공한 일에 마음을 쓰는 모양이었다. 나는 그와 일 개월을 같이 있었지마는, 어느 날이나 꼭 한 모양으로 저를 완전히 잊은 사람이었다. 나는 그에게서 비로소 지사라는 것을 보았다. 일신이 도시 담이라는 그는 일신이 도시 조국뿐이었다.

그는 도저히 자기 병이 소복될 것을 믿지 아니하는 모양이었다. 그러나 목숨이 붙어 있는 날까지는 공공한 생각과 공공한 감정으로 살아갈 모양이었다.

그는 퍽 우정에 감격하는 모양이었다. 그는 하루 아침에는 내가 방에 들어오는 맡에 아침 인사도 하기 전에,

"유당."

하고 나를 바라보았다. 유당(榴堂)이란 것은 내 호다.

"네."

하고 나는 '그가 무슨 말을 하려는고? 또 무슨 단체나 어느 동지의 말을 하려는고?' 하였다. 그의 속에는 오직 그것뿐이니까.

"유당, 인생에 가장 아름다운 것이 우정밖에 또 있소? 인생에 가장 행복된 것이 믿는 친구를 가지는 것밖에 또 있소? 가만히 지난 일생을 생각해보니까 그래, 가장 아름다운 것이 우정이야. 그런데 나는 믿는 친구를 가졌소. 나는 행복된 사람이오."

하고 C는 눈물을 흘렸다. 그는 로마인과 같이 우정의 아름다움을 깊이깊이 느끼는 모양이었다.

그는 미국에 있는 T를 두고 말함이었다. T는 미국에 가는 길로 그 부인이 삯빨래질을 해서 저축한 돈 천 원을 C의 치료비로 보내고, 그러고도 그 식구 많고 가난한 T는 때때로 캘리포니아의 좋은 과일이며 돈을 보낸다는 말을 하고,

"T 같은 동지를 위해서는 나도 살아나서 힘껏 일해야겠는데, 그러나 인생의 일이 뜻같이 되오?"

하고 빙그레 웃고 눈을 감았다.

그는 다시 눈을 번적 뜨며,

"참 인생의 일이란 알 수 없어. 내가 덕경(德京) 백림에 있을 때요. 내가 유하는 방에 카이제르의 화상이 걸렸단 말이오. 나는 병상에 누워서 그 화상을 바라보며 이렇게 말하였소. '폐하, 폐하는 지금 대제국의 황제시오. 외신(外臣)은 일개 외로운 망명객으로 잠시 폐하의 나라에 몸을 붙여 있소. 그러나 폐하여, 폐하의 조모가 나폴레옹에게 어떠한 욕을 당하셨던가. 인생의 일은 알 수 없는 것이니, 혹시 폐하가 일개 망명객이 되

어 외신의 나라에 몸을 의탁할지 어찌 아오? 폐하가 그때에 외신의 손에 보호를 받을지 어찌 아오?' 이렇게 되었소."

하면서 웃었다. 나도 웃었다.

C 씨는 카이제르 삼세가 망명객이 되는 것을 보지 못하고 세상을 떠났거니와, 과연 카이제르 삼세는 황제의 자리에서 쫓겨나 화란에 망명의 신세가 되고 말았다. 인사 변천은 실로 무상한 것이다.

나는 C의 집에서 유명한 S 씨도 처음 만났다. 그는 수염도 나는 대로 버려두어서 얼굴에 거친 기색이 있으나, 그 눈이 빛나는 것이든지, 그 목소리가 웅장한 것이라든지 실로 영웅의 위풍이 있었다. 그야말로 K 진위대 참령으로 부하의 부스럼을 입으로 빨아주고, 잘못하는 부하가 있으면 그것이 장교거나 병졸이나 꽉 껴안고 뺨을 비비며,

"이놈아, 글쎄, 이때가 어느 때라고 정신을 못 차려?"

하고 울었다는 그 사람이다. 군대 해산 후에 그는 각지로 돌아다니면서 학교 이백여 개를 세웠다는 이다.

"이놈아, 학교를 세울 테냐, 안 세울 테냐?"

하고 부자를 붙들고 울 때에 거절하는 이가 없었다는 사람이다. 그는 C를 찾아와서도 C를 껴안고,

"아우님, 어쩌자고 아직도 앓고 있어?"

하고 울었다. 나와 초면 인사를 하고는,

"대장부가 제 몸과 제집을 잊지 않으면 못쓰오."

하고 눈을 부릅떴다. 이로부터 오 년 후에 나는 그를 상해에서 다시 만나,

"동생, 한날한시에 죽자."

하고 그 수염 많은 뺨을 내 뺨에 비비며 울던 것을 기억한다.

C를 일신이 도시 담과 지혜라 하면, S는 일신이 도시 열정과 용기였다.

C가 몸이 편치 아니하여서 누워서 쉬는 날이면 나는 A 씨의 아들, 딸, 조카들, 이 소년 소녀들의 동무가 되어서 이야기도 해주고 노래도 지어서 불러주고, 또 앞 개천에서 얼음도 지쳤다. 이 무인절도 같은 외딴곳에서 자라나는 이 소년 소녀들은 조선 사람인 나를 열성으로 환영하였다. 나는 K 학교에 두고 온 어린 학생들을 생각하면서 그들의 친구가 되어주었다. 밤에도 그들은 내 곁을 떠나려고 아니 하였다. 한 달 동안이나 있는 동안에 그들과 나와는 서로 정이 들었다. 그들은 열서너 살 된 누나를 머리로 육칠 세 되는 코 흘리는 애들이었다.

나는 치타로 가게 되었다. 내가 미국으로 갈 노자는 다시 미국에서 와야만 하게 된 사정을 나는 알았다. C 씨의 말이, 미화 오백 불이 두 번이나 온 것을 다 상해로 보냈는데 상해에서 다 써버리고 말았다고 한다. 나는 우선 치타에 가서 『정교보(正敎報)』라는 조선문 잡지 일을 보면서 미국서 회보 오기를 기다리기로 되었다. C 씨는 나를 놓기를 섭섭히 여기나, 사를 위해서 공을 희생할 수 없다고 해서 꼭 일 개월 만에 M 역을 떠나기로 되었다.

떠나는 작별을 하는 날, C 씨는 시베리아의 사정과 치타에 있는 동안에 주의할 조건을 여러 가지로 말하였다. 그중에 중요한 것은 당파를 삼가고 당파를 조화하도록 힘쓰라는 것이었다. 치타에서도 혹은 밀정이란 혐의로 혹은 친○파란 혐의로 사람이 여럿이 죽었다는 말도 하였다.

"United we stand, divided fall(합하면 흥하고, 갈리면 망한다)."

이라는 말을 그는 수없이 하였다. 그는 갑신정변 이래로 조선 사람의 모든 운동이 합하지 못함으로 무너진 것을 말하였다.

나는 그의 손을 잡았다. 그는 빙그레 웃었으나 그의 표정은 비창하였다. 나는 차마 그를 떠나지 못할 것같이 느껴졌다. 장부 눈물이 없음이 아니나, 이별하기에 뿌리지 아니한다는 것을 생각하고 나는 꾹 참았다. 이것이 C와의 최후의 결별이 되었다.

내가 탄 차는 자정에 M 역을 떠났다. 역두에는 A 씨와 어린 동무들이 나를 보내었다. 나 떠나는 것을 꼭 보아야 한다고 다들 내 방에 쓰러져 자다가 더러는 못 깨고 더러는 깨어서 정거장까지 나온 것이었다. 나는 이 어린 사람들의 배웅을 가슴에 사무치게 고맙고 기쁘게 생각하였다. 나는 그들을 한 번씩 안아주고 차에 올랐다.

나는 병든 지사 C 씨 생각, 어린 친구들 생각, 또 어찌 될지 모르는 내 앞길에 대한 생각으로 잠을 잘 이루지 못하였다.

새벽에 차창 밖으로 내 눈에 띈 것은 소백산맥의 눈에 덮인 삼림이었다. 늙어서 뼈만 남은 교목이며, 바람에 쓰러진 교목들. 함박눈은 펄펄 내리는데, 가도 가도 삼림, 집 하나 사람 하나 볼 수 없는 이 처녀지의 고요하고 거룩한 경치! 나는 소년 시절의 깨끗하던 생활을 생각해보았다. 동경 M 학교에서 공부하던 시절, 밤에 수풀 속에 혼자 가서 기도하던 심사. 나는 저 눈에 덮인 처녀림과 같이 깨끗한 일생을 보내고 싶다고 생각하고는 혼자 끝없는 기도를 올렸다. 그러나 나는 일생의 깨끗함을 안보할 수가 있었던가. 내 인생관은 그렇게 이미 깊고 굳었던가.

나는 하얼빈에 내려서 이상하게 들뜬 마음으로 하루인가 이틀을 자고, 어느 눈 내리는 오후에 떠나는 모스크바행을 탔다. 가도 가도 끝없는 눈의 벌판, 어느 것이 송화강인지도 분별할 수 없는 가없는 눈의 벌판!

홍안령에서 밤이 새었다. 아침 햇빛이 굉장히 찬란하게 홍안령의 눈이 쌓인 모양을 비추었다. 역 앞에는 사람들이 오락가락하였다. 그들의 얼굴은 분을 바른 것같이 희었다. 솜털에 성에가 맺힌 것이었다.

어느 정거장에서도 보는 바와 같이 얼굴 붉고 투실투실한 아라사 부인들이 고기 삶은 것이며, 빵이며, 순대며, 이런 먹을 것을 플랫폼에 벌여 놓고 팔았다. 열댓 살 된 계집애들이 우유병을 두 팔로 꼭 껴안고 서서, 사는 사람이 있기를 기다렸다. 나는 빵과 고기와 우유를 샀다. 그것들은 다 따뜻하였다. 누군지 알지도 못하는 사람들이 나를 위하여 이렇게 추운 식전 새벽에 따뜻한 먹을 것을 가지고 나와서 그것을 식히지 않을 양으로 애쓰면서 나를 기다리는 것이 이상하게 느껴졌다. 나는 진정으로 그들을 보고,

"블라고다류 바쓰(Благодарю вас, 고맙습니다)."
라고 외치지 아니할 수 없었다. 그들은 내가 부르짖는 뜻을 못 알아들었을는지 모른다. 그러나 나는 꼭 그렇게 생각하였다.

만주리(滿洲里)에서 여행권 검사와 짐 검사는 무사히 끝나고, 나는 이제 다시 아라사 국경으로 들어가는 것이었다.

이튿날 오정 때를 지나서 차는 치타역에 닿았다. M 역에서 도착하는 시간을 미리 알리지 아니했기 때문에 정교보사에서는 아무도 나온 이가 없었다. 내가 짐을 들고 두리번거리는 것을 보고 어떤 긴 칼 차고 장화 신은 군인이 어디로 가느냐고 물었다. 나는 정교보사의 주소를 말하였다. 그는 손수 내 짐을 들고 정거장 밖으로 나가서 이스보스치카 하나를 불러서 태워주고 웃으면서 작별하였다. 나는 이것이 헌병인가 하고 의심하였

으나, 모르는 행객에 대한 호의뿐인 줄을 알 때에 아라사 사람의 국민성에 무척 호감을 가졌다. 아라사 문학에서 본 아라사 사람의 성격을 내 손수 보는 것이 기뻤다.

나는 정교보사라길래 꽤 큰 집으로 알았으나, 마차가 닿을 때에 앞에 나타난 것은 조그마한 통나무집 한 채였다.

그래도 간판만은 큼직하게 '정교 믿는 한인들의 잡지 정교보를 발행하는 데'라고 아라사 말로 써 붙였다. 나는 일 개월간 배운 아라사 말로 그 것을 알아본 것이 기뻤다.

마차가 닿는 것을 보고 안으로서 머리가 꼽슬꼽슬하고 눈이 빛나는 Y 씨와 허리를 펴지 못하는 K 씨가 달려 나왔다. 무론 다 초면이었으나 이름으로만 서로 알고 있던 사이였다.

이렇게 내 시베리아의 일 년간의 생활이 시작된 것이다.

어디로 가 있는 조선 사람들과 마찬가지로 치타에 있는 조선 사람들도 모두 가난하였다. 크나큰 KM이라는 단체의 중앙 기관이요, 기관지 발행소인 Y 씨의 집도 가난한 생활인 모양이었다.

Y 씨는 곧 나를 끌고 고물 가구 등속을 파는 시장으로 나갔다. 그것은 침대와 침구를 사려는 것이었다. 이것이 모두 십 원 내외지마는, Y 씨에게는 이것이 큰 지출인 모양이었다. 그렇다고 내 주머니에는 일, 이 원 돈도 남지 아니하였다. 그런데 이렇게 넉넉지도 못한 Y 씨에게 얹혀서 사는 것이 아주 면목 없는 일이었으나, 미국서 돈만 오면 갚아주리라 하고 그것만 믿고 있었다.

나는 『정교보』라는 잡지에 글을 쓰고 이것을 편집하는 일을 임시로 보고 있었다. 우리는 이 잡지를 석판으로 인쇄하였다. K 씨가 허리를 굽히고 그것을 석판 원지에 쓰다가는 허리가 아프다고 가끔 아구구 소리를 쳤다.

일을 쉴 때에는 Y 씨, K 씨, 나 이렇게 모여 앉아서 잡담도 하고 봄새 날이 따뜻해진 뒤부터는 아이들 모양으로 비사치기도 하였다. 이것은 내가 수입한 것이었다.

Y 씨는 오래 미국에서 KM 일을 보다가 원동(遠東)에 KM회를 설치하는 사명을 띠고 시베리아로 온 이였다. 처음에는 그의 뜻대로 되어서 아령 오십만 조선인은 다 이 KM 한 단체 속에 통일이 되었었으나, 차차 각처에 영웅들이 일어나서 갈래갈래 분열되었다가 지금은 치타를 중심으로 한 KM과 해삼위를 중심으로 하는 KU와 두 단체로 갈리고 말았다.

KM이 한창 성할 때에는 동포끼리의 송사까지도 맡아서 하였고, 아라사 정부의 양해로 교육까지도 자유로 맡아 할 권한을 얻었더라는데, 여기는 다만 한 가지 조건이 있었으니, 그것은 희랍정교라는 아라사 국교를 믿으라는 것이었다. 『정교보』라는 잡지도 이러한 조건 밑에서 허가된 것이라고 한다.

또 이 회는 동포의 직업에 관한 알선도 하여서 조선인으로 관청이나 기타에 취직할 때에는 이 회장의 증명서가 필요하고, 또 철도나 기타에서 조선 사람 인부를 쓰고자 할 때에는 이 회로 조회하는 것이었다. 기타 여행권, 기타 대관청 문제에는 이 회를 경유하게 되어 있었다. 그러나 영웅들이 각 지방에서 제 세력을 펴려고 하기 때문에 KM의 세력은 점점 미약하게 되는 중에 있었다.

치타에는 조선 사람 신부도 있었고, Y 씨는 정교회의 전도사였다. 조금 똑똑한 사람들은 대개 정교회에서 세례를 받았다. 그때 아라사제국에서는 교권과 정권이 대립해 있었기 때문에 정교회의 세례를 받고, 그 증서인 메트리카(метрика) 한 장을 몸에 지니는 것은 여행권 이상의 효과를 가졌었다. 이 메트리카가 있으면 여행도 자유로 할 수 있고 취직도 할 수 있었다. 이것이 없는 사람은 거의 법률의 보호권 이외에 있었다.

정교회의 세례를 받은 이에게는 또 한 가지 좋은 일이 있었다. 그것은 교부와 교모를 가지는 것인데, '내가 세례를 받게 되었으니 교부가 되어주오, 교모가 되어주오.' 하고 청하면 어떠한 신사 숙녀라도 그것을 거절하지 아니하였고, 한번 교부와 교모가 된 뒤에는 인생에 부자 관계, 모자 관계를 계속할뿐더러, 그 교부, 교모의 자녀들과도 형제자매의 관계가 있었다. 그래서 경제적으로 될 수 있는 대로 도움을 주었다. 조선 사람들 중에는 이것을 이용하는 사람들도 있어서, 내가 치타에 갔을 때에는 아라사 명사들은 조선 사람의 교부, 교모 되기에 진저리를 내었다.

교부와 교모는 부부가 동시에 될 수는 없었다. 그러나 한번 세례를 받으면 두 명사의 가정과 관계를 맺게 되었고, 교부와 교모는 세례받는 아들에게 의복이나 성경이나 십자가나 값가는 선물을 하는 습관이어서 이 선물만 해도 어떤 때에는 돈 백 원어치나 되는 일이 있었다고 하나, 그때에는 조선 사람의 신용이 떨어져서 불과 몇십 원어치밖에 아니 된다고, Y 씨는 말하고 웃었다.

겨울이 가고 봄이 왔다. 시베리아의 봄은 오월이나 되어야 온다. 오월 초하룻날은 이 봄맞이하는 명절로서 아라사 말로 베료즈(берёза)라는 자작나무 잎이 파릇파릇 피는 벌판에 나가서 하루를 즐기는 것이다. 남자, 여자, 아이들. 그 기나긴 겨울에 갇혀 있다가 비로소 넓은 하늘과 넓은 땅 사이에 나와서 먹고 마시고 실컷 봄을 즐기는 것이다. 이것은 겨울

긴 북방 나라가 아니고는 맛을 모를 것이다. 조선도 답청(踏靑)이라고 이를 봄 행락이 없는 것이 아니지마는, 아라사 사람이 오월 일일(양력으로는 오월 십사일)의 베료즈 숲에서 즐기는 심정은 일본의 사쿠라 철의 행락에나 비길 것이다.

우리도 약간 먹을 것을 준비해가지고 치타강이라고 부를 만한 개천가로 나갔다. 벌써 풀도 푸르고 베료즈 잎도 노르스름하게 피어 있고, 강물도 자다가 깬 듯이 소리 없이 흘러내렸다.

벌판 숲속에는 벌써 사람들이 많이 나와 있었다. 구석구석 진을 치고 음악도 하고 춤도 추고 술과 과자도 먹고 있었다. 우리는 Y 씨, K 씨, K 신부, 나, 그 밖에 두어 사람 모두 사내들만이었고, 또 얼굴이나 의복이나 다 빛이 없고 또 노래를 부르고 춤을 추는 사람도 없거니와, 그럴 만한 흥도 일어나지 아니하였다. 실상은 우리의 생활은 갈수록 궁핍하는 모양이었다. 잡지도 이름이 월간이지 두 달에 한 호도 나오기가 어려웠다. 회비도 잘 모이지 아니하고 잡지 대금은 더구나 한 푼도 들어오지 아니하였다. 이렇게 궁하던 우리는 남들이 유쾌하게 풍성하게 봄놀이를 하는 것을 볼 때에 더욱 우리의 궁상이 눈에 띄었다. 허리를 못 펴는 K는 더욱 말못 되게 수척하였고, 나는 상해에서 지어 입고 온 옷이 다 해져서 차마 밖에 나갈 수가 없었다. 게다가 단벌 외투는 앓는 친구에게 주어버리고 나는 볼기짝이 벌쭉벌쭉 나오는 양복바지에다가 검은 루바시카(рубашка)를 입고 팔꿈치가 다 나간 양복저고리를 외투 삼아 입었다. 다른 사람들도 나보다 얼마 더 낫지 못하였다. 우리 일은 앞으로도 별로 큰 희망이 없었다. 유월에는 대의회를 모아서 오는 일 년간 예산을 결정한다고 하여 그것을 바라고들 있지마는, 모두 지상공문(紙上空文)일 것은 빤한 일이다.

내가 미국에 가는 일도 틀어지고 말았다. 그것은 내 중학교 적 동무 한 사람이 미국에 가서 KM에 반대하는 KL이라는 단체를 조직하고, 거기다가 내 이름을 집어넣었기 때문에 KM에서는 내가 그 회원이 아니라는 성명서를 그 기관지요, 내가 일 보러 가려는 신문에 발표하라고 청구를 한 것을 나는 내 친구를 거짓말쟁이로 만들기가 어려워서 거절해버렸기 때문이었다.

친구들은 날더러 정교회의 세례를 받기를 권하였다. 그러면 좋은 교부와 교모를 얻어서 그 신세를 지자는 것이었다. 나는 희랍정교가 어떠한 것인지는 모르지마는, 차마 구복(口腹)을 위해서 신앙을 팔기는 싫었다. 나는 친구들에게 끌려서 희랍교 예배당에도 몇 번 가보았다. 유명한 빠스카(Пасха, 부활절)에 쏘보르(собор, 대승정이 주관하는 예배당)에도 가보았다. 톨스토이의 『부활』에서 읽은 광경을 목전에 보는 것이 유쾌하였고, 또 찬양대가 하는 엄숙한 성가라든지, 또 수녀원에서 올리는 경건한 예배라든지 다 내 마음을 끌었으나, 그래도 구복을 위해서 차마 신앙을 팔 수는 없었다.

시베리아의 여름은 갑자기 몰아왔다. 나는 여름옷이 걱정이 되었다. 구두도 걱정이 되었다. Y 씨는 그 집도 지닐 수가 없어서 더 구석진 더 조그마한 집으로 떠나고, 나는 유대 사람의 방 하나를 빌려가지고 혼자서 『정교보』를 편집하면서 살기로 하였다.

허리 못 펴는 K 씨는 『임상의전(臨床醫典)』이라는 책 한 권을 나한테 배워가지고 의사 행세를 하기로 하고 다른 데로 갔다.

치타에 있는 다른 조선 사람들은 더러는 감자와 오이 농사를 하고, 더러는 빨랫간을 하고, 조선에서 온 인텔리들은 궐련 마는 일을 해서 밥벌이를 하고 있었다. 모두들 정성도 있고 친절도 하고 좋은 사람들이었으나, 또 모두 궁한 사람이었다.

예정대로 KM 대의회가 모였다. 각 지방으로부터 삼십 명 가까운 대의원들이 모여서 일주일 동안이나 회의한 결과로 『정교보』를 계속 간행하기로 하고, 중앙의 회무를 Y 씨가, 잡지 일을 내가 책임을 지기로 결정이 되었다.

그래서 일생에 처음 삼십 원 월급을 받고 또 넓적한 방 한 칸을 얻어서 제법 테이블 놓고 교의 놓고 침실 따로 두고 두어 달 살아보았다. 그러나 예기한 바와 같이 잡지는 두어 호를 더 내고는 예산이란 것은 지상공문이 되어버렸다. 나는 다시 양말 한 켤레 새로 살 힘도 없어지고 말았다.

나는 암만해도 치타에 있을 수가 없었다. 어디로나 새 길을 찾을 도리밖에 없었는데, 거의 앞도 절벽, 뒤도 절벽이어서 좋은 궁리가 나지를 아니하였다.

나는 하루 종일 솔밭 속과 치타 강가로 돌아다녔다. 치타는 뒤에 솔밭 있는 구릉이 있었다. 그리고 서남쪽으로 강을 건너면 넓은 벌판이 있어서 거기는 소 떼와 양 떼와 말 떼가 여름내 풀을 뜯어 먹고 있었다. 여남은 살 된 계집애 혼자서 커다란 소를 삼사 마리씩이나 몰고 다녔다. 조그마한 북을 치면, 소들은 '물 먹어라', '들어가자' 하는 말인 줄을 다 알아들었다. 석양이 먼 벌판 끝으로 떨어질 때면 소들과 양들이 배를 불려가지고 먼지를 날리면서 돌아왔다.

나는 날마다 이런 것을 보면서 몽고인의 목축 생활을 그리워하였다. '몽고로 들어가볼까, 거기 가서 몽고 사람들 속에서 방랑을 해볼까.' 이러한 생각도 해보았다. 여름이면 지붕 있는 마차에 가족을 싣고 말 때를 몰고 몰아 풀 있는 데를 따라서 정처 없이 돌아다니다가, 겨울이 되면 장막을 치고 가죽 부대에 들어가서 자고 말 젖을 먹고, 이러한 몽고 사람의 생활이 그리웠다. 그래서 나는 지도를 펴 들고 몽고로 들어가는 길도 조사해보았다.

또 가끔 금점꾼들이 내 사무실을 찾아왔다. 그들은 대개 십여 년씩 금광으로 방랑하는 사람들이었다. 꽁이깨[침대를 아라사 말로 '코이카(койка)'라고 하는데, 조선 사람들은 '꽁이깨'라고 발음을 한다] 짐을 지고, 도끼 하나, 삽 하나, 마른 면보(麵麭) 한 자루, 이것만 있으면 시베리아 벌판 어디고 못 가는 데가 없다. 대개는 삼사 인이 한 '알쩨리'가 되어서 수입은 평균 분배를 하고, 또 열, 스물이 의형제를 모아서 고락을 같이한다고 한다. 겨울 여행에는 날이 저물면 땅을 파고 통나무를 찍어서 그 구덩이에 불을 놓고 불이 다 탄 뒤에 그 구덩이 속에 들어가서 자면 아주 뜨뜻하다는데, 어떤 때에는 자다가 깨어보면 하늘에 별이 총총하고, 어떤 때에는 자는 동안에 눈이 내려서 이불 모양으로 몸을 덮는다고 한다.

"모두 삽 하나씩은 있것다, 구덩이 파는 재주는 있것다."

그들은 이 구덩이 파고 자는 것을 퍽 유쾌하게 말하였다.

그러다가 금 있는 데를 얻어 만나면 통나무들을 찍어다가 우물 정 자로 올려 쌓고 가는 나무로 지붕을 덮고, 그러고는 쇠털 같은 풀을 뜯어다가 문틈을 막고 창으로 서양목 헝겊을 치고 물을 뿜으면 얼어서 유리창처럼 되고, 그러고는 방 한편 구석에다가 돌멩이 더미를 쌓고 밑에 아궁이를 만들고, 거기다가 불을 때어 돌들이 뻘겋게 단 뒤에 물을 퍼다가 뿌리면 방 안에 더운 증기가 꽉 차서 아주 후끈후끈하게 된다고 한다. 눈이나 많이 오는 날이면 사슴 사냥을 해서 구워 먹고, 다만 한 가지 걱정이 여편네가 없는 것이어서 어떤 사람은 십사 년간 조선 여자 구경을 못 했다고 한다. 그래서 그들은 사금을 한 전대씩 허리에 차고는 이르쿠츠크나 베르흐네우딘스크나 치타나 이러한 큰 도시에 나와서 술과 계집에 그 전대를 톡 털어버리고는 또 꽁이깨 짐을 지고 나선다고 한다.

"아무개는 계집애 손 한 번 잡아보고 반 숟가락, 입 한 번 맞추고 한 숟가락, 이렇게 퍼주었습디."

한 숟가락이란 물론 금가루 말이다.

나는 이런 생활을 하는 사람을 백 명은 더 만났을 것이다. 그들은 다 낙천적이요, 되는대로 살아간다는 맘놓음이 있었다.

한번은 현금을 삼백 원쯤 벌어가지고 이제는 여편네를 하나 얻어서 빨랫간이라도 내고 재미있는 생활을 해본다고 치타로 온 사람이 있었다. 나는 그의 성명을 잊었으나, 그는 오십이 가까운 듯한 순직한 사람이었다.

"마우재 여편네는 암만해도 재미없습데."

마우재란 아라사 사람들이란 말인데, 시베리아에는 조선 여자가 드물기 때문에 돈푼이나 잡은 사람들은 마우재 여자를 데리고 살았다. 그들은 내외간에 말이 통치 아니해서 도리어 그들의 새에서 난 자녀들이 통역하는 것이었다.

그는 돈이 삼백 원이나 있으니, 마우재 여자 말고 정작 조선 여자한테 장가를 들 희망을 가지고 조선 여자 많은 해삼위로 가는 길에 치타에 들렀노라고 하였다.

그는 며칠 동안 취한 얼굴을 가지고 나를 찾아왔으나 수일간 소식이 없기로 갔는가 했더니, 의외에도 시립 병원에서 죽었다는 기별이 왔다. 사람들은 그가 소범상한(所犯傷寒)으로 죽었다고 말들 했으나 그것은 알 수 없었다. 우리는 그의 남은 돈을 가지고 장례를 잘 지내고 돌비를 해 세우고, 그리고 술과 순대를 사서 장지에서 잘 먹었다. 나는 그의 비문을 지었는데, 무엇이라고 썼던지 생각이 아니 나거니와, 지금 기억에 남아 있는 것은 그가 '제 장례비를 버느라고 그렇게 애를 썼다.'고 생각한 것과 그가 '누군지도 모르는 여자에게 장가들러 가는 길에 잠깐 들렀노라고 하던 치타에 영원히 묻혔구나.' 하고 생각한 것이었다.

이러한 광경을 보고 들을수록 나는 더욱 방랑할 생각이 났다. '나도 꽁이깨 짐을 짊어지고 시베리아 방랑의 길을 떠날까. 가다가 가다가 아무 데서나 죽어서 묻혀버릴까.' 이러한 생각도 해보고, 또 엉큼하게 '시베리아에 방랑하는 수십만 동포를 가르치고 인도하는 자가 되어볼까.' 이러한 생각도 해보았다. 또는 다시 K 학교로 가서 정든 학생들과 고락을 해보고도 싶고, 또는 다시 동경으로 가서 공부를 더 해보고도 싶었다. 이러한 여러 가지 생각으로 한량없는 공상을 하는 동안에 여름도 거의 다 지나가고 입은 옷은 점점 때 묻고 해져서 노동자나 다름없이 되었다. 아무 데를 가재도 돈 한 푼 없는 몸은 하루 이틀 할 수 없이 치타에서 오락가락하고 있었다.

나는 마침내 금점꾼들을 따라서 꽁이깨 짐을 지고 떠나리라고 생각하는 때에 구주대전이 터져서 아라사에서도 동원령을 발하였다. 하루에도 몇 번씩 호외가 돌고 총독부 앞 넓은 마당에는 징발되어 오는 장정들이 천 명씩 이천 명씩 땅바닥에 무릎을 꿇고, 하나님께와 차르(царь, 임금)에게 서약식을 행하고는 짐차에 실려서는 서쪽으로, 서쪽으로 향하였다.

이 집에서도 저 집에서도 남편을 빼앗긴 아내, 자식을 빼앗긴 부모들의 울음소리가 들렸다. 내가 묵는 방에서는 밤이 깊도록 이웃집에서 나는 울음소리가 들리고 길거리에 나가 다니면 어느 구석에서도 우는 소리 아니 들리는 곳이 없었다.

장정을 실은 열차가 치타역을 떠날 때에는 남자들은 '우라(ypa, 만세)'를 부르나 부인네들은 목을 놓아서 울었다. 그 우는 소리가 조선 부인네들 울음소리와 다름이 없었다.

치타 강가에 앉았노라면 장정과 말을 실은 열차가 기다란 구렁이 모양으로 딸려 나와 까사르라는 치타 교외의 정거장을 떠나서 모스크바 쪽으로 향하고 기운차게 달리는 것이 보였다.

어떤 때에는 순박한 영감님과 마나님이 어디서 호외 조각을 들고 와서 날더러 읽어달라고도 하였다. 그들은 글을 몰랐다. 그들은 내가 호외를 읽어주는 소리를 듣다가는 도무지 호외만으로는 시원치 않다는 듯이,

"독일이 이겼느냐, 아라사가 이겼느냐?"

하고 단도직입적으로 물었다.

"지금 싸우는 중이니까 보아야 알지요."

하면 그들은,

"대관절 왜 싸우느냐?"

고 물었다.

그들은 암만해도 아들을 죽이러 내보내지 아니할 이유를 못 찾는 것 같았다.

내가 날마다 먹을 것을 사러 가는 가게에는 하루는 전혀 보이지 않던 늙은이 하나가 앉았을 뿐이요, 낯익은 주인이 보이지 아니하였다. 그것

은 나와 친한 유쾌한 젊은 사람이어서 내게는 외상을 곧잘 주고 농담도 잘하던 사람인데, 그 사람이 없었다.

나는 면보며, 설탕이며, 순대며 이런 것을 사자고 했다. 그 노인은,

"나는 물건이 어디 있는지, 값이 얼만지도 모르니 예전에 사던 값을 내고 마음대로 가져가오."

하는 말이 퍽 슬펐다. 아들 형제가 다 전장에 나간 것이었다.

"왜들 싸와요?"

하고 내가 말을 붙이니까, 그 노인은 아라사 사람 식으로 어깨를 으쓱하고 두 팔을 벌리면서,

"스쵸르토 네 즈나에트(никто не знать, 뉘 아나). 신문에는 독일 놈이 먼저 건드려서 싸운다고 하지만 독일 신문에는 아라사 놈이 먼저 건드려서 싸운다고 그럴 테지. 아아, 슬라와 보구(하느님 맙소사 비슷한 뜻)."

하고 눈을 내리감았다.

우리 조선 사람들도 모두들 흥분하였다. 전쟁 소식을 전하는 호외가 돌면 글 볼 줄 아는 사람한테 모여서 그 설명을 듣고는 주먹을 부르쥐었다. 마치 '남들은 다 전쟁에 나가는데 우리는 못 나가는구나.' 하는 듯한 감회들이 있었다.

전쟁이 터지자 물가는 줄달음질을 쳐서 올라갔다. 면봇값, 설탕값, 고깃값, 아니 오르는 것이 없었다. 농사를 짓는 조선 사람들은 수입이 늘어서 기뻐했거니와, 우리 따위는 더욱 죽을 지경이었다. 더구나 이제는 회니 잡지니 다 글렀다. '프세미르니야 워이나(온 세상 싸움)' 하는 신문의 제목들은 사람들로 하여금 세상 끝이 온 것처럼 느끼게 하였다. 내가 주인 하는 유대 사람은 또 포그롬(погром, 유대인 학살)이나 오지 않나 하

여 전전긍긍하였다. 그의 딸은 부랴부랴 혼인을 해버렸다. 어찌 될지 모르는 세상이니, 딸을 주인이나 정해주자는 것이라고 주인마누라가 내게 통정을 하고 혼인식장으로 내 방을 빌려달라고 하였다. 그리고 나도 손님의 하나로 초대를 받았다. 신랑 신부뿐 아니라 모인 사람이 다 유대인이요, 아라사 사람은 하나도 없는 것은 말할 것 없지마는, 그들은 다 수심기(愁心氣)를 띠고 혼인 무도를 할 때에는 커튼과 덧문을 닫고 하였다. 아라사 사람들 알기를 두려워하는 모양이었다. 노래도 바깥에서 안 들리리만큼 가만가만히 하였다. 그래도 신랑 신부만은 이 모든 것을 다 잊어버린 모양으로 흥분한 얼굴로 수없이 안고 키스를 하였다. 그러나 그것도 내게는 슬프게, 가엾게 보였다. 또 신랑도 언제 불려 나갈는지 모르는 것이었다.

이렇게 전시가 되니, 길거리에서도 가장 눈에 띄는 것이 오피체르(оф ицер, 사관)들이었다. 그들은 술 취한 얼굴로 퍼런 모자를 비스듬히 쓰고 검은 가죽 씌운 긴 칼을 끌면서 젊은 여자를 끼고 횡행하였다. 이쁘고 젊은 여자는 모두 다 오피체르의 것이 된 것 같았다. 사실상 이발소에서 늘 만나는 오입쟁이 아라사 친구 말이, 오피체르 때문에 요새에는 계집애 하나 얻어볼 수 없다고 고개를 흔들었다. 너는 왜 전장에 안 나가느냐고 물었더니 그의 말이,

"너, 모르니? 나는 병이 있거든."

하고 씩 웃었다.

"네가 병이 무슨 병? 사랑병?"

하고 놀려먹으니까 그는 '쉬' 하고 눈을 끔적끔적하면서,

"군의가 병이라면 병이란 말이다."

하고 날더러 입을 닫치라는 시늉을 하면서 픽 웃었다. 그는 필시 사관들도 다 전장에 나가면 그 많은 과부와 처녀들은 다 제 것이라고 생각하고 있을 것이다. 그가 군의에게 천 루블을 먹이고 병이란 진단으로 병역을 면하였단 말은 조선 사람인 그 이발소 주인에게 들었다.

구라파대전 때문에 나는 시베리아 방랑의 계획도 포기하지 아니할 수 없었다. 전시에 외국 사람의 국내 여행은 위험하다는 것이었다.

나는 최후 수단으로 일어와 영어 개인교수 한다는 광고를 여남은 곳에 써 붙이고 기다려보았으나 아무 소식이 없었고, 또 K 신부가 이르쿠츠크 사관학교에 나를 소개하였으나 거기서도 소식이 없었다.

나는 정말로 진퇴유곡이 되었다. 끼니때마다 면보를 살 돈도 없었다. 거의 자살이라도 하고 싶은 이때에, 하루는 난데없는 마차가 문밖에 와 서고 나는 알지 못하는 사람의 방문을 받았다. 그는 사관이었다. 그리고 그는 젊은 부인 하나와 여학생 하나를 데리고 왔다.

"남궁 선생이시오?"

하는 그의 말은 이 지방에서는 듣기 어려운 기호 말이었다.

"네, 남궁석입니다."

하고 나는 일행을 바라보았다. 그들은 나와 달라서 옷을 꽤 화려하게 입었다.

"저는 R올시다."

하고 그는 명함을 내었다. 그것은 아라사 말로 박은 것으로, 콘스탄틴 니콜라에비치 R라고 하며 육군 기병 소위라는 직함이 있었다. 나는 명함을 보고서 생각이 났다. 치타에 있는 사단에 조선 사람 장교가 한 사람 있는데, 조선 사람과는 통히 교제가 없다고 이 지방 사람들이 불평하는 소리를 들은 까닭이었다.

그리고 R는,

"제 아내올시다. 이것은 누이고요, 엘렌이라고 합니다."

하여 동행한 두 여자를 소개하였다.

R는 선비로 생긴, 미목(眉目)이 청수한 사람이었다. 그리고 그 부인이나 누이가 다 점잖은 집 딸인 것이 분명하였다. 다만 그 부인의 눈이 너무 작고 애교가 있는 것이 여염집 부녀답지를 아니하였으나, 엘렌은 그 오빠와 같이 청수하게 생겼었다. 혈색이 좋지 못한 것이 흠이었다.

"뵙기는 오늘 처음이지마는……."

하고 사관은 꽤 바쁜 듯이 몸이 자리를 잡지 못하면서 입을 열었다.

"누구신지 알지요. 벌써부터 찾아뵈려고도 했으나 제가 이 지방 조선 인들과 만나지 못할 사정이 있단 말씀야요. 그 이야기는 후일에 이 애 엘 렌게서라도 들으시지요. 그런데……."

하고 R는 한 번 한숨을 지으면서,

"아시다시피 이번에 동원령이 내려서 저도 내일 아침에는 치타를 떠나게 되었습니다. 서부전선으로 가는 모양이지요. 그저께야 전선으로 나가라는 명령을 받았는데 이틀을 두고 많이 생각해보았어요. 나갈 것인가 말 것인가 하고. 아시다시피 우리가 누구를 위해서 무엇을 하러 피를 흘리는 것입니까. 그래 도망을 해버릴까 하는 생각도 해보았지요. 식구라구 아내와 누이동생, 그리고 모스크바에서 사범학교에 다니는 아우 하나. 이번 가면 살아 돌아오기를 기약할 수도 없는 일이요, 또 요행 살아 돌아온댔자, 이태가 될는지 삼 년이 될는지 모르는 일이니 가족의 일도 걱정이 되고, 그래서 도망할 생각도 해보았지마는, 나 한 사람이 도망을 한다면 아라사 땅에 사는 오십만 동포가 다 누를 입겠단 말씀이지요. 조선 사람 사관도 수십 명 되거니와, 병졸은 아마 수천 명 될 것입니다. 이 사람들에게 모두 누가 미칠 것 아냐요? 그래서 저는 나가기로 작정을 했습니다. 이 싸움에 나아가서 피를 흘리는 것도 필경 동족을 위하는 것이라고, 그러니까 내 힘껏 정성껏 나가서 싸운다고 스스로 맹세를 하였지요. 그러는 것 옳지요?"

하고 그는 말을 끊고 나를 바라본다.

"옳습니다. 장하신 결심이십니다."

하고 나는 이 청년 사관의 태도에 진정으로 감격이 되었다.

"고맙습니다. 선친께서 임종에 저를 불러놓으시고 하신 말씀이, '너는 네 몸을 생각하지 말고 네 집을 생각하지 말고 오직 조선을 생각하라.' 이 말씀뿐이었습니다. 이 말씀을 세 번이나 뇌이셨어요. 임종의 고통 속에서⋯⋯."

하고 R는 치미는 감격을 누를 수 없는 듯이 잠시 고개를 숙인다. 그러다가 다시 고개를 들고 손수건으로 눈과 코를 씻으면서,

"이번에 전장에 나갈 결심을 한 것도 선친의 유언의 힘이지요. 그런데 말씀이지요. 제가 내일 뚝 떠나면 이 가족을 어찌하느냐가 문제가 아닙니까? 북간도에 제 삼촌과 사촌이 살지마는, 그도 여러 가지 사정으로 통신이 끊어진 지가 벌써 이삼 년 되니, 어찌 된지 알 수 없고, 집사람의 친정은 북경 방면에 있는 모양인데 역시 소식이 끊어졌구요. 광동으로 갔단 말도 있고 운남으로 갔단 말도 있고, 어디 우리네 망명객의 신세가 정처가 있어요? 그렇다구 가족을 여기다가 두고 갈 수도 없고. 제 선친이 애매한 혐의로 돌아가신 곳이 치타입니다. 뻬쩨르부르크(그때 아라

사 서울)로 가시던 길에 여기 동포를 찾아보라고 내리셨다가 잡혀 돌아가
셨지요. 그리고는 아버지 입으시던 의복을 제비를 뽑아서 노나 가졌다고
들 합니다. 시체도 못 찾았지요. 아마 해삼위서 치타로 선친을 중상하는
무슨 기별을 했던가 보아요. 그러니 제가 이 지방 사람을 만날 수가 있겠
어요?"

하는 말에 나도 어떤 서울 사람이 여기서 밀정의 혐의로 죽어서 시체는
감자 부대에 담아서 얼음 구멍에 집어넣고, 그가 가졌던 돈과 의복과 행
리는 모두 노나 가졌다는 말을 들은 것이 기억났고, 더구나 턱시도에 더
비햇 쓴 사람 하나를 보고, 이것이 그 죽은 사람의 옷이라고 웃던 것도 기
억이 되어서 나는 말없이 고개를 끄덕끄덕하였다.

   R는 담배 하나를 붙이고 내게도 권하면서,

"그래서 선생께다가 가족을 맡아줍소사고 청을 하리라고 결심을 하고
찾아왔습니다. 저는 선생이 뉘신 줄을 잘 알아요. K 학교에 계실 때부터
도 선생 말씀을 들은 일이 있었지요. 선생이 치타에 오신 뒤에는 또 길이
있어서 다 알고 있었지요. 어려우시지마는 제 아내와 누이를 맡아주셔
요. 제가 살아 돌아오면 다행이요, 만일 죽고 못 돌아오면 선생께서 좋게
생각하시는 대로 어떻게 살 도리를 해주셔요."

하고 눈물을 씻고 앉았는 누이와 아내를 돌아보았다.

   나는 이 청년 사관의 말을 거절할 수가 없었다. 그는 그만큼 성의와 열
정이 있었다. 젊은 아내와 과년한 누이를 남에게 맡기지 아니하면 아니
될 그의 심사를 나는 잘 짐작할 수가 있었다. 그러나 나는 '네, 맡아드리
오리다.' 하고 시원한 대답을 할 수도 없었다. 나는 지금 내 몸 하나도 둘
곳이 없는 사람이 아니냐. 그래서 나는 한참 동안 말없이 머리를 숙이고

앉았었다. 나도,

"가족일랑 염려 마시오. 어서 가서 큰 공을 세우시오."

이렇게 말하고 싶었으나, 그 말이 나오지를 아니하였다. R도 내 옷 입은 꼬락서니를 보면 대개 다 사정을 짐작할 만도 하고, 나는 반쯤 눈을 감고 가만히 앉아 있었다.

R는 내가 말없이 앉았는 것을 보더니 한 번 길게 한숨을 쉬고,

"만일 선생이 아니 맡아주신다면……."

하고 잠시 말이 막혔다가,

"저는 이 두 식구를 길가에 내버리고 갈 수밖에 없으니, 그럴 바이면 차라리 둘을 다 죽여버리고 가렵니다."

하고 고개를 숙였다.

부인도 엘렌도 이마에 손을 대고 느껴 울었다.

나는 더 생각할 여유가 없었다. 나는 감격한 소리로,

"말씀대로 하지요. 북간도 완장(阮丈) 댁을 찾든지, 북경 빙장(聘丈) 댁을 찾든지 찾아드리죠. 그러다가 못 찾으면 어떻게 하든지 형께서 돌아오실 때까지 보호해드리지요!"

해버렸다.

"고맙습니다, 고맙습니다."

하고 R는 손을 내밀었다. 나는 그의 손을 잡아 흔들었다. 그의 눈에서나, 내 눈에서는 눈물이 흘러내렸다. 나는 그가 나 같은 못 믿을 위인을 이처럼 믿는 것이 감격되었던 것이다.

"지금부터 저는 선생님을 형님이라고 부르겠습니다. 저를 동생으로 불러주세요. 마가렛, 이 형님을 내 친형님으로 뫼시오. 엘렌아, 너는 이

형님을 큰오라버니로 뫼시고. 내가 만일에 전장에 나가서 죽고 못 돌아오더라도 이 형님 지시대로만 복종하고 살아야 한다."

이렇게 그 아내와 누이에게 말하고는 R는 나를 향하여,

"형님, 이것도 다 인연입니다. 장차 큰일을 하실 형님에게 이러한 짐을 맡기는 것이 심히 죄송합니다. 그러나 이 천지에 나는 형님밖에 믿는 이가 없으니 어찌합니까? 다 인연입니다."

하고는 시름을 다 놓은 듯이 담배 한 대를 더 피우면서,

"오늘 저녁을 제 집에서 잡수서요. 마차를 밖에 세워두었습니다. 자, 가서요."

하고 먼저 일어난다.

나는 때 묻은 모자를 집어 쓰고 따라나섰다. 마차에는 마부와 종과 둘이 어자대(馭者臺)에 앉아서 기다리고 있었다.

R의 집은 물론 사단 관사였다. 비록 집이 크지 아니하나, 나는 치타에 온 뒤에 이런 깨끗한 집에 발을 들여놓은 일이 없었다. 포치도 있고 응접실에는 그림도 걸리고 테이블이나 교의나 커튼이나 화분이나 다 훌륭하였다. 응접실 한쪽으로 통한 장지는 식당일 것이다. 더구나 초록 카펫을 깐 것이 무척 호화스럽게 보였다. 내 방은 무 닳아빠진 마룻바닥이요, 의자도 그냥 나무때기 의자였다.

차가 나오고 깐페트까(엿과자)가 나오고, 그리고 저녁밥도 쇠고기 닭고기 모두 맛난 것이었고, 나중에 나오는 디저트도 먹어보지 못하던 맛난 것이었으며, 야그드(들쭉)도 나왔다. 오랫동안 궁하게 살던 나는 거의 염치를 잊을 만하게 한밥을 잘 먹었다.

식사가 끝나고 응접실에 돌아와서 나와 단둘이 앉았을 때에 R는 한참

이나 머뭇거리다가,

"형님, 저는 제 아내를 사랑합니다. 나라 다음으로는 사랑합니다. 사랑하니까 그것이 내 것 같지 아니합니다. 형님, 제 아내는 좀 믿기 어려운 아내인 것 같아요. 형님이니 말씀이지, 제 아내가 제게 시집오기 전에도 사랑한 사람이 있었습니다. 저와 혼인한 지가 이태가 되었어요. 그렇지만 제가 전장에 나가면 또 어떻게 될지 모르는데."

하고 잠깐 쉬었다가,

"그러니까 형님, 내일 제가 떠나거든 여기서 지체 마시고 제 가족을 데리고 북간도나 북경이나 어디로 뚝 떠나주셔요. 제 눈으로 가족이 치타를 떠나는 것을 보고 제가 떠났으면 좋겠지만 그럴 수는 없고, 또 형님이 맡아주시니까 마음이 턱 놓입니다마는."

하고 그는 허공을 바라본다.

나는 R의 말을 듣고 또 그 괴로워하는 표정을 볼 때에 울고 싶었다. 그처럼 그 아내가 사랑스러울까. 그리고 그 아내를 잃어버릴까 보아 그처럼 마음이 놓이지 아니할까.

그날 저녁 나는 R의 아내에게 아주버니란 칭호와 엘렌에게 오빠라는 칭호도 들었다. 그들도 내게 대해서는 호감을 가지는 모양이었다.

R는 가족과 떠나는 마지막 저녁이라, 나는 오래 앉지 아니하고 일어났다. 나는 내일 아침 여섯 시에 R의 집으로 와서 가족과 함께 정거장으로 나가기로 약속하였다. 벌써 아홉 시건마는, 북국인 이 땅에는 아직도 이른 황혼이었다. 누런 천지 정말 황혼이었다. 서쪽 하늘과 북쪽 하늘은 훤하고, 오직 동남쪽만이 밤빛을 보였다. 서늘한 바람이 불었다.

R는 손에 드는 가방 하나를 들고 나와서 마차 하나를 불러서 나를 올려

앉힌 뒤에 그 가방을 내게 주면서,

"형님, 이것을 가지고 가셔요. 이것이 내 재산의 전부입니다."

하고 제 빈손을 비빈다.

"그것이 얼마요?"

하는 내 말에 그는,

"조용한 때에 세어보시지요."

하고 대수롭지 않게 대답하고는 손을 내밀어서 내 손을 잡아 흔들고 가버린다.

나는 마차에 흔들리면서 집으로 돌아왔다. 주인마누라가 내가 마차를 타고 왔다 갔다 하는 모양을 보고 이상한 듯이 눈을 크게 떴다. 방세가 두 달이나 밀린 것이다.

나는 자정이나 지나서야 R가 준 가방을 열어서 그 속에 든 것을 보았다. 그것은 모두가 백 원짜리 새 지전이었다. 나는 우선 깜짝 놀랐다.

나는 지전 한 장을 들어서 안팎을 자세히 검사해보았다. 분명히 '100'이니 '스토 루블레이(сто рублей, 백 원)'니 하고 구석구석에 박은 백 원짜리였다. 나는 떨리는 손으로 세어보았다. 백 원짜리가 이백 장, 십 원짜리가 삼백 장, 모두 이만 삼천 루블. 이것을 일본 돈으로 환산하면 이만 육천 원어치나 되었다. 나는 또 한 번 놀랐다.

나는 일생에 이렇게 많은 돈을 가져본 일이 없었다. 구경도 한 일이 없었다. 나는 얼른 가방을 닫아서 이것을 어디다가 두나 하고 쩔쩔매었다.

처음에는 침대 밑에 있는 서랍에 두어보았다. 그러나 마음이 놓이지 아니하여서 다시 꺼내서 베개 밑에 넣고 누워보았다. 그래도 잠이 들지 아니하였다. 만일 도적이 들어온다면 베개 밑을 먼저 뒤질 것이 아니냐.

그래서 다시 일어나서 침대 매트리스 밑에 넣어보았다. 그래도 마음이 놓이지 아니하였다. 도적놈이 들어오면 매트리스 밑을 먼저 뒤질 것 같았다.

'도무지 이것을 얼다가 두고 자면 좋단 말인가.'

하고 나는 그 가방을 들고 방 한복판에 서서 쩔쩔매었다.

이렇게 방황하기를 아마 두 시간은 한 끝에 나는 꾀를 얻었다. 그것은 끄나풀로 테이블 뱃바닥에다가 착 달라붙게 매달아놓고 테이블보를 씌우는 것이다. 아무리 도적놈이기로 이것이야 설마 뒤지랴 한 것이었다. 주인 방에서 들리지 않게 하느라고 사분사분 발끝으로만 걷노라고 해도 워낙 헌 집이라 가끔 마루창 널이 삐걱 소리를 내었다. 그럴 때마다 숨이 막히고 식은땀이 흘렀다.

이렇게 가방 처치를 해놓고는 다시 전등을 켜고 일부러 마루 소리를 좀 내고 나서 다시 전등을 끄고 자리에 드러누웠다.

그래도 도무지 잠이 들지를 아니하였다. 창마다 문마다 모두 도적놈이 붙은 것만 같았다. 나는 부자의 마음 안 놓이는 심사를 비로소 맛보는 것 같았다.

'이 돈을 어떻게 처치하나?'

이것도 근심이었다.

'이 돈이 내 돈이었으면.'

이러한 물욕도 일어났다.

만일 R가 내 마음에 이러한 물욕이 있는 줄을 알면 이 돈을 내게 맡기지 아니하였으리라 하면 스스로 부끄러웠다.

시계가 세 시를 쳤다. 이웃에서 남편과 아들을 전장에 보내고 우는 부인네도 울기에 피곤해서 잠이 든 모양이었다.

나도 도적의 두려움과 여러 가지 생각으로 잠이 들지 아니하여서 애를 쓰다가 자리에서 일어나 다시 불을 켜고 마음을 가라앉히려고 성경을 떠들었다.

우연히 나온 것은,

그(예수)는 무리에게 말씀하시기를, 누구든지 나를 따라오려 하거든 저를 버리고 날마다 제 십자가를 지고 나를 따르라. 누구든지 제 목숨을 살리려 한 자는 잃고 나를 위하여 제 목숨을 잃는 자는 살리라. 사람이 온 세계를 다 얻기로니 저를 잃거나 버림이 되면 무슨 소용이 있을 것이냐.

하는 「누가복음」 구 장의 말씀이었다.

나는,

"저를 버리고…… 십자가를 지고."

이렇게 중얼거렸다.

또 몇 장을 넘겼다.

친구들아, 내 너희게 이르노니 몸을 죽이되 그 이상 더 할 수 없는 자들을 두려워 말라. 내 너희게 두려워할 이를 가르치리니, 몸을 죽이고도 지옥에 던질 수 있는 이를 두려워하라. 내 너희게 이르노니 그이를 두려워하라.

여기까지 읽으매 내 마음은 편안해졌다. 더구나 그 다음 구절,

참새 다섯 마리에 두 푼 하지 않느냐. 그러한 참새 한 마리도 하나님은 잊지 아니하시나니라. 너희 머리카락도 하나님은 다 헤고 계시나니 그러므로 두려워 말지어다. 너희는 참새보다 가치가 높지 아니하냐.

여기 와서는 나는 모든 두려움에서 벗어날 수가 있었다. 내가 무엇 하러 근심을 하였던고? 왜 이 말씀을 잊고 있었던고? 내일 아침 먹을 것이 없기로, 금방 도적이 칼을 들고 들어오기로, 내가 두려워할 것이 무엇인고? 하나님은 나를 아시지 아니하는가. 내가 무슨 일을 해야 좋을지 언제까지 살아야 좋을지 다 아시고 계시지 아니하는가.

정신 차려서 탐욕을 삼갈지어다. 사람의 목숨은 그가 가진 풍성한 재물에 있는 것이 아니라…….

그러므로 내 너희다려 이르노니 네 목숨을 위하여 무엇을 먹을까, 네 몸을 위하여 무엇을 입을까 염려하지 말라.

오직 하나님의 나라를 구하라. 그러면 이 모든 것이 다 너희에게 오리라.

나는 성경을 덮어놓았다. 더 볼 필요가 없는 것이었다. 마치 내 마음에서는 모든 욕심과 의심이 다 스러지고 맑고 깨끗한 혼만이 가벼이 날개

치는 것 같았다. 이만 삼천 원의 지전이 휴지 뭉텅이와 같았다. 나는 그 것을 감추느라고 쩔쩔매던 것이 부끄러웠다. 하물며 그것이 내 것이면 하는 생각을 가진 것을 생각하면 전등이 부끄러워서 고개를 들 수가 없었 다. 나는 지나간 더러운 생각을 씻어버리는 모양으로 혼자 픽 웃었다. 내 마음에는 다시는 부정한 생각이 나지 아니할 것 같았다.

실상 내 마음은 가뿐하였다. 오늘 하루 R의 방문으로 해서 생긴 불안 과 심려뿐 아니라, 그동안 궁함으로 받던 괴로움까지 다 스러져버린 것 같았다. 기다란 장마에 구름이 쫙 걷히고 햇볕이 환히 비추는 것 같았다.

나는,

"하나님이시여, 당신의 뜻이 이루어지이다."

하는 주기도문 구절을 기쁘게 기쁘게 여러 번 외우고 자리에 들어가 잠이 들었다.

여섯 시에 R의 집에 갈 것을 생각하고 눈을 뜬 것이 다섯 시. 한 시간 폭이나 졸았을까. 눈이 감기는 것을 일어나 세수하고 그 돈 든 가방을 내 보자기에 싸서 들고 R의 집으로 달려갔다.

R는 벌써 영문(營門)에 들어가고 마가렛과 엘렌이 울고 있다가 내가 오는 것을 보고 눈물을 씻고 손을 내밀었다. 나는 말없이 악수를 하고 나 서 어젯밤 내가 감격한 성경 구절을 읽어주었다. 그러나 슬픔이 가득한 그들에게는 이 구절이 아무 감격도 주지 못하는 모양이었다.

나는 아라사 노파가 갖다주는 커피 한 잔을 마시고 두 식구를 데리고 마차를 타고 정거장으로 나갔다.

정거장에는 혹은 남편을, 혹은 아들을 보내는 남녀들로 꽉 찼다. 그렇 게 떠들기 좋아하는 아라사 사람들이건마는, 훌쩍훌쩍 우는 소리밖에 아무 소리도 없었다. 우리는 군인들이 들어갈 특별 입구 가로 다른 사람들과 함께 서서 R의 소속 부대가 오기를 기다렸다.

나팔 소리가 나고 칼 빼어 든 사관이 앞을 서고, 그러고는 병정들이 뒤를 따라서 한 부대씩 한 부대씩 정거장으로 들어갔다. 어떤 부대는 아직 군복도 안 입고 농복을 입은 채로 얼굴에는 보리 수염이 묻은 채로 가는 것도 있었다. 이런 부대는 아마 이르쿠츠크나 모스크바에 가서 훈련을 받을 모양이었다. 그들은 전송 나온 군중 중에서 제 가족이나 아는 사람을 찾으려는 듯이 눈을 두리번거렸다. 그러나 결정된 운명을 잘 깨달은 듯이 아무 말이 없었다.

이 모양으로 끝없는 군사의 행렬이 지나간 끝에 한 부대가 왔다. 그들은 긴 칼을 차고 총을 진 것이 기병대인 것이 분명하였다. 대부분이 황인종인 것은 부랴트족(Buryat)인 때문이다. 키는 작으나 모두 표한해 보였다. 그 부대의 중간쯤 해서 칼을 빼어 들고 걷는 것이 분명 R였다. 그는 말없이 걸어서 우리가 서 있는 앞으로 지난다. 고개는 그냥 두고 잠깐 눈만 이쪽으로 돌렸으나, 그대로 지나가버리고 말았다. 나는 모자를 벗어서 흔들었다. R의 뒷모양이 정거장 속으로 스러질 때에, 마가렛은 내 어깨에 쓰러졌다. 소리는 내지 아니하나 우는 모양이었다. 나는 그를 안아 부축하였다. 다른 가족들도 소리는 내지 못하고 눈물만 흘리고, 어떤 이는 마가렛 모양으로 쓰러졌다.

나는 마가렛과 엘렌을 데리고 가까스로 군중 물결을 헤어 나와서 집으로 돌아왔다. 집에 돌아오는 길로 마가렛과 엘렌은 쓰러져 울었다. 나는 무거운 가슴을 안고 가만히 앉아 있었다. 정거장에서는 기적 소리가 울려왔다. 열차가 떠나는 것이다. 한 시간을 새에 두고 연방 장정과 군대를 실은 열차가 떠나는 것이었다. 미친 듯이 '우라', '우라' 하는 소리가 어디로선지 울려왔다. 아마 떠나가는 열차를 바라보고 부르는 군중의 소린가 보다.

떠나는 사람, 보내는 사람으로, 슬픔으로 치타 전 시가는 마치 초상난 집과 같았다. 아마 그 넓은 아라사 나라의 어느 구석이나 다 그럴 것이다. 아마 독일도 오스트리아도 법국도 영국도 다 그럴 것이다. 유럽 전체가 지금 온통 떠나는 슬픔, 보내는 슬픔 속에서 울고 있을 것이다.

전선에서는 지금 포성이 은은할 것이다. 아까 역두에서 본 그러한 장정들이 피를 흘리고는 쓰러질 것이다. 집에 두고 온 부모와 처자를 생각하면서 마지막 숨을 쉴 것이다. 그들의 혼이 자유로 행동할 수가 있다면, 그들은 반드시 일직선으로 제 고향으로 달릴 것이다. 그래서는 저를 잃고 우짖는 부모와 처자를 보고 다시 단장의 눈물을 흘릴 것이다.

오늘 치타를 떠난 젊은 남편들과 아들들 중에서 과연 몇 사람이나 살아서 돌아오는고? 목숨은 부지하더라도 몸 성하게 돌아오는고.

나는 느껴 우는 마가렛과 엘렌을 보았다. 새삼스럽게 측은한 생각이 나서 나도 고개를 숙이고 한참이나 울었다.

그러나 이러고 있을 수가 없다. 어서 치타를 떠나는 것이 상책이다. 북간도 그들의 삼사촌의 집에 갖다가 맡기는 것이 상책이다. 전쟁이 더 벌어지면 꼼짝할 수 없게 되는지도 모르는 것이다. 또 아라사 화폐가 뚝 떨어지는 날이면 내가 맡은 이만 삼천 원이 휴지 뭉텅이가 될지도 모른다. 실상 아라사 사람들은 심히 독일을 무서워하였다. 도저히 독일과 싸워서는 이기지 못한다고 하였다. 마치 질 것이 분명한 싸움을 하는 것같이 생각하는 모양이었다. 그래서 연합군이 이겼다는 신문 호외가 나도 별로 믿는 사람은 없는 모양이었다.

"스촐토, 니에 즈나엘(뉘가 알아)."

하고 나 많은 이들은 두 팔을 떡 벌렸다.

이러기 때문에 나는 하루라도 바삐 치타를 떠나려 하였다.

나는 Y 씨에게 내가 치타를 떠날 뜻을 말하였다. Y 씨도 이제는 시베리아에 아무 희망도 아니 가진 모양이어서 곧 내 뜻에 동의하였다. 그리고 Y 씨가 나서 구걸하다시피 하여 내가 북간도까지 갈 노자를 얻어주었다. 그리고 치타에 누구누구 하는 이들이 모여서 송별연도 베풀어주었다.

나는 R의 돈을 쓰지 않는 것이 기뻤다. 내 노자로 차표를 사는 것이 기뻤다. 나는 마가렛과 엘렌을 이등에 앉히고 나 자신은 삼등을 탔다. 내 노자는 삼등 노자밖에 안 되는 까닭도 있거니와, 또 R의 부탁대로 R의 가족의 거취를 비밀히 하기도 위함이었다.

이렇게 나는 치타를 떠났다.

우리 열차는 하얼빈까지 오는 동안에 나흘이나 걸렸다. 동방으로서 오는 군용열차를 피하기 위하여서다. 어떤 정거장에서는 일주야를 차중에서 묵은 일도 있었다. 동방으로 오는 열차는 군인과 대포와 말뿐이었다. 보통 승객의 길은 거의 막힌 모양이었다.

어떤 때에는 광야의 외로운 정거장에서 밤중에 두세 시간을 기다린 일도 있었다. 낮에는 아직도 땀이 날 만한 기온이건마는 밤에는 얼음이 얼 만치 추웠다. 내 빨강 담요 하나로는 견딜 수 없을 만한 때 엘렌이 포근한 담요를 갖다가 덮어주었다. 마가렛과 엘렌은 날더러 이등으로 오라고, 그렇지 아니하면 자기네도 삼등으로 온다고 말했지마는, 나는 명령적으로 그냥 있으라고 하였다. 내가 R의 돈에 한 푼이라도 손을 대기를 원치 아니하는 까닭이었다.

하얼빈에 내린 것은 비 오는 어느 날 석양, 우리는 여기서 관성자[寬城子, 지금은 신경(新京)]로 가는 차를 갈아타야 하는 것이다. 이튿날이 아니면 연락하는 차가 없기 때문에 우리는 하얼빈에서 여관을 하나 찾아들었다. 나는 젊은 여자를 데리고 하는 여행의 길이 처음이기 때문에 마음이 조여서 기름이 마를 지경이었다.

다행히 마가렛과 엘렌은 나를 잘 믿고 따라서 내 말을 잘 복종하였고, 또 울지도 아니하고 유쾌하게 노는 때도 있었다. 그것이 실로 다행이었다. 만일 그들이 치타에 있을 때 모양으로 자꾸 울기만 하면 그런 질색이 없을 것이다. 아마 하얼빈까지 오는 길에 수없는 출정 군인들을 대한 것이 얼마큼 그의 마음을 위로한 모양이었다.

이튿날 나는 마가렛과 엘렌을 데리고 나가서 청복을 한 벌씩 사 입혔다. 관성자서 길림(吉林)을 지나서 북간도로 가려면 청인 행세를 하는 것이 안전할 듯하기 때문이다. 그들은 처음에는 '끼따이스키(китайский)'라고 청인을 멸시하여 그 의복을 입기를 싫어하였으나, 나는 이로부터 우리는 청인들 속에 여행을 할 것과 일시는 청인들 속에서 살아야 할 것과, 또 청인이 결코 멸시하거나 무서워할 백성이 아니니, 이로부터 청인을 동포로서 사랑하는 마음을 가져야 한다는 뜻을 말하여서, 그들도 순순히 청복을 입었다.

그 이튿날 차를 타고 비가 퍼붓는 속으로 관성자에 와 내리니 자정이 넘었는데, 시베리아 방면에 사는 유대계 아라사 부자들이 상해 방면으로 피난을 가느라고 어떻게 손님이 많은지 우리는 가까스로 중국 사람의 여관방 하나를 얻어서 거기다가 두 사람을 재우고 나는 혼자 끼어 잘 곳을 구해보았으나, 큰돈을 지니고 어찌할 수 없어 두 여자가 자는 한편 구석에서 눈을 붙였다. 이로부터 이와 같은 주막 생활을 수십 일이나 할 생각을 하면 이것도 한 연습이었다.

이튿날 나는 마차 하나를 얻어서 두 여자를 태우고, 나는 마차꾼과 한자리에 앉아서 길림을 향하고 길을 떠났다. 마차는 두 바퀴 마차로 퍼런 포장으로 지붕을 한 것인데 오장이 들추이도록 흔들렸다. 바퀴가 절반씩이나 빠지는 길, 길이 넘게 자란 수수밭 속으로 가는 고생은 여간이 아니었다. 더구나 젊은 여자와 재물을 지니고 가는 길이라 도무지 마음이 놓이지 아니하였다. 나는 하얼빈에서 산 육혈포를 언제나 빼서 쓸 수 있도록 청복 앞자락에 넣고 가끔 그것을 만져보았다. 나는 모든 것을 하나님의 섭리에 맡긴다고 생각은 하면서 남의 가족과 재물을 맡은 이상 내 힘껏은 그들을 보호하되, 죽기까지 하는 것이 옳다고 생각하였다. 수수밭 속으로부터 어떤 놈이든지 덤비면 육혈포로 해댈 결심을 하고 있었다.

나는 낚시질도 못 하는 성미다. 고기를 속여서 잡아 죽이기가 어려운 것이었다. 한번은 살벌한 마음을 길러야 한다고 K 학교의 비둘기 한 마리를 내 손으로 목을 따서 죽인 일이 있었으나, 그 후로는 한 달 이상을 두고 괴로워하였다. 이러한 내가 육혈포로 사람을 쏠 수가 있을까. 그러나 마가렛과 엘렌이 나만을 믿고 어딘지 모르는 곳으로 줄줄 따라오는 것을 생각하면 무슨 짓이라도 할 수 있을 것 같았다.

길림을 떠나서 사흘째 되던 날인가. 우리 일행은 T령이라는 삼림이 무성한 영을 넘게 되었다. 그리 높지는 아니하나 워낙 수림이 많은 데다가 아직 낙엽이 아니 되어서 하늘이 잘 보이지 않는 데가 있고, 축축한 찬 바람이 뺨을 스쳤다.

우리는 이 영을 넘는 데 동행을 얻기 위하여 온 하루를 묵었으나 대개는 보따리 하나씩 진 노동자들이요, 믿음직한 동행이 없었다. 나는 이 동행이란 것이 도리어 화근이란 말도 들은 일이 있기 때문에 될 수 있는 대로 믿음직한 동행을 기다리려고 하였다.

그렇다고 그냥 동행만을 기다린다는 것만도 도리어 주막 주인이나 다른 행객에게 의심을 살 듯도 싶어서 나는 몸이 아프다고 선언하고 낮에도 담요를 쓰고 누워 있었다. 젊은 여자와 많은 돈을 지닌 내게는 눈에 보이는 것이 모두 도적인 것만 같아서 도무지 마음이 놓이지 아니하였다.

하루 종일 기다려서 겨우 보행꾼 오륙 인의 동행과 함께 주막을 떠났다. 다들 보행으로 가는데 우리만 타고 가는 것이 미안도 하고, 또 무시무시하기도 하여 마가렛과 엘렌만을 마차에 태우고 나는 다른 사람들과 함께 걸으면서 서투른 중국말로 이야기를 하였다.

"여기도 도적이 나오?"

나는 무심코 하는 듯이 이런 말을 물어보았다.

"왜 안 나요? 길림서 돈화(敦化) 가는 길에는 T령이 제일 도적 많이 나는 곳이라고. 그러나 우리네 따위야 빼앗길 것이 있나?"

이런 소리들을 한다.

하늘은 맑고 늦은 가을볕이 쪼일 때에는 따가울 지경이었다. 우리는 수풀 속에 들었다가 등성이에 올랐다가 이 모양으로 낮이 기울도록 걸었다. 이따금 새소리도 들리고 맑은 물이 흐르는 시내도 만났다.

조금만 더 가면 마루터기라는 말을 들으며 굴곡이 많은 삼림 깊은 길을 걸었다. 버스럭 소리만 나도 머리가 쭈뼛쭈뼛하고 발이 머물러졌다. 나는 호주머니에 넣은 육혈포 자루를 만져보았다.

그럴 때에 어디서 '땅' 하고 총소리 한 방이 났다. 동행하던 중국 사람들은 잠깐 두리번두리번하더니 모두 수풀 속으로 뛰어 들어가버렸다.

"놀라지 마시오. 무슨 일이 생기더라도 천연히 계시오."

하고 나는 마가렛과 엘렌을 마차에서 내리라고 하였다. 두 여자는 내 팔하나씩을 꼭 붙들었다.

이때 벌써 수풀 속에서 중국 병정의 옷 같은 연둣빛 나는 복장을 입고 같은 빛 나는 모자를 쓴 사오 인이 뛰어나왔다. 그중에 하나는 총을 들었으나, 다른 사람은 혹은 중국식 칼을 들고 혹은 몽둥이를 들었다. 나는 번개같이 내 운명을 자각하였다.

나는 내 팔에 매달린 마가렛을 뿌리치고 빨리 육혈포를 꺼내어서 우선 총 든 사람을 향하여 한 방을 놓았다. 나는 내 힘껏 싸우다가 죽을 결심을 한 것이다. 왜 그런고 하면, 친구의 아내와 누이와 재산을 맡아서 가다가 내가 살고 그것을 잃으면 내가 무슨 면목으로 다시 하늘을 대하랴, 이렇게 생각한 것이었다.

나는 거의 정신없이 육혈포를 연발하였다. 내 앞에 보이던 도적이 죽었는지 달아났는지 나는 그것을 볼 여유가 없었다. 총 들었던 놈 하나가 거꾸러진 것만은 분명히 기억한다. 내 힘 있는 데까지 대항만 하면 고만이라고 나는 생각한 것이다.

이제 육혈포의 마지막 방이라고 의식하면서 눈앞에 보이는 도적을 겨누고 쏘려고 할 적에, 무엇이 내 머리를 힘껏 내리치는 것을 느끼고는 나는 땅에 쓰러져서 정신을 잃었다.

내가 정신을 차린 것은, 나중에 알고 보면 일주야를 지나서였다. 나도 심히 캄캄한 곳에 있는 나를 발견하였다. 처음 나는 생각이 마가렛과 엘렌이 어디 갔는가 하는 것이요, 그다음에 나는 생각이 목마르다 하는 것이요, 그다음에 나는 것이 이곳이 어딜까 하는 것이었다. 나는 아직도 육혈포가 내 손에 쥐여 있는 것같이 생각했다. 그러나 손가락을 움직여보니 손에는 아무것도 없었다.

나는 이만 원 돈이 든 전대를 허리에 찾아보았다. 그러나 그것은 무론 없었다. 머리가 땅하고 아프기로 만져보니 헝겊으로 싸맨 모양이었다.

"엘렌!"

하고 나는 불러보았다. 대답이 어디서 오리라고 예기한 것이 아님은 무론이다.

"아이, 오라버니."

"아이, 아주버니."

하고 손들이 내 몸에 올 때는 나는 정말이라고 믿어지지 아니하였다.

하도 반가운 김에 나는 그것이 누구의 손인지도 모르고 힘껏 쥐었다. 그 손들도 내 손을 힘껏 쥐었다.

"다들 다친 데나 없으시오?"

이것이 내 첫인사였다.

"저희는 괜찮아요."

하는 것은 마가렛의 소리였다.

"머리에 피가 많이 흐르셨는데."

하는 것은 엘렌의 소리였다.

"예가 어디요?"

하고 나는 손으로 방바닥을 더듬어보았다. 방바닥에 깐 것은 마른 나뭇잎일 듯하였다.

"땅광 속이야요. 굴처럼 판 데야요."

하는 것은 엘렌의 말이었다.

나는 뒤통수를 얻어맞고 쓰러지자, 마차꾼과 호인 하나를 시켜서 마차
우비로 맞두레를 만들어서 나를 담아 마가렛과 엘렌을 데리고 길도 없는
수풀 속으로 해 질 때까지 걸어서 여기를 왔는데, 거의 다 와서는 수건으
로 눈을 동이고 끌고 왔기 때문에 어딘지 모른다 하며, 처음에는 나 따로
마가렛, 엘렌 따로 둔 것을 마가렛과 엘렌이 내 곁에 함께 있게 아니 하면
죽는다고 야단을 해서, 또 눈을 싸매고 여기를 왔단 말과, 끼니때면 밥
과 물을 갖다가 준다는데 그때에는 저 굴 아궁이를 막아놓은 판장문을 연
다고 하는데, 판장문이라야 사람 하나가 기어 들어올 만밖에 안 하고, 이
굴속은 엘렌이 앉아서 팔을 들면 굴 천장의 널쪽이 만져진다고 한다.

"우릴 어떡한다던?"

하는 내 물음에 엘렌은 손으로 내 이마와 코와 입 어염을 만지면서,

"장군이 와야 죽이든지 살리든지 한다고 그래요. 그런데 모두 조선 사
람들이야요."

하고 한숨을 쉰다. 아마 그들은 이 의외의 변에 울다가 울다가, 이제는
만사를 단념한 듯이 별로 당황하는 빛도 없고, 내가 정신을 차린 것만 더
할 수 없이 기뻐하는 듯이 내 팔다리도 주무르고 이마도 짚어주었다. 내
몸에는 좀 열이 있는 모양이요, 차차 정신이 들수록 정배기께가 쑥쑥 쑤
시기도 하였다.

목이 몹시 마르지마는, 물을 찾아야 쓸데없을 줄을 알기에 참았다. 배
도 고팠으나 역시 말할 필요도 없다고 생각하였다.

어찌 되는 것인가. 당장 마가렛과 엘렌이 성하게 곁에 있는 것은 다행

이지마는, R의 전 재산인 이만 원 돈은 다시 찾을 길이 없을 것이다. 그러나 일루의 희망이 남을 것은,

"다들 조선 사람이야요."

하는 엘렌의 말이었다. 만일 그들이 다들 조선 사람이라 하면 ○○단일 것이요, ○○단이면 혹시 내 이름을 알 사람이 있을는지도 모를 것이다. 그렇다 하면 벗어날 도리도 있겠지마는, '손에 돈 한 푼 없이 여자 두 사람을 데리고 세상에 나가서 어떻게 사나?' 하는 것이 걱정이 되었다.

그러나 또 생각하면 내 육혈포에 그들이 하나라도 죽었다고 하면 그들은 필시 내 목숨으로써 대상하려 들 것이다. 나는 장차 총살되려는 것인가.

죽거나 살거나 어서 하회를 알고만 싶었다. 밤인지 낮인지, 어찌 되는 셈인지도 모르고 캄캄한 굴속에 갇혀 있는 것은 꽤 고통이었다. 더구나 이따금 마가렛과 엘렌의 우는 소리가 들릴 때면 가슴이 터지는 듯이 괴로웠다.

나는 참새 한 마리도 하나님 모르게는 떨어지는 법이 없다는 말로 두 여자를 위로하였다. 근심함으로 걱정함으로 무슨 일이 잘되는 법이 없다는 말도 하였다. 사람이란 어느 때에나 한 번은 죽는 것인데, 죽고 살기를 그렇게 괘념할 필요도 없다는 말도 하였다. 모든 것을 하나님께 맡기고 기쁜 마음으로 기도를 올리라는 말도 하였다. 그리고 나부터 먼저 태연한 본을 보이느라고 여러 가지 이야기도 하였다. 소설에서 본 이야기, 조선에서 옛날부터 내려오는 이야기, 내가 여기저기서 구경한 이야기들을 하였다. 그리고는 웃기도 하였다. 내 이 정책이 상당히 효과가 있어서 마가렛과 엘렌은 위로를 받는 모양이었다.

이러기를 이틀, 사흘, 하루 두 때 밥을 먹은 모양인데, 그 수효로 따져 보아서 우리는 날을 계산하였다. 그러다가 누구나 졸리면,

"인제들 자죠."

하여 가만히 누워서 잤다. 그러다가 누구나 먼저 깨면,

"인제들 일어나죠."

하여 일어났다. 이 밖에는 밤낮과 시간을 분별할 도리가 없는 것 같았다.

비 오는 철은 아니어서 좀 덜하지마는, 굴속이 습한 것은 말할 것도 없다. 자다가 깨어보면 추워서 몸이 꼬부라지는 듯하였다.

젊은 남녀가 누우면 몸이 마주 닿는 좁은 함정 속에서 끝없는 밤을 지내니, 성적 충동이 아니 일어날 수가 없었다. 부끄러운 말이지마는 나 자신도 억제하기 어려운 순간을 여러 번 경험하였고, 두 여자도 잠결에 모르고 한 것이라고 보기에는 너무 의지적으로 나를 껴안는 일이 있었다. 더구나 죽을지 살지 모르는 운명이라는 것이 그들로 하여금 더욱 이러한 담대함을 보이게 한 것이라고 생각한다. 목숨이 경각에 있는 세 남녀는 가장 애욕의 지옥에 빠지기 쉬운 경우였다.

나는 한번은 숨이 막힐 듯함에 놀라서 잠을 깨었다. 어느 몸이 내 가슴 위에 있고 입이 내 입에 닿아 있었다. 불같이 뜨거운 그 입김이 내 육체를 태울 듯이 자극하였다.

나는 그의 머리를 정답게 쓸어서 제자리에 누이고 어머니가 어린 자식에게 하듯이 그의 어깨를 또닥또닥해주었다.

"Thy will be done"을 수없이 외웠다. 아뜩아뜩해지는 정신을 수습하여 나는 하나님을 생각하고 전장에 나간 R를 생각하였다.

그것은 나를 십자가에 박는 것과 같은 괴로움이었다. '십자가를 지고

나를 따르라.' 하신 예수의 말씀의 참뜻이 알아지는 것 같았다.

나는 아난(阿難) 종자가 이러한 유혹에 빠졌던 이야기를 안다. 『능엄경(楞嚴經)』은 이것을 두고 설한 것이었다. 만일 일체법공(一切法空)의 이치를 깨달았을진댄, 미인의 살도 결국 흙이요 물인 것을 보는 힘이 있을진댄, 이만한 것은 우스운 일일 것이다. 그러나 이도 저도 없는 이십사오 세의 건강한 남녀로는 이 유혹을 이기기는 실로 칼로 제 살을 깎는 것보다도 아픈 일이었다.

그러나 이기고 난 뒤에 얻는 승리의 기쁨! 굴속은 환한 광명과 하늘의 향기로 차는 것 같았다. 진실로 성자와 같이 마음도 까딱 아니 하지 못한 것이 부끄러운 일이거니와, 그래도 그만해도 하고 스스로 위로하였다.

나는 속은 그렇지 못하면서도 겉으로는 성자의 태도를 취하였다. 이런 경우에는 허위야말로 내가 취할 정도라고 믿었기 때문이다.

한번은 굴 문이 삐걱 열리며,

"이리들 나와!"

하는 호령이 들렸다.

"어떡해요?"

하고 두 여자는 내게 매달렸다.

"하나님의 뜻대로!"

하고 나는 두 여자의 머리를 쓸어주었다.

"울거나 떨거나 창피한 모양을 보이지 말고 태연히, 태연히!"

하고 나는 이 두 사람과 영결할 순간이 온 것을 느끼면서 마가렛과 엘렌의 머리에 입을 맞추었다. 두 여자도 아라사식으로 내 이마와 뺨과 입에 수없이 입을 맞추었다. 내 눈에서는 눈물이 흘러내렸다.

굴 밖에 기어 나가자마자 나는 뒷짐으로 결박을 받았으나, 두 여자는 그냥 걸어서 가기를 허함이 되었다.

오래간만에 빛을 보니 눈을 뜰 수가 없고 눈에는 눈물이 흘렀다. 우리가 끌려간 곳은 어떤 커다란 나무 밑이었다. 박달인가 잎사귀가 자름하였고, 그 밑에는 유록(柳綠)인가 연둔가 그런 빛깔 나는 군복을 입은 사람이 수십 명이나 서 있고, 정면이라 할 만한 곳에 긴 칼을 차고 선 것이 대장인 듯싶었다.

나를 끌고 가던 군사들은 내 뒤통수를 주먹으로 탁 쳐서 그 대장의 앞에 무릎을 꿇어앉혔다. 나는 성경에, 어느 관원 앞에 잡혀갈 때에 무슨 말을 할까 염려하지 말라, 그때가 되면 성신이 가르치리라, 하신 예수의 말씀을 생각하면서 가만히 있었다.

"네 이놈!"

하고 대장은 심문을 개시하였다.

"○○ 위해 ○○○○○는 ○○군을 죽였다지. 네 살을 찢어 젓을 담그고 뼈를 갈아서 가루를 만들어도 이 죄를 다 속하지 못할 줄을 몰라?"

그 음성은 꽤 우렁찼다. 나는 이렇게 모욕적 언사로 묻는 데는 대답하지 아니하리라 하고 가만히 먼 데만 바라보고 있었다.

"왜 대답이 없어?"

하고 대장은 발을 굴렀다. 그의 풍모는 S 참령(參領)을 연상시키었다.

"나는 죄인이 아니니 먼저 나를 얽맨 것을 끄르고 점잖은 말로 물으시오. 그러면 나도 할 말이 있소."

하고 태연하게 대답하였다.

대장은 한참이나 내 얼굴을 물끄러미 바라보더니, 내 곁에 지키고 선

군졸을 명하여 나를 결박 지은 줄을 끄르게 하였다. 나는 일어섰다. 일어서는 길로 이렇게 말하였다.

"나는 ○○군을 죽인 것이 아니오. 나는 전장에 나아간 내 친구의 가족과 재산을 맡아가지고 가는 사람이니까, 그 가족과 재산에 위해를 가하려 하는 자에게는 내 생명이 있는 동안 저항할 의무가 있소. T령에 다다랐을 때에 문득 무기를 가진 사람들이 고함을 치고 내달으니, 내가 이럴 때 쓰랴고 준비하였던 무기로 저항한 것은 당연한 일이오. 그러므로 나도 도적을 막는 정당방위를 한 것이오. 결코 ○○군을 해한 것은 아니오. 지금도 여기 서 있는 이 두 여자를 위해서는 내 목숨이 남은 동안은 손톱으로라도 저항하고 이빨로라도 저항하여서 이 두 여자를 지킬 것이오. 내가 누구를 죽였든지 몇 사람을 죽였든지 내가 한 일은 정당한 일이오. 또 나랏일이란 신성한 일인데 신성한 일을 신성한 수단으로 할 것이요, 결코 정당치 못한 수단으로 할 것이 아니라고 믿소. 당신네와 같이 도적의 수단을 쓰는 것은 ○○ 운동의 이름을 더럽히는 것이라고 믿소. 나도 나랏일을 하는 사람이므로 이러한 충고를 하는 것이니……."

하고 내 말이 끝나기도 전에 곁으로서 어떤 사람이 달려들어 주먹으로 내 입을 치고 무엇이라고 욕설을 하였으나, 그 말이 무슨 말인지 나는 알아듣지 못하였다. 그것은 그의 주먹이 내 입을 쳐서 내 앞니를 부러뜨리고, 연해서 내 따귀와 면상을 쳐서 나로 하여금 혼도케 한 까닭이었다.

이윽고 내가 정신을 차린 때에는 나는 어떤 골짜기에 누워 있고, 내 곁에는 마가렛과 엘렌이 울고 앉았고, 또 군사 두 명이 지키고 있었다. 마가렛과 엘렌이 내가 깨어나는 것을 보고 무슨 말을 하려고 하였으나, 두 군사는 총을 들어서 두 여자를 위협하였다. 나는 일어나려 하였으나, 머리가 어찔어찔하여서 고개를 들기가 어렵고, 한편 귀가 윙윙 소리를 질렀다. 그것은 고막이 터진 것이었다. 나는 내 흰 산동주(山東紬) 청복 앞자락에 피가 엉킨 것을 보고 내 입술이 부어서 잘 벌려지지 않고, 이가 두 개나 부러진 것을 알았다. 눈도 한쪽 눈은 잘 떠지지 아니하였다.

내 눈이 마가렛과 엘렌을 돌아볼 때에 두 여자는 차마 볼 수 없는 듯이 손으로 눈을 가리었다. 그리고 엘렌은 내 가슴에 엎더져 울었다.

내 머릿속에는 아까 광경이 떠올랐다. 내가 한 말이 떠올랐다. 나는 그만큼 내가 믿는 바를 똑바로 말할 용기를 가졌던 것이 기뻤고, 또 이처럼 친구의 부탁에 충실한 것을 만족히 여겼다. 나는 그들이 반드시 나를 총살할 것을 믿었다. 내가 목숨을 바치고도 R의 가족과 재산을 보호하지 못한 것은 나로서도 어찌할 수 없다고 생각하였다.

"염려 말아라. 모든 것을 다 하나님께 맡기고, 네가 옳다고 믿는 길을 걸어."

하고 나는 떨리는 손으로 엘렌의 등을 만져주었다. 그 등은 물결치듯이 불룩거렸다.

"말 말어! 그래도 말하면 두 여자는 다른 데로 쫓아버릴 테야!"

하고 군사는 총을 둘러메어서 위협하였다. 엘렌과 마가렛은 내게서 떨어져 물러앉았다.

"가서 이놈 살아났다고 여쭈어."

하고 한 군사가 다른 한 군사에게 명하였다. 해가 서쪽으로 기울어지고 서풍인가 싶은 바람이 반쯤 단풍이 든 나뭇잎을 흔들어 하나씩 둘씩 날렸다. 목이 마르나 물 먹고 싶다는 말을 하기가 싫었다. '아마 나는 내일 해를 보지 못할 것이다. 오늘 밤 별도 보지 못할 것이다. 내 생애는 아마 오늘로 마칠 것이다.' 이렇게 생각하면서 나는 손발이 얼어 올라오는 것과, 개미들이 다리와 등에 스멀거리는 것을 감각하면서 다음 순간에 올 것이 무엇이든지 다 겁 없이 받으리라 하고 있었다.

나는 일찍 압록강에서 배가 파선하여 널쪽을 붙들고 떠내려가면서 넘실거리는 흙탕물과 두 언덕의 마른 갈 포기가 바람에 흔들리는 것을 보면서 노래를 생각하던 것을 기억한다. 사람이란 죽음을 각오만 하면 모든 겁이 다 없어지고 태연하게 되는 것인가 한다. 그러길래 나 같은 못난이가 이만큼 담대한 말도 하고 또 태연한 심경을 가지고서 죽음을 기다릴 수가 있는 것이다. 사람이 누구는 아니 죽나? 살아 있는 자는 다 죽을 운명에 있으면서도 하루의 목숨을 늘리려고 구차한 일을 하는 것은 실로 어리석은 일이다. 오늘 죽어도 좋다, 금시에 죽어도 좋다, 하는 마음을 가질 때에 무슨 걸림은 있고 무슨 두려움은 있으랴.

내가 살아났다는 기별을 가지고 간 군사가 간 지 얼마 아니 하여 다른 군사 사오 인이 구보로 우르르 달려왔다. 그중에 한 군사가,

"일어나!"

하고 나를 향하여 호령하였다.

나는 몸을 일으키려 하였으나 반쯤 일어나다가 도로 쓰러졌다. 몸이 말을 듣지 아니하였다.

군사들은 내 겨드랑이를 추켜들어서 나를 일켰다. 나는 건들거리는 머리를 억지로 곧추세우려 하였으나 마음대로 되지 않았다.

내가 끌려간 곳은 아까 내가 폭행을 당한 곳이요, 아까 모양으로 장군과 부하들이 모여 있었다. 나는 있는 힘을 다하여 고개를 바로 하고 눈을 바로 뜨려 하였다. 최후 순간에 창피한 꼴을 아니 보이려는 노력이었다.

"너는 ○○군을 죽이고 또 ○○군을 모욕하는 언사를 하였으니, 군법 시행으로 너를 사형에 처할 터이란 말이다. 만 번 죽어도 아깝지 아니한 네 죄를 아느냐 말야?"

나는 말없이 가만히 있었다.

"지금 너를 총살할 테니, 무슨 소원이 있거든 한 가지만 말을 해. 들어 줄 만한 것이면 들어줄 테란 말이다."

"신성치 못한 행동으로 신성한 일을 더럽히지 말고, 죄 없는 사람을 죽인 죄를 하로라도 빨리 깨달아 뉘우치기를 바라오. 죄의 값은 죄뿐이니, 저 명명하신 하늘이 나려다보시오. 내 소원은 그것뿐이오."

하고 나는 입을 다물었다. 하나님께서 나로 하여금 이 말을 할 용기를 주시고, 이때에 태연하게 하나님과 예수를 생각하게 하신 은혜를 고맙게 생각하였다.

내 말에 장군의 눈빛과 낯 근육이 움직이는 듯하였다.

"집행!"

하는 호령이 그 장군의 입에서 내리자, 나는 아까 모양으로 또 어디로 끌려갔다. 나는 내 앞에 새로 파놓은 구덩이를 보았다. 축축하고 노르스름한 새 흙을 보았다.

군사들은 나를 그 구덩이 앞에 세운 말뚝에 얽어매고 흰 수건으로 내 눈을 싸매었다. 나는 마가렛과 엘렌이 내 곁으로 달려오려다가 군사들에게 붙들려서 몸부림하고 우는 것을 보았으나, 이제는 눈을 싸매었기 때문에 그 소리만이 들렸다. 그 우짖는 소리는 내 가슴을 아프게 하였다. 그 소리가 차차 멀어 가는 것으로, 나는 그들이 군사들에게서 끌려가는 것을 깨달았다. 내가 총에 맞아서 피를 흘리고 거꾸러지는 양을 그들에게 아니 보이게 해주는 것만 고마웠다.

군사들이 걸어오는 발자국 소리와 다 와서 서는 소리와 총을 내려 땅에 세우는 듯한 소리도 들리고, 마른 잎사귀를 흔들고 지나가는 바람 소리에, 조선에서는 들어보지 못하던 이상한 새소리도 들렸다.

나는 일로전쟁 때에 군대가 어떤 사람을 총살하는 것을 구경한 기억이 있다. 그때에 그 죽는 사람이 소리를 질러 욕설을 퍼붓고 몸을 비틀며 울던 것을 생각하고, 그러한 추태를 보이지 아니한 내 마음의 태도를 고맙게 생각하였다.

이제나 총소리가 나는가, 저제나 총소리가 나는가. '탕' 하고 일제히 사격하는 소리가 들리기도 전에 내 가슴에서 빨갛게 피가 흘러서 옷을 적실 것을 생각하면, 그것이 한번 보고 싶은 아름다운 광경일 것 같기도 하였다.

그러나 때때로, 일 초의 몇만분지일이라고 할 만한 짧은 시간에 살고 싶은 애착과 죽기 싫은 두려움과 하고 싶던 일을 못 하고 가는 섭섭함과 시들하고 고달픈 세상을 떠나는 것이 시원하다 함과, 아내 생각, K 학교 생각, 마가렛과 엘렌 생각, 동경 시대의 옛 기억인 여러 동무들이며 S의 생각, 이러한 생각들이 얼핏얼핏 번갈아 지나갔다.

총알이 내 가슴에 박힐 때에 그 감각이 어떠할까? 그 감각에서부터 아주 절명되기까지에 어떠한 고통과 환상이 일어날 것인가? 죽은 뒤의 존재는 어떠한가? 나는 이 순간까지 성경을 믿노라고 하여왔으나 죽은 뒤의 문제에 대하여는 힘써 생각해본 일이 적음을 깨달았다. 예수의 부활과 승천, 믿는 자에게 약속함이 된 천당과 지옥, 「요한묵시록」에 그려진 천당의 장엄하고 화려한 모든 광경, 단테와 밀턴의 시에서 본 지옥의 음산하고 처참한 모든 광경, 그런 것들을 다만 시적으로 비유적으로 생각해왔을 뿐이었음을 깨달았다. 말로나 생각으로나 나는 죽음에 대하여 두려움이 없는 것으로 자처해왔지마는, 그것은 일종의 허영에 지나지 아니함을 깨달았다. 죽음이 내게 이렇게 빨리 오리라고는 도무지 예기하지 않았다. 모든 산 자는 다 죽는다는 이치를 모름이 아니었으나, 내게만은 좀체로 죽음이 오지 아니하리라고 믿던 어리석음을 나는 깨달았다.

죽음의 저쪽은 무엇인가, 할 때에 나는 새삼스럽게 당황하였다. 도무지 준비 없는 일을 당하는 것이었다. 무엇인지 모르는 멀건 허공, 또는 어둑어둑한 허공, 또는 시퍼런 불길로 찬 허공, 또는 검푸른 물, 깊이도 모르는 바다, 이러한 알지 못하는 무시무시한 벼랑 위에 나는 선 것이다. 내가 절명하면 차 넣을 내 발꿈치에 있는 구덩이, 그것이 내가 갈 천지가 아닌 것 같았다.

금방 탕 소리가 날지도 모른다. 그러면 벌써 나는 죽음을 생각할 새가 없이 죽음의 무시무시한 나라로 곤두박질을 쳐서 떨어지는 것이다. 나는 마음에 심히 바쁨을 느꼈다.

'죽음이 무엇인가. 죽은 뒤에도 생명이 있는가, 없는가.'

만일 죽은 뒤에는 아무것도 없다고 하면 이만 다행이 없을 것 같았다. 그러나 생명이 계속된다고 하면? 그것은 무시무시한 일이었다. 내 피 속에 잠자던 불교의 생각들도 일어났다. 축생, 아귀, 지옥, 인간, 천상…… 육도의 윤회. 아아, 그러나 나는 이러한 생각을 할 여유가 없었다.

"서서 겨냥!"

하는 구령이 들렸다.

"탄알 잿."

하는 구령이 들렸다.

여러 총부리들이 나를 향하고 있는 양이 보이는 듯하였다. 째깍째깍 탄알 재는 소리가 분명히도 들렸다. 아까 고막이 터진 귀는 더욱 윙윙거리고 내 심장은 마치 마지막 기운을 다하여 달리는 듯이 쿵쿵거렸다. 어디서 마가렛과 엘렌의 날카롭게 부르짖는 소리가 들리는 듯하였다. 입술 터진 것이 쿡쿡 쑤셨다.

'하나님, 나는 모든 것을 당신께 맡깁니다. 당신께서 어련히 잘 알아하시리까. 이 우주 간에 당신의 뜻에서 추호나 어그러지는 일인들 일어날 수 있사오리까. 모든 것을 당신의 뜻대로 이루어지게 하옵소서.'

하고 나는 싸매인 눈을 가만히 감았다.

이렇게 기도를 드리고 나니 마음은 평정을 회복할 수가 있었다. 나는 빙그레 웃을 마음의 여유까지 얻었다. 그러자 나는 졸리는 듯한 감각을 얻었다. 마치 지치고 지친, 온종일 길에 주막 아랫목에 등을 붙인 듯한 평안함이 내 몸을 싸는 것 같았다. 이제는 총부리들이 나를 향하고 있거나 말거나, 여러 손가락들이 방아쇠를 당기거나 말거나, 탄알이 내 가슴을 뚫거나 말거나 다 내게는 아무 상관도 없는 일인 듯하였다. 나는 졸리는 눈과 입으로 한 번 더 빙그레 웃었다.

이때에,

"사격!"

하는 구령이 들렸다. '오, 이제로구나.' 하고 나는 가만히 귀를 기울였다. 마치 나를 쏘는 총소리를 하나도 놓치지 아니하고 들으려는 듯이.

"또또따딱."

하는 소리가 분명히 들렸다. 나는 본능적으로 몸을 흠칫하였다. 그러나 아무래도 탄알을 맞은 데는 있는가 싶지 아니하였다. 또 어디나 다 탄알을 맞은 것도 같았다.

"사격 그첫!"

하는 구령이 들렸다.

나는 웬일인가 하였다.

누가 내 곁으로 걸어오는 기척이 있더니, 내 눈을 가린 수건을 끌렀다. 나는 처음 내 눈앞에 총을 세우고 늘어선 군사들을 보고 다음에,

"선생님!"

하고 나서는 사람을 보았다.

나는 놀랐다. 그는 내가 K 학교에서 가르친 학생이다. 웅(雄)이라는 그의 이름까지도 내가 지어준 사람이다. 그는 나이는 나보다 이삼 년이나 위였으나 나를 사랑하고 존경하여서 이름까지도 날더러 지어달란 사람이다. 공부는 잘하는 축이 아니었으나, 마음이 순실하고 열정과 용기가 있는 사람이었다. 그는 졸업하는 길로 표연히 북으로 달아난 것이었다. 그도 군복을 입었다. 나는 울고 싶게 반가웠다.

웅은 내 결박을 끄르면서,

"제가 한 십여 일 장백현을 갔다가 금방 돌아와보니까 이 일이 있단 말씀이지요. 어째 마음이 급해서 어저께는 밤길을 걸어서 왔습니다. 하마터면 큰일 날 뻔했습니다. 그래 사령관께도 그 말씀을 했더니, 다 무사하게 되었습니다. 제가 사령관 비서로 부관이야요."

이렇게 말하고 웅 군은 나를 데리고 사령관에게로 갔다.

이렇게 나는 의외에 죽을 고비에 빠졌다가 또 의외에 죽을 액을 면하

였다.

내가 살아 돌아온 것을 보고 마가렛과 엘렌은 내 목에 매달려서 한참이나 떨어지지 아니하고 울었다. 나도 울었다. 그들은 수없이 나를 안았다. 그리고 남들이 보는 것도 꺼리지 아니하고 내 머리며 얼굴이며 손에 수없이 입을 맞추었다. 내 옷에 피가 묻은 것이나, 내 이빨이 부러지고 또 입술이 부어오른 것이나, 눈퉁이가 시퍼렇게 부어서 눈이 짝짝이가 된 것이나 다 잊어버린 것 같았다.

나는 어느 불 때인 방에 누임을 받았다. 그러고는 정신을 잃었다. 잠이 든 것인지 기절을 한 것인지 모르나 내가 다시 정신을 차린 때에는 어느 날 아침이었다. 뻘건 일광이 창에 비춰어 있었다.

며칠을 정양한 뒤에 나는 일어날 수가 있었으나, 앞니가 부러져서 말이 새고, 눈 부은 것이 용이히 내리지를 아니하였다. 그래도 언제까지나 여기 있을 수가 없어서 나는 웅 군을 보고 떠나게 해달라고 재촉을 하였다.

웅은 ○○ 운동자 간에 도무지 통일되지 아니하고 서로 알력하고 저주한다는 것을 한탄하고, 날더러 여기 머물러서 통일의 업을 같이 하자는 말을 하였으나, 나는 '우리네의 기초 사업은 먼저 저를 고쳐서 새사람이 됨에 있다. 마음의 악습과 몸의 악습을 버리고 저도 참된 사람이 되고, 남도 참된 사람이 되게 함에 있다. 그러므로 우리의 사업은 넓은 의미의 교육에 있다. 그런데 그 교육은 먼저 저마다 저를 교육하는 데로부터 시작할 것이다.' 이러한 의견을 말하였다. 그러나 직접 행동을 목표로 하는 그들에게는 내 의견은 통하지 아니하였다.

그들은 내 의견을 너무 점진적이라고 불만히 여겼으나, 이것은 치타에서 하던 잡지에도 누구나 쓴 의견이기 때문에 잘못된 내 고집으로 그들은 돌려버리고 마는 모양이었다.

내가 그들에게 주장한 것은, 동포들이 그 땅에서 뿌리를 박고 경제적으로나 문화적으로 번창하기를 도모할 것이니, 이리해야만 영구한 실력이 생기는 것이지 자꾸 돈을 거두고 생활을 불안케 하는 것은 옳지 아니한 일이니, 이것은 백만 동포의 생명의 뿌리를 파는 것과 같아서 옛날 탐관오리의 학정과 그 결과에 있어서 다름이 없다고 극언하였다. 총부리에 섰던 나, 무덤까지 다 파놓았던 나는 아무것도 두려울 것이 없었다. 오직 내가 옳다고 믿는 것을 힘 있게 말하는 것밖에 없었다. 나는 이 앞에 남은 목숨을 이렇게 옳은 말을 하는 데 쓰겠다고 결심하였다. 나는 부러진 앞니를 혀끝으로 더듬을 때에 더욱 이러한 결심을 굳게 하였다.

네 몸을 죽이고 그 이상 더 할 수 없는 자를 두려워 말지어다. 네 몸을 죽인 뒤에 네 혼을 지옥에 넣을 힘이 있는 자를 두려워하라. 진실로 너희게 이르노니 그를 두려워할지어다.

하는 예수의 말씀을 나는 이때처럼 절실히 깨달은 일이 없었다. 나는 이렇게 생각할 수가 있었다.

'사람은 아무 때에라도 한 번은 죽는 것이 아니냐. 무엇이 아까워서 제가 옳다고 믿는 바를 행하지 못하고 구지레하게 살랴. 옥으로 부서지자는 말과 같이 옥과 같이 깨끗하게 살 때와 같이 똑바르게 살아가자. 그러다가 저 할 일을 다한 꽃이 떨어지듯이 떨어지자.'

나는 이러한 정신으로 그들에게 기탄없는 말을 하였다.

"다들 어서 가서 농사를 지으시오. 동포들에게 해를 끼치는 일을 마시오. 하와이에 있는 동포들을 못 보시오? 그네들은 거기 간 지 삼십여 년에 무엇을 합네 무엇을 합네 하여 이른바 지도자들에게 돈을 다 빼앗기고, 그 돈은 모두 쓸데없는 일에 소모되고, 지금은 하나 이천 원 재산을 지닌 사람도 없다고 아니 하오? 만일 그들에게 근검저축의 길을 장려하였더면, 지금은 수십만 수만 원의 재산을 가져서 하와이에서 상당한 기초를 얻었을 것이오. 여러분도 지금 쓸데없는 일, 되지 아니할 일로 재만 백만 동포의 생활의 근저를 파젖히는 공작을 하고 있으니 즉시로 이것을 중지하시오.”

나의 이 말은 무론 그들의 귀에 들어가지 아니하였다. 설사 귀에 들어가더라도 그들은 이 진리를 받으려 하지 아니하였다.

나는 치타에서도,

유망한 청년들이 궐련 말이나 남의 집 머슴살이로 공연히 세월을 보내지 말고 어서 조선으로 돌아가 공부를 하거나 농사를 하거나 장사를 하거나 아이들 야학을 가르치거나 하라. 그대들이 비분강개한 마음을 품고 시베리아로 방황하는 것이 시적일는지 모르거니와, 아무 실제적 이익은 없는 것이니, 이것은 민족적으로 보아서 큰 손실이다.

이러한 말을 잡지에 썼다가 불평한 청년의 습격을 받은 일이 있었다.

나는 이러한 사람들에게, 이러한 경우에, 이러한 말을 하는 것이 지혜로운 사람이 하는 일이 아니었을 것이다. 왜 그런고 하면, 지혜로운 사람은 ‘그때’가 아니면 말하지 아니하기 때문이다.

웅 군은 내가 이렇게 너무도 기탄없이 말하는 것을 퍽 어려워하는 모양이었다. 그러나 그들은 다만 불쾌한 기색만 보일 뿐이요, 나를 때리거나 죽일 생각은 아니 하였다. 죽기를 겁내지 않고 대드는 내가 무시무시하였던지 모른다.

나는 돈 이만 삼천 원 중에서 겨우 천 원을 찾고 그 나머지는 빼앗기고 말았다. 천 원도 내던지고 말고 싶었으나, 두 여자를 데리고 가는 것을 생각할 때에 그것이라도 받아 넣지 아니할 수 없었다.

이렇게 내 일생 중에 한 큰 사건은 지나가고 나는 아직도 퍼렇게 부은 눈을 가지고 마가렛과 엘렌을 데리고 용정(龍井)을 향하여서 길을 떠났다.

북간도

국자가(局子街)를 거쳐서 용정으로 흘러들어온 우리 세 사람의 행색은 참으로 초초하였다. 돈이 넉넉히 있거니 할 때에는 비록 초라한 옷을 입었더라도 마음이 든든하더니, 세 식구의 주머니에 돈이 천 원밖에 없는 오늘에는 마치 사람들의 값이 떨어진 것 같아서 지나가는 사람들도 우리를 낮추보는 것 같았다. 엘렌의 백부는 마적에게 잡혀가 죽고, 그 식구는 본국으로 돌아갔는지 부지거처라는 소식을 들은 뒤에는 더욱 앞이 막막하였다.

우리는 언제까지나 주막에 있을 수도 없어서 집 하나를 얻어 들고 나는 직업을 얻으러 나섰다.

우선 배운 재주가 그래도 교사니 교사 자리를 구할 수밖에 없었다. 그러나 이 학교 저 학교 돌아다니며 '나 교사로 써주오.' 할 수도 없는 일이어서 우선 사람을 사귀어서 저편에서 나를 끌도록 할 수밖에 없었다. 그러나 구월 새 학기도 벌써 시작이 되어서 교사 자리도 얼른 생기기를 바랄 수가 없었다.

한 달쯤 지나는 동안에 나는 이 지방 누구누구 하는 이들께 알려지게 되었다. 내 글의 독자도 몇 사람 만나게 되고, 치타에서 내가 맡았던 일을 매우 중요한 일같이 생각하는 이도 있었고, 내가 K 학교 시대 좋은 교사였다고 소개하는 이도 있었다.

그중에는 T라는 이 지방의 지도자가 나를 사랑하여주었다. T 씨는 S 중학교와 여학교의 교장이요, 또 ○○회의 회장이었다. 그는 나이는 아직 사십 내외지마는, 오랜 풍파에 시달려 얼굴이 퍽 노성하고 심히 열성이 있고 또 머리도 좋았다. 나는 조선 사람 중에 이러한 큰 인물이 있는 것을 기뻐하였다. 그도 무론 합병 전에는 조선에 있어서 ○○회의 중요 간부로 있던 사람이다. 내가 중동선 M 역에서 한 달이나 같이 있던 C 씨의 동지다. 내가 C 씨의 대필로 편지를 쓸 때에 이 T 씨에게도 한 번 기다란 편지를 쓴 것을 기억한다.

"C 선생이 선생께 드린 편지를 제가 대필하였습니다."

하는 내 말에 T 씨는,

"오, 그러셨소?"

하고 고개를 끄떡끄떡하였다.

이 모양으로 내가 이 지방 인사에게 인정을 받은 첫 일로 나는 S 학교 강당에서 남자 학생 일동에게 일장의 강연을 하게 되었는데, 이 강연은 상당히 깊은 감명을 준 모양이었다. T 선생은 강연 끝에 내 손을 잡고 강연의 성공을 치하하였고, 또 학생들도 나를 주목하는 모양이었다.

그 후에 나는 여학교에서도 강연하였고, 또 일반 민중을 모아가지고도 「시베리아에 계신 동포들의 형상」이라는 제목으로 강연을 하였다. 나는 그 강연 중에 구라파대전으로 아라사가 동병(動兵)하던 광경도 이야기하여 오백여 명 청중에게 두 시간 반이나 강연을 계속하였다. 이 강연도 상당히 성공인 모양이었다.

내가 친구의 가족을 데리고 이리로 오던 길에 ○○군에게 당한 이야기를 나는 T 선생 기타 몇 사람에게만 하였다. T 선생은 내 말을 듣고는 다만 말없이 고개를 끄떡끄떡할 뿐이었으나, 나중에 어떻게 하였는지 돈 오천 원을 도로 찾아주었다.

"다 보내드리라고 했는데 벌써 그것으로 무기를 샀다는구려."
하고 T 선생은 유감된 얼굴로 말하였다.

나는 그 돈 오천 원을 받을 때에 참말 기뻤다. 그리고 수없이 T 선생에게 감사하였다.

내가 마가렛과 엘렌에게 그 말을 할 때에, 두 사람이 기뻐하는 양은 비길 데가 없었다.

나는 그 돈 중에서 이천 원을 떼어 남녀 학교에 각 천 원씩 기부하고, 그러고는 좀 더 깨끗한 집을 하나 구하고 나머지 돈으로 땅을 장만하였다. 현금으로 두는 것이 안심이 안 되는 까닭이었다.

'이제는 먹을 걱정은 없었다. 그 땅으로 농사를 지으면 세 식구 먹고 입기에는 아무 걱정이 없었다.

오랫동안 웃는 낯을 보이지 아니하던 마가렛과 엘렌도 기뻐하였다. 그리고 이 지방에서 내가 차차 알려지고 대접을 받게 되는 것을 제 일과 같이 기뻐하였다. 마가렛이나 엘렌이나 다 내 친누이와 같이 나를 믿고 의지하고 사랑하였다.

나는 마가렛과 엘렌에게 말하여 예배당에 다니기를 권하였다. 마가렛은 조선에 있을 때에나 북경에 와서나 천주교인이었고, 엘렌은 아라사에서 자랐기 때문에 희랍교인이었다. 그러나 그 부모들이 천주교나 희랍교에 들어간 것은 아마 신앙 때문이 아니요, 일종 정치적 이용 때문인 듯하였다. 남의 힘에 의뢰하는 마음 때문인 듯하였다. 그러므로 이러한 교인들은 환경을 따라서 교파를 변하는 것을 그리 고통으로 알지 아니하였다. 나는 시베리아에 있을 때에 희랍정교의 세례를 받으라는 권유를 여러 번 받았는데, 그 이유는 아라사 영토에서 일을 하려면 아라사 국교인 희랍정교에 입교하는 것이 편리하다는 것이었다. 조선에 있을 때에는 장로교나 감리교에 속했던 사람이 이 '편리'를 위하여 세례받은 사람을 여럿을 보았다. 그러나 나는 '편리'와 양심을 바꾸도록 융통성이 있는 사람은 못 되었다.

이러하기 때문에 나는 마가렛과 엘렌에게 종교를 바꾸라는 말을 하기를 심히 꺼렸다. 나는 예비 행동으로 그들의 신앙을 타진해보았다. 그 결과로 사실상 그들에게는 아무 신앙도 없음을 알았다. 그들은 다만 집안 어른들을 따라서 어느 교회에 다닌 데 불과하였다. 내 권유를 따라서 그들이 신교파로 옮아올 때에 그들은 아무 고통도 느끼지 않은 것이 이 때문이었다.

"오빠 하라시는 대로 해요."

"저도 그렇지요."

하는 것이 마가렛과 엘렌의 대답이었다.

"여기도 천주교당이 있으니, 만일 마음에 원하시거든 거기 댕기시지. 신앙은 양심대로 할 것이요, 양심은 자유니까."

나는 이렇게 마가렛에게 말해보았다. 그랬더니 마가렛은 나를 따라서 장로교 예배당에 다니겠다고 단언하였다.

우리 세 식구가 일시에 예배당에 함께 다니게 된 것은 이 지방 사람들에게 호감을 주었다. 대개 이 지방에 사는 사람은, 그중에도 지식 계급들은 대개 교적(敎籍)에 이름을 두고 있었다. K 학교에 있을 때에도 경험한 일이지마는, 무식한 교인은 대감과 서낭님을 믿는 대신에 하나님을 믿는 이들이요, 지식 계급 사람들은 다라고는 못 해도 대부분은 행세로 믿는 교인들이었다. 교회학교의 직원이니, 성경, 찬미를 끼고 예배당에도 가고 기도하라면 곧잘 떨리는 목소리로 기도도 하고, 설교하라면 제법 성경 구절을 퍼놓고 열변도 토하지마는, 그들이 학교를 고만두고 집에 가면 내가 언제 예수를 믿었더냐 하는 듯이 씻은 듯 부신 듯이었다. 이러한 종류의 교인이 많기 때문에 이러한 종류의 교인이 도리어 점잖은 교인인 것 같아서 예수의 말씀을 그대로 믿고 행해보려고 애를 쓰는 나 자신이 퍽 단순하고 유치한 것 같아서 낯이 붉어진 때도 한두 번이 아니었다. 이 지방 교인들도 대개 그러한 종류임을 나는 곧 보았다.

교회니까 목사도 있고 장로도 있고 집사도 영수도 있었다. 목사는 신학을 배운 사람이 하는 직업이지마는, 장로 이하 제직(諸職)은 반드시 믿음이나 행실로 되는 것은 아니었다. 일종의 정치요, 관료였다. 믿음 부족한 사람일수록 표리가 다르고 구변이나 수완이 많은 사람일수록 이 벼슬을 하기에 합당한 듯하였다. T 선생도 예배당에 다녔다. 그러나 그는 결코 설교는 아니 하였고 또 장로도 아니 되었다. 기도를 하려면 그것은 거절하지 아니하였으나, 진정한 믿음에서 나오는 기도는 아니요, 일종의 연설이었다. 나도 T 선생의 이 태도에는 심히 불만이었다. 왜, 안 믿으면 교회에 오지도 말고 기도도 말 것이지 하고 이것을 옥에 티로 보았다. 그

래서 한번은 내가,

"T 선생, 기도는 마시지요."

하고 참다못해서 충고하였다. 나는 그처럼 T 선생을 아낀 것이었다. 그에게 털끝만 한 허물이, 더구나 거짓이 있기를 원치 아니하였다.

"고맙소이다. 유원의 말씀하시는 뜻을 내가 잘 압니다."

T 선생은 이렇게 대답하고 그 후에는 기도를 아니 하였다.

정월 학기부터 나는 남녀 학교의 작문과 조선어와 대수를 맡아 가르치고 영어도 몇 시간 가르치게 되었다. 일 년 남짓하게 쉬었던 교사의 일을 다시 시작한 것이다.

내 교수 방법은 학생들의 호감을 산 듯하였다. 작문 시간을 이용해서 틈틈이 들려주는 문학 이야기도 이 학생들에게는 처음 먹어 맛있는 듯하였다. 나는 그것을 보고 만족하였다.

무론 새로 굴러들어 온 교사인 나는 학교 행정에 대해서는 일절 관계하지 아니하였다. 직원회의에도 나는 다만 가만히 앉아서 들을 뿐이었다. 이것은 매우 지혜로운 일이었다. 내가 만일 이대로만 갔다면 나는 화평한 교원 생활을 할 수가 있었을 것이다.

그러나 내 마음에는 철없는 교만이 있었다. 다른 직원들이 하는 소리가 모두 마음에 차지 아니하였다. 더구나 남중학교의 학감이라는 K 씨는 음험한 꾀밖에는 아무것도 취할 점이 없는 사람이었다. 명철한 T 씨가 어찌해서 이런 사람에게 학감의 일을 맡겼을까 하는 나는 T 선생을 의심하고 싶었다.

K 씨는 키가 작고 통통하고 곰보요, 입술이 두껍고 푸르고, 그리고 사람을 볼 때에 바로 보지 아니하고 눈을 치떠서 보는 사람이었다. 겉으로

는 굽신굽신 겸손한 체하면서도 아무의 말도 아니 듣는 고집과 거만이 꽉 차 있었다. 그는 일이 학년 산술을 가르친다고 하나 산술도 아는 것 같지 아니하였다. T 선생이 다른 일로 결근할 때에는 수신(修身)을 가르쳤다. 나는 이것을 퍽 괘씸하게 생각했다.

나는 아무리 하여도 K 학감에게 호의를 가질 수 없었다. 그와 나와 혹시 단둘이 앉을 경우면 나는 외면하고 있었다. 그도 나를 좋아하지 아니하는 눈치를 여러 번 보였다. 나를 힐끗 보고는 그 검푸른 입술을 삐죽하고 코웃음을 하는 모양이었다.

나중에 알아본즉, T 선생이 K 씨를 학감으로 쓴 것이 아니라 S 참령이 처음 이 학교들을 세울 때에 자기의 심복인 K 씨를 남중학교의 학감으로, Y 씨를 여중학교의 학감으로 썼다가, S 참령이 정치 운동 하러 시베리아로 가면서 교장의 자리를 T 선생에게 사양하고 간 것이라고 한다. 그리고 보면, T 선생이 K, Y 두 학감을 가볍게 천동(遷動)키 어려운 사정이 있다고 생각하였다.

Y 학감은 K 씨와 같이 음험한 대신에 간악한 사람이었다. 해해 웃어가며 아첨해가며 사람을 골리는 그러한 사람이었다. 이마가 툭 나오고 눈은 흑보기요 목소리는 재재하는 위인이었다. 그러나 나는 여학교에는 작문 네 시간과 영어 네 시간밖에 가르치는 것이 없기 때문에 이십사 시간이나 맡은 남학교의 K 학감에게 대한 것과 같은 밀접한 관계는 없어서 그다지 내 마음을 괴롭게 하지는 아니하였다.

S 선생과 같이 열성 있고 또 음모라든지 간사라든지를 모르는 광명한 사람이 어떻게 이러한 음험하지 아니하면 간악한 인물을 신임하였을까 하고, 나는 처음에는 의아하게 생각하였다. 그러나 T 선생에게 S 선생

의 성격에 관한 설명을 들을 때에 나는 고개를 끄떡일 수가 있었다. S 선생은 자기가 단문하고 정직한 사람이므로 누구나 믿었고, 또 자기가 간사하거나 아첨할 줄 모르는 대신에 간사하고 아첨하는 사람을 더 잘 믿은 것이었다. S 선생의 말년의 실패, 일생의 실패가, 그가 사람을 바로 볼 줄 몰라서 음험, 간악한 무리의 농락감이 된 데 있었다. K 학감, Y 학감은 장차 S와 T와의 교정을 끊고 큰일을 그르치고, 그리고 S를 망하게 할 인물이 된 것이었다.

내가 T 교장과 다수 직원과 학생과 또 일반 인사들에게 사랑과 신임을 받게 될수록 K 학감과 나의 대립이 눈에 띄게 되었다. 사월 새 학기를 앞두고 K 학감은 벌써 나를 제거할 계책을 연구하고 있었던 것이다.

K는 나의 치명적 약점을 알아내었다. 그것은 내가 본국에 아내가 있으면서 젊은 여자를 둘씩이나 한집에 데리고 있다는 것이었다.

실상 나의 생활은 부자연하였다. 누가 보아도 마가렛은 내 아내, 엘렌은 내 동생이었다. 우리가 사는 집이란 것도 안채와 바깥채의 구별이 분명하게 있는 것이 아니라, 함경북도 집 본으로 외챗집에 아랫방, 윗방, 맏윗방, 골방으로 되어 있어서, 장지 하나를 새에 두고 젊은 남녀가 셋이 모여 있었다. 벽에 가까운 방에 마가렛이 있고, 그다음 방에 엘렌이 있고, 골방에 식모가 있고, 이를테면 사랑이라고 할 만한 맨 윗방에 거처하였다. 이러한 생활이 의혹의 씨를 뿌리지 아니할 수 없었다.

더욱이 의혹의 재료가 되는 것은 마가렛의 아름다움이었다. 그의 몸이 육감적으로 생겼고 또 옷 모양을 보는 것과 화장을 하는 데 일종의 천재를 가지고 있었다. 나는 친구의 아내라는 생각과 또 종교적 신념으로 마음을 잡아매노라고 하면서 때때로 그의 풍부한 육체에 마음이 끌렸다.

그의 나이가 스물셋, 내 나이가 스물넷, 어떻게나 위태한 나이들인고?

게다가 마가렛이나 엘렌이나 어려서부터 외국 교육을 받았기 때문에 구식 조선 여성의 수줍음이 없고 도리어 내가 수줍어하는 편이었다.

그들은 내 옷이며 잠자리를 식모의 손에 맡기지 아니하였다. 처음에는 마가렛은 남의 아내라는 생각으로, 그래도 아무쪼록 엘렌의 손을 빌려서 내 뒤를 거두게 하는 모양이었으나, 차차 익어져서 제 손으로 하는 때가 많았다. 내가 감기나 들어서 누워 앓는 때면 마가렛은 내 곁에서 밤을 새우는 때조차 있었다. 나는 잠이 들었다가 마가렛의 손이 내 이마에 얹히거나 내 손을 잡은 때를 여러 번 발견하였다. 나는 마가렛의 눈에 정열의 빛이 나는 것과 그의 숨결이 씨근거림을 볼 때에 견디기 어려운 괴로움을 느끼지 아니할 수 없었다. 이러한 때에 나는 힘써서 전장에 나아간 R를 생각하고, 하나님을 생각하고, 예수를 생각하였다. 그러나 아무리 하여도 아름다운 젊은 여성이 곁에 있는 것을 무심코 태연히 있을 수는 없었다. 내 가슴에 타오르는 동물적 정욕을 누르기는 결코 쉬운 일이 아니었다. 더구나 마가렛의 심정을 생각할 때에는 가여움과 귀여움까지도 일어났다.

이러한 생활이 계속할수록 내 마음은 편안하지 못하고 내 몸은 피곤하였다. 더욱 나를 괴롭게 하는 것은 마가렛과 엘렌 사이에 질투에 가까운 감정이 일어난 듯함이었다. 엘렌이 내 곁에 있을 때에는 마가렛은 불쾌한 듯이 낯을 찡그리고 돌아서고, 마가렛이 내 곁에 있는 것을 보고는 엘렌은 입을 삐죽하고 돌아섰다.

나는 몇 번이나 따로 방을 얻어가지고 나갈 생각을 하였다. 만일에 무슨 일이 생겼다가는, 아아, 그것은 상상하기도 무서운 일이었다. 그러나 나는 그 결심을 단행하기가 어려웠다. 나는 따로 나가서 살겠소, 하는 말이 차마 나가지 아니할뿐더러, 심히 부끄러운 일이지마는, 또 두 여성을 떠나기가 아까운 듯도 하였다. 나는 마가렛이나 엘렌에게 다 정다움이 있었다. 나는 평등으로 두 사람을 사랑하리라고 애를 썼다. 평등으로 사랑하는 동안에는 위험이 없음을 느낀 때문이었다.

이러한 부자연한 생활을 하는 것이 세상 사람의 눈에 수상히 보이지 아니할 리가 없었다. 더구나 내가 악의를 가지고 있는 K 학감에게 이것이 이용할 좋은 재료가 되지 아니할 리가 없었다.

하루는 T 교장이 나를 그의 처소로 불렀다. 그의 처소는 학교 구내에 있는 교장 사택으로서 그는 일해주는 사람 한 내외를 데리고 생활하고 있었다.

"건강이 어떠시오?"

하고 T 선생은 근엄한 낯으로 물었다.

"괜찮습니다. 언제나 봄철이 제게는 좀 좋지 않습니다."

하고 나는 T 선생이 내가 젊은 여성과 함께 살기 때문에 내 건강이 쇠하는 것처럼 생각하는 것이나 아닌가 해서 일변 부끄럽기도 하고 일변 분개하기도 하였다. 그러나 가만히 생각해보면, 내 몸의 쇠약이 학교 일에 대한 과로에서 온 것만이 아닌 것은 사실이었다. 그 속에는 청춘의 오뇌(懊惱)가 섞여 있음을 부인할 수는 없었다.

"시간이 너무 많으시지 않소?"

교장은 이렇게 물었다. T 선생은 내 몸이 쇠약한 원인을 교무에 대한 과로로 돌리고 싶은 것이었다.

"괜찮습니다."

T 선생은 한참 동안 학교에 관한 이야기며, 구주전쟁에서 독일 편이 이기는 모양이란 이야기며, 일본과 중국과 미국이 참가하고 이태리가 연합군 측에 참가하면 장차 세계 대세가 어떻게 어떤 길로 나아가리란 이야기며 한 시간 가까이 세계 대세 이야기, 동양 정국 이야기를 하였다. 나는 그가 이처럼 세계 사정에 정통한 것과 대국을 보는 식견이 높은 줄은 몰랐다. 도무지 학교에라고는 다녀본 일이 없는 그, 외국 글이라고는 한문밖에 모르는 그로서, 젊은 축들에게는 무식하다는 비방까지 받는 그로서 어떻게 이처럼 정확한 인식을 가질까. 그의 말은 절절히 논리에 맞고 역사의 원리에 맞는 것 같았다. 나는 지금까지도 T 선생에게 대하여 잘못 인식하고 있었음을 깨달았다. 그를 알고 존경하지 아니함이 아니었지마는, 내가 안 것은 실로 코끼리의 귀 하나뿐인 것 같았다. 그의 속은 내 속으로는 이루 헤아릴 수 없이 큰 것처럼 생각되었다. 그 반면에 젠체하던 나 자신이 말 못 되게 작아지는 것 같았다. 옛사람이 일어나서 절하였다 함은 이러한 심경으로서였을 것이다. 그러나 지금 사람인 나는 그래도 T 선생을 나보다 큰 사람으로, 나를 그보다 못한 사람으로 승인하기가 싫었다. 나는 T의 앞에 눌려서 고개가 숙어지는 것이 죽기만치나 싫었다. 나는 내가 T보다 낫다는 결론을 얻고 싶었다. 나는 T가 나보다 십오 년 장이나 되는 것으로 내게 유리한 재료를 삼았다. 내가 T의 나이가 될 때에는 T보다 더 크게 될 것이란 것이었다. '나는 T가 모르는 어학들을 알고 수학을 알고 문학을 알고⋯⋯.' 이러한 생각을 하였다. 또 T의 세계 대세에 관한 인식이나, 조선 민족에 대한 경륜이나 다 나도 그만치는 아는 것이라고 생각하였다. 이렇게 나는 T의 값을 깎아서 나와 비슷하게 만들어놓고 좀 가슴을 내밀었다. '덤빌 테면 덤벼라!' 하는 태도였

다. 이렇게 가엾은 나였다.

T 선생은 내 속을 들여다보는 것 같아서 부끄러웠다. 아무리 하여도 그가 나보다 수가 위인 듯하였다.

"유원이 작하나 잘 생각하시겠소마는, 그 부인네들은 따로 사시게 하는 것이 어떻겠소?"

하는 T 선생의 말은 약간 회복되었던 내 마음의 평정을 완전히 깨트려버렸다. 그것은 마치 내 아픈 자리를 박박 긁는 것과 같았다.

"선생님도 저를 의심하십니까?"

하는 내 말은 떨렸다. 나는 손발이 꽁꽁 얼어들어 오는 것 같았다.

"그럴 리가 있소? 내가 유원의 인격을 존경하지마는, 어디 세상이 그렇소? 없는 흠도 만들어내려는 세상이니까. 또 교육가의 처세란 심히 어려운 일이니까. 조곰이라도 세상의 오해를 받을 만한 일을 할 필요가 없다는 말요. 유원은 장차 이곳 교육계에 중심 인물이 되어주셔야 할 것이니까. 나도 그 두 식구를 따로 있게 하기가 어려운 사정이 있는 줄은 아오마는, 암만해도 그리하시는 것이 좋을 것 같소. 그 대신 김 권사 같은 늙수그레한 부인더러 R 부인 댁 일을 보아드리도록 하고, 유원은 따로 계시는 것이 좋을 것 같아."

이 모양으로 T 선생은 내가 더 묻고 설명할 필요도 없으리만치 인정의 기미를 다 살펴가면서 간단하나마 충분하게 말을 하였다.

나는 이것이 필시 K 학감이 T 교장에게 내 중상을 한 때문이라고 생각하였지마는, T 선생의 말은 절절히 옳았다.

나는 더 T 선생에게 반항할 힘을 잃어버렸다.

"네, 선생 말씀대로 하겠습니다."

이렇게 대답하고 나왔으면 좋았을 것을, 나는 내 결백을 증명하노라고, 또 내가 두 여성과 같이 있는 것은 순전히 희생적 정신이라는 것을 누이 변명한 것은, 뒤에 생각하면 무척 추태였다. 내가 왜 구구스럽게 그랬을까. 그 뒤 몇십 년 후까지도 T 선생을 생각할 때마다 그 생각을 하고는 부끄러웠다.

식사 중에 나는 따로 떠나 살겠다는 말을 차마 낼 수가 없었다. 나는 그들이 나를 사랑하고 내 곁에 있기를 바라는 줄을 믿기 때문에, 내가 그런 말을 하면 그들은 반드시 슬퍼서 밥맛을 잃으리라고 생각한 것이다.

밥을 먹는 동안 그들은 내게 하루 동안 지낸 이야기를 하였다. 예전 같으면 나도 학교에서 지낸 일, 세상 소문을 이야기하여서 그들을 기쁘게 하였다. 우리 식탁은 서양식으로 한 상에 벌여놓고 먹는 것이었고, 음식도 큰 그릇에 밥이나 국이나 고기나 나물이나 담아놓고 저 먹으리만큼 제 접시에 덜어서 먹으며, 또는 음식 접시를 들어서 권하는 것이었다. 이렇게 서로 권하면서 서로 저편을 즐겁게 하려고 재미있는 이야기를 하여가면서 저녁밥을 먹는 것은 실로 즐거운 일이었다. 그리고 식사가 끝난 뒤에 마가렛과 엘렌이 만든 과자와 차를 먹으면서 우리는 밤 여덟 시나 되도록 이야기하는 것은 참으로 인생의 낙이었다. 이것은 조선 가정에서는 볼 수 없는 풍경이었다. 나는 S(동경서 그리워하던 여자)와 부부가 되어 이러한 화락한 가정생활을 하는 것을 그려보았다. 그리하면 얼마나 즐거울까. 나는 담배를 피우면서 멀거니 공상하는 일이 있었다. 그러할 때면 엘렌은,

"오빠, 또 무슨 생각을 하세요?"

하고 항의하는 버릇이 있었다. 마치 셋이 앉은 자리에서 혼자만 무슨 생

각 하는 것은 잘못이라는 것 같았다. 여러 번 엘렌에게 그러한 책망을 받은 뒤에 나는 실상 그것이 잘못임을 깨달았다. 그래서 셋이 밥을 먹을 때에는 세 사람이 함께 다 아는 이야기, 또는 생각을 하더라도 저 두 사람에게 어떻게 기쁨을 줄까, 어떻게 이익을 줄까 하는 생각만을 하기로 힘을 썼다. 마가렛과 엘렌은 밥을 먹는 동안에는 오직 내 생각만을 하는 것 같았다.

"이것을 잡수어보세요."

"오늘은 왜 적게 잡수세요?"

"내일은 무슨 다른 국을 끓여드려요?"

"입맛이 없으신가 봐."

"아이 참, 잡숫고 싶은 것을 말씀을 하셔요."

이 모양이었다.

"어젯밤에는 기침하시던데."

"오늘은 퍽으나 곤해하시는 것 같애. 얼른 주무세요."

이렇게 세세한 데까지 내 몸에 관하여 두 사람은 주의하고 있었다. 나는 그것이 송구스러우리만큼 고맙고 미안하고, 그러면서도 기뻤다.

그러나 이날 저녁에는 T 선생에게 들은 말이 마음에 걸려서 도무지 마음이 풀어지지를 아니하였다. 나는 지어먹고라도 유쾌하게 식사를 마치려 하였으나, 그것이 뜻대로 되지를 아니하였다. 마가렛과 엘렌이 그처럼 지성으로 나를 사랑해주는 양을 보고는 차마 떠나겠단 말이 나오지를 아니하였다. 언제까지나 이대로 같이 살고 싶었다. 그것은 반드시 나를 위하는 욕심만은 아니었다. 그들에게 기쁨을 주고, 슬픔은 주고 싶지 아니하다는 생각도 간절하였다.

이렇게 내가 나 혼자 생각에 잠겨 있는 것을 예민한 엘렌은 벌써 눈치챈 모양이었다. 그는 힐끗힐끗 나를 보았다. 그러나 내 낯색이 수상치 아니한 것을 봄인지 예전 모양으로,

　"또 무슨 생각을 하세요?"

하지 아니하고 차차 근심스러운 듯이 그 얼굴은 흐렸다. 엘렌은 실로 민감한 계집애였다. 남의 가슴속에 움직이는 감정의 길을 빤히 들여다보는 듯하였다. 더구나 내게 대한 지성스러운 염려가 내 가슴의 감정을 더 밝히 보는가 싶었다. 마가렛은 열정가였으나, 남의 마음을 알아보는 데는 도리어 어두운 편이었다. 그는 언제나 제 열정 때문에 제 눈을 뜨지 못하였다. 그와 반대로, 엘렌은 모든 것을 다 비추는 맑은 거울인 것 같았다. 이것이 그로 하여금 쌀쌀하게, 또 적막하게 보이게 하는 것이 아닌가고 나는 생각하였다.

　과자가 나오고 차가 나올 때까지도 우리의 단란에는 웃음의 꽃이 피지 아니하였다. 두 여자의 근심스러운 눈만이 때때로 내 속의 생각을 찾으려는 듯이 내게 빛났다.

　마침내 엘렌은 그의 예민한 마음으로 내 속을 해부하기 시작하였다.

　"오빠, 무슨 걱정이 있으셔요?"

　나는 말없이 빙그레 웃었다. 엘렌이 내 속을 알아맞히는 것이 신통하다는 것보다도 딱해서 웃는 것이었다. 내 마음은 더욱 무거웠다.

　"아마 저희 때문에 오빠께 무슨 걱정이 생기신 게죠?"

　마침내 엘렌은 정통을 쏘았다.

　"오빠, 오빠는 큰일을 하시는 어른이시니 저희 때문에 희생이 되셔서 쓰겠어요? 저희가 오빠께 누가 되거든 오빠 좋으실 도리를 하셔요. 언

니, 안 그래요?"

나는 일변 놀라고 일변 감탄하는 생각으로 엘렌을 보았다. 어찌 고렇게도 예민할까. 어쩌면 내 속을 그렇게도 들여다볼까. 나는 엘렌을 힘껏 껴안고 싶도록 엘렌이 귀엽게 생각되었다. 내 눈이 얼마 동안이나 엘렌의 크고 맑은 눈을 뚫어져라 하고 들여다보았는지 나는 모른다.

"누님은 어쩌자고 그런 말씀을 하시우? 아주버니 떠나서 우리가 어떻게 사우."

하는 마가렛의 말에 나는 비로소 내가 엘렌을 바라보고 있던 것을 깨달았다.

나는 이날은 말을 내지 아니할까고도 하였다. 차마 떠난다는 말을 낼 수가 없었다. 그러나 벌써 방까지 잡아놓은 내가 아니냐. 나는 마침내 입을 열었다. 나는 마가렛을 향하여 말하는 것이 옳은 줄을 알면서도 말하기 편한 것을 취하여서 엘렌을 향하여,

"엘렌아."

하고 불렀다.

"네에?"

"내가 암만해도 따로 방을 얻고 나가야겠어. 그러는 것이 사체(事體)에 옳겠어. 그래서 방을 하나 잡아놓았다."

"누가 무에라고 해요?"

"응, 교장 선생도 그렇게 하는 것이 좋다고 그러시고. 또 학교에는 나를 못 믿어하는 사람도 있거든."

"제가 왜 오빠의 친누이동생이 못 되었을까. 내외종만 되더라도, 조금이라도 어떻게 되더라도 남들이 그런 말을 안 하련만."

224

하고 엘렌은 한숨을 짓는다.

"그럼, 저희는 치타로 가지요. 북경으로 가든지. 여기서 어떻게 저희 끼리만 있습니까? 이 두메 산골짜기에."

이것은 마가렛의 항의였다.

"내가 떠난대야 다른 데로 가는 것이 아니오. ○○여관에 방을 하나 잡고 있는 것인데요. 날마다 한 번씩 올 수도 있고요. 또 T 선생 말씀이, 좋은 노인 한 분이 있다고, 저 ○ 권사 아시지? 그 마나님 말씀야요. 그이를 오게 할 테니 적적할 것도 없지 않아요?"

나는 마가렛의 항의를 이러한 말로 대답하였다.

"날마다 오시면 도루 마찬가지지요. 세상 사람들이 무슨 말을 한다면 도루 마찬가지 아니야요? 저희들이 멀리 가버려야 말이 없지 않습니까?"

마가렛의 말에는 불평이 있었다.

"아이, 언니 왜 그렇게 말씀을 하시우? 오라버니도 마음이 괴로우셔서 그러시는걸. 가기는 우리가 어딜 가요? 전장에 나가신 오빠 오실 때까지 오라버니를 따라다녀야지. 안 그래요, 언니?"

"누님은 오라버니 모시고 여기 계시구려. 난 치타로 갈 테유. 북경으로 가든지. 누님이야 무슨 상관 있어요? 나만 가면 고만이지. 난 가요. 아마 벌써 돌아가신 게지, 그러길래 소식이 없지. 벌써 일 년이나 가까와도 편지 한 장 없으니. 그리고 날마다 꿈자리만 사납고. 어저께도 오빠가 하얀 군복을 입으시고 성당으로 들어가시는데, 사람들이 많이 할렐루야, 고스쁘지 뽀밀루이를 부르고 따라가던데. 그럼 돌아가셨어, 분명 돌아가셨어!"

하고 마가렛은 히스테릭하게 울기 시작한다.

"그럴 리가 있어요? 치타 사령부에서는 우리 주소를 아는데. 무슨 일이 있으면 기별이 있지요. 전장에 나간 사람이 어디 집에 편지할 여가가 있나요? 참호 생활에 세월이 오는지 가는지는 압니까? 그렇게 슬퍼하지 마셔요. 다 하나님께서 알아서 하실 텐데 무슨 걱정이셔요?"

이렇게 위로는 하건마는, R에게서 통신이 끊긴 것은 나도 근심이 되었다. 바르샤바에서 군용 우편으로 한 편지 외에는 반년째나 소식이 없었다.

R가 만일 전사했다고 하면 필시 마가렛의 꿈에 올 것 같았다. 그는 퍽 마가렛을 사랑하였다. 마가렛의 마음을 믿지 못하면서도 그를 사랑하였다. 그의 혼이 따로 나와 돌 수가 있다면 필시 마가렛을 찾아와서 그 마음이 변했나 안 변했나를 살필 것이다. 그러고는 내 마음을 살필 것이다. 만일 내가 R의 믿음을 저버리는 일이 있다면 얼마나 그가 나를 원망할까. 정성이 믿을 수 없음을 슬퍼할까. 나는 이런 생각을 끝까지 R에게 신의를 지킬 것을 맹세하였다.

이튿날 학교 시간이 끝난 뒤에 나는 여관으로 잠시 옮았다가 다시 조그마한 집을 하나 얻고, 학비 없는 학생 하나와 함께 자취 생활을 시작하였다. 그 학생은 왕청문이라는 데서 와 있는 학생으로서, 나이가 이십이나 되고 퍽 건실한 학생이었다. 그는 지극히 나를 따라서 나와 같이 있기를 자원하였다. 나는 이 학생과 같이 있는 것이 세상의 의혹을 없이하는 데 유효할 줄 믿으므로 기쁘게 허락한 것이었다.

나는 하루 한 번씩 마가렛과 엘렌을 찾았다. 대개는 학교에서 돌아오는 길에 들렀으나, 공일이면 오전 중에도 들렀다. 그들은 내가 오는 시간을 헤아려서 차와 과자를 준비하여서 나를 대접하였다. 이렇게 서로 만나는 것이 도리어 더 반갑고 유쾌하였다.

K 학감과 Y 학감도 이제는 나를 중상할 재료를 잃어버렸다. T 교장도 매우 만족한 모양이었다.

제일학기도 지나고 여름방학이 왔다. 나는 나와 동류하는 학생 N 군과 그 동무 두 사람과 함께 경박호(鏡泊湖) 지방으로 여름 여행을 떠나기로 준비를 다 하고 이삼일 후면 떠나기로 작정한 때에 불행한 소식이 왔다. 그것은 치타 사령부로부터 R가 파란(波蘭)의 전선에서 전사하였다는 기별이었다.

R 중위는 여러 번 용감하게 싸워 공을 세우고 유월 십오일 싸움에 적진에 돌격하다가 탄환을 맞아서 세상을 떠났사오며.

하는 소식이었다. 그리고 유족에게 구휼비를 줄 터이니 사령부로 출두하라는 것이다.

이 소식이 북경에 있는 아라사 대사관을 경유해서 왔기 때문에 일 개월 이상이나 지체한 것이었다.

마가렛과 엘렌은 내게 매달려서 울었다. 더구나 마가렛이 비탄하는 양은 차마 볼 수가 없었다. 그는 몇 번이나 까무러쳤다. 나는 마가렛이 이처럼 그 남편을 사랑하던가 하고 의외임에 놀랐다. 마가렛이 내게 애정을 향하던 것같이 내가 생각한 것을 나는 부끄러워하였다. 내가 그렇게 생각한 것은 내 마음이 부정한 때문이라고 생각하지 아니할 수 없었다.

"그만 진정하셔요. 사람이 아무 때에 죽으면 안 죽습니까? 지금 죽으나 몇 해 후에 죽으나 죽기는 마찬가지지요. 사내가 한번 전장에서 용감하게 싸우다가 죽는 것이 그 얼마나 사내다운 일야요? R 동생은 남아답게 죽었으니, 구질구질 구구스럽게 오래 살다가 아무것도 못 하고 죽는 사람보다 얼마나 값이 높아요?"

나는 이러한 말로 마가렛을 위로하였다. 사실로 나는 R가 부러웠다. 칼을 빼어 들고 군사들의 앞을 서서 적진 중으로 쫓아 들어가다가, 가슴에 탄환을 맞고 붉고 뜨거운 피를 뿜고 땅에 거꾸러지는 양이 심히 용장해 보였다. K 학감, Y 학감, 기타 구더기 같은 무리들과 네다 내다 하고 다투고 기뻐하고 슬퍼하는 내 신세가 심히 초라하고 구차스러웠다. 내가 왜 치타에 있을 때에 의용병으로 R와 같이 전선에 나가지를 아니하였던고 하고 스스로 원망하였다.

나는 신라의 관창랑(官昌郎)을 생각하였다. 열일곱 살 먹은 소년으로서 단신으로 백제 군중으로 달려 들어가서 수십 명 적군의 목을 베고 마침내 백제 명장 계백(階伯)의 손에 목을 잘리던 이야기, 죽기를 두려워하기보다 죽기를 자원하던 그 심경을 생각하였다. 내 못난 마음속에 이렇게 죽기를 두려워하지 않는 생각이 어느 한구석에 있는 것이 고마웠다.

마가렛은 치타로 간다고 주장하였다. 나는 그 주장이 무론 당연한 일이라고 생각하였다. 유족 구휼금이란 얼마나 되는 것인지 모르지마는, 그래도 치타까지라도 가는 것이 죽은 이에게 대하여 당연히 표할 경외라고 생각하였다.

그러나 북경에 있는 아라사 대사관의 증명을 요한다는 말이 있으니 치타로 가기 전에 먼저 북경으로 가지 아니하면 아니 되었다.

나는 이 뜻을 T 교장에게 말하였다.

"무론 가야지요. 어서 떠나시오. 유원이 R 부인을 잘 보호하여서 다녀오시오."

T 교장은 이렇게 엄숙하게 말하였다.

여기서 북경, 북경에서 치타, 치타에서 또 여기. 어떻게나 길고 어려운 여행인고? 고생이 많이 되거니와, 여비도 많이 드는 여행인고? 더구나 마적과 ○○단이 횡행하는 길림 지경을 보행으로나 마차로 빠져나가서, 남만 철도 연선까지 나가는 것이 어려운 중에도 어려운 일이었다. 치타에서 올 때에 당하던 일을 생각하면 더구나 이에서 신물이 돌았다.

간신히 여비를 마련해가지고 나는 마가렛과 엘렌을 데리고 북경을 향해서 떠났다.

다행히 장춘까지는 무사히 갔다. 우리는 행장을 이사 가는 가난한 백성 모양으로 차리고 떠났던 것이 성공한 모양이었다. 마가렛이나 엘렌이나 나나 모두 허름한 청복을 입어서 아무쪼록 사람의 주의를 끌지 아니하도록 하였다.

그렇지마는 장춘(지금은 신경이다)서부터는 이렇게 차리는 것이 불리할 듯해서 마가렛과 엘렌도 양장을 시키고, 나도 양복을 하고, 노자는 많이 들지마는 봉천까지 일등을 탔다. 중국 부잣집 가족으로 보이자는 것이었다.

정거장에는 물론이거니와, 차에도 무장한 일본 경관과 헌병과 또 호위병이 타고 있었다. 우리는 잠시도 마음이 놓일 때가 없었다.

마침 같은 차실에 상해로 피난 가는 아라사 사람 한 가족을 만나서 마가렛과 엘렌은 그 능란한 아라사 말로 이야기를 하고, 나도 서투른 아라사 말과 영어로 그들과 이야기를 하였다. 이것이 우리 일행을 카무플라주(camouflage)하는 데 큰 도움이 된 모양이었다.

봉천서 천진까지도 줄곧 이 아라사 사람과 같이 갔다. 돈은 많이 들었으나 퍽 유쾌한 여행이었다. 그 아라사 사람의 가족은 오십 되는 부인 하나, 열칠팔 세 되는 처녀 둘, 열댓 살 난 사내아이 하나와 팔구 세나 되는 퍽 약해 보이는 사내아이 하나, 그리고 아마 그 집 일 보아주는 사람인 듯한, 가정교사 같은 사십 세나 되었을 듯한 말 없는 여자 하나 이렇게였다.

차가 산해관(山海關)을 지나서야 식당에서 밥을 먹으면서 나는 마가렛이 파란 전선에서 전사한 R 중위의 부인이라는 것, 엘렌은 그의 누이라는 것, 나는 그의 가족을 보호하는 친구라는 것을 말하였다. 산해관까지에는 우리는 사정이 있어서 행색을 숨겼던 것이다.

내 말을 듣더니 늙은 부인은 벌떡 일어나서 마가렛을 껴안고 입을 맞추고, 다음에는 엘렌을 껴안고 입을 맞추고, 그러고는 그 딸에게,

"우리나라를 위하여 파란 전선에서 전사하신 R 중위의 미망인과 누이. 너희들도 입을 맞추라."

하고 명령하였다. 처녀들도 일어나서 마가렛과 엘렌을 안고 입을 맞추었다. 그것이 어떻게나 극적 신(scene)인지 나는 눈물이 쏟아졌다. 식당에 앉았던 다른 사람들도 모두 이상히 여겨서 이쪽으로 힐끗힐끗 주목들을 하였다.

안고 입 맞추는 것이 끝난 뒤에 늙은 부인은,

"내 아들, 이 애 아버지도 육군 대위로 파란 전선에서 죽었소. 오월 스무하룻날! 그날은 그렇게 슬픈 날. 나라 위해 죽은 것이 영광이지마는, 어머니와 아내의 가슴은 아픈 것이오. R 부인, 나 당신의 마음 잘 아오."

할 때, 마가렛은 고개를 숙이고 느껴 울었다.

우리가 북경 대사관을 거쳐서 치타로 간다는 말을 듣고 쥬꼽스카야라는 이 부인은 치타 사령부에 있는 제 조카라는 사관에게 소개하는 명함을 주었다.

북경

우리는 천진서 쥬꼽스카야 부인 일행과 작별하였다. 작별할 때에도 쥬
꼽스카야 부인은 마가렛과 엘렌을 껴안고 입을 맞추었고, 내가 R 중위의
형제라 하여 나에게까지 입을 맞추고 그 두 딸들도 눈물을 흘리고 이별을
아껴주었다. 그들은 조금도 이민족에 대한 차별을 보이지 아니하고 진정
한 동포애로 우리를 대하였다. 나는 이때에 더욱 아라사 민족의 관대한
국민성을 깨달았다.

우리는 가도 가도 잿빛 같은 벌판과 잿빛 같은 촌락인 데를 지나서 석
양에 북경 정양문(正陽門) 역에 다다랐다. 정양문은 남대문의 이름이다.

차에서 내린 나는 마차 하나를 잡아타고 예전에 그 이름을 들은 일이
있는 그란도텔 드 페캥(Grand Hôtel de Pékin)이라는 호텔로 갔다. 프랑
스 말로 북경 큰 호텔이란 뜻이다. 북경에 처음 오는 나는 실상 어디로 갈
바를 몰랐고, 마가렛이 비록 북경서 생장했으나 그도 어려서 일이라 무
엇이 무엇인지를 몰랐다. 날이 저물지 않았더면 바로 아국(俄國) 공사관

232

으로 갔을 것이다.

우리는 마차와 인력거와 쿨리가 많은 데 놀랐다. 옛날 우리 조상들이 그렇게 사모하던 북경이다. 천자가 있는 데로, 문화의 가장 높은 중심으로 한번 보기를 끔찍이 원하던 북경이다. 그러나 지금은 세계에 가장 천한 나라의 하나로 준야만의 대우를 받는 중국의 서울에 불과한 북경이다.

중국을 조국으로 알던 우리 선인들이 언제나 원망스러운 것은 말할 것도 없거니와, 이렇게 더러운 나라, 이렇게 더럽고 못난 백성에게 소국인을 바치던 역사의 여러 가지 기억이 머릿속에 일어나서 심히 불쾌하였다. 더구나 북경의 세력에 의뢰하여 제 나라 안에서 서로 다투던 것이며, 정철(鄭澈), 이항복(李恒福) 같은 무리는 선조대왕더러 아주 나라를 명나라 황제에게 바치고 북경으로 가자는 이른바 내부론(內附論)을 주장한 것이며, 그러한 무리들이 송강(松江) 선생이니 오성(鰲城)이니 하여 후세에까지 존경을 받을 수 있던 내 조선이 미웠다. 성명까지도 지명까지도 다 한족식으로 고치고 한족의 조상인 요순우탕(堯舜禹湯)을 제 조상으로 높이고, 저를 소중화라고 자처하고 기뻐하던 내 조상들이 미웠다. 우리 정신 속에서 모든 우리 것을 다 빼버리고 속속들이 한족화하려 하던 김부식(金富軾), 정몽주(鄭夢周), 최만리(崔萬里), 송시열(宋時烈) 같은 무리가 이가 갈리도록 미웠다. 치가 떨리도록 원망스러웠다.

나는 그 반감으로 북경이라든지 한족이라든지 실컷 멸시하고 싶었다. 북경의 모든 것에 침을 뱉고 길거리에 다니는 모든 한족을 채찍으로 때리고 발길로 차고도 싶었다. 그러나 돌이켜 생각하면, 그것은 하나도 북경이나 한족의 허물이 아니요 순전히 나 자신의 죄였다. 이렇게 생각할 때에 내 눈앞에는 '대광보국숭록대부(大匡輔國崇祿大夫)' 운운한 커다란 비를 세운 여러 조선 사람들의 무덤이 보였다. 만일 그들의 백골이라도 제 죄를 깨닫는다 하면, 반드시 무덤이 갈리고 비가 부러져서 피와 땀을 뿜으리라고 생각하였다. 만동묘(萬東廟)는 다 무엇이고 숭정기원후(崇禎紀元後)는 다 무엇인가. 나는 객실 창으로 황혼의 북경성중을 바라보면서 이러한 분개한 생각에 이를 갈고 있었다.

"오빠, 또 무슨 생각을 하세요?"

나는 엘렌이 방에 들어오는 줄도 몰랐다. 엘렌은 내 어깨에 손을 걸고 내 얼굴을 근심스러이 바라보았다.

"응, 조선 사람으로 태어난 부끄러움을 생각하고 있다."

엘렌은 고개를 숙이고 한숨을 쉬었다.

그도 어디를 가나 어엿하게 다니지 못하고 마치 무슨 죄나 지은 사람같이 남의 눈을 꺼리는 우리 신세를 슬퍼할 만한 철이 난 것이었다.

"저녁 잡수실 때가 되었는데."

"응, 식당으로 가자."

나는 시계를 보면서 말하였다.

"식당에 내려가도 괜찮아요?"

"그럼, 괜찮지!"

나는 꺼릴 것이 무엇이냐 하는 반항심을 느꼈다.

엘렌은 정말인가 하는 듯이 나를 힐끗 보고 먼저 나가버렸다.

'마음 놓고 식당에도 못 가는 신세.'

이렇게 나는 크게 한숨을 지었다. 그러나 어엿하게 식당으로 가리라고 결심하였다.

나는 마가렛과 엘렌을 데리고 식당의 한 테이블을 점령하였다. 넓은 식당에는 이십 명가량이나 손님이 있었다. 대부분은 서양 사람이나, 동양 사람도 남녀 사오 인은 되었다. 서양 사람들은 다 자신도 있고 위신도 있어서 어울려 보이지마는 동양 사람들은 모두 빛이 없었다. 키가 작고 살빛과 혈색이 좋지 못한 까닭도 있겠지마는, 정치와 문명의 아니 중요한 원인인 것은 말할 것도 없었다. 더구나 중국 사람은 대개 아편쟁이같이 어깨가 쑥 올라가고, 목이 앞이 숙고, 그리고 입이 다물리지를 아니하여 얼이 빠져 보였다. 상해에 있을 때에 나는 손일선, 진형병, 송교인 같은 인물들을 대할 기회가 있었거니와, 그들은 그렇게 얼빠져 보이지 아니하였지마는 북방 중국인이 얼빠진 점으로는 더한 듯하였다.

'나도 저럴 것이다.' 하면 밥맛이 없었다. 국을 먹는 것이나 칼과 살창으로 고기를 베는 것이나 다 저 서양 사람들을 억지로 흉내 내는 것 같아서 부끄럽고 불쾌하였다. 식당 보이들은 모두 중국 사람이지마는, 그들은 분명히 서양 손님들은 더 존경하고, 우리 동양 사람이 무엇을 시킬 때에는 거만하였다. 어쩌다가 동양 사람은 이처럼 서양 사람에게 눌리게 되었는고 하고 분개하였다. 아편전쟁, 의화단비, 교주만 사건, 이런 것들을 생각해보았다. 모두 서양 사람이 동양 사람을 누르고 동양 사람의 것을 빼앗는 일이었다. 상해 황포탄 공원이나 제스필드 공원에 '외국인 이외의 입장을 금함'이란 패를 붙인 것이며, 황포탄 부두에 놓인 걸상에도 'Foreigners only'라고 써 붙인 것을 보고 나도 앉을까 말까 망설이던 것이 생각났다. 조선 사람들도 양복을 입으면 들어갈 수 있어도 청복을 입으면 못 들어가던 것, 그리고 전차에 치인 때에 양복 입은 사람은 치료비 삼십 원, 청복 입은 사람은 치료비 십 원이라던 것, 서양 사람들이 중

국 사람이 끄는 인력거를 타고는 막 단장으로 인력거꾼의 머리와 등을 갈
기고 발길로 차던 것…… 이러한 모든 모양들이 식탁 위에 떠올랐다.

서양 사람들은 비록 종용종용이라도 서로 마음 턱 놓고 이야기도 하고
웃기도 하건마는, 동양 사람들은 고개도 들지 못하고 도무지 마음을 펴
지 못하는 것이 불쾌하였다. 나는 소리소리 지르고 싶은 듯한 충동까지
도 느꼈다.

"오빠, 또 무슨 생각을 하시우?"

엘렌이 항의를 하였다.

"동양 사람이 서양 사람에게 눌리는 것이 분해서 그런다."

나는 이렇게 툭 내쏘았다.

"동양 사람들끼리는 서로 누르고 눌리고 하지 않아요?"

엘렌은 싱긋 웃는다.

"우리 조선 사람은 세계의 시골뜨기, 세계에 제일 못난이, 세계에 제
일 지체 낮은 이!"

나는 뜯어 먹던 빵조각을 돌돌 뭉쳐서 테이블 위에 던졌다. 또 발악을
하고 싶은 충동을 느꼈다.

나는 차도 다 먹지 않고 식당에서 뛰어나왔다. 다시는 식당에 들어가
지 아니하리라, 서양 사람 있는 곳에는 가지도 아니하리라, 이러한 결심
까지 하였다. 식당 안에서는 동양 사람들끼리도 영어를 쓰는 것이 더욱
견딜 수 없는 모욕감을 주었다.

"오빠, 무슨 괴로우신 일이 있어요?"

엘렌은 방에 들어와서까지 내 걱정을 하였다.

"세상을 좀 뒤집어야겠다. 인류가 서로 형제로 우애하는 세상을 만들

어야겠어. 젠체하는 자의 교만을 꺾고, 노예근성 가진 자의 아첨의 혀를 끊고…… 이런 생각이다. 하하하."

하고 나는 소리를 내어 웃어버렸다.

한길에는 왕보처(黃包車, 인력거)들이 달리고 등이 구부러진 순경들이 낡아빠진 총을 메고 오락가락하는 것이 희멀건 전등빛에 보였다. 그것들이 모두 귀신들 같았다. 가만히 귀를 기울이면 여러 가지 소음이 북경성 중에서 부글부글 끓었다. 음모의 도시, 향락의 도시, 죄악의 도시의 소리다. 바람결에 불려 오는 것은 큰 나라가 썩어 문드러지는 냄새와, 그렇지아니하면 군벌들이 향락하는 아편과 계집애 냄새일 것이다.

이튿날 우리는 마차 하나를 타고 교민항(交民巷)으로 몰았다. 교민항이란 각국 공사관과 외국 군대들이 주둔하는 북경성의 동남 한구석이다. 한번 이 교민항에 들어서면 벌써 중국의 법률이나 무력은 미치지 못하는 것이다. 무슨 변란이 생길 때면 대관들의 가족과 재산은 이 교민항으로 피난을 오는 것이다.

아라사 공사관은 거무스름한 벽돌집이었다. 문에는 끼끗한 아라사 병정 하나가 총창(銃槍)을 들고 서고, 또 몽고식 모자를 씌운 중국 사람들이 몽치를 들고 파수를 보고 있었다.

공사관은 종용하였다. 통역인가 싶은 양복 입은 중국 사람이 영어로 나를 향하여 온 뜻을 물었다. 나는 마가렛을 가리키며,

"이 이는 파란 전선에서 명예로운 전사를 한 R 중위의 부인인데 공사관에서 불러서 오신 길이오."

하고 대답한즉, 그는 마가렛과 엘렌을 한번 힐끗 보고 약간 고개를 숙여서 인사를 하고는 응접실을 손으로 가리키며 잠깐 기다리라고 하고 안으

로 들어갔다.

응접실에는 자줏빛 모전(毛氈)을 깔고 굉장히 커 보이는 교의들을 놓았다. 앉으면 몸이 온통 교의 속에 빠져버리는 듯하였다. 나는 이런 교의에 앉아본 일이 없었다. 테이블에는 초록색 보를 덮었는데 그 보가 방바닥까지 닿았다.

벽에는 아라사 황제 니콜라이 이세의 초상이 걸렸다. 그는 몇 해 지나지 아니하여서 임금의 자리도 빼앗기고 참살을 당할 줄도 모르고 걸려 있었다. 그의 후덕스러운 얼굴은 그러한 참변을 당할 사람 같지는 아니하였다. 그리고 황제의 초상 곁에는 황태자 알렉세이의 미남자다운 초상이 걸려 있었다. 차르(царь, 임금), 차레비치(царевич, 임금의 아들) 이 둘은 아라사에서는 항용 같이 위하는 줄을 나는 안다.

그리고 다른 벽에는 이콘(икона, 예수의 화상)을 모셨다. 나는 치타에서 어느 집에서 이콘에 하나님의 화상이라고 수염 기다란 노인을 그렸던 것을 기억한다. 이콘과 차르, 이 둘이 아라사의 제정 시대에 두 가지 신이었다. 종교가 썩어져서 정치적 권력의 이용물이 될 때에 종교의 지위를 정치의 위에 놓는 그러한 표본이다. 아라사 땅에 사는 조선 사람들이 승정승, 승감사라고 대승정들을 부르는 것은 가장 적당한 칭호였다. 차르는 정권의 원수인 동시에 교권의 원수로서, 천국 일과 세상일을 총찰하는 하나님의 대리자라는 것이었다. 나는 서울에도 아라사 공사관 곁에 희랍교당이 있던 것을 기억한다.

이런 생각을 하고 있을 때에 젊은 아라사 사람이 아까 그 중국 사람과 함께 나와서,

"고스포자(госпожа) R?"

하고 마가렛을 찾았다.

마가렛은 앉은 채로 손을 내밀어서 그 아라사 사람과 악수하고 공사관에서 온 서류를 내어주었다.

그 아라사 사람은 서류를 훑어보더니 대단히 감격한 낯으로 마가렛을 향하여 한 번 허리를 굽히고, 그러고는 엘렌과 악수하고 나중에 나와 악수하고, 네가 누군가 하는 듯이 나를 보았다.

나는 R 중위의 친군데 R 중위가 출정할 때에 가족을 내게 맡기고 갔다는 말과, 북간도에 R 중위의 친족을 찾았으나, 그들은 마적에게 학살과 약탈을 당하여서 그 유족의 거처를 알 수 없다는 말을 대강 하였다.

그는 내 말에 더욱 감격하고 동정하는 모양을 보이고는 잠깐 기다리라 하고 서류를 들고 나가버렸다. 아마 공사한테로 이 말을 하러 가는 것이라고 생각하였다.

그 젊은 아라사 사람은 친절과 관대와, 이러한 아라사 사람의 성격을 가장 전형적으로 가지고 있는 듯하였다. 다만 주색을 좋아할 듯하였다.

한 십 분이나 기다려서 우리는 공사의 방으로 불려 들어갔다. 그 방은 응접실보다 더 크고 더 화려하였다. 차르, 차례비치의 화상과 이콘이 있는 것은 물론이다. 공사는 수염이 많고 눈이 크고 머리가 벗어진 뚱뚱보였다. 얼른 보기에 씨근씨근하는 병이 있는 사람 같았다.

공사의 이름은 데니킨이라고 하였다고 기억한다.

그는 은근히 마가렛, 엘렌, 그리고 나, 이러한 순서로 악수를 하고 우리에게 의자를 권하였다.

"파란 전선의 우리 군대는 지금 프러시아, 헝가리 방면으로 좌우로 갈라서 공격하는 중이오. R 중위가 빛나게 전사한 곳은 아마 여긴가

보오."

하고 그는 일어나서 어기죽어기죽 벽에 걸린 지도로 가서 손가락으로 국경 방면을 가리켰다. 우리는 공사의 뒤를 따라가서 그가 가리키는 곳을 보았다. 거기는 빨강 연필과 파란 연필로 여러 마디의 평행선이 그어 있었다. 아마 파란 줄이 아라사 군대, 붉은 줄이 덕오(德墺) 동맹군인 모양이었다. 붉은 줄, 푸른 줄이 여러 줄로 그려진 것은 양군의 진퇴를 표시한 모양인데, 아마 공사는 보도를 듣는 대로 이렇게 줄을 그어서 아라사군의 푸른 줄이 백림과 위인(Wien)으로 들어가기를 기다리는 모양이었다.

공사는 아라사가 반드시 이길 것을 믿는 모양이었다. 적어도 누구를 대해서 말할 때에는 믿는 모양을 보이는 모양이었다.

우리가 흥미를 가지고 지도에 주목하면서 공사의 설명을 근청하는 모양을 보고, 공사는 만족한 듯이 더욱 신이 나서 이번에는 프랑스, 백이의 (白耳義) 국경인 서부전선을 가리키며 설명하였다. 또 이태리도 연합군에 참가할 것과 일본과 중국도 반드시 참가할 것과 미국도 참가할 것을 말하고, 흉노와 같은 독일을 다시는 거두를 못 하도록 바수어버릴 것이라는 것을 열심으로 설명하였다. 아마 이것은 공사가 중국 대관들을 설복하느라고 여러 번 설명해온 버릇인가 싶었다.

"R 중위의 피는 결코 헛되이 흐른 것이 아니외다. R 중위는 조국을 위하야 인류의 문화를 위하야 목숨을 바친 것입니다. 인류가 감사할 죽음, 하나님이 칭찬하실 죽음, 그러니까 R 부인 슬퍼하지 마시오. 황제 폐하께옵서는 결코 나라를 위해서 죽은 용사의 유족을 잊으시지 아니할 것이오."

공사는 이렇게 마가렛과 엘렌을 위로하였다.

그리고 치타에 가는 일에 대해서는 아직 북경에 머물러서 회보를 기다리는 것이 좋다고 말하고, 곧 젊은 서기관을 불러서,

"R 중위의 유족이 지금 북경 공사관에서 기다리고 있으니, 유족 구휼금을 이리로 보냄이 어떠냐고, 젊은 여자 두 분이 이 전란 시대에 먼 여행을 하기가 어려울 것이라고, 그렇게 치타 사령부와 페테르부르크 육군성에 공문을 띄우게. 돈은 중앙정부에서 내릴 것이니까."

하고 제 생각대로 분부해버리고 말았다.

그리고는 데니킨 공사는 나와 마가렛을 번갈아 보면서,

"그렇게 하는 것이 좋으니 북경에서 기다리시오. 아마 일 개월이면 회보가 올 듯하오."

하고 할 말 다 한 뜻을 표하였다.

마가렛이나 내나 공사의 처치에 대하여 아무 항의할 필요도 없었다. 만일 일 개월 안에 회보가 오기만 하면 학교 일에도 지장이 없을 것이었다.

우리가 인사하고 물러 나오려 할 때에 서기관은 공사의 뜻이라 하여, 명일 만찬을 공사관에서 대접한다는 말을 하고 우리가 들어 있는 여관을 적었다.

우리는 어리둥절하여 여관에 돌아왔다.

마가렛은 여관에 돌아오는 길에 또 울기를 시작하였다. 남편이 죽었다는 것을 한 번 더 의식한 것이다. 엘렌도 아주 기운이 다 빠져버린 것같이 따라 울었다. 나는 웬일인지 그들이 우는 것을 말릴 기운이 없었다.

나는 아까 공사가 지도를 가리키면서 설명하던 것을 생각하였다. 동맹

군이니, 연합군이니 하는 수백만의 군대가 서로 죽이는 광경을 상상하였다.

대포와 소총과 수류탄과, 그리고 창과 칼과 가슴에서 피를 뿜고 쓰러지는 시체, 참호 속에서 죽을 날을 기다리는 젊은 사람들. 마가렛이나 엘렌과 같은 사랑하는 사람을 전장에 보내고 마음을 졸이는 어머니들, 아내들. 사랑하는 사람이 죽은 기별을 듣고 가슴을 뜯는 이들! 아무리 하여도 전쟁은 옳은 일이라고 할 수는 없는 것 같았다.

인류는 한번 반성할 필요가 있는 것 같았다. 그러나 또 한편 생각하면 우리와 같이 세계의 움직임과는 아무 관련도 없는 민족의 처지가 가엾기도 부끄럽기도 하였다.

나는 마가렛과 엘렌을 데리고 인력거를 타고 궁성과 공자묘와 나마(喇嘛) 절을 구경하였다. 그러나 마음이 한가하지 아니하기 때문에 구경이 재미가 없었다. 마가렛과 엘렌은 아무 경황이 없는 듯이 따라만 다녔다.

공자묘에서 목목이 검은 도포 같은 것을 입은 사람들이 돈을 달라고 손을 내밀 때에 비로소 마가렛은 입을 열어서,

"아이구, 축축도 하이. 참말 돈만 아는 백성이야."

하고 한 번 웃었다.

참말로 공자묘를 들어와서 받은 감상이라고는, 그 직원인 듯한 자가 염치없이 돈을 달라고 손을 내어미는 것이다. 중국은 공자의 고국이지마는 공자의 가르침은 중국 사람과는 상관없는 것 같았다. 마치 명태잡이하는 곳에서는 명태를 아니 먹는 것과 같다고나 할까. 예수 나신 고국인 유대족에 예수교인이 없고, 석가여래 나신 인도에 불교도가 없다는 것과 같아서, 역시 '선지자는 고향에서 대접을 못 받는다.'는 것일까.

중국 사람은 『논어』를 거꾸로 읽는다는 말이 있거니와, 『논어』를 똑바로 읽은 이는 누군가. 조선 사람의 조상들은 『논어』를 지나치게 읽어서 걱정이었다.

공자묘보다는 구경 가치로는 나마 절이 더 좋았다. 이상야릇한 물상을 만들어놓은 것도 재미있거니와, 누런 장삼 입은 몽고 중들이 마치 무덤 속에서 나온 혼령들 모양으로 말없이 불상을 싸고도는 것도 가관이었다. 그들은 손을 가슴에 읍하고 눈을 내리깔고 자꾸만 걸었다. 마치 세상이 시작되기 전부터 돌기를 시작해서 세상이 끝난 뒤에까지 돌려는 것 같았다.

"왜 저렇게 빙빙 돌기만 해요?"

하고 엘렌이 이번에는 입을 열었다.

이름부터 황사(黃寺), 누런 절이라고 하거니와, 기와며 기둥이며 모든 것이 누렇고, 중들의 의복도 누렇고 얼굴도 누렇고, 공기까지도 다 누런 것 같았다. 그들은 어떠한 진리를 찾느라고 얼굴에 주름이 잡히도록 저러는 것일까.

마가렛과 엘렌이 입을 열어서 말하고 웃는 것만으로 구경 나온 목적은 달했다고 생각하였다. 얼마 살지도 못하는 인생을, 가슴에 슬픔을 안고 살아가는 사람들을 생각할 때에 가엾은 생각이 나는 것은 성인만이 아닐 것이다. 마가렛과 엘렌이 R를 잃고 상심해하는 양(실상 그들의 앞길은 어찌 될 것인지 망연하지마는)을 보면, 내 몸을 십자가에 박아서 될 것이면 그리해서라도 그들에게 기쁨을 주고 싶었다. 무슨 인연으로인지 그들은 지금 내게 의탁하고 있다. 그렇게도 믿을 만한 힘이 못 되는 내게 매달려 있다고 생각할 때에 한량없이 애처로웠다. 더구나 오늘 공사관에서 마가렛이 삐쭉삐쭉하는 양을 볼 때에는 뼈가 저리는 듯함을 깨달았다.

　나마 절에서 인력거를 몰아서 돌아오는 길에 어디로 가서 저녁이나 사 먹을까 하는 생각이 났다. 북경서 앞으로 한 달이나 유숙해야 할 것을 생각하매, 돈 한 푼을 헤피 쓸 수가 없었다. 호텔 식당에서 밥을 사 먹는 것은 대단히 비쌌다. 아무리 절약해서 먹어도 한 사람에 이 원 폭은 들었다. 중국 음식점에 들어가면 그 절반을 가지고도 잘 먹을 수 있으리라고 생각하였다.

　'家常便飯應時小賣(가상편반응시소매)'라고 칠판에 금자로 박은 어느 음식점 앞에서 인력거를 내렸다. 중국 사람의 집이라면 무시무시하게 생각하는 것이 조선 사람의 상정이다. 사람의 살로 만두 속을 넣어 판다는 『수호지』영향일까. 만주에 홍마우즈(마적)가 사람 죽이기를 파리 잡듯 한다는 데서 온 생각일까. 우중충한 복도로 꼬불꼬불 들어가서 층층대를 올라가서, 또 꼬불꼬불 어떤 방으로 인도할 때에는 결코 기분이 좋지는 아니하였다. 어느 구석에서 청룡도(靑龍刀)가 나오지나 아니하나, 철편이나 올가미가 나오지 아니하나 하고 마음이 놓이지 아니하였다. 마가렛과 엘렌도 몸을 펴지 못하는 것 같았다.

　그러나 다음 순간에 나는 스스로 부끄러워하였다. 다 같은 사람이 아니냐. 그중에도 세계에서 가장 오랜 문화를 가진 한족이 아니냐. 요순의 나라, 공자, 노자의 나라가 아니냐. 이렇게 생각하고 나는 비로소 마음이 화평할 수가 있었다.

　이튿날 저녁때에 공사관에서 젊은 서기관이 마차를 가지고 우리 일행을 맞으러 왔고, 만찬이 끝난 뒤에도 공사관에서는 마차로 우리를 여관까지 데려다주었다. 이것은 여관 보이들과 지배인에게는 큰 놀람을 준

모양이었다. 그것은,

"누구신지 몰라보았습니다. 저 더 큰 방으로 옮기시지요."

하고 지배인이 몸소 와서 물은 것으로 보아서 알 것이다.

우리는 그러나 이런 값비싼 호텔에 여러 날 머물 수가 없었다. 나는 셋집을 하나 얻기로 작정하고 여관 보이에게 그 말을 의논하였다.

"북경서는 외국 사람에게는 집을 세를 주지 못합니다."

하는 것이 그의 대답이었다.

그래도 그 보이는 매우 친절해서 제 친척이라는 중국옷 입은 사람 하나를 데리고 왔다. 그는 복건(福建) 사람으로서 양복점 하는 사람이었다. 우리에게 양복 주문을 얻을 겸 보이가 소개한 것이었다. 역시 상업적 국민이라고 나는 웃었다.

그 양복점 주인 되는 마 서방은 이렇게 말하였다.

"외국 사람으로는 집을 못 얻습니다. 그러나 당신이 중국 사람이라고 경찰청에 가서 말하고 증명서를 얻으면 집을 얻을 수가 있을 것입니다."

"내가 중국 사람 아닌 것을 어떻게 중국 사람이라고 하오?"

하고 내가 웃으니 마 서방은,

"당신 이렇게 말씀하시오. 본래 상해 사람으로서 부모를 따라서 조선을 가서 살았노라고. 그러다가 부모는 죽고 조선 사람에게 수양을 받았노라고. 거, 어디, 상해에 그럴듯한 주소를 모르시오? 거기를 본적이라고 대고. 그러면 나는 당신 아버지의 친구라고 당신 집 일을 잘 아노라고. 이번에 나를 믿고 당신이 북경을 찾아왔노라고."

이렇게 꾸며대는데, 그 꾸며대는 양이 아주 익숙하였다.

나는 어이가 없어서 껄껄 웃었다.

그러나 필경 그를 따라서 나는 경찰청에 갔다. 마 서방은 우선 제 명함을 내어놓고 다음에는 나를 청장에게 소개하고 아까 꾸민 대로 이야기를 해버렸다.

청장은 내 신세에 대하여 매우 감동도 되고 동정도 되는 모양이었다. 그리고는 나를 보고 기특하다는 듯이 고개를 두어 번 끄덕끄덕하고 다음에 곁에 있는 경관들을 불러서,

"이분이 본대 우리 중국 사람인데 어려서 조선에 갔다가 부모가 다 괴질로 돌아가고, 조선 사람의 집에서 길러서 공부까지 하고 이제 조국을 찾아왔다고."

하고 큰 소리로 소개를 하고는 내가 중국 국민이라는 증명서를 써주었다.

나는 낯에 쥐가 났다. 이러한 좋은 사람들을 속이는 것이 죄스러웠다.

"자, 보시오. 되지 않아요. 북방 사람은 이렇게 어수룩하다니까. 무지할 때에는 무지하지만요."

이렇게 마 서방은 자기의 승리를 기뻐하였다. 그는 아래턱이 짧고 이마가 뒤로 잦은 것이 전형적인 복건 타입이었다. 교활하고 박덕한 빛이 흘렀다. 나는 이 사람이 싫었다.

마 서방은 나를 자기의 양복점으로 인도하여서 맛없는 차를 대접하였다. 양복점이라야 조그마한 것이지마는, 그래도 가리누이(かりぬい)한 양복들이 수두룩이 걸리고, 부인네의 드레스도 두어 벌 걸려 있었다. 직공들은 마 서방이 들어오는 것을 보고는 모두 고개를 숙이고 일만 하지 거들떠보지도 못하는 것 같았다. 그들은 다 북경 사람인 듯하였다. 얼굴이 마 서방식이 아니었다. 대개 우직한 타입이었다. 나는 공자가 자로

에게 남방지강(南方之强)이냐 북방지강(北方之强)이냐 하신 말씀을 생각하고, 남방 사람과 북방 사람의 체격과 성격이 다른 것을 깨달은 듯하였다.

마 서방은 나를 앉혀놓고 이 직공, 저 직공이 일하는 곁으로 돌아다니면서 한바탕 잔소리를 하고는 샘플과 유행 사진첩을 가지고 와서 하복과 춘추복 옷감 선전을 하였다. '이것은 런던, 이것은 파리.' 하고 설명을 하고는 내가 양복을 짓는다면 특별히 싸게 해준다고 단언하였다. 나는 '그럴 이유가 어디 있나.' 하고 속으로 웃었다. 그러나저러나 나는 양복을 지을 필요도 없고 힘도 없었다.

그래도 마 서방은 나를 큰 부자로 아는 모양이었다. 아마 호텔 보이가 우리 일행이 아라사 공사관 마차로 다닌다는 말과 공사관 서기관이 우리를 모셔 가더란 말을 한 모양이었다.

"타이타이와 소저에게 이 감으로 드레스를 한 벌 만들어드리시죠?"

마 서방은 옥색 비단을 한 필 갖다가 내 앞에 놓으면서 명령하듯이 말하였다. 타이타이란 부인이란 말이다. 마가렛을 내 아내로 보는 모양이었다.

"이거 참 좋은 감입니다. 떵하오(頂好)디."

하고 피륙을 손바닥에 펴놓았다가, 이리저리 잡아당기었다가, 기어이 나를 설복하려는 모양이었다.

"베리 굿 실크(Very good silk). 베리 파인(Very fine)."

마 서방은 혀 꼬부라진 영어도 하였다.

실상 내게 돈만 있으면 마가렛과 엘렌에게 옷을 한 벌씩 지어주고 싶었다. 그것을 못 하는 것이 슬펐다. 그렇다고 솔직하게,

"워 메유 치엔(我没有錢, 나 돈 없소)."

이럴 수도 없었다.

"오늘은 집이나 얻읍시다. 옷감은 차차로 보고."

나는 이렇게 방패막음을 하였다. 마 서방은 머쓱해서 옥색 비단을 제자리로 가져가라고 직공을 향하여 소리를 지르고는,

"펑탕!"

하고 불렀다.

펑탕이란 무슨 소린가 하고 그 발음이 하도 우스워서 혼자 픽 웃었다.

"펑탕!"

하고 서너 마디 부르는 소리에 안으로서 나오는 것은 한 오십 세나 됨 직한 얼굴에 주름 잡힌 사람이었다. 웃통을 벗고 퍼런 잠방이를 입고 장히 감판이 사나운 키다리였다. 그는 무슨 힘든 일을 하다가 나오는지 젖가슴에서 땀이 흘렀다. 양미간과 목에 꼬집어 뜯은 듯한 울혈이 보이는 것이 더욱 그의 상모를 흉악하게 보이게 하였다. 아마 이 군이 '펑탕'이란 사람인 모양이다.

"촨이상바(穿上衣服, 옷 입어)!"

마 서방의 명령에 그는 때 묻은 문장 뒤로 사라졌다가 제법 깨끗한 두루마기까지 입고 맥고모자를 쓰고 부채까지 들고 나왔다. 이렇게 차리고 나선 펑탕은 아까보다 훨씬 점잖아 보였다.

"이 어른 모시고 가서 집 하나 얻어드려."

하고 마 서방은 다시 웃는 낯을 지어서 내 귀에다가 입을 대고,

"북방 놈들은 남방 사람인 줄 알면 집세도 갑절을 불러요. 물건값도 그러고, 참 고약하지요. 저놈은 북방 놈이니 저놈을 데리고 다니서요. 북경

서 자라난 놈이 되어서 북경 일을 잘 압니다."

하고 소곤거렸다.

"고맙소이다."

하고 나는 평탕을 데리고 나섰다.

평탕은 대문을 나서는 길로 나는 한번 거들떠보지도 아니하고 올 테면
오고 말 테면 말라는 듯이 저 갈 길만 갔다. 그리고 연방 무에라고 중얼대
었다. 아마 주인 마 서방을 원망하는 모양이었다. 가끔 탁 쏘아버리는 듯
한 어성으로,

"타마나가 초우비(丑鄙)."

하고 길바닥에 가래를 탁 뱉었다.

그는 아는 사람이 많았다. 길에서 아는 사람을 만나서는 내가 있든지
말든지 저 하고 싶은 말은 다 하고, 그러고도 내게는 미안하다는 인사는
커녕 보지도 않고 또 걸었다.

나는 평탕을 어디까지 따라가는 것인지 궁금하였다. 암만해도 이 친구
에게 무슨 뇌물을 써서 그 환심을 살 필요가 있다고 생각하였다. 그러나
평탕이 도무지 곁을 주지 아니하니 말을 붙일 수가 없었다.

얼마를 좁은 골목으로 끌고 가다가 어떤 까만 칠한 대문 앞에 서며,

"이 집 어떠우?"

하고 평생 처음으로 말을 붙였다.

대문으로 보아서는 꽤 큰 집이었다. 나는,

"칸칸(看看, 보자)."

하였다.

그는 나를 그 자리에 세워놓고 잠깐 어디를 갔다가 웬 눈곱 끼고 꼬랑

이 달린 늙은이를 데리고 왔다. 그는 필시 수십 년 묵은 트라코마(tracho-ma) 환자일 것이다.

그 눈곱 낀 영감은 대문을 밖으로 잠근 쇠를 열고 우리를 안으로 들여보냈다.

그 집은 네 채나 되고 방이 십여 개가 되는 큰 집이었다.

"타이다(太大, 너무 커)."

하고 나는 고개를 흔들었다.

"부다(不大, 안 커). 이 집이 커? 이 집 참 좋은 집."

하고 펑탕은 마치 내 집을 얻는 것이 아니라 제집을 얻는 모양으로 나는 제쳐놓고 눈곱이와 집세 흥정을 하였다. 눈곱이는 삼십 원이라 하고 펑탕은 이십 원에서 이십오 원까지 끌어올렸다. 내가 여관을 아니 할 바에 이런 큰 집을 얻을 필요가 없는 것은 물론이었다.

나는 그 집에서 나와서 펑탕에게,

"내 식구가 셋이야. 그러니깐 큰 집은 주체할 수가 없어."

하고 애원하듯이 말하였다.

그는 내 말을 듣는지 마는지 또 벌벌 앞서서 걸었다. 또 무에라고 중얼거리고는, '타마나가 초우비'라는 후렴을 외웠다. 이 욕설은 내게 향한 것이 분명하였다. 그러나 그가 나를 위해서 집을 구하려는 성의만은 보였다. 그는 골목골목 사람을 만나는 대로 무에라고 지절대었다. 그것은 필시 셋집의 유무를 묻는 것이었다.

이번에는 차마 있을 수 없는 작고 더러운 집을 보였다.

"저기, 타이시오우(它太小, 이거 너무 작아)."

하고 나는 돌아서 나왔다.

"이거 작아? 이거 작잖어!"

하고 또 펑탕은 집주인하고 집세 다툼을 하고 있었다. 이번에는 아마 집주인이 펑탕의 마음에 안 들었는지 무에라고 욕설을 하면서 발길로 대문을 차고 나왔다.

이 모양으로 몇 집을 보는 동안에 오정이 지났다. 나도 시장하거니와, 암만해도 펑탕을 무엇을 좀 먹여서 마음을 눅일 필요가 있음을 느끼고,

"술 먹어?"

하고 물었다.

그는 손을 내어저으면서,

"부, 부야오(不, 不要, 아니, 그럴 것 없어)!"

하였다. 그 말로 보거나 그 눈치로 보거나 이것은 분명히 싫다는 말은 아니요, 사양이었다. 펑탕에게 사양이 있는 것이 의외인 것 같았다. 아마 『논어』가 그의 마음에 어느 구석에 있는가 싶었다.

"우리 점심 먹어. 어디 맛난 음식집으로 가."

하는 내 말에 그는 기쁨을 도저히 감추지 못하면서,

"유유(有有, 있어, 있어)."

하고 걸음을 빨리 걸었다.

우리는 어느 음식점에 들어갔다. 그것은 어제 내가 마가렛과 엘렌을 데리고 갔던 데보다 훨씬 떨어지는 곳이었다.

펑탕은 그래도 앉으려고는 아니 하였다.

"앉어, 앉어."

하고 내가 자리를 권해도 그는 앉지 아니하고 한편 구석에 서 있었다. 역시 예절이 있었다.

나중에 내 권유에 마지못하여 그는 앉았다. 그러나 걸상을 상 모퉁이에 옮겨놓고 나와 정면으로 대하기를 피하였다. 그의 『논어』가 나온 것이었다. 역시 옛 문화를 가진 백성이었다.

식탁에 앉은 때에 그는 결코 우락부락한 평탕이 아니요, 훌륭한 군자였다. 술이 몇 잔 들어가매, 그는 매우 만족한 듯이 또 나에게 매우 감사한 듯이 대단히 유쾌하면서도 예절다웠다. 그는 내가 자기를 평등으로 대우하는 것이 너무도 고마운 모양이었다. 그는 흥이 나서 우선 마 서방의 험구를 시작했다. 평탕은 마 서방 집에서 음식 만드는 일을 하노라고 하면서, 마 서방이 인색하고 각박하고 교활한 것을 말하고, 남방 놈들은 다 그렇다고 욕설을 퍼부었다.

"손중산(孫中山)도 남방 사람인데."

하고 내가 웃었더니 평탕은 젓가락을 턱 놓고 정색하면서,

"손 총통은 제일 좋은 양반."

이라고 경의를 표하였다.

"단기서(段祺瑞)는 어떠냐?"

한즉, 평탕은 단기서는 손 총통만 못하다고 단정하고 '펑위샹(馮玉祥, 풍옥상)'이야말로 좋은 사람이라고 주장하였다. 그는 이 말끝에 자기도 여러 장군 밑에 병정 노릇을 했지마는, 풍옥상이 고작(高爵)이라고 말하였다. 그는 또 말하기를, 자기는 인력거도 끌어보고 병정 노릇도 사오 차나 해보았다고 한 뒤에 자기의 경력이 매우 놀라운 듯이 껄껄 웃고 나서,

"마 서방 녀석 좀 더 아니꼽게 굴어봐. 한바탕 때려주고 나올 테요. 그 깟 놈에게 병정 노릇을 하든지 인력거를 끌든지 밥 못 먹으려구요."

하고 뽐내었다. 병정 노릇은 인력거 끄는 것과 버젓한 밥벌이 직업으로

아는 모양이었다.

점심을 먹고 나서 펑탕은 심히 공손해졌다. 나를 '선생'이라고 부르고 '타마나가 초우비'도 쓰지 아니하였다. 나는 펑탕이 아무 악의가 없는 인물인 줄을 알매, 그의 양미간과 목에 울혈된 것까지도 밉지 아니하였다. 펑탕의 말에 의하면, 그것은 배가 아플 때 하는 치료법이었다. 손톱으로 양미간과 목을 자꾸 꼬집어 뜯으면, 어떻게 심하던 복통도 낫는다는 것이었다.

펑탕은 기쓰고 집을 찾아 돌아다녔다. 그러한 끝에 T라는 후퉁(胡同, 골목)에 알맞은 집 하나를 얻었다. 대문에 옻칠까지는 하지 아니하였으나, 본래는 꽤 큰살림하던 집인 양하였다. 동서로는 줄행랑 모양으로 두 채가 있고 정면 남향으로 높다란 안채가 있는데, 그것이 우리가 얻은 집이었다. 좌우에 있는 것은 낭무(廊廡)라는 것이겠지. 거기는 한 줄에 넷씩 방이 여덟이 있는데 모두 방세를 들어 있는 모양이요, 그중에 서쪽 줄 머릿방에 있는 것이 이 집 주인이라는데, 키가 훨쩍 크고 몸이 뚱뚱하고 얼굴도 점잖고 글도 알았다. 그는 본래 만주족으로 귀족이다가 혁명 후에 그래도 이 집 하나를 남겨가지고 방세를 놓아먹고 산다는 것은 나중에 알았다. 그는 매우 거만하면서도 예절다움이 있었다.

우리는 곧 계약을 맺었다. 그리고 석 달 집세 십오 원을 치렀다. 우리는 한 달만 있을 예정이지마는 그것이 규례라고 한다. 그리고 더즈라나 저즈라나 하는 종이 하나를 얻어가지고 나왔다.

우리가 얻은 집은 좌우에 방이 있고, 가운데 대청에 비길 공간이 있고, 대청 정면에는 거울 하나를 놓고 그 앞에 탁자 하나를 놓고 그 좌우에 나무만으로 만들고 주홍칠을 한 교의 둘이 마주 놓여 있었다. 대청 정면은 으레 이렇게 하는 것이라고 하는데, 거울을 놓는 것이 퍽 재미있고도 신비하였다.

안방과 건넌방이라고 할 두 방은 넓이와 생김생김은 꼭 같은데, 서쪽에는 방 한편에 음식 만드는 부뚜막이 있었다. 아마 본래는 부엌은 아래채에 따로 붙어 있었겠지마는, 따로 떼어서 세를 놓느라고 이렇게 부엌을 방에 끌어들인 것 같았다.

방에는 창 있는 쪽으로 허리 높이나 되게 턱진 캉(炕, 온돌)이 있고, 그 나머지(온 방의 삼분지 이 이상)는 박석을 깔아놓은 땅이었다. 이렇게 넓고 높은 방에 이 온돌만 가지고 어떻게 겨울을 지내나 싶어서 을씨년 같았다. 반자와 창과 도배는 하나도 성한 곳이 없었다. 평탕의 말이, 이것은 이사 가는 사람이 으레 다 찢어놓고 가는 법인데, 그것은 복이 뒤에 떨어져 있지 말게 하려는 뜻이라고 한다. 그러므로 온통 새로 바르지 아니하고는 도저히 들어 살 수가 없었다.

"이거 좀 깨끗이 치우고 잘 바를 수 있겠소?"

하는 내 말에 평탕은,

"염려 마세요. 내일 안으로 대궐같이 훌륭하게 해놓으리다."

하고 장담을 하였다. 나는 그에게 돈 오 원을 수리비와 가마솥이며 세 식구 먹을 기명 등속 사는 비용으로 주었다.

호텔에 돌아온 것은 다 저녁때였다. 마가렛과 엘렌은 내가 늦도록 안 돌아온다고 퍽 걱정을 했다고 한다. 나는 집을 얻어놓은 말을 하고, 내일 가보자고 말하고 저녁을 먹었다.

여비를 생각하면 이 호텔에 하루를 묵는 것도 바늘방석에 앉은 것 같았다. 그렇건마는 마가렛은 이 호텔이 좋다고 여기서 한 달을 기다렸으면 좋을 듯이 말하였다. 그는 장차 아라사 정부에서 나올 돈을 바라고 이렇게 배짱 좋은 생각을 하는 모양이었다. 그러기로 어떻게나 철없는 사람인가 하고 나는 그의 얼굴을 들여다보지 아니할 수 없었다. 마가렛의 얼굴은 아름답고 매력이 있고 또 열정적이었으나, 헤프고 허영심 있는 빛이 있고 굳은 마음이 부족하였다. 엘렌은 비록 혈색도 좋지 못하고 환한 얼굴은 아니지마는, 지혜의 빛과 맺힌 데가 있었다. 엘렌은 나이 어려도 마가렛을 지도할 자격을 가진 사람이었다. 나는 이 두 여자의 장래를 잠깐 눈앞에 그려보았다. 어째 어두운 그림자가 얼른얼른 보이는 것 같아서 가슴이 답답하였다. 무슨 더 큰 불행이 앞에 오는 것이나 아닌가 하고.

이틀 후에 아직 한쪽 방은 다 바르지도 아니한 채로 우리는 새집으로 떠났다.

평탕은 방이 잘 발라졌느니라고 호기를 부렸다. 새로 발라놓으니 꽤 깨끗하였다. 그래도 발에 닳아서 울툭불툭한 방바닥의 박석이며 때에 찌든 문지방 같은 것은 불에 태워버리기 전에는 깨끗이 할 도리가 없는 것 같았다. 그러나 내가 이런 소리를 할 권리가 있을까. 우리 조선은 어떠한데 하면 코가 맥맥하였다.

그러나저러나 마가렛은 심히 이 집이 불만인 모양이었다. 들며 나며,

"이게 무에야?"

"이런 데서 어떻게 살아?"

이렇게 중얼거리고 있었다.

"이만하게라도 있을 집이 있는 것만 고맙게 알아야지요."

나는 이런 말을 했더니, 마가렛은 앉아서 울기를 시작했다. 내 말을 핀

잔으로 들은 모양이었다.

그러나 달고 치면 안 맞을 수 없어서 마가렛도 하루 이틀 지나는 동안에 차차 웃기도 하고 벽에 그림장도 붙이기 시작하였다.

북경 구경도 이제는 거의 다 했다. 만수산(萬壽山)도 보고 와불사(臥佛寺)도 보고 서산(西山)도 보았다. 만수산은 어리석은 장난만 같았다. 못을 파고 산을 만들고, 그리고 서태후(西太后)는 과연 행복을 얻었는가.

통주(通州)까지 가서 수양제(隋煬帝)의 운하도 보았다. 여기서 배를 타고 수백 수천의 미인을 시켜서 채승(綵繩)으로 배를 끌게 하였다는 수양제는 필시 배만 뚱뚱하고 머리는 뾰족한 바보라고 생각하였다.

펑탕은 날마다 왔다. 그는 나무를 사 오고 반찬거리를 사 오고, 또 주인 마 서방 욕설을 하고, 그러고는 우리가 잘 알아듣지도 못하는 말로 떠들었다. 펑탕은 우리 집에는 심히 필요한 사람이 되었다. 어려운 일을 시키는 데만 필요한 것이 아니라, 이 귀양살이 같은 살림에 찾아주는 유일한 반가운 손님이요, 또 말동무였다. 마가렛과 엘렌도 차차 펑탕과 사귀어서 웃고 이야기하였다. 펑탕은 생긴 모양은 흉악하지마는 웃고 떠들 때에는 호인다운 빛이 있었다. 실상 그는 악의는 없는 사람이었다.

펑탕은 글은 한 자도 몰랐다. 펑탕이라고 무슨 자를 쓰는지도 몰랐다. 그러면서 관화(官話) 책을 내리읽으면 대개 다 알아듣고 발음 잘못된 데를 가르쳐주었다. 그는 우리들에게 중국말을 가르쳐주는 것을 퍽 즐거워하는 것 같았다. 그는 순전한 북경 사람인 것을 자랑하고, 마 서방의 사투리를 흉보고 천진이나 보정부(保定府) 사람의 말도 흉악한 사투리라고 공격하였다.

우리가 그를 환영하고 평등으로 대접해주는 것이 대단히 기쁜 모양이었다. 그는 차차 버릇이 없어졌으나, 그래도 믿어져서 좋았다. 돈이나 먹을 것을 주면 한사코 사양하다가 마지못해서 받는 양을 보였다.

아라사 공사관에는 가끔 찾아갔으나 차차 대접이 시들해졌다. 가는 것이 창피한 생각이 났다.

한 달이 거의 다 가고 북경에는 아침저녁에 싸늘한 바람이 불기 시작했다. 나는 심히 마음이 초조하였다. 개학이 닥쳐오지 않는가.

구라파대전의 보도는 연합군 측에 불리한 모양이었다. 동부전선에서 아라사군이 패전했다는 보도조차 있었다. 아라사 공사관원도 매우 초조한 모양이었다. 아라사가 패하면 유족 구휼비도 희망이 적을 것이다.

그래도 마가렛은 구휼금을 크게 믿고 있는 모양이었다. 그 돈을 받아서 어떻게 할 이야기까지 하고 있었다.

'구휼금을 바라지 말고 북간도로 다 갑시다.'

나는 이런 말을 하고 싶으면서도 못 하였다. 그러나 내 마음에는 그것은 절망인 것 같았다. 그래서 한 달만 차면 북간도로 돌아가기를 강경하게 주장할 결심을 하고, 엘렌을 보고는 가만히 그러한 말을 비치었다. 엘렌은 내 말에 고개를 까닥까닥하였다.

그런데 마침내 불행한 일이 터졌다.

서리라도 올 듯한 싸늘한 어떤 밤, 나는 얇은 담요 하나에 싸여서 추위를 참고 가까스로 잠이 들었을 때,

"오빠, 오빠."

하고 부르는 소리에 깨었다.

"엘렌이냐? 왜 그래?"

하고 나는 벌떡 일어났다.

"언니가 배가 아프다고 대굴대굴 굴고 있어요."

하는 것이 엘렌의 대답이었다. 찬 방바닥에 춥게 자는 나도 배 속이 편안치를 아니하였다.

주머니에 돈이 삼십 원밖에 안 남았다는 생각이 번개같이 내 머리에 지나갔다.

"언제부터?"

하면서 나는 어두운 대청을 지나서 엘렌을 따라서 안방이라고 할까, 두 여자의 침실로 갔다. 석유 등잔이 그물그물하는 밑에 마가렛은 자리옷자락으로 몸을 가리지도 못하고 괴로워하고 있었다.

손발이 싸늘했다. 관격인가. 이마에서는 식은땀이 흘렀다.

"엘렌아, 내 아궁이에 불을 지피께 너는 물을 좀 끓여라."

하고 내 담요까지 갖다가 마가렛을 덮어주고 아궁이에 장작을 한 아궁이 지펴놓고, 그러고는 마가렛의 등을 문질러주었다. 마가렛은 인사체면 불고하고 내 목, 어깨 할 것 없이 매달리며 괴로워하였다.

나는 의사를 생각하였으나 밤새로 두 시에 어디 의사를 불러오나?

나는 엘렌과 함께 끓인 물로 마가렛의 손발을 씻겼다.

마가렛은 뒷간에 간다고 했으나 일어날 새가 없이 자리에 설사를 하였다. 엘렌의 말에 이것이 세 번째라고 한다. 뿌유스름한 쌀뜨물 같은 설사? 나는 어머니, 아버지가 호열자 돌았을 때 일을 생각하였다. 쌀뜨물 같은 설사는 날이 밝기까지에 몇 번을 설사를 하였는지 모른다. 마가렛은 허탈이 되어서 눈을 뜨지 못하였다.

이해에 북경에는 호열자가 돌았다. 기실 북경에는 호열자 없는 해가 없다고 한다. 아마 이전에 아래채에서 죽어 나간 여편네도 이 병인지 모른다.

나는 밝기를 기다려서 한길에 나섰다. 병원을 찾자는 것이다. 나는 동인병원(同仁病院)이란 것을 어디서 본 것을 기억하고 그 방향으로 걸었다.

'이 일이 장차 어찌 되랴는 것인고?'

나는 앞이 캄캄하였다.

Y라는 병원이 눈에 띄었다. 나는 Y 의사를 청해가지고 집으로 왔다.

"콜레라!"

라고 그는 진단하고는 주사 한 대를 놓고 달아나버렸다. 내가 그를 뒤따라가서 치료 방법을 물을 때에 그는 그리 능치도 못한 영어로,

"브랜디 앤드 레몬(Brandy and lemon)!"

이라고 말하고는 무슨 물약을 한 봉 주고, 그러고는 십이 원 오십 전을 청구하였다.

나는 그길로 서양 식료품 가게에 가서 코냑 한 병과 레몬 다섯 개를 사가지고 집으로 돌아와서 마가렛의 입에 브랜디와 레몬즙을 흘려 넣어주었다.

엘렌과 나는 사흘 동안 거의 한잠도 못 하고 마가렛을 간호하였다. 나는 도저히 마가렛이 소생하지 못할 줄 생각하였으나, 차차 병이 들려서 사흘째 되던 날에는 속이 편안하다고 하고 잠도 잤다. 마가렛이 색색 잠이 든 것을 볼 때에 내 기쁨은 실로 비길 데가 없었다.

"엘렌아, 언니가 낫나 보다."

하고 나는 엘렌을 돌아보았다.

"오빠의 정성으로."

하고 엘렌은 내 가슴에 얼굴을 대고 울었다.

"엘렌아, 인제 내 방에 가서 좀 자거라. 네가 자고 나면 나도 잘 테야."
하고 나는 억지로 엘렌을 내 방에 끌어다가 누이고 담요를 덮어주고, 그러고는 석탄산을 물에 풀어서 마가렛의 더러운 옷과 자리를 소독해서 빨았다. 이런 일을 하는 데는 내가 엘렌보다 낫다고 생각하였다. 그래서 마가렛의 부정한 배설물 처치는 모두 내 손으로 하였다. 나는 내 아버지와 어머니께서 앓으실 때에 너무도 어려서 잘 구원을 못 한 것을 후회하기 때문에, 앓는 사람을 보면 내 정성껏 힘껏 그를 편안하게 해주고 싶었다.

'오빠 정성 때문에'라고 한 엘렌의 말은 이것을 가리킨 것이었다.

마가렛의 병은 나았다. 그는 참으로 이적이다. 그는 일어나 앉게도 되고 중둥밥을 먹게도 되었다. 그러나 그가 완인이 되어서 나와 다니기에 이십여 일이나 걸렸다.

이러하는 동안에 여름방학도 다 지나가고 구월도 거의 다 갔다. 내가 학교에 갈 기한은 다 지나버렸다. 나는 이러한 사정을 T 교장에게 보고하였지마는, 나를 미워하는 K, Y 두 학감이 필시 말썽을 부리리라고 생각하였다. 그랬더니 아니나 다를까, 구월 그믐께쯤 해서 학교로부터 해직 사령이 왔다. 어찌하니 해직한다는 이유는 없고, 다만 사정에 의해서라고 하였을 뿐이었다.

얼마 후에 T 교장은 내가 산 토지에서 난 소출을 판 것이라고 돈 삼십원을 부치면서, 내가 두 여자를 데리고 북경에 와서 집을 잡고 살림하고 있는 것이 이유로 학교 직원 간에 물론(物論)이 일어나서 부득이 해직한 것이라고 하였다.

"학교 어떡하서요?"

하고 엘렌이 물을 때까지 나는 이 편지 사연을 말하지 아니하였다.

"학교 고만두었어."

하는 내 대답에 엘렌과 마가렛은 다 놀랐다.

설사 학교를 고만두지 않았기로니 앓고 난 마가렛을 끌고 북간도로 가기는 불가능이었다.

"걱정 말어. 어떻게 살게 되겠지. 하나님이 살길을 주시겠지."

나는 이런 말로 두 사람을 위로하였다. 그러나 앞은 캄캄하였다. 이 북경, 아는 이도 없는 이 북경에서 어떻게 세 식구의 생활비를 버나. 북간도의 땅을 팔아 오는 길밖에 없지마는, 그것도 내가 가기 전에 누가 파나? T 교장의 편지에 의하건댄, 금년에 대풍이라고 다들 기뻐하다가 조상강과 우박으로 일주일 내에 연길현 일대의 농작이 전멸 상태가 되어서 십만 농민이 겨울을 지낼 길이 망연하다고 하니, 땅을 팔려야 팔 수도 없을 것이었다.

나는 내가 배운 재주로 밥을 벌어보리라 하고 한문으로 글을 지어보았으나, 내 한문의 힘으로 도저히 신문에 실어줄 것 같지 아니하고, 『페킹리더(The Peking Leader)』라는 영문 신문에 투서를 해볼까 하고 글을 지어보았으나, 중학교를 졸업한 영문으로는 도저히 가망이 없었다.

나는 상점에 세일즈맨이 되어볼까 하고도 생각해보고, 실상 서양 사람의 상점을 몇 군데 찾아다녀도 보았으나 타이프도, 속기도, 부기도 모르는 나로는 도저히 직업을 얻을 수가 없었다.

이러하는 동안에 주머니에 있는 돈은 점점 줄어들고 날은 차차 추워졌다. 도저히 담요로만 살 수 없어서 뚱안스창(東安市場)이라는 장에 가본즉, 이불 한 채를 사자도 십여 원은 주어야 하겠었다. 나는 이불 한 채를 사서 앓고 난 마가렛과 엘렌을 주었으나, 그들은 내게 미안하다고 영 덮으려고 아니 하고 억지로 덮어주면 내가 잠들기를 기다려서 내 몸에 덮어주었다.

마가렛도 이제는 아라사 정부에서 나온다는 돈을 믿지 아니하게 되었다. 주더라도 공채로 줄 것이란 말을 듣고는 그만 낙망해서, 본디 물러서 저항력이 부족한 마가렛은 쩔쩔매고만 있었다.

나는 최후 수단으로 소설을 써서 서울 M 신문에 투고하였다. 그리고 만일 이 소설이 게재되거든 그 호부터 보내달라고 편지에 써넣었다.

한 이 주일 후에 M 신문사에서 등기로 편지 한 장이 왔다. 그 속에는 오 원 가와세(かわせ, 환)가 있고, 편집국장의 이름으로 '장편 소설을 하나 써보라. 그리하면 매달 십 원씩을 주마.' 하는 편지가 왔다. 그리고 이삼일 후에는 내 소설이 실린 신문이 왔다.

그때의 기쁨은 이루 형언할 수가 없었다. 그것은 내 소설이 신문에 올라서 기쁜 것이 아니라, 다만 십 원이라도 수입이 생기게 된 것이 기쁜 일이었다. 나는 이 첫 원고료 오 원을 가지고 장에 나가서 마가렛과 엘렌의 내복을 사고, 또 오래간만에 청도(青島) 고기 한 근과 숭어 한 마리를 사들고 들어왔다. 마침 펑탕이 왔다가 그 숭어와 고기로 중국 요리를 만들고, 또 펑탕에게 오래간만에 술값을 좀 주었다.

그러고는 나는 날마다, 거의 아침부터 저녁까지, 혹시 자다가 일어나서도 소설을 썼다. 어떻게나 부지런히 썼던지 불과 십여 일 동안에 신문에 일백사오십 회나 날 분량을 써서 소포로 부쳤다.

내 소설의 표제는 「진정(眞情)」이었다. 나는 내가 참되지 못한 탓으로 참된 것이 소원이었다. 나는 참된 애국심, 참된 사랑, 참된 우정을 그리고 싶었다. 내 소설의 주인공 H라는 사내와 Y라는 여자는 참되려고 애쓰는 사람들이었다. 한번 속으로 허락한 사랑에 대해서도 충성을 다하려고 애쓰는 사람들이었다. 그들은 그들의 애인을 참으로 사랑하는 동시에, 그들의 나라를 참으로 사랑하려고 애썼다. 그들은 결코 재주에서나 다른 능력에서나 빼어난 사람들은 아니었다. 차라리 조선 사람이 가진 모든 흠점을 다 가진 사람들이었다. 의지가 약하고 곤란을 뚫고 새 길을 개척해나가는 힘이 부족하였다. 나는 이것을 현대 조선 사람의 공통한 결점으로 보기 때문에 H와 Y에게도 그러한 결점을 주었다. 그리고 다만 내가 가장 말하고 싶은 참되려는 애씀만은 그들에게 주었다. 이렇게 하는 것이 현실에 충실할뿐더러, 또 '참되려는 애씀'을 두드러지게 독자에게 인식시킬 수 있다고 믿은 것이다.

나는 이 속에서 특별히 두 가지를 말하려 하였다. 그것은 내가 나고 자라고 또 묻힐 땅에서부터 내 생활을 뗄 수 없다는 것, 나는 마치 그 땅에 난 풀이나 나무와 같이 그 땅을 떠나서 생명이 없다는 것, 그리하고 남녀 간의 사랑은 가장 청정할 것, 따라서 정조란 남녀를 물론하고 소중하다는 것이었다.

이러한 청정한 연애관은 물론 내가 동경 M 중학에서부터 성경을 읽어온 영향이겠지마는, 조선 사람들이 남녀 관계를 한 유희로 향락으로 알고, 더욱이 남자가 여자를 정욕을 만족하기 위한 기구로 아는 것에 대한 반감도 될 것이다. 나는 첩을 얻는 것을 짐승적이라고 공격하는 글을 여러 번 썼다. 소위 오입이라는 것을 가장 추악한 것이라고 믿었다. 그러면 내 마음이 그처럼 깨끗하였느냐 하면, 그렇다고 할 염치는 없다. 솔직하게 고백하면, 나는 마음은 불결하더라도 언행만이라도 깨끗이 해보자 하는 것이 소원이었고, 또 이렇게 애써가노라면, 즉 겉을 깨끗이 하기를 애써가노라면 속까지 깨끗해질 날이 있으려니, 정말 아침 햇빛과 같이 맑고 밤새에 쌓인 흰 눈과 같이 깨끗하게 될 날도 있으려니 하고 바라고 있을 뿐이었다.

내가 젊은 두 여성과 한집에 오래 사는 심경도 이러하였다. 결코 내 마음에 풍파가 일지 아니하는 것이 아니었다. 그러나 나는 이것을 하나님께서 내게 주신 시련의 기회로 믿었다. 북간도 사람들이야 무엇이라고 하든지, 예수를 잘 믿노라 하고 교회에 직분까지 가졌다는 K 학감, Y 학감이 우리 셋을 두고 무슨 추악한 이야기를 지어내든지, 나는 하나님의 앞에서와 두 여성의 앞에서 겉으로만이라도 깨끗함을, 의로움을 잃지 아니하리라고 결심하고 싸우는 것이었다. 나는 이 싸움 때문에 몸과 마음이 피곤하고 쇠약함을 느낀다. 그러나 그것을 나는 명예로운 것으로 생각하였다. 언제 예수께서 오시더라도, 언제 죽은 R의 혼령이 오더라도,

"나는 두 여성을 깨끗하게 보호하였소."

하고 대답할 수 있는 것만이 내 소원이었다. 이 심경이 「진정」에 반영된 것은 더 말할 것도 없다.

북경의 시월은 벌써 추웠다. 낮에는 볕이 따뜻하지마는, 밤이 되면 갑자기 공기가 어는 것 같았다. 은행나무 잎들이 누렇게 되기 시작하고 카이수이(開水, 끓는 물) 파는 고동 소리가 식전이면 유난히 높이 들렸다. 휑덩그레한 방에 이불도 없이 긴 밤을 지내기는 참으로 어려운 일이었다. 나는 감옥에 있는 사람들과 집 없는 사람들을 생각하였다. 세상에 추위하는 사람이 없도록 할 수는 없을까, 나는 추워서 잠 못 이루는 늦은 가을 긴긴밤에 이러한 생각을 하였다. 귀뚜라미가 요란히 울었다. 쥐들이

264

난동하기를 시작하였다. 뚫어진 창구멍이 휘파람을 하였다. 그러나 나는 마가렛과 엘렌이 미안히 여길 것을 두려워해서 춥다는 말도 못 하였다. 그렇지마는 내 몸에 지방이 점점 빠져가는 것이 눈에 보였다. 퍼렇게 언 손등의 피부가 비비면 부서질 것 같았다.

나는 원고를 쉬지 않고 썼다. 소설은 더 써야 반년쯤 지난 뒤가 아니고는 돈이 될 수 없을 줄 알기 때문에, 나는 북경 구경 이야기며 시베리아, 만주 여행 중의 소견 소문과 감상을 기행문 모양으로 써서 또 신문사로 보내었다. 만일 신문사에서 매삭 이십 원씩만 오면 걱정이 없을 것 같았다. 그때에는 북경의 물가가 싸서 고기 한 근에 이십 전, 연탄 한 돈에 칠팔 원, 쌀도 한 사람이 한 달 먹을 분량이 이 원이면 족하였다. 이렇게 치면 이십 원으로 세 식구가 연명해갈 수가 있었던 것이다.

돈이 다 떨어져서 어찌하면 좋을까 할 때에 신문사에서 백 원 가와세가 왔다.

"엘렌아, 언니허구 옷 사러 나가자."

하고 너무나 기뻐서 큰 소리를 쳤다. 그 소리가 내 귀에 들릴 때에 나는 머쓱해지지 아니할 수 없었다.

"오빠, 돈이 어디서 왔수?"

하고 엘렌은 안 믿기는 듯이 나를 쳐다보았다. 나는 '일금 백 원야'라고 검은 잉크로 박힌 가와세를 내어주었다.

"서울서 왔어?"

하고 엘렌은 의아하였다.

나는 소설을 써서 원고료를 받는다는 말을 이때까지 하지 아니하였다. 그것은 조그마한 희망을 주었다가 낙망을 시키기가 가엾은 까닭이었다.

엘렌은 갑자기 나이가 먹는 것 같았다. 그는 앞길이 막막한 것, 내가 혼자 애를 쓰는 것, 이런 것 저런 것으로 애를 태우고 있는 것을 내가 안다. 이 세상에서 가장 나를 아껴주고 나를 믿는 이가 엘렌인 줄을 내가 안다. 그의 마음은 동정에 찼다. 그는 남을 위해서 걱정하는 마음을 가진 여자다. 그의 마음은 영민하고 이지적이면서도, 따뜻하고 이상적이면서도, 현실의 단단한 땅바닥에서 발을 떼지 아니하는 성격을 가졌다. 두고 두고 사귈수록 그의 아름다움이 하나씩 하나씩 새로 보였다. 그 가냘픈 몸, 조그마한 가슴속에는 끝없이 많은 아름다움이 가득 찬 것 같았다.

이것은 내가 다른 여성을 접촉할 기회가 없는 경우에 있기 때문에 비교를 못 하고 엘렌에게만 마음을 끌린 까닭도 있겠지마는, 지금 와서 생각하더라도 그는 세상에 흔치 아니한 아름다운 성격을 가진 여성임에는 틀림이 없다고 믿는다.

엘렌은 마가렛과 같은 열정가는 아니었다. 마가렛과 비길 때에는 차라리 싸늘하고 쌀쌀한 편이었다. 그러나 그는 순전히 타산적인, 이기적인, 그러한 피가 식은 여성은 아니었다. 얼른 따끈하지 아니하는 대신에 언제까지 따뜻한 그러한 믿음성 있는 점을 가진 여자였다. 그러니까 그는 쾌활하다든지 요샛말로 명랑한 타입의 여성은 아니다. 그는 아침 못에 피는 연꽃은 아니나, 황혼에 있는 듯 마는 듯, 그러나 분명하고 청초한 박꽃일 것이다. 엘렌은 마돈나 타입이다.

나는 엘렌이 나갈 길이, 수녀거나 학교의 선생이거나 간호부거나, 그렇지 아니하면 'devoted wife'라고 생각하였다. 단아하고 얌전하고, 그러나 이 음침한 성격 속에 어찌 보면 궁상이랄까, 비극적 색채랄까, 이러한 불길한 요소가 아니 보이는 것도 아니었다.

더구나 그의 얼굴은 혈색이 좋지 못하고 그의 손발이 살이 없는 것이 풍성한 감각을 주지 못하였다. 오직 그의 부드러운 목소리가 이 모든 흠을 가린다 하겠으나, 그 목소리에는 힘이 부족함이 그의 건강과 수명을 의심케 하였다. 그는 이 세상의 사람이 아니요, 하늘의 사람일는지 모른다.

소설 원고료 백 원으로 마가렛과 엘렌의 겨울옷을 장만하고 나도 무명으로 청복 한 벌을 해 입었다. 나는 이제는 당분간 북경을 떠날 수 없는 것을 생각한 것이다. 그리고 엘렌과 마가렛의 주장으로 내가 덮을 이불도 한 채 샀다.

마가렛도 이제는 건강해지고 의복과 이부자리도 생기고, 그러고도 주머니에 몇십 원이 남아서, 한참 동안 아무 걱정 없이 나는 원고를 쓰고 영문과 한문 공부를 하고, 마가렛과 엘렌도 펑탕을 선생으로 삼아서 관화 공부를 하였다. 배워서 무엇에다 쓰든지 북경에 있으니 그동안 한어를 배우는 것이 좋지 아니하냐고 내가 주장하는 것을 두 사람도 찬성하고 복종하는 것이었다. 사실상 마가렛과 엘렌은 이제는 나와 피와 살로 서로 붙은 존재와 같아서 무슨 새 운명이 오기 전에는 헤어질 수가 없는 사정이 아니냐. 이상한 인연도 다 있다.

하루는 책을 하나 사려고 어느 책사를 가서 섰노라니, 천만뜻밖에 역사가 T가 팔짱을 끼고 들어오는 것을 만났다.

"T 선생, 웬일이시오?"

하고 나는 그의 말랑말랑한 손을 잡았다. 그의 손에는 뼈가 없는 것 같았다. 그는 내 손을 쥐는 것도 아니요, 안 쥐는 것도 아니요, 빙그레 웃었다. 이것이 반갑다는 말이다.

"북경에 온 지 서너 달 되었지요."

하는 것이 그의 말이었다.

나는 그가 매괴주(玫瑰酒)를 좋아하고 싼시엔탕(三鮮湯)을 좋아하는 것을 생각하고,

"매괴주 한잔 잡수시지."

하고 웃었다.

"유원이 웬 돈이 있으시오?"

하고 그는 나를 따라나섰다.

조그마한 음식점에 들어가서 침침한 조그마한 방에 둘이 때 묻은 탁자를 새에 놓고 마주 앉아서 김 오르는 싼시엔탕과 따뜻한 매괴주가 들어오기를 기다리면서 우리는 이야기를 하였다.

"어째 미국을 안 가셨나요?"

T는 이렇게 물었다.

나는 어떤 친구 때문에 못 가게 된 연유를 대강 말하고, 북경에 오게 된 까닭도 간단히 말하였다.

"나도 유원이 북경 와 계시다는 말은 들었지요. 아마 북간도 방면에서 소문이 왔나 보두군요. 젊은 여자 둘을 데리고 와서 어디 숨어 산다는 둥, 일본 공사관에 드나드는 것을 보았다는 둥, 또 M 신문에 글을 쓰는 것이 필시 유원이라는 둥, 시비가 많습디다. 오죽 말이 많은 조선 사람이오? 아모려나 조심하시는 것이 좋으리다."

이것은 T의 꾸밈없는 말이었다. 나는 T가 내게 호의를 가진 것을 믿고, 또 T가 참된 사람인 것을 믿기 때문에 더욱 그의 이러한 말이 내 마음을 서늘케 하였다. 내가 M 신문과 관계하는 것은 무론 본명으로가 아니

요 가명으로이지마는, 만일 이것이 나, 남궁석이란 것이 판명되는 날에는 나는 어떠한 봉변을 할는지도 모르는 것이다. 그것은 그때에는 조선에 신문이라고는 오직 M이 있었을 뿐이요, M 신문은 정부의 기관지이기 때문에 당시 해외에 있는 조선 사람들은 M 신문에 글을 쓴다는 것은 곧 총독부에 돌아가 붙은 것으로 알았기 때문이다. 하물며 내가 일본 공사관에 다닌다는 말이 난다고 하면, 내 생명은 실로 풍전등화라고 아니할 수 없었다.

"그래서 나는 유원이 일본 공사관에 다닐 리도 없고, M 신문에 글을 쓸 리도 없다고 말을 했지요. 그렇지만……."

T의 이 말에 나는 더욱 등골에 땀이 흘렀다.

나는 차마 이 말을 더 듣기를 원치 아니하여서 말을 돌렸다.

"대관절 선생은 어째 상해를 떠나서서 이리로 오셨어요?"

"K 군도 남양으로 인삼 장사를 간다고 떠나버리고, 또 거기서 얻어먹을 데도 없고 싸움질하는 꼴도 보기 싫고, 그래서 북경으로 뛰어왔지요. Y 씨네 형제분이 북경으로 오라고도 그러고. 그렇지만 북경도 마찬가지야. 여기서도 무엇을 가지고들 그러는지 서로 싸우고 잡아먹고, 또 상해만치 책사도 없고, 별로 재미가 없소이다."

하는 것이 T의 북경에 대한 소회였다.

"북경에서는 무엇들을 가지고 싸우나요?"

"모르지요. R 씨 파니 P 씨 파니 A 씨 파니 하고 싸우지요. 그리고 싸우는 데 유일한 무기는 친일파라는 것이고. 그래서 몽둥이질이 나고 육혈포질이 나고 관헌에 밀고질이 나고. 그러기로 나야 누가 어쩌겠소? 나는 아무 편에도 안 들고 책이나 보고 글이나 쓰고 있으니까."

매괴주 서너 잔에 벌써 T의 얼굴에는 홍훈이 돌았다. 그는 말을 이어,

"그래서들 모두들 있는 데를 속이고 있지. 길에서 서로 만나게 되면 샛골목으로 슬쩍 비키고는. 요새에 신라와 당나라와의 교통사를 조사하고 있는데, 당나라에 와 있던 신라 사람들도 서로 그러고 지냈던가, 원. 허기는 장보고(張保皐)를 모함하는 사람들도 있었던 모양이야. 그렇다면 이 병은 신라 적부터 있은 법하고. 여조에도 송나라 원나라에 와 있는 패들이 서로 모함한 일이 있는 모양이지마는, 이조에 들어서 더욱 심했고, 아마 지금이 고작이 아닌가 하지요."

나는 T와 작별하고 집에 돌아올 때에 대단히 마음이 무서웠다. 북경 있는 조선 사람들 간에 내가 문제가 되어 있다는 것은 심히 불길한 일이었다. 더구나 그 세 문제. 젊은 여자와 함께 산다는 문제, M 신문에 글을 쓴다는 문제, 일본 공사관에 다닌다는 문제는 도저히 변명할 수 없는 문제였다. 내가 공사관에 다닌다는 것은 아마 아라사 공사관과 일본 우편국에 내가 다니는 것을 본 사람이 있는 모양이었다.

며칠 후에 과연 조선 사람 칠팔 명이 마당에 들어왔다. 나는 마침 M 신문에 원고를 부치려고 나가는 길이었다.

"남궁석 씨 계신 데가 어디요?"

하고 그중에 얼굴 넓적하고 키 큰 사람이 내 앞에 바싹 다가서서 물었다.

"내가 남궁석이오."

하고 나는 불길한 예감을 가지고, 그러나 태연하게 대답하였다. 나는 내 몸에서 피가 흐를 것을 각오하였으나, 모든 것을 하나님의 섭리에 맡겼다. 그러므로 태연할 수가 있었다.

"댁이 남궁석이오? 할 말이 있으니 좀 들어갑시다."

그의 말은 북방 사투리였다.

그들은, 어떤 이는 청복을 입고 어떤 이는 양복을 입었다. 모두 나를 노려서 훑어보았다.

"이리 들어오시오."

하고 나는 앞서서 내 방으로 그들을 안내하였다. 마침 내 방을 치우러 왔던 엘렌이 놀라는 듯이 나와 여러 사람들을 바라보고 나갔다.

"저 여자는 누구요?"

넓적이가 이렇게 물었다.

"남궁석이 첩이겠지비."

하고 다른 키 작은 사람이 대꾸하였다.

"첩이 둘이라는데 또 하나는 어디 있누?"

이것은 사투리였다.

"그런데 대관절 당신은 무엇 하러 북경에 와 있소? 하는 일이 무엇이오?"

넓적이는 정식적으로 심문을 시작하였다.

"밀정 노릇 하러 와 있지. 치타서도 밀정 노릇 하고 북간도서도 밀정 노릇 하고. 이놈 우리가 다 안다!"

하고 키 작은 사람이 호령을 하였다.

"이놈아, C 잡지에 무에라고 썼어? 흥, 해외에 나와서 돌아다니지 말고 본국으로 돌아가 공부들이나 해라? 이놈이 그것이 그래 밀정 아니고 할 소리야? 또 북간도 와서는 T 교장 놈과 단짝이 되어가지고 지사들을 훼방을 하고. 이놈아, 네 모가지에는 칼 들어갈 줄을 몰라?"

키 작은 사람의 주먹이 연해서 내 따귀를 두 개나 때렸다.

"이 사람들아, 가만있소. 차차 순서를 따라서 물어보자니."

넓적한 이가 키 작은 사람을 가로막았다.

"그래, 저 여자들은 어떤 사람들이오?"

"내 친구의 가족이오. 전장에 나가 죽은 친구의 유족이오."

"그래 당신은 친구의 아내와 동생을 첩으로 데리고 산단 말이오?"

"말을 삼가시오! 그게 무슨 말법이오? 나랏일 한다는 사람들의 말버
릇이 그러하오?"

이렇게 나는 쇠었다. 실상 나는 그들의 무례한 언행에 대하여 분개하
였다.

"이놈 보아."

하는 소리와 함께 주먹과 발길이 내 몸에 몰려 들어왔다. 나는 몸을 똑바
로 할 수가 없었다. 이리 쏠리면 저편에서 차고, 저리 쏠리면 이편에서
찼다. 퉁탕퉁탕하는 소리에 마가렛과 엘렌이 뛰어 건너왔다. 두 여자는
두 팔을 가슴에 대고 울 뿐이었다. 실상 말을 한대야 들을 리 만무하고 어
찌할 도리가 없는 형편이었다.

"이 사람들아, 가만있소. 그렇게 때릴 것 없다니. 그놈이야 말을 들어
보아서 죽일 만하면 죽여버리고, 우리가 잘못 생각한 것이면 또 우리가
남아답게 사죄하고 남궁석과 서로 악수를 할 것이지, 이렇게 할 것이 아
니란 말이야."

넓적한 사람은 이렇게 말하면서 나를 그들의 주먹과 발길 속에서 빼어
내었다.

내 코와 이마에서는 피가 흐르고 옆구리와 등이 켕겨서 몸을 가눌 수가
없었다.

적의 앞에서는 고양이 본 쥐와 같고, 제 편을 먹을 때는 토끼 본 호랑이와 같은 조선 사람의 마음을 나는 울었다. 그리고 나는 그들의 앞에서 다시는 한마디도 입을 벌리지 아니하기로 결심하였다. 왜 그런고 하면, 그들의 마음은 흐리고 또 흐려서 바른말을 바로 듣고 옳은 일을 옳게 알 힘이 없고, 또 옳게 알고도 굽혀보려 하는 것이었다.

내가 전연 무저항인 것을 볼 때에 그들은 싱거운 모양인지 내 방에 있던 M 신문 축을 압수해가지고 가버렸다. 나중에 거기 왔던 사람 중에 몇 사람과 사귈 기회가 생겼거니와, 내가 태연자약한 태도를 가지는 데 기가 질려서 더 폭행을 아니 한 것이라고 자백하였다. 그리고 신문 축을 보아서 거기 쓴 내 글을 읽고는 책잡을 것이 없었다고 한다.

그러나 나는 도저히 이런 생활을 오래 계속할 수 없음을 깨달았다. 친족 아닌 남녀가 오래 한집에 사는 것은 아무리 하여도 부자연한 일이어서 이 앞에 어떠한 사변이 생길는지도 알 수 없었다.

나는 이날에 맞은 상처로 십여 일이나 누워서 앓았다. 옆구리가 결리는 것이 늑막염이 된 것이었다. 마가렛과 엘렌은 이 일이 있음으로부터 북경에 있는 것을 대단히 두려워하는 모양이었다. 실상 나도 또 무슨 일이 있나 하고 마음이 놓이지를 아니하였다.

나는 미열이 식지 아니하고 몸은 더욱 수척하였다. 기침이 날 때면 숨이 막히도록 갈비가 아팠다.

날은 점점 추워졌다. 눈도 없는 강추위였다. 물장수의 외바퀴 구루마에 고드름이 달리게 되었다. 높다란 집 수없는 문틈에는 손길이 들락날락하는 집은 여간 메이추얼(煤團, 무연탄 덩어리)이나 피워가지고는 보온이 되지 아니하였다. 마가렛과 엘렌은 문틈을 발랐다. 암만 발라도 끝이

나지 아니할 것 같았다.

　그래도 나는 엎데어서 원고를 썼다. 소설 외에 쓰는 원고로 또 한 달에 십 원가량씩 원고료가 왔다. 이것마저 떨어지면 세 식구는 굶어 죽을 도리밖에 없었다. 펑탕도 우리 생활이 어려워지는 양을 보고는 발이 떠졌다. 가끔 술값을 집어줄 힘도 내게는 없어진 까닭이었다. 마가렛과 엘렌은 아마 화장품이 떨어졌는지 차차 화장도 아니 하였다. 화장 아니 한 마가렛의 얼굴에는 주근깨가 있는 것을 발견하였다.

　내 몸의 열은 더욱 높아졌다. 검온기가 없어서 몇 도인지 몰라도 오후면은 필시 삼십구 도가량은 되리라고 생각하였다. 오싹오싹하기 시작하다가 덜덜 떨리고, 그러다가는 전신이 불덩어리처럼 되어서 정신이 몽롱하다가, 자정이 넘어서는 식은땀이 흐르고 열이 내리기 시작하나, 그때에는 팔다리가 쑤시고 등이 배기고 그 고통은 열이 오를 때 이상이었다. 어쩌다가 한잠을 자고 나면 전신에 식은땀이 풍하게 나서 요 바닥까지 축축하게 젖었다. 이 짓을 날마다 하고 나서 제 팔목과 손가락이 점점 가늘어지는 것이 눈에 띄었다.

　"무슨 약을 좀 잡수셔야지."

하고 마가렛과 엘렌은 걱정하였다.

　"괜찮겠지."

하고 나는 아무쪼록 웃어 보였다.

　하룻밤은 바람이 몹시 불었다. 앙앙 소리가 나는 것 같고, 창에다가 모래를 불어다 붙이는 소리가 짜르르하였다.

　나는 여전히 땀을 흘리고 기침을 하면서,

　'하나님은 어디 계신가?'

274

하는 생각을 하고 있었다. 코와 이마로 바람결이 윙윙 지나갈 때면 땀에 젖은 몸이 온통 얼어붙는 것 같았다.

아마 새벽이 되었을 것이다. 창에 비쳤던 달그림자도 어느덧 스러져버리고 말아서 방 안은 캄캄하였다.

내 형편이 하도 약약한 것이 도저히 하나님의 섭리를 믿을 수 없는 것 같았다. 이렇게 아프고, 이렇게도 괴롭고, 이렇게 앞뒤 절벽일 수가 있을까. 무슨 까닭에 이처럼 고통스럽지 아니하면 아니 될까.

'내 죄?'

나는 이런 생각을 해보았다. 그러나 쇠약과 고통으로 이러한 생각도 오래 계속할 수는 없었다.

나는 이몽가몽 잠이 들었다. 아마 쩨듯한 달그림의 자극이 스러진 때문일까. 그러나 잠만 들면 무서운 꿈이었다. 산속에 길을 잃고 갈팡질팡 헤맬 때에 이리로 가도 길이 막히고 저리로 가도 길이 막히고, 할 수 없이 절벽을 기어올라 저것이나 넘어가면 살아날까 하고 애를 쓰나 몸은 무겁고 팔다리는 힘이 빠져서 부덩부덩 애를 쓰는 꿈, 캄캄하고 숨이 턱턱 막히고 냄새나는 굴속에 갇힌 꿈, 죽은 사람들이 뼹 둘러서서 나를 위협하면서 이리 가면 이 길을 막고 저 길을 가면 저 길을 막는 꿈, 혹은 앓는 사람을 업고 물가로 걸어가다가 물에 빠지는 꿈, 하늘의 별들이 떨어지고 달이 반쪽 나서 날아 내려오는 꿈, 대체 이러한 무시무시하고 가슴 답답한 꿈이 뒤를 이었다.

이러한 흉몽들을 깨고 나면 또 전신에는 땀이 흘러 있었다.

수없는 뱀들이 길에 널려서 도무지 발 옮겨놓을 자리가 없어서 애쓰는 꿈을 꾸다가 나는 목에 무엇이 끓어오르는 감각으로 잠을 깨었다. 입에

한 입 물린 것은 찝찔한 것. 나는 '피?' 하는 놀람으로 그것을 머리맡에
놓인 사기 타구에 뱉었다. 그리고 불을 켜보았다. 그것은 과연 거품이 부
걱부걱하는 피였다. 또 기침이 났다. 또 한 입. 또 기침이 나면 또 한 입.
순식간에 요강이 철철 넘게 피를 토하였다.

　'인제 나는 죽었다!'

하는 생각이 가슴에 꽉 찼다. 나는 피를 토하면 죽는 것으로만 알고 있었
던 것이다.

　나는 타구를 버려 오지 아니하고는 뒤대어 나오는 피를 뱉을 데가 없
음을 깨닫고 비틀비틀 바깥으로 나갔다. 이 대청으로 들어오는 문이라는
것이 높이가 길반이나 되는 짝문인 데다 대문 모양으로 빗장을 지르게 되
어 있어서, 그 빗장을 빼고 문을 열자면 온 집 안이 울릴 만큼 큰 소리가
났다. 이것은 일종의 도적 예방일 것이다.

　문밖에는 아까 불던 바람도 자고 높은 집들의 지붕에는 아직도 지는 달
빛이 비추어 있었다. 하늘에는 오리온의 기운찬 성좌가 싱싱하게 빛을
발하고, 그 뒤로 주먹 같은 샛별이 파란빛을 발하고 있었다. 나는 뒷간으
로 가던 것을 잊고 한참이나 별을 바라보고 서 있었다. '아마 얼마 오래
만나보지 못할 별들.' 하고 생각하니 눈물이 흘렀다. 그때에는 나는 내가
시작 없는 과거로부터 이 별들을 보아왔고 끝없는 미래까지 이 별을 볼
것일뿐더러, 그 별들이 있기 전부터 내게 있었고, 그 별들이 몇억만 번
나고 죽고 하는 것을 내가 보았고 보고 볼 것이라 함을 몰랐었다. 나는 유
한해서 있다가 죽어서 없어질 것, 저 허공과 별들은 무한한 것으로 알고
있었다. '恨吾生之須臾 羨長江之無窮(한오생지수유 선장강지무궁)'으로
생각하고 있었던 것이었다. '無生無減(무생무멸)'을 몰랐었다. '無去無

來無住無異(무거무래무주무이)'를 몰랐던 것이다.

내가 타구를 버려가지고 돌아올 때에는 마가렛과 엘렌이 일어나서 불을 켜 들고 문까지 나와 있었다.

"왜 찬바람을 쏘이고 나가려오?"

하고 엘렌은 책망하는 모양으로 짜증을 내었다.

"시키실 일이 있거든 부르시지."

하고 마가렛도 나를 나무랐다.

그들은 내가 타구를 버리고 오는 까닭은 모르는 모양이었다.

두 여자는 나를 따라서 내 방으로 와서 나를 붙들어 누이고 이불을 싸 덮어주었다.

"아이, 요 바닥이 젖어서 얼음장이야."

하고 마가렛이 얼굴을 찡그렸다. 마가렛은 근래에 무척 진실한 사람이 되었다. 그가 화장을 아니 하게 되매 그의 마음이 진실해진 것 같았다. 시커먼 청복, 퍼런 두루마기를 입고는 모양을 낼 필요는 없었다. 또 모양을 냈댔자 엘렌과 나밖에는 보아줄 사람도 없었다. 그런데 엘렌이나 내가 다 그의 병구완까지 해준 사람이 아니냐. 그의 몸이나 마음이나 샅샅이 다 아는 사람이 아니냐. 그래서 그는 꾸밀 필요도 없고 허영을 부릴 필요도 없는 것이었다. 그는 다만 몇 푼이라도 벌이를 하고 싶다는 말까지 하게 되었다. 나는 그의 마음속에 이러한 변화가 일어나는 것을 볼 때에 일변 가여우면서도 일변 기뻤다.

나는 밖에 나갔다가 들어와서 또 세 번이나 각혈을 하였다. 다시 타구가 찰 때에는 도저히 내가 일어날 수는 없었다.

마가렛과 엘렌은 마침내 내가 피를 토하는 줄을 알게 되었다. 그리고 그들은 입술까지 파랗게 질려서 덜덜 떨었다.

누구나 피를 보면 겁이 나는 것이다. 겁이 아니 나면 흥분이 되는 것이다. 사람을 자극하는 것 중에 피 이상은 없을 것이다. 그들은 내가 빨간 피를 한 입씩 물어서 뱉는 것을 보고는 마치 얼빠진 사람들과 같이 되었다. 나는 그들이 그처럼 나를 소중히 여기고 사랑해주는 것을 볼 때에 눈물겹게 고마웠다. 기쁘기까지도 하였다. 세상에서 이만한 사랑과 소중히 여김을 받지 못하고 죽는 사람은 얼마나 많은가. 나는 이만하면 죽어도 한이 없는 것 같았다.

하도 다량으로 피를 뱉으니 나중에는 타구로 당해낼 수가 없어서 세숫대야를 갖다가 머리맡에 놓았다. 폐에 있는 혈관이라는 혈관은 모조리 다 터지고 몸에 있는 피라는 피는 다 쏟아져 나오는 것 같았다.

눈을 뜰 수가 없고, 눈을 뜬대도 무엇이 분명히 보이지를 아니하였다. 세상이 모두 황혼 빛으로 변하고, 마가렛과 엘렌이 곁에서 움직이는 것이 마치 반투명체인 누르스름한 혼령과 같았다.

"아이, 이를 어쩌면 좋아!"

하고 마가렛과 엘렌은 두 손을 가슴에 대고 쥐어짜면서 애를 썼다.

"마가렛, 엘렌."

하고 나는 억지로 눈을 뜨면서 불렀다. 엘렌은 두 손으로 내 머리를 움키듯이 붙잡고 마가렛은 핏기 없고 싸늘한 내 손을 제 젖가슴에 꼭 대고 제 두 손으로 싸서 누르고,

"네에?"

하고 나를 들여다보았다. 그들은 마치 죽음이 나를 빼앗아 가려 하더라도 아니 놓으려고 결심하는 것 같았다. 실상 그들은 내 임종을 보는 것으

로 알았을 것이다.

"너무 걱정 말어."

나는 이렇게 말하고 빙그레 웃어 보였다. 반드시 억지로 지은 웃음만은 아니었다. 나는 일종의 안식감과 희열감을 이때에 가질 수가 있었다. 몸과 마음이 온통 편안하였다. 가슴속에 서물서물하는 것도 같고, 목구멍에서 피거품이 보그르 끓어오르는 감각조차도 다 유쾌하였다.

"그래도 이렇게 많이 피를 토하셔서 어떡해?"
하고 마가렛은 울었다.

"더러운 피는 다 뽑아버리고 시방 간장에서 깨끗한 새 피를 만드는 중이거든. 더러운 피와 함께 더러운 생각도 다 뽑아버리고 눈같이 흰 새 영혼이 된단 말이오."

나는 이렇게 웃는 말을 하였다. 그리고 또 한 번 웃었다. 그러나 내 귀로 들어보아도 그 소리는 저 깊이 땅속에서, 무덤 속에서 오는 소리와 같았다. 귀가 먼 것인가, 음성이 기운 없어진 것인가.

"오빠가 무슨 더러운 생각이 있수?"

엘렌의 음성이 떨리자, 내 눈두덩에 엘렌의 눈물이 떨어졌다.

"그럼, 아주버님 마음에 무슨 더러운 생각이 있어서."

마가렛이 이렇게 대구를 놓았다.

나는 두 사람의 눈에 내가 이렇게 깨끗한 사람으로 비치었다는 것이 부끄러웠다. 회칠한 무덤의 겉을 보고 희고 깨끗하게 생각하는 것이라고 하였다. 다만 말과 행실만이라도 깨끗하게, 이러한 나는 일종의 위선자다. 남을 속이는 사람일뿐더러, 그보다 더 저를 속이는 사람이라고 나는 절실히 생각하였다. 그러나 내 천품은 이 위선자 이상에 오를 수는 없는 것 같았다. 속부터, 속까지, 속속들이 눈같이 흰 '나'가 될 수는 없는 것 같았다. 그러나 이 순간, 죽음을 바로 한 걸음 앞에 두고 마가렛과 엘렌의 아무 잡념 없는 사랑을 받는 순간에만은 나는 마음속에 완전한 깨끗함을 느끼는 것 같았다. 내 얼굴에 떨어진 엘렌의 눈물, 만일 마가렛이 보지 아니한다 하면, 나는 그것을 고대로 두어 내 살 속에 배어둘까 하였을 것이다. 그러나 엘렌은 깜짝 놀라면서 내 눈두덩에 떨어진 제 눈물을 씻어버렸다.

나는 내 병이 폐병인 것을 완전히 알게 되었다. 길림과 북경서 얻어맞은 것만이 무론 직접 원인은 아니다. K 학교에서의 과로, 치타에서부터의 심려, 더구나 마가렛과 엘렌을 맡아가지고 오는 일 년 동안의 심려, 그중에도 최근 북경에서 원고를 많이 쓰느라고 한 피로, 이런 것이 모두 합해서 나는 마침내 이런 큰 병을 발하게 된 것이다. 내가 최근에 점점 수척하는 것이 그 병의 시초였던 것이다.

나는 원래가 건강한 몸은 아니었다. 부모가 생존하셨던 때에 내가 잔병을 많이 앓았던 것은 독자 여러분도 기억하실 것이다. 이러한 체질을 가지고 이러한 피곤한 생활을 한 것이 그 결과가 이 병을 유인한 것이었다.

나는 죽는 일에 대하여서는 비교적 두려움이 없었다. 다만 오래 앓을 것이 걱정이었다. 손에 돈 한 푼 없이 어디서 이 병을 앓나? 내가 앓고 누우면 마가렛과 엘렌은 어떻게 하나? 만일 내가 죽으면?

이러한 궁리를 하고 하던 끝에 나는,

'하나님이 나보다 더 잘 아신다. 모든 것을 하나님께 맡기고 나는 내 힘껏 하면 고만이다.'

이러한 결론에 달하였다. '修人事待天命(수인사대천명)'은 동양에도 있는 말이지마는, 내 이 결론은「누가복음」십이 장에서 온 것이었다. 나는 이 이치를 깊이깊이 느꼈다. 이것을 느낄 때에 내 마음은 평안을 얻었다. 적어도 장래에 대한 근심은 극복할 수가 있었다. 내일 일을 위해서 염려함으로 무엇이 되느냐. 오직 오늘에 힘껏 정성껏 할 것이다. 나는 오늘 밤 잠이 들었다가 내일 다시 못 볼는지도 모른다. 만일 하나님이 원하시면 나는 내일 하루를 더 볼 것이다. 그러면 내일은 또 내일 하루에 할 일이 있을 것이다. 그러면 내일이 또 오늘이 된다. 내가 살 수 있는 것은 언제나 오직 오늘뿐이다. 언제나 오늘이 내 생활의 마지막 날이요, 동시에 전부다. 나는 이렇게 생각하였다.

그러므로 내가 아픈 것도 오늘뿐이다. 내일도 아픈 생활이 있을는지 모르거니와, 그것은 오늘에 내가 알 바가 아니다. 그것을 아는 이는 오직 하나님뿐이다. 마가렛과 엘렌을 맡은 것도 하나님이요, 내가 아니다. 나도 내가 알지 못하거든 하물며 남이랴? 그러므로 내가 죽더라도 마가렛과 엘렌은 또 사는 날까지 살아갈 길을 찾을 것이다. 나는 이렇게 생각하고 안심을 얻을 수가 있었다.

나는 그때에 아직도 인과(因果)의 법칙을 믿을 줄을 몰랐다. 오늘이 내일의 인이요, 내일이 모레의 인이요, 인 있는 곳에 반드시 과가 있고, 과를 볼 때에 반드시 그 인을 찾을 수 있다는 이치를 몰랐다. 내가 오늘날 앓는 것도 어저께까지의 내가 지은 업의 보인 줄을 몰랐다. 다만 나로서는 헤아릴 수 없는 하나님의 섭리라고만 생각하였다. 그러하기 때문에 내 병이 어디서, 왜 온 것을 나는 알지 못하였다. 그러나 나는 모든 것을 우연에 돌리지 아니하는 생각을 가졌던 것을 고맙게 생각한다. 그리하였다면 내 마음에는 얼마나 원한이 많았을까. 얼마나 내 기막힌 처지에 대하여 가슴을 치고 이를 갈았을까. 모든 것이 다 오는 것이라고 믿기 때문에 내게는 원한은 없었다. 그러나 오직 하나님의 하시는 일이 왜 이렇게 무자비할까. 왜 이렇게 인생에 가난이 있고 병이 있고 죽음이 있고 슬픔이 있을까. 왜 사람들이 서로 미워하고 싸울까. 이러한 일에 대하여 때때로 하나님의 자비성을 의심하고 원망하는 일도 없지 아니하였다.

"하나님이 어디 있나!"

이러한 소리가 나오는 때가 있었다. 그러나 만일 내가 인과를 믿었던들, 물리학이나 화학에서 배운 대로 물질도 에네르기도 불멸, 오직 인과의 원리로 해서 모든 변화, 즉 모든 현상이 나타나는 것을 믿는 모양으로, 사람의 생활도 개인이나 가족이나 민족이나 인류 전체나 모든 인과의 이치로 고락과 흥망과 성쇠가 있음을 알았던들, 나는 '왜 이럴까?' 하는 의심이나 원망을 품지 아니하였을 것이다.

'오, 내가 받을 것을 받는구나.'

하고 고개를 한번 끄덕이고는 내일을 위한 인을 짓기에만 힘을 썼을 것이다.

피 나오는 것은 일주일쯤 지나서는 뜸했다. 눈도 예전과 같이 바로 보였다.

나는 다시 원고를 쓰지 아니하면 아니 되었다. 나는 신문에 원고를 씀으로 먹을 것을 얻는 것뿐 아니라, 내 동포에게 대한 의무를 다한다는 만족을 얻을 수가 있었다. 나는 스스로 제가 하잘것없는 위인인 줄을 깨닫게 되었지마는, 그래도 어렸을 때에 가졌던 엄청난 큰 포부의 그림자가 조금은 남아서 내 일생을 통하여 동포에게 무엇을 주겠다는 생각은 끊지 아니하였다. 더구나 아마도 죽을 날이 얼마 멀지 아니하다는 것을 느끼는 이때에는 내 속에 있는 모든 좋은 것을 내 목숨이 끝나는 날까지 남김 없이 동포에게 주고 싶은 마음이 간절하였다. 그때 내 처지에서 할 일은 오직 글을 쓰는 것이었다. 내가 본 조선의 잘못을 말하고 내가 믿는 조선의 새 길과 새 일을 글을 통해서 말하는 것밖에 없었다.

그러나 나는 움직이면 또 피가 나오고 열이 올랐다. 만일 이때에 의사가 보았으면 절대안정을 명하였을 것이다. 그러나 나는 대소변 출입도 아니 할 수 없고 원고도 아니 쓸 수 없었다.

마침내 엘렌의 발의로 나는 반듯이 누워 있고, 엘렌이 곁에 있어서 내가 부르는 것을 받아쓰기로 하였다. 나는 처음에는 그것이 무척 미안해서 누워서 원고지를 공중에 들고 연필로 쓰는 일을 해보았다. 팔이 아팠다. 그래서 마침내 엘렌의 말대로 내가 부르고 엘렌이 받아쓰기로 하였다.

그러나 엘렌은 아라사에서 교육을 받았기 때문에 조선글이 서툴렀다. 겨우 한글을 쓸 수 있는 정도였으나 어휘가 심히 적었다. 마가렛은 한문을 좀 알았으나 지식으로 엘렌을 따르지 못하였다.

엘렌은 영리하고 또 내게 도움이 되려고 정성을 다하기 때문에 며칠이 아니 되어서 내 말을 곧잘 받아쓰게 되었다.

"오빠, 부족하지만 내가 오빠 도움이 되게 해주서요."

엘렌은 눈에 눈물이 글썽글썽하면서 이렇게 말하였다.

엘렌의 정성에 나는 큰 힘을 얻었다. 우선 '내가 부르는 글이 엘렌에게부터 큰 도움이 되게 하여주소서.' 하고 빌었다. 나는 「젊은 동포(同胞)에게의 유언(遺言)」이라는 제목으로 긴 논문을 쓰기 시작하였다. 그것은 논문 겸 감상문이었다. 회복할 수 없는 병에 걸려서 만리이역에 누운 젊은 사람이 죽음을 응시하면서 최후의 정성과 정력을 다해서 젊은 동포에게 주는 말을 쓰자는 것이었다.

처음에는 내가 젊은 몸으로 세상을 위하여 아무것도 한 것 없이 중병이 든 것을 말하고, 내가 하려던 직분까지 여러분께 전함을 말하고, 우리는 우리 선인들의 잘못으로 불행을 당하고 있으니 우리가 또 우리 자손에게 불행을 주어 원망을 사지 말 것을 말하고, 이러하기 위하여 우리는 마치 전장에 나간 군사와 같은 생각으로 우리 자신을 잊고 오직 이 땅과 이 사람에게 좋은 일을 하기에 몸과 마음과 재산을 바치기로 맹세함을 말하고, 그리하기 위하여서는 우리는 첫째로 거짓과 게으름을 버리고 이기주의를 버려서, 말이나 행실이나 오직 참되고 저를 잊고 이 땅과 이 사람의 행복을 위하여 부지런히, 부지런히, 죽기까지 부지런히 일하여야 할 것을 말하고, 일할 구체적 내용에 관하여서도 악습관 타파라든지, 문맹 타파라든지, 농촌 개발이라든지, 경제적, 사회 개량적 각종 조직 운동이라든지, 민중 교회 기관의 설치라든지, 이런 것을 들어서 말하였다.

그중에서 내가 가장 격렬하게 주장한 것은 한족을 숭배하는 유림의 노예근성 타파와 조상 중심, 가문 중심인 사상과 도덕의 타파였다. 나는 유교를 공격하여서 조선 사람의 혼을 죽인 것은 유교라고 극언하고, 안순암, 정포은 이하로 조선을 유교화하기에 힘쓴 선현들을 막 공격하였고, 『삼국사기』를 쓴 김부식과 만동묘를 세운 송우암을 민족의 적이라고 절규하였다.

그리고 민족의 역사라든지 어학은 위할 줄 모르면서 이름 없는 조상의 무덤을 꾸미고 족보를 간행하는 것을 타파하고, 마땅히 자녀를 중심으로 하여 부모는 자녀를 위한 거름이 되고 희생이 되고 발등상이 될 것이라고 통론하였다. 그리하는 동시에 혼인은 신랑과 신부의 일이요, 결코 두 집의 문제나 두 부모의 문제가 아니라 하여 연애자유론을 주창하였다.

그리고 나는 조선이 비록 오늘은 성명 없고 빛없는 한 존재이지만 우리네 젊은 사람들의 총명한 노력으로 말미암아 장래에는 세계의 큰 빛이 되리라고 말하고, 우리 젊은 조선인의 생명은 마땅히 그 빛을 발할 초의 원료로 바칠 것이라고 하였다.

"아들과 딸은 구습에 젖은 부모의 길에서 반역하여 새 길을 찾아 밟으라."

이러한 소리도 하고,

"제 조상을 잊고 한족의 조상을 조상이라고 하던 선인들의 무덤을 가르고 해골을 파내어 가루를 만들어 바람에 날려서 조선의 땅을 깨끗이 할지어다!"

이러한 격렬한 소리도 하였다.

나는 신문으로 오십여 일에 긍하여 조선의 모든 낡은 것에 대하여 선전 포고를 하고 내 힘을 다하여 공격하였다. 그리고 끝에,

나는 아마 죽을 것이다. 내 병은 날로 침중해간다. 나는 이 글을 끝맺을 때까지 목숨을 부지한 것을 큰 기쁨으로 안다. 나는 아직도 하고 싶은 말이 많다. 그러나 쇠약한 내 신경은 이 글을 쓰기에도 가끔 아뜩아뜩한다. 이제 나는 더 무엇을 생각할 힘이 없는 것과 같다. 이제 나는 이 글을 끝막을 수밖에 없다. 그러나 만일 우리네 조상이 믿던 바와 같이 사람이 죽어서 다시 어디나 태어나는 것이라 하면, 나는, 나는 극

락도 천당도 다 버리고, 영국도 미국도 다 버리고 기어이 조선에 태어나려고 한다. 만일 몇 번이고 죽어서 또 태어날 수 있는 것이라고 하면 천만 번 억조 번이라도 번번이 조선에 태어날 것을 맹세한다. 그래서 내 손으로 조선의 산과 들을 울창한 산림과 기름진 오곡과 아름다운 꽃으로 꾸미고, 조선의 사람으로 하여금 세계에 가장 힘 있고 영광 있는 백성을 만들고야 말 것을 맹세한다.

이런 말을 쓰고, 그러고는 이십여 일 동안이나 내 글을 받아쓰고 또 정서한 엘렌과 그동안 내 더러운 것을 받아내고 쑤시는 어깨와 팔다리를 주무르고 내 머리맡에서 밤을 새우다시피 간호해준 엘렌과 마가렛에 대하여 나는 이렇게 썼다.

내 친구의 아내인 마가렛과 누이인 엘렌은 앓는 나에 대하야 친동기 이상으로 정성을 다해주었다. 내 생명을 오늘날까지 부지하야 이 글을 마치게 한 이는 실로 이 두 사람이었다. 나는 일어나 앉을 기운이 없어서 이 원고는 엘렌이 받아쓴 것이요, 오후와 밤 동안의 높은 열과 고통이 내 생명을 끊어버리려 할 때에 밤을 새워서 그것을 붙들어준 이는 마가렛이다. 만일 이 글이 내가 원하는 바와 같이 조선을 위하야 다소의 도움이 된다 하면 그 공적은 엘렌과 마가렛과 나와 셋이서 고루 나눌 것이다. 그러나 무론 마가렛과 엘렌이 나를 위하여 이렇게 생명을 바쳐주는 것이 아무 소득을 바람이 없는 것같이, 내가 임종을 눈앞에 바라보면서 이 글을 쓰는 것도 나를 위한 아무 소득을 바라는 것은 아니다. 마가렛이나 엘렌이나 또 나나 다 아니 하지 못하여서, 아니 하고는 못 견디어서 하는 것이다. 우리에게는 기쁨이 있다.

　나는 내가 사랑하는 조선이 마가렛과 엘렌 두 사람을 대표로 보내어서 만리타향에서 앓고 있는 나를 간호해주는 것이라고 믿는다. 아아, 끝없는 조선의 정이여, 사랑이여!

끝날 원고를 낭독하고는 엘렌이나 마가렛이나 다 흑흑 느껴 울었다. 나도 눈물이 흐름을 금할 수 없었다.

　"오빠, 저는 오빠께서 이러한 어른이신 줄을 몰랐어요. 저는 일 년 넘어 큰 어른을 모시고 있으면서도 그가 누구인지를 몰랐어요."

　엘렌은 이런 말을 해주었다.

　마가렛은 내 손 하나를 가슴에 안고 말없이 울고만 있었다.

　나는 이런 센티멘털한 신을 오래 끌기를 원치 아니하여서,

　"마가렛, 「I Would Be True」 불러주시오."

하고 찬미 하나를 불러달라고 하였다. 내 몸에는 열이 오르느라고 오싹오싹 오한이 나기 시작하고 손발이 싸늘하게 얼어 올라왔다.

　마가렛과 엘렌은 내 이불을 덮어주고 손발을 주물러주었다. 나는 마치 해산한 어머니와 같이 기운이 탁 풀려버림을 느꼈다. '열아, 오르고 싶은 대로 올라라.' 하고 떡떡 마주치는 이빨을 꼭 물었다.

　마가렛은 가까스로 울음을 진정하고 내가 청하는 찬미를 불렀다.

　I would be true, for there are those who trust me;

　I would be pure, for there are those who care;

　I would be strong, for there is much to suffer;

I would be brave, for there is much to dare.

(나는 참되려네, 나를 믿는 이 있으니,

나는 깨끗하려네, 나를 아끼는 이 있으니,

나는 굳세려네, 받을 고난 많으니,

나는 겁 없으려네, 당할 위험 많으니.)

이 노래를 들으면 많은 힘을 얻었다. 나를 믿어주는 사람들을 생각할 때에 나는 참되려고 애쓰지 아니할 수 없고, 나를 염려해주는 이를 생각하면 깨끗하기를 힘쓰지 아니할 수 없었다. 진실로 내 앞길에는 받을 고난이 많고 당할 위험이 많으니, 나는 굳세게 버티고 견디고 겁 없이 힘 있게 나아가지 아니할 수 없다.

마가렛은 또 사랑하는 둘째 노래를 불렀다.

Lord, for tomorrow and its needs I do not pray;

Keep me from stain of sin just for today.

Let me both diligently work and duly pray;

Let me be kind in word and deed, Father, today.

(주여, 내일 일을 위하여 빌지 아니하옵니다.

주여, 저를 오늘 하루만 죄에 물들지 말게 하옵소서.

저로 하여금 부지런히 일하고 잘 기도하게 하옵시며,

말에나 행실에나, 아버지여, 오늘 종일 친절하게 하옵소서.)

나는 노래를 다 듣고 나서,

"마가렛, 엘렌, 모든 것을 하나님께 맡기고 지금 부른 찬미 뜻대로 살아가."

하고 웃었다.

열이 오를 대로 오르면 나는 잠이 드는 것이었다. 일종의 혼수상태였다.

나는 내 얼굴에 무엇이 닿는 감각으로 잠이 깨었다. 마가렛이 수건으로 내 이마의 땀을 씻기는 것이었다.

열이 내릴 때에는 전신에 불이 이는 듯한 작열감(灼熱感)이 있었다. 전신에 땀이 가득 젖은 것은 실로 불쾌한 일이었다.

"엘렌은 어디 갔어요?"

하는 내 말에 마가렛은,

"주무시면서도 엘렌을 찾으셔요."

하고 웃으며,

"엘렌은 우편국에 원고 부치러 갔어요."

하였다.

자면서도 내가 엘렌을 찾았다? 아마 그러기도 했을 것이다. 지금 내 가슴속에 가장 소중하고 귀여운 것이 엘렌이었다. 나는 엘렌이나 마가렛이나 꼭 같은 정도로 사랑하려고 힘을 썼으나, 나는 엘렌에게서 더 많은 가치를 발견하였다. 엘렌은 잘 내 속을 알아주고 비판까지 하는 능력을 가졌다고 나는 믿었다. 그는 한 남자로 나를 사랑하는 것이 아니라, 스승으로 동지로 나를 사랑한다고 나는 믿었다. 그러나 마가렛은 분명히 나를 한 남자로 연애하는 것이었다. 아마 자기를 접촉할 수 있는 유일한 남자로 사랑하는 것인지 모른다. 나는 그 마음도 고맙지 아니함은 아니나,

이렇게 중병에 있는 때문이겠지마는, 나는 거룩한 사람이 되고 싶었다. 어느 여자와도 육체적 결합을 목적하지 아니한, 뜻만으로의 사랑을 하고 싶었다. 만일 내가 이 병에서 벗어나서 다시 세상에 살 기회가 있다고 하면 나는 금후의 목숨을 성도적 생활로 바치고 싶었다. 물욕과 명예욕과 안락욕과 정욕에서 완전히 해방되어서 예수 모양으로 순전히 동포를 가르치고 건지기 위하여서 살고 싶었다. 이 한 생각이 있길래로 지난 일 년 반 동안 마가렛의 유혹을 잘 이겨 나온 것이다. 실상 마가렛의 유혹과 매력은 저항하기 어려우리만큼 컸다. 그는 몇 번이나 내게 안기고 내게 매어달렸다. 그러할 때마다 나는 이성이 아뜩아뜩함을 깨달았다. 그러면서도 최후의 일순간에 나는 나를 이길 수가 있었다.

크리스마스도 지나고 양력설, 음력설도 지났다.

내 논문이 나기 시작한 지 한 달쯤 지나서 하루는 역사가 얼굴 넓적한 그 사람을 데리고 나를 찾아왔다. 그 얼굴 넓적한 사람이란 나를 때리러 왔던 패의 두목이던 그다.

"유원, 웬일이오?"

하고 T는 내 머리맡에, 얼굴 넓적한 사람은 내 발치에 앉았다.

나는 웃음으로 두 사람을 대하였다. 평탕도 찾아오지 않는 이때에 오래간만에 사람을 만난 것이 기뻤다. 비록 나를 때리러 왔다 하더라도 반가웠다.

"신문에 쓰시는 것은 보았지요. 이번에는 본명으로 쓰셨두구먼. 유원이 이번에 쓰시는 글은 참 좋은 글이야요. 오늘은 그 글 치사 겸 문병 겸 왔지요."

이것은 T의 말이요,

"저번 일은 용서하셔요. 나는 W야요. 선생을 잘못 알고 그런 일을 해서 이렇게 병석에 누우시게 하니 무에라고 할 말씀이 없어요."

하는 것은 얼굴 넓적한 사람의 말이었다.

"그런 높으신 생각을 가진 양반이 부정한 일을 하실 리가 있어요? 그래서 혼자는 와 뵈올 면목도 없어서 T 선생을 모시고 왔지요."

이런 말도 하였다.

나는 진실로 기뻤다. 북경에 있는 동포들이 나에 대한 오해를 풀게 된 것도 기쁘지마는, 내가 쓴 글이 그만큼 독자 간에 반향을 일으킨 것이 기뻤다.

또 그 후에는 북간도의 T 교장으로부터도 위문하는 말과 그에 대한 칭찬의 편지가 오고, 돈 이십 원도 치료비에 보태어 쓰라고 왔다.

내 생활에도 차차 봄이 오는 것 같았다. 마가렛과 엘렌도 기뻐하였다. 북경에 있는 다른 사람들도 더러 찾아왔다.

또 삼월에 들어가서는 동경 시대에 잠깐 만난 일이 있는 K 씨로부터 M 신문을 통하여 치료비 이백 원을 부쳐 보내고, 연하여 씨의 편지로 내가 '병이 나은 뒤에는 동경에서나 북경에서나 원하는 곳에서 공부를 하라. 학비는 당해주마.' 하는 고마운 말이 왔다.

이러한 의외의 도움으로 나는 편안히 병을 치료할 수가 있어서 육칠월 경에는 나와 돌아다니기도 하게 되었다.

구월 학기에 나는 연경대학 영문학과에 입학하였다. 나는 K 씨로부터 학비를 받는 것이 고통이었으나, 마가렛과 엘렌을 위하여서 아니 받을 수가 없었다.

아직 회복되지 못한 건강이지마는 그래도 학교 과정을 감당하지 못할 정도는 아니었다.

　마가렛과 엘렌을 나는 YWCB의 기숙사에 들여보내기에 성공하였다. 그것은 내 영문학 선생인 팔 박사의 진력으로였다. YWCB의 일을 보는 미스 워터하우스라는 이가 장차 모스크바로 파견을 받게 된다 하여 엘렌은 위 양에게 아라사 말을 가르친다는 명의로 학비를 얻게 되고, 또 마가렛은 배닝험이라는 늙은 부인을 돕는다는 명의로 학비를 얻게 되었다. 이리하여서 크리스마스 방학이 지나고 새 학년부터는 우리는 T라는 동네에서 죽을 고생을 하던 집을 파하고 세 사람이 흩어지게 되었다. 나는 연경대학 기숙사로 들어갔다.

　내 방에는 중국 학생 셋이 있었는데, 그중에 하나는 C라는 북방 사람이요, 하나는 F라는 복건 학생, 또 하나는 손문 선생과 동향이라는 광동 학생이었다. 그들은 비록 다 같은 중국 사람이라고 하건마는 서로 말이 잘 통하지 아니하여 영어로 말을 하고 있었다. 그러므로 나도 그들 새에 섞일 때에는 외국에 있다는 생각이 없었다. 다만 피차에 서투른 영어로 말하는 것이 좀 불쌍한 듯하였다. 당시 북경에 있는 중국 국회인 참의원과 중의원에서도 관화를 모르는 것을 그리 수치로 알지 아니하고 도리어 자랑으로 아는 기색도 있었다. 광동에서 온 K라는 아이는 저의 가족에게 하는 편지에도 영어를 썼다.

　'중국 사람도 유대인 모양으로 코스모폴리턴이다.'

　나는 내 동창 학생들을 보고 이러한 생각을 하였다. 아마 국민의 수효가 너무 많기 때문에 그러한지도 모른다. 또는 수천 년래로 제 나라가 곧 천하라고 자존해와서 대등의 적이 없었기 때문인지도 모른다. 하기는 『논어』, 『맹자』에는 민족의식을 말한 데는 없다.

"열강이 장차 중국을 분할하면 어찌하느냐?"

나는 이러한 말을 해보았다. 왜 그런고 하면, 영국이 양자강 이남을, 미국이 안휘와 복건을, 아라사가 몽고와 청해를, 프랑스가 광서와 운남을, 이 모양으로 세력 범위를 정하여 사실상의 분할을 한다는 소문이 많았기 때문이다.

그러면 중국 학생들은,

"아이 돈 케어(I don't care, 난 상관없어)."

한다든지,

"네버 마인드(Never mind, 걱정 말어)."

하고 태연하였다. 그 이유는 과거에도 몽고족이나 만주족이 중원을 정복한 일이 있었지마는, 다 삼백 년이 못 해서 도리어 피정복자인 한족에게 동화되고 흡수됨을 받았다는 것이다. 그러므로 열강이 설사 중국을 과분하더라도 그것은 길어야 삼백 년을 못 가서 도로 한족 세상이 된다는 것이다. 우리와 같이 수효 적은 민족으로는 도저히 상상할 수 없는 일이었다. 나는 일변 그들에게 애국심이 없음을 비웃으면서도 또 일변으로는 그들의 대륙적인 흉금이 부러웠다.

한번은 교육가 장백령(張伯笒)이라는 이가 학교에 와서 강연을 하는데, '백 년 후의 중국을 바라보노라.' 하여 오직 교육 운동으로만 새 중국을 백 년 후에 이룩한다는 말을 할 때에 청중은 모두 박수갈채하였다.

나는 아령과 북간도에 있는 조선 사람들이 성급하게 '금방, 금방'이라고만 떠들고 십 년 계획도 세우려 아니 하는 것과 비교해보았다.

일찍이 서양 사람들이 중국을 '자는 사자'라고 일컫다가 일청전쟁에 참패하는 것을 보고는 '죽은 사자'라고 하거니와, 역시 또 한 번 깨어날 산 사자가 아닌가 하였다. 어찌했든지 한족은 우리와는 고래로 관계가 깊은 민족이다. 단군 때부터 벌써 요 임금 시대의 한족과 교통이 있었고, 역사가 C의 말과 같이 기자(箕子)가 비록 지금 요양(遼陽)의 한편 구석에 와서 망명 생활을 하였다 하더라도, 또 역사가 C의 말과 같이 기자가 은나라의 기자가 아니라 개오지라 하더라도, 또 한나라 때 낙랑이 비록 지금 대동강 연안이 아니라는 W 씨의 말이 사실이라 하더라도, 또 우리 조선족이 독특한 문화를 지어내었다 하더라도, 우리가 한족의 문화의 영향과 혜택을 받은 것만은 부인할 수 없는 일이다. 이러한 의미에서 우리는 한족에 대하여 감사의 뜻을 아니 품지 못할 것이다. 우리가 신 만엽(萬葉) 이래로, 특히 이조 오백 년에 한족의 문화에 중독하여 제 것이라 할 모든 좋은 것을 잃어버린 것은 심히 원통한 일이지마는, 그것은 우리 조상네의 잘못이지 결코 한족의 잘못이라 할 수는 없고, 또 백제와 고구려의 나라와 문화를 멸한 당나라나, 임진란에 조선에 들어와서 행악한 명병(明兵)이나, 그것도 그들을 우리나라에 불러들인 우리 조상들의 죄요, 한족의 죄는 아니다. 우리는 한족을 미워하고 멸시하는 생각까지도 가지는 경향이 있지마는, 이것이 심히 어리석은 일이다. 나는 이렇게 생각하였다.

아무려나 나는 오래간만에 홀가분한 생활을 할 수가 있었다. 학교의 교사나 잡지의 편집이나 다 마음 졸이는 일이었고, 또 두 식구를 끌고 다니며 가난한 생활을 하는 것은 실로 뼈가 휘는 일이었다. 그러다가 기숙사에서 학생 생활을 하는 것은 참으로 유쾌한 일이었다. 다만 병후의 몸이 남과 같이 건강치 못하여서 걸핏하면 피곤하고 감기가 드는 것이 괴로운 일이었다.

이렇게 비교적 유쾌한 생활을 하면서 나는 내 학비의 절반을 마가렛과 엘렌에게 보태어줄 수가 있었다. 토요일 오후면 나는 마가렛과 엘렌을 찾았다. 그들도 괜찮게 지내는 모양이었다.

이렇게 다음 해 봄까지 북경에서 지냈는데, 내게 학비를 주는 K 씨로부터 '동경으로 가거라. 동경으로 가는 길에 서울에 들러라.' 이러한 청구가 왔다. K 씨는 그때에 서울에서 학교를 경영하려고 준비하는 중이어서 내게 학비를 주는 것에는 학교 일을 보게 하자는 뜻도 품겼던 모양이었다. 또 나도 공부를 하려면 동경이 낫다고 생각하여서 마가렛과 엘렌을 두고 가는 것이 마음에 걸리지마는, 그들도 될 수 있으면 동경으로 데려가기로 하고 나는 북경을 떠났다.

대학 생활

나는 마가렛과 엘렌의 눈물로 보내는 전송을 정양문 정거장에서 받았다. 나와 한방에 있던 C, F, K, 기타 동창 중에 몇 사람도 모두 신굴을 사가지고 역 앞까지 작별해주었고, 학교 선생들 중에도 내가 연경대학을 떠나는 것을 아껴주는 이가 있었다.

"남궁 군, 우리도 학교 마치고는 동경에 갈지 몰라. 편지 주게."

이 모양으로 동창들은 이별을 아껴주었다. 그중에도 C 군은 집이 천진인 만큼 나를 따라서 천진까지 왔다. C 군은 참 나를 사랑해주었다. 나는 그 후에 C 군을 만날 기회가 없었으나 지금까지도 나는 그를 잊을 수가 없다.

천진에서는 C 군에게 끌려서 그의 집에 들어가 이틀이나 묵으면서 관대를 받았다. 그의 집은 순 중국식 저택인데, 정말 굉장하였다. 대문뿐아니라 기둥이란 기둥에는 모두 번들번들하게 옻칠을 하였고, 문고리는 번쩍번쩍하는 주석이요, 방도 수십이나 되는 것 같고, 하인은 얼만지 알 수가 없었다. 대문을 들어서도 안채까지는 중문이 셋이나 있고, 그리고 좌우 줄로도 딴채에 들어가는 중문들이 있었고, 화분과 조롱이 수없이 달려 있었다. 큰 부자인 것이 분명하였다. 도저히 조선에는 그러한 집을 상상할 수가 없었다.

나는 그의 어머니와 누이들까지 소개를 받았고, 끼니때는 십여 명 가족과 한 상에서 먹었다. 여자들도 모두 쾌활하면서도 예절다웠다. 마침 그 아버지는 상해에 갔다고 하여 못 만났지마는, C 군의 집에서 지낸 일들은 참으로 잊을 수가 없었다.

"남궁 군이 북경에 오래 있으면 내 누이를 하나 주려고 했는데."

C 군은 이런 소리를 하였다. 내가 천진을 떠나는 날, C 군은 그 누이 하나를 데리고 정거장까지 나와주었다. C 군은 그 누이를 시켜서 차창으로 내게 서양 수선화 한 다발을 주게 하였다. 이것은 내가 수선화를 사랑한다는 것을 C 군이 알기 때문이었다.

나는 C 군을 가진 중국 사람에게 무한한 호감을 가지면서 천진을 떠났다. 나는 C 군 남매가 우두커니 서서 멀어가는 나를 바라보아주던 것을 지금도 역력히 기억한다. 내 눈에서는 눈물이 흘렀다.

나는 K 학교에 잠깐 들렀으나 이태 동안에 벌써 반은 졸업하고 반은 몰라보게 변하고, 그리고 새로 들어온 절반은 생소한 학생들을 만났다. 직원 중에도 C라는 이는 죽고 Y와 K는 만주로 가고 P는 군서기로 가고, 이 모양으로 변동이 있었고, 교주는 아직 감옥에서 돌아오지 아니하였다. 동회와 야학도 시시한 모양이었다. 인사의 변천이 덧없음을 느꼈다. 그렇게도 오랫동안 그리워하던 K 학교는 벌써 나와는 인연이 끊어진 듯하였다. 그것이 섭섭도 하였다. 나는 이번에는 애끓는 생각 없이 K 학교를 떠날 수가 있었다.

서울 오니 친구들이 나를 반갑게 맞아주고 그동안에 내가 M 신문에 쓴 글이 상당히 큰 반향을 일으켰음을 발견하였다. 그때에는 그러한 글을 쓰는 사람이 없었기 때문이다.

내게 학비를 주는 K 씨도 나를 반가워하고 무척 관대하였으며, 내게 촉망을 크게 하는 뜻을 표하였다. 그는 나이는 나보다 한두 살 위에밖에 아니 되나 벌써 동경서 대학을 마치고 돌아와서 학교를 세우려고 계획하는 중이었다. 그는 재산가의 아들로서 교육과 산업을 일으키는 일을 위하여 전 재산과 일생을 바치겠노라고 말하였다.

신문사에 들러서 놀란 것은 중추원 참의들과 경학원 직원들이 연명하여 내 글을 신문에 싣지 말라는 진정서를 총독부 당국과 신문사 당국에 제출하고, 또 경학원에서 남궁석을 반박하고 성토하는 연설회를 열었다는 것이었다.

"어느 사랑에서나 모두 남궁석이 문제로 논란이오."

하고 M 신문 편집국장은 이렇게 말하였다. 나는 내가 이역에서 죽음을 머리맡에 놓고 쓴 글들이 이만큼 이만한 영향을 준 것을 보고 일변 어깨가 으쓱하는 동시에 일변 붓대로 일생을 바치리라 하고 결심을 굳게 하였다.

나의 두 번째 동경 생활은 일언이폐지하면 사상적 고민 생활이요, 방황 생활이었다. 나는 중학교 때부터 지켜오던 예수의 가르침에 대한 신앙을 잃어버렸다. 그것이 싫어서 내버린 것이 아니라, '아니 버리리라, 아니 떠나리라.' 하고 애를 쓰면서도 점점 멀어간 것이다. 나는 일요일에 교회를 갔고 청년회에 직원도 되었으나, 내 정신생활에는 벌써 예수를 믿는 생각은 없어지고 말았다. 나는 아침저녁 올리던 기도도 언제 그만두는지 모르게 그만두었다.

내가 택한 학과는 철학이었다. 나는 K라는 젊은 교수에게 예루살렘의 철학개론을 배우고, 칸트파의 권위라는 또한 K 교수에게 서양철학사의 강의를 들었고, 또 칸트의 『순수이성비판』이니 『실천이성비판』이니 하는 것을 배우고, 그 밖에 선생이 좋다는 책이면 스피노자니 빈델반트니 파울센이니 로체니, 힘닿는 대로 읽어보았다. 그러나 그렇다고 철학에서 나는 아무 광명도 얻지 못하였다.

우주는 물로 되었느니 불로 되었느니, 하나이니 여럿이니, 다 한가한 재담만 같았다. 오직 하나 귀에 박히는 것이 칸트의 인식론이었다. 즉 우리가 보는 세계는 오직 우리가 보는 세계일 따름이지 그 본체는 알 수 없다는 말이다. 나는 'Ding an sich'라는 말을 무척 인상 깊게 생각하였다.

우리는 우리의 이성으로 이 우주의 본체를 알아낼 수는 없다. 오직 과학을 통해서 우리 오관에 들어오는 현상 세계를 알아볼 수가 있을 뿐이다. 그러므로 우리에게 허하여진 것은 오직 자연계의 과학적 탐구뿐이다. 이렇게 생각하게 되었다.

이렇게 생각하고 나는 다만 종교를 비웃을 뿐 아니라 철학까지도 비웃었다. 그래서 나는 생물학 강의를 듣고 천문학 강의를 듣고 실험심리학을 열심으로 공부하고, 그러고는 사회학과 정치, 경제에 도리어 흥미를 느꼈다.

나는 다윈의 진화론이 마땅히 성경을 대신할 것이라고 생각하고, 헤켈의 『알 수 없는 우주』라는 책을 읽을 때에는 비로소 진리에 접한 것처럼 기뻐하였다.

Struggle for life(살려는 싸움).

Survival of the best(잘난 자는 산다).

이러한 진화론의 문구를 염불 모양으로 외우고 술이나 취하면 목청껏 외쳤다.

이렇게 되매 내 도덕관념은 근거로부터 흔들렸다. 착하신 하나님이 계셔서 세계를 다스리신다는 믿음 위에 섰던 도덕은 여지없이 무너지고 말았다. 선이 어디 있느냐, 악은 어디 있느냐.

Might is Right(힘이 옳음이다)!

마키아벨리, 트라이치케의 정치론이 마음에 폭폭 들어갔다.

"힘이 옳음이다. 힘센 자만 살 권리가 있다. 힘센 자가 하는 일은 다 옳다!"

이러한 도덕관을 가지게 되었다.

나는 이러한 의미로 글을 썼다. 또 말을 할 기회가 있으면 이러한 의미로 말을 하였다. 그리고 나는 조선의 역사가 이 진리를 몰랐음에서 빛을 잃었느니라고 주장하였다. 무론 이것은 나 혼자의 사상이 아니라 당시 세계를, 특히 일본 학계를 풍미하던 독일 사상의 영향을 받은 것일 것이다.

바이블은 약한 자의 소리다.

이런 뜻의 니체의 생각이 더할 수 없이 좋았다. 어렸을 때 읽은 바이런의 「카인」이라는 시극의 아름다움이 머릿속에 다시 살아났다. 아담의 맏아들 카인이 그 동생 아벨을 때려죽이고 하나님께 대들던 그 반항적 정신이 기뻤다.

"하나님아, 덤벼라. 나하고 한데 겨누어볼까."

나는 이렇게 뽐내었다.

밀턴은 그와 반대의 뜻으로 썼겠지마는, 하나님의 자리를 둘러엎으려고 반란을 일으켰다가 패하여 지옥에 떨어져서 꺼지지 않는 유황불 속에 팔짱을 끼고 서서도 반항의 뜻을 버리지 아니하는 사탄이 영웅스러웠다. 나 자신 사탄의 제자가 되어서 그를 따르고 싶었다.

'칸트가 『실천이성비판』에서 이른바 무상 명령이란 무엇이냐. 그는 하나님의 명령이 아니요, 곧 나 자신의 명령이다. 내 마음의 명령을 뉘라서 막으랴, 어기랴? 최고 최상인 내가 누구의 명령을 받으랴. 오직 나만이 나보다 못난 약자들을 명령할 뿐이다.' 이렇게 생각하였다.

나는 차라리 철학과를 버리고 법과로 옮을까 하는 생각을 하였으나 여러 친구의 만류로 그것을 단념하고 그냥 철학을 배우고 있었다. 학교에서 '니체'를 강의하지 않는 것이 나쁘다고 불평하였다. 우리는 그때에 립스의 윤리학을 읽었는데, 그는 감정이입이라는 설로 사람과 사람이 서로 사랑할 것을 말하였다. 나는 교실에서 동창들을 보고,

"자네들은 누구를 사랑하는가. 우리가 사랑할 것은 저와 제 애인뿐이요, 그 나머지는 다 우리의 적이 아닌가. 제군, 강자는 강자이매 우리가 겨루고 싸울 적이요, 약자는 약자이매 우리가 부려먹을 노예가 아닌가. 옛날 일본에서 무사가 새 칼날을 시험하랴고 약자를 벤 다메시기리(ため

しぎり)란 실로 장쾌하고도 당연한 일일세. 약자는 강자의 노예가 됨이 당연한 일이 아닌가."

이런 소리를 하고 뽐내었다.

인도인, 아일랜드인, 폴란드인, 나는 모든 약소민족을 비웃고 저주하였다. 그 비웃음과 저주 속에는 물론 나 자신도 들어 있었다. 약자가 강자에게 지배를 받는 것은 코가 눈 밑에 붙는 것과 같이 당연한 일이라고 믿은 까닭이다.

인도 시인 타고르가 그때에 일본을 방문하여서 동경은 마치 타고르의 천지인 것같이 되었던 때가 있거니와, 나는 한 번도 그의 강연을 들으러 가지 아니하였다.

"약자, 노예."

하고 나는 타고르를 멸시하였다.

나도 그의 시집 『기탄잘리』와 『초생달』과 또 그의 대논문이요 노벨상 작품인 『생의 실현』을 보았거니와, 이 시절의 내 생각에는 그것은 다 침뱉어버릴 만한 약자의 잠꼬대였다. 불경과 성경을 약한 자의 더러운 책으로, 쇠사슬로 묶어다가 무저항에 집어넣을 때 톨스토이, 타고르의 것도 함께 할 것이라고 생각하였다.

"자유, 그것은 오직 강자만이 가지는 것이다. 자유는 강자의 특권이다. 약자에게는 오직 복종과 능욕이 있을 뿐이니 약자가 자유를 운운하는 것은 실로 건방진 소리다."

나는 이런 소리도 하였다.

이러한 사상은 겸손, 자비, 청정 등 얌전하다는 미덕을 다 부인하였기 때문에 내 속에 오랫동안 눌려 있던 열등 정욕들이 모두 반기를 휘두르며 일어났다. 그중에도 가장 큰 것은 청춘의 정욕이었다.

나는 개나 원숭이보다 훨씬 높은 상태에 있다. 나는 생물학적 존재가 아니요, 도덕적 존재라는 신념이 깨어지니 정욕을 억제할 아무 이유도 발견할 수가 없었다. 있다고 하면 그것은 위생상의 이유와 법률상의 이유가 있을 뿐인 것 같았다. 건강을 상치 아니하는 한, 경찰에 붙들려 가지 아니하는 한 아무리 정욕을 만족하더라도 거리낄 것이 없는 것 같았고, 실상 세상 사람들을 돌아보면 그러한 자유로운 생활을 하고 있는 것 같았다.

전에도 말하였거니와, 나는 성관계에 대하여서는 순결을 지키기를 힘써왔다. 가다가 유혹이 없음도 아니었으나, 나는 적어도 몸만으로는 그것을 이기어왔다. 다른 여러 가지 점은 몰라도, 남을 속이지 않는 것과 성도덕에 대하여 충실하는 것만은 어지간히 지켜왔다. 실상 젊은 사람이 성에 순결하기는 수월치 아니한 일이다. 게다가 나와 같이 천생 여성에 흥미를 많이 가지는 자로서는 더욱 그러하다. 나는 이성을 그리워하는 강렬한 욕망의 불을 속에 품은 채로 이것을 싸고 싸고, 누르고 눌러왔다. 나는 내 생명의 끝 날 하나님 앞에 가서,

"하나님, 당신은 나를 시험하시고 시련하시기 위해서 내게 음욕을 많이 주신 줄을 나는 잘 압니다. 그러나 하나님, 나는 마침내 이겼습니다." 하고 자랑하고 싶었다.

그러나 '이제는 벌써 하나님이 죽지 아니하였느냐. 내 순결은 대체 무엇을 위한 순결이냐. 나는 왜 내게 당한 애욕의 기회를 다 놓쳐버렸는고? 어리석은 자! 속은 자!' 나는 이렇게 자책하였다. 나는 깨끗하지 못한 마음으로 마가렛을 생각하고 엘렌을 생각하고 또 옛날의 S를 생각하

였다.

'사랑은 신성하니라, 홍.'

나는 이렇게 생각하였다. 그리고 굶은 개가 꼬리를 늘이고 먹을 것을 찾는 모양으로 나는 이성을 찾았다. 어떻게나 추악한 모양인고!

나는 S에 사는 친구 S를 방문하였다. 이름은 방문이나 내 속마음은 그를 따라서 유곽에 가보고 싶은 것이었다. 그는 시를 쓰고 소설을 쓰는 사람으로서, 방 하나를 빌려가지고 혼자 있었다. 어떤 추운 겨울날 오후였다. S는 이불을 두르고 앉아서 화롯불을 들여다보고 있었다.

"나는 화로의 숯불을 들여다보고 앉아 있는 것이 낙일세. 그것이 빨갛게 타면서 차차차차 스러져서 마침내 식은 재가 되고 마는 것이 내 생명과 같다는 말일세."

S는 아르치바세프를 즐겨서 읽었다. 그는 학비가 없어서 학교에도 못 가고 집에서 소설과 시만 읽고 있는 명상적인 침울한 사람이었다.

"빨갛게 타다가나 스러지면 한이나 없지. 한 번도 타보지도 못하고 스러지는 혼은 어찌하나?"

나는 이런 소리를 하였다. 이것은 내 진정이었다.

"자네도 그런 소리를 하나?"

하고 S는 놀랐다.

"왜? 나는 사람 아닌가? 청춘 아닌가? 청춘에도 못 타본 청춘."

이렇게 말하고 나는 픽 웃었다.

"자네는 교육가요 종교가요. 나는 자네는 그런 생각을 아니 하는 줄 알았네."

그는 엄숙하게 나를 바라보았다. 그의 얼굴 근육은 아편중독인 사람 모양으로 씰룩거렸다.

"『부활』의 첫 허두에 있지 아니한가? 시멘트 덮은 도시의 길가에도 흙만 나온 데면 봄이 오느니라고. 그 실만 한 틈에서도 풀이 나느니라고. 종교가의 마음은 흙으로 안 된 줄 아나? 나는 종교가도 못 되네만."

나는 이렇게 말하고 한숨을 지었다.

"아, 그래?"

하고 S는 이상한 것으로 보았다는 듯이 고개를 끄덕끄덕하였다.

"한잔 먹으려나?"

S는 이렇게 제의하였다.

"그러세. 어디 나가세."

나는 오늘 신문사에서 온 돈 이십 원이 지갑에 있는 것을 믿었다. 오늘 한번 진탕 치듯 청춘의 행락을 하자는 것이다.

S는 날더러 잠깐 기다리라 하고 나가더니 한 되들이 술 한 병하고 오징어 두 마리를 사 들고 들어왔다. 그는 주전자에 있던 물을 따라 버리고 거기다가 술을 펑펑 부어서 화로에 올려놓고 일변 오징어를 구웠다. 찻종으로 술잔을 삼았다.

"술밖에 더 좋은 게 어디 있나? 떡 취해놓으면 천하가 다 내 것이란 말일세."

하고 그는 맛나게 술을 마셨다. 나도 원체 취할 작정이기 때문에 부어주는 대로 마셨다.

"나, 자네 이런 줄 몰랐어. 자네는 꼬장꼬장한 샌님으로만 알았네그려. 자네 같은 도학자 선생이 어떻게 소설을 쓰나 그랬단 말야. 하하."

S는 유쾌한 듯이 내 손을 잡아 흔들었다. 실상 나는 주색을 마음대로

하는 친구들 축에게는 경이원지(敬而遠之)를 받는 편이었다. 기독청년회 이사장인 나를 자기네 술동무로는 생각지 아니했던 것이다. S도 나와 사귄 지는 오래지마는, 역시 나를 경이원지하는 사람이었다.

"난 오늘 새 친구 하나를 얻었네. 남궁석이 속에 인간적인 다른 남궁석이 하나를 찾았단 말일세."

하고 S는 주흥이 도도해서 내 목을 끌어안고 뺨을 비비고, 나중에는 입을 맞추었다. 그러고는 이어서,

"참 유쾌해, 참 좋은데!"

하고 흥분하였다.

나도 술에 취해갈수록 내 몸을 결박하였던 도덕적 줄을 다 끌러버리고 S와 같은 자유로운 심경을 가진 사람이 되려고 애를 썼다.

"자네도 연애해본 일 있나?"

S는 이렇게 물었다. 술병에는 술이 좀 남았으나, 이제는 더 먹을 욕심도 없었다.

"없어. 한 번도 없어."

하고 나는 고래를 설레설레 흔들었다.

"자네는?"

하고 이번에는 내가 물었다.

"나? 글쎄, 있다면 여러 번 있었고 없다면 한 번도 없었지."

S는 추연히 고개를 숙인다.

"실연을 했나?"

나는 이렇게 물었다. 왜 그런가 하면, 나도 S의 자포자기적인 생활과 침울한 성격이 실연에서 온 것이라고 추측하였기 때문이다.

"응, 저편에 실연을 준 일도 있고 이편에서 실연을 받은 일도 있고. 그래, 그래. 연애란 훗맛이 쓴 음식일세. 단 키스 뒤에 쓴 눈물이 온다. 자네 소설에 이런 말이 있던 것을 기억하는데, 용한 말이야. 단 키스 뒤에 쓴 눈물! 그러면서도 사람이란 연애를 아니 하고는 못 배긴단 말일세. 연애는 병이라구두 하지. 그렇지만 이 쓰라린 인생에 그래도 술과 연애밖에 있느냐 말일세."

이러한 S의 말을 듣고 보니 그것이 깨달은 말인 것 같기도 하였다.

전기등이 들어왔다.

"우리 무엇 좀 먹으러 가세."

하는 내 말에 그는,

"자네 돈 있나?"

하고 적막한 빛을 보였다.

"있어. 자, 나가세."

우리는 거리에 나섰다. S는 유명한 유곽에서 가까운 곳이다.

우리는 뎀뿌라(てんぷら) 집에 들어가서 뎀뿌라와 술과 밥을 시키고 서로 지나온 신세타령과 조선 인물평을 하고, 또 동경에 있는 남녀 학생 평을 하였다. 나는 아직 동경에 와 있는 여학생 중에 아는 사람이 없었으나 S는 거의 다 아는 모양이었다. K, M, N 등 여러 여학생에 관한 이야기를 하였다. 그중에서 그가 가장 칭찬하는 것은 C였다. C는 ○○ 영학숙이라는 전문 정도 여학교에서 영문학을 배우는 사람이라고 하는데, 그 말하는 태도로 보건댄 S는 C를 대단히 흠모하는 모양이었다.

나는 S라는 여자를 아느냐고 물었다.

S란 내가 M 중학교에 다닐 때 사모하던 그 여자다.

"S? S?"

하고 S는 한참이나 생각하더니,

"아, 옳지. 그 S 말일세그려. 응 그래, 자네가 한참 반했었지."

할 때, 그 반했단 말이 나와 S를 다 모욕하는 것만 같아서 불쾌하였다. 내 마음에는 아직도 S는 거룩한 천사의 모양으로 남아 있었다.

S의 말에 의하건댄, 이 S 양은 M이라는 남자와 사랑을 하다가 그 남자가 폐병으로 죽어서 지금은 일생을 교회 일이나 하다가 죽는다고 성경 공부를 하고 있다고 하였다.

"동경 있나?"

"응, 횡빈(橫濱) 있다네. 왜 다시 한번 걸어보려나?"

실상 술이 취한 내 마음은 곧 횡빈으로 달려가고 싶었다. 횡빈만 가면 당장 그 여자를 내 것을 만들 것만 같았다.

나는 당장 횡빈으로 간다고 일어난다.

"이 사람 미쳤나? 횡빈은 차차 가고 우선 가까운 데로나 가세."

하고 S는 음충맞게 웃었다. 이것은 실상 내가 아까 S 군을 찾을 때부터 바라던 일이다.

나는 S를 따라서 나섰다. 우리는 어떤 창루 문을 들어섰다. 비록 취했건만도 길로 지나는 사람들이 모두 나를 쳐다보는 것 같아서 고개를 들 수가 없었다. 그러면서도 일종의 쾌락의 예감이 있었다. 실상 길 가는 사람들은 이러한 일을 다 심상하게 알지 모른다.

우리는 더욱 취한 체하였다. 문방에는 소금을 한 줌씩 놓고 시멘트 바닥에는 물을 뿌려서 젖었다. 사진 집 쇼윈도 모양으로 된 속에 커다란 사진들이 걸렸다. 기모노(きもの)를 입은 반토우(ばんとう) 하나가 싱글싱

글하면서 우리 뒤를 따라선다.

우리는 조선 학생인 것을 감추느라고 '오이, 기무라', '오이, 다나카' 하고 되는대로 지은 별명을 서로 부르면서 십여 장이나 되는 사진을 보고 고르기를 시작하였다.

"그거 어디서 모두 무쭉 같은 것들만 모아놓았네."

우리는 이런 소리를 혀 꼬부라진 발음으로 지껄이면서, 그러면서도 그 중에 마음 드는 것을 골라서,

"이거로 하지. 아무렴 어떤가?"

이 모양으로 하나가 하나씩 골랐다.

그중에는,

"오아이니쿠사마(おあいにくさま), 벌써 다른 손님이……."

이 모양으로 반토우가 말하는 사람도 있었다.

이렇게 하나씩 고르기가 끝난 뒤에 우리는 이 층으로 안내를 받았다. 자리 병풍을 두른 어떤 방 기다란 화로에 철 주전자에서 뽀얀 김이 오르는 것을 보고 앉았노라니 중늙은이 큰머리한 여편네가 와서 차를 권하고 음탕한 웃음과 말을 하고, 그러는 동안에 얼굴에는 횟뒷박을 쓰고 긴 옷자락을 질질 끄는 귀신 같은 여자들이 들어왔다.

나는 단박에 흥이 깨졌다. 도무지 사진에서 보던 맛은 없었다. 낯바닥은 하얗고 입술은 빨갛고 눈은 커다랗고, 아무리 보아도 산 사람 같지는 아니하였다. 그래도 S는 아마 여러 번째 만나는 양하여서 제가 고른 여자의 손을 잡아 앉히고 익숙하게 말을 붙이고, 그 여자도 바로 절친한 사람이나 대하는 듯이 아양을 떨었다. 내게 불려 온 여자는 내 곁에 와 앉으면서,

"내가 마음에 안 들어요?"

하고 제 딴에는 아양 부리는 웃음을 웃으면서 담뱃대에 담배를 붙여서 내 입에 물렸다.

"다나카 군은 품행 방정한 사람이 되어서 이런 데는 처음이 되어서 그러는 게야. 잘 어르란 말이야. 이런 얌전한 친구가 반하게 되면 죽을지 살지 모르는 것이란 말이다."

하고 S는 내 어깨를 툭 치며,

"오이, 왜 그렇게 무서운 얼굴이야. 좀 귀애주란 말야. 하룻밤 한자리 잠을 자도 모두 연분이어든. 자, 그렇게 용렬한 꼴 보이지 말고 어서 침실로 가오."

하고는 값 투정을 해서 정한 뒤에 제 여자를 끌고 먼저 나가버린다.

"자, 어서 가요. 우습게는 구네."

하고 내 여자는 성난 듯이, 귀찮은 듯이 나를 잡아끈다.

내 마음 어느 구석에서는,

"이놈아, 네가 어디를 왔니. 무엇 하러 왔니. 어서 뛰어나가거라."

하는 소리가 들린다. 또 한편 구석에서는,

"이놈아, 이왕 왔거든 사내다워라. 부어놓은 잔이어든 마셔라."

하는 소리도 들렸다. 나는 못나게시리 이 귀신 같은 여자에게 끌려서 한 방으로 갔다. 그것은 큰 방인데, 사이사이에 평풍을 치고는 한 평풍마다 한 패씩이 끼고 드러누운 모양이었다. 내 평풍 다음 평풍 속에서 S의 혀 꼬부라진 농담이 들렸다.

나는 이 이상 더 그릴 수는 없다. 나는 인류 사회에 이러한 광경이 있으리라고는 상상도 못 하였다. 나는 거듭 양심의 손에 머리끄덩이를 끌리면서도 역시 다른 사람이 걷는 길을 다 걸었다.

'내가 다른 사람보다 나은 것이 무엇이냐. 깨끗한 것은 무엇이요, 높은 것은 무엇이냐. 그 짐생스러운 꼬라구니!'

S를 작별하고 내 하숙으로 돌아오는 길에 나는 이렇게 자책하고 치를 떨었다.

'이게 무에야? 이게 무에야?'

하고 나는 발버둥을 치고 울고 싶었다.

이튿날 아침에 술이 깬 때에 지난밤 일을 생각하니, 나는 내 몸이 보이는 것도 부끄러워서 눈을 꽉 감고 떨었다.

'술에 취하지 아니하고는 못 할 일!'

하고 나는 술 먹은 것을 후회하였다. 그렇지만 취한 후에 올 것을 예기하고 술을 먹은 것이 아니냐.

나는 학교를 갔으나 동창들 보기도 부끄럽고 이야기를 하기도 싫었다.

'이게 무엇이야? 이게 무엇이야?'

나는 강의를 듣다가도 그 생각을 하고는 죽어버리고 싶은 일종의 암흑과 절망을 느꼈다. 나는 하학 후에 하숙에 돌아와서 칼로 손가락을 베어 피를 내어가지고 다시는 술을 안 먹을 것과 다시는 부정한 성적 관계를 맺지 아니할 것을 맹세하였다. 나는 유곽의 한 시간의 그림자가 지금도 마음속에 꼭 들어박혀서 떨어지지를 아니한다. 나는 유곽이란 것은 인류의 더할 수 없는 치욕임을 느꼈다. 어떠한 국가적 이유가 있다고 하더라도 그것은 용서할 수 없는 죄악이요, 인류의 자기 모욕이라고 느꼈다. 유곽에 딸자식을 팔아먹는 어미 아비가 짐승 이하의 천한 존재인 것은 말할 것도 없거니와, 유곽을 경영하는 사람, 거기서 이익을 얻어서 의식(衣

食)을 하는 사람은 어서 죽어서 없어지는 것이 옳다고 믿는다. 그리고 유곽에 다니는 남자도 벌써 사람이라는 계선 이하에 있는 존재라고 믿었다. 사람이 다른 동물보다 못한 점은 거짓말 외에는 창기 제도라고 나는 믿었다.

나는 얼마 동안은 화류병이 전염하지 아니하였나 해서 도무지 마음이 놓이지 아니하였다. 나는 606호 주사를 생각하였으나, 첫째로 병원에 가기가 부끄럽고 둘째로는 주사 한 대에 십오 원이란 말에 겁이 났다. 나는 화류병에 관한 서적을 보았다. 만신창, 관절염, 사십이 넘으면 뼈와 내장과 뇌수까지 들어가서 마침내 미치기까지 하고, 또 그것이 자손에게까지 유전이 된다는 말? 어떻게 무시무시한 말인가. 이러한 구절을 보면 내 혈관 속에 벌써 매독과 임질 균이 우글우글하는 것만 같았다. 그 괴로움, 그 불쾌함, 나같이 결핵을 가진 병신이 게다가 화류병까지 겸한다면 그 얼마나 큰 벌일까. 만일 내가 화류병이 전염되었다고만 하면 나는 자살해버리고 싶었다.

그러나 이 부끄러운 사건은 지나간 이태 동안에 해이하였던 내 도덕관념을 긴장케 하는 효과를 주었다. 나는 인과의 무서움을 깨닫게 되었다. 내가 하는 일은 모두 인이 되어서, 즉 씨가 되어서 조만간에 반드시 그 결과를 거두고야 만다는 천지의 이치를 느낀 것이었다. 나는 지금까지의 운명이란 것과 요행이란 것을 믿었다. 운명이란 내 힘으로는 어찌할 수 없는 것, 다시 말하면 내가 아무리 잘하여도 좋지 못한 결과를 거둘 수도 있고, 내가 잘못하여도 좋은 결과를 거둘 수도 있다는 것을 믿었다. 그러므로 세상에서 잘되고 못되는 것은 다 운수라고 생각하고 제 책임이라고 생각하지는 아니하였다. 이것은 내가 근대 우리 조선 민족의 잘못된 인생관을 받은 것이라고 생각한다. 이렇게 깨닫고 나는「운명론」이라는 글 한 편을 써서 내가 편집하던 잡지에 내었다. 그 요령은 '내 운명은 내가 만드는 것이라.' 하는 것이었다. 나 개인의 생활뿐이 아니라, 내가 가장 관심을 가진 조선 민족의 현재와 장래도 천운이니 대세니 하는 것으로 좌 우되는 것이 아니라, 결국 조선인 자신의 총명한 판단과 정성 있는 노력 여하로 좌(左) 하게도 되고 우(右) 하게도 되는 것이라고 역설하였다.

내게 이 생각이 일어나게 된 간접의 동기는 T 교수에게서 들은 불교 강의인가 한다. 나는 예수교인이거니와, 웬일인지 인도 철학이라는 것과 불교에 관한 강의를 듣고 싶어서 T 교수의 강의를 택하였던 것이다.

T 교수가 얼마나 불교를 이해하고 또 그대로 믿고 행하는 인지 지금도 모르거니와, 불교를 사랑하는 것만은 사실이었다. 그러길래 T 교수가 교수 된 지 십오 주년인가 이십 주년 되는 축하식에 그는 가사 장삼을 입 고 식에 출석한 것일 것이다.

T 교수는 '색즉시공(色卽是空) 공즉시색(空卽是色)'이란 말을 가장 사랑하는 모양이어서, 그는 한 시간에도 여러 번씩 이 문자를 쓰고 또 언 제나 이 문제를 안 꺼내는 때가 없었다. 지금 생각하면 이 T 교수는『반 야경』을 애독하였던 모양이다.

사실상 T 교수는 인과론 같은 것은 별로 말하지 아니하였다. 다만 불 교의 내용을 말할 때에 지나가는 말같이 불교에서 인과 업보라는 것을 믿 어서 제가 받는 것은 다 제가 전에 한 업의 갚음이라고 생각하느니라고 말하였을 뿐인데, 이 말이 내 머리에 깊이깊이 박힌 것이다.

하나님이라는 이적적 신의 존재에 의심을 품게 된 나는 인율이라는 이 성적 법칙을 더 만족하게 생각한 것은 당연한 일이다. 나는 내가 중학교

이래로 배운 과학에서 이 우주가 한 법칙적 체계를 갖춘 것이요 결코 혼돈 무질서한 변화가 아닌 것을 알았거니와, 철학을 배우는 데는 이 우주를 목적론적으로 보아서 어떠한 목적을 향하고 진화해가는 것이라는 해석이 있음을 볼 때에 나는 그것이 옳은 소견 같다고 생각하였다.

그러나 이 전 우주를 통한 법칙은 대체 어디서 왔는가. 이를테면 이 합리적 우주의 첫 고동을 튼 자는 누구인가. 다시 말하면, 모든 원인의 원인이 된 것은 무엇인가. 철학에서 이르는 바 'Causa sui'란 무엇인가. 플라톤도 이 근본적이요 최초인 이데아를 신인 것같이 말하였다. 근대 철학의 시조라는 데카르트도 하나님이 모든 원인의 원인인 것을 말하였다. 칸트는 우주의 본체, 즉 'Ding an sich'는 우리로서는 영원히 알 수 없는 것이라고 말하였으나, 이것은 무론 하나님의 존재를 긍정한 것도 아닌 동시에 부정한 것도 아니다. 도리어 그는 'Kategorische Imperative'라는 것으로 이 우주에는 지배자 격인 가장 높은 마음이 있는 것을, 적어도 그런 것이 있다고 믿지 아니치 못할 것을 암시하였다.

그 밖에 여러 철학자들이 비록 하나님이라는 예수교적 관념인 인격적 존재를 승인하기를 원치 아니하여서 'das Absolute'니 심지어 'the un-knowable'이니 하는 것으로 부른다 하더라도, 'Causa sui'인 최초적이요 최고인 존재를 부정할 수는 없었다.

이에 나는 두 가지를 아니 믿을 수 없었다. 그것은 이 우주는 인과를 기초로 하는 법칙적 존재라는 것과, 이 법칙을 준 자, 또는 이 법칙의 첫 원인이 되는 자가 있다는 것이다.

그러나 불행히도 이 원인의 원인이라는 것과 성경에서 말하는 하나님이라는 것을 동일한 것으로 볼 수는 없었다. 더구나 『구약성경』에 나오는 여호와 하나님이란 유대 민족의 터줏대감에 불과한 것 같아서 가장 호의적으로 해석하더라도 그것은 옛날 유대 민족의 마음에 비추인 하나님의 한 그림자에 불과하였다.

『신약전서』에 나오는 하나님, 즉 예수께서 말씀하시는 하나님은『구약』의 하나님보다 훨씬 보편성을 가졌다고 보았다. 그는 벌써 유대족의 터줏대감은 아니요, 전 인류의 터줏대감이었으며, 비위에 틀리면 심술을 부리는 그러한 열등한 인격이 아니요, 전 인류를 적자로 보는 자비의 존재였다. 예수께서는 그만큼 하나님의 본질을 밝히 보시고 널리 보신 것이다.

그러나 내가 I 교수에게 배운 천문학 지식으로 보건댄, 지구는 결코 우주의 중심이 아닐뿐더러 태양계의 한 티끌에 지나지 못하고, 태양계 그물건도 은하계의 한 티끌에 지나지 못하고, 은하계 그것도 또 그보다 더 큰 어떤 가족의 일원에 불과하고, 이 모양으로 이 우주는 우리 상상력으로는 도저히 상상도 할 수 없는 것이다. 이른바 'the infinite'다. 끝없는 것이다. 따라서 이 지구 외에도 사람과 같은, 또는 사람과 다른, 또는 사람 이상의, 또는 사람 이하의 이 모양으로 끝없는 종류와 끝없는 계단의 생물이 살 수 있는 것이다. 그때만 해도 화성에는 운하인 듯한 것이 있다고 해서 필시 사람과 가장 가까운, 그러나 사람보다 가장 지력이 빼어난 생물이 사는가 보다고 해서 미국 윌슨 천문대에서 무선전을 방송해본다는 둥, 알프스 꼭대기에 큰 화톳불을 놓는다는 둥 해서 화성에 대하여 통신을 한다고 떠들던 때다. 근년에는 우주의 어느 쪽에서 정체 모를 전파가 온다고 하여 떠들거니와, 아무려나 오늘날 우리의 지식으로도 이 우주 안에는 'inhabitable(생물이 살 수 있는)'한 세계가 지구 외에도 있을 수 있는 것을 부인할 수는 없다. 도리어 지구와 다른 광선과 온도와 습도를 가진 별이나 허공(허공이라는 것도 우리 몸의 비중과 오관으로 판단해서 허공이지, 우리 감각기관과 다른 비중과 감각기관을 가진 자에게는 그 허공이란 것이 우리가 사는 지구 껍데기와 같이 단단해서 넉넉히 발붙이고 살 곳일 수도 있을 것이다)에도 각각 그 광선, 그 온도, 그 습도에 맞는 생물이 살고 있을지도 모르는 것이다. 태양에서 가장 먼 해왕성이나 플루토가 우리 지구상에 사는 생물이 살기에는 너무도 어둡고 너무도 춥겠지마는, 또한 그러한 자연적 조건에 맞는 생물이 살 수 없으리라고 누가 단언하겠는가. 그와 반대로, 불길 그 물건이라 하는 태양 속에도 우리 지구는 송두리째 녹아서 타서 가스가 되어버리겠지마는, 거기는 또 그 조건에 맞는 생물(즉 마음을 가진 자)이 살지 못하리라고 누가 단언하겠는가. 또 다른 편으로 보아서 오늘날의 현미경으로도 한 방울 물이나 한 티끌에서 수만의 미생물이 산다고 하니 허공 중의 우리 눈에는 보이지도 아니하는 잔 티끌도 수없는 생물이 붙어 사는 세계가 아닌가. 참새는 작고 코끼리는 크지마는, 그 마음의 작용에 있어서는 똑같지 아니한가. 기뻐하고 슬퍼하고, 성하고 자라고, 새끼 치고 늙고 죽고 하는 것은 사람이나 버러지나 현미경 하의 미생물이나 다 일반이 아닌가. 만일 지구인 생물만을 표준으로 다른 별 또는 허공에는 생물이 살지 못하리라 함은 마치 유대인이 하나님을 지구인의 하나님으로 아는 것과 다름이 없을 것이 아닌가.

이러한 내 우주관은 『신구약』의 우주관을 용납할 수는 없었다. 이러하기에 나는 예수의 가르침에서는 오직 그 도덕적 가치만을 취할 수밖에 없었다.

나는 이러한 내 우주관이 곧 불교적 우주관이었음을 훨씬 나중에야 알았고, 내가 이러한 우주관을 가지게 된 것은 천문학 시간에서 새 상상력이 지어낸 것이었다.

나는 이에 일시 사상적 혼란에 빠졌다. 그것은 새로 도달한 인과론적, 목적론적 도덕관과, 내가 대학에 온 후에 일시 빠졌던 본능 해방주의적인 생활 방식과의 충돌이었다. 내가 창기 집에 다녀온 뒤로 마음속에 일어나기 시작한 양심의 가책은 나를 타락의 길에 떨어지는 것을 방지하는 효과가 있어서 내 마음에는 깨끗한 생활을 동경하는 정이 다시 일어나기 시작하였으나, 그래도 이태나 너무 방종한 마음을 가지던 습관이 일조일석에 깨어지지를 아니하여서 여전히 술도 취하고 방탕한 마음도 가졌다.

이러한 때에 한 가지 사건이 생겼으니, 이 사건은 내 도덕적 생활에 중대한 힘을 준 사건이었다. 그 사건이란 이러하다.

어느 겨울 방학, 나는 방학 기회를 이용하여서 신문사에 보낼 원고를 쓰고 있었다. 한집에 있는 여러 동무들은 혹은 집으로 가고 혹은 놀러 나가고 대개 나 혼자 있었다. 오후라 기억하는 때에 웬 사람이 나를 찾아왔다. 그는 K 대학의 학생이었다.

"형님은 나를 모르시리다. 그러나 나는 형님을 잘 알지요."
하는 것이 그의 첫인사였다.

그는 분명 나보다도 나이가 위인 모양인데 날더러 형님이라고 부르는 것을 보면 아마 예수교인인가 하였다. 또 그의 겸손하고 진실한 모양이라든지 거의 수줍은 듯한 말씨라든지, 다 그가 예수교인인 것을 표시하는 듯하였다. 그는 내가 쓴 글을 다 보았노라 하였고, 특히 북경에서 병중에 쓴 글을 많이 탄복하여 그가 아직 고등학교에 다닐 때에 그 글 중에 일부분을 번역하여 작문 시간에 드렸더니 구십 점을 받았노라는 말도 하였다.

그는 동경에 C라는 애인을 두고 그 자신은 멀리 북해도에서 공부하고 있었다. 그런 인연으로 그는 니도베(新渡戶) 박사를 숭배하노라고 하였다. 그의 이름은 Y였다. Y의 말에 의하면, 그의 애인에게는 많은 유혹자가 있었다. 자기는 학교를 버리고 동경에 올 수는 없고, 또 애인도 학교를 버리고 북해도로 오라고 할 수도 없었다. 일 년에 세 번 방학 때밖에 만날 수 없는 애인을 유혹 많은 동경에 혼자 두고 이천 리나 밖에 있는 것이 그의 고민이었다.

"형님, C를 맡아주세요. 나는 형님의 순결한 인격을 믿기 때문에 형님이 맡아만 주신다면 마음을 턱 놓겠어요."

이렇게 그는 마침내 명언하였다.

나는 마가렛과 엘렌을 맡아가지고 지나던 쓰라린 경험을 생각하였다.

"맡긴 내가 어떻게 맡아요? 남의 처녀를 어떻게 맡습니까?"

나는 어이없어 이렇게 말하였다. 나는 내가 근년에 어떻게 타락한 것도 모르고 이 친구가 초면에 내게 젊은 애인을 맡기려는 것을 생각할 때에, 얼굴에 쥐가 이는 것 같았다. 창기의 집에까지 다녀온 나를 순결한 인격자라고 믿어주는 것이 미안하였다. 나 같은 사람을 믿는 Y야말로 순결한 사람이었다.

Y의 결심은 굳었다. 그는 두 시간이나 나를 졸라서 나는 마침내 그에게 끌려서 전차를 타고 O라는 C의 하숙을 찾았다. 그 집은 어느 신사 수풀 옆 외따름한 이층집으로서 심히 한적한 곳이었다. 과연 시를 좋아하는 문학소녀가 있기를 즐겨할 만한 곳이었다. 땅이 얼었다 녹느라고 질어서 우리 구두에는 코숭이까지 흙이 묻었다. 시골 풍경이었다.

이빨에 꺼먼 칠한 주인 마나님이 다스키(たすき)를 걸고 빨래를 하다가 말고 우리를 맞아서,

"C상, 오갸쿠사마(おきゃくさま)."

하고 이 층을 향하여서 소리를 질렀다.

남의 여자의 혼자 있는 집이라고는 일생에 처음 가는 나는 가슴이 두근거리고 마음이 편안치 아니하였다.

Y는 제 방에 들어가듯 망토도 입은 채로 문을 열고 쑥 들어가버려서는 한참이나 소식이 없다. 아마 이러이러한 사람을 데리고 왔다는 말과, 나라는 사람을 어떤 모양으로 접대할 것을 의논하는 모양이었다. 나는 무척 싱거움을 느끼면서 조그마한 창으로 종용한 신사 경내를 바라보고 있었다. 늙은 젓나무들이 쑥쑥 올려 솟고 침침한 그늘에 촉촉이 젖어 있는 거무스름하게 썩은 신사 집이 퍽 운치 있게 보였다.

"형님, 이리 들어오시오."

하는 Y의 말에 나는 방에 들어갔다.

머리를 척척 땋아 늘이고 연분홍 치마에 자주 저고리를 아무렇게나 입은 여자 하나가,

"이리 앉으시지요."

하고 내게 방석을 권하고는 내가 앉기를 기다려서 조선 절도 아니요, 일본 절도 아닌 얼치기 절을 하였다. 그가 C였다.

C는 미인이라고 할 정도는 아니나, 살이 희고 몸도 실하고 눈에 정기가 있었다. 그에게는 벌써 조선식 처녀의 수줍음은 없었다.

"선생님 말씀은 많이 들었어요. 신문에 나는 글도 늘 보고요."

C는 초면의 어색함도 없이 극히 자연스럽게 이런 인사말을 하였다. Y

는 C를 대하여 앉은 기쁨으로 늘 싱글벙글하고 있었다. 그가 어떻게 C를 사랑하는지는 그의 말 없는 태도에서 충분히 볼 수가 있었다. 나는 이만한 애인을 가졌다 하는 것을 더할 수 없는 기쁨과 만족을 삼는 양이 역력히 보여서 가여울 지경이었다. 그와 반대로 C는 도무지 Y에게는 눈도 보내지 아니하고 Y가 무슨 말을 해도 대답도 잘 아니 하였다.

남의 앞에서 여자로는 그럴 법도 한 일이라고 나는 생각하였다.

나는 C가 묻는 말에 대답하는 태도를 가졌다. 그러나 그가 그처럼 자연스럽게, 그처럼 정답게 구는 것은 내게 호감을 주었다. 나는 C와 마가렛과를 비교하였다. 그는 마가렛과 같이 열정가인 것 같았다. 그렇다 하면 그를 가까이하는 것은 남자에게 위험일 것 같았다.

뎀뿌라소바(てんぷらそば)가 왔다. 과자도 왔다. 우리는 일변 먹고 일변 이야기하였다.

"저는 소설을 좀 써보고 싶어요."

C는 이런 말도 하였다. 그리고 자기 일기책에 적은 시들도 내어 읽어주었다.

아직 글은 유치하지마는, 착상에 독특한 것이 있었다. 대단히 감각적이요 탐미적인 그의 성격의 편린이 보이는 듯하였다.

나는 예술이란 일종의 설교, 설교 아닌 설교라는 말을 한 법하다. 아름답다든가 쾌감을 준다는 것만으로 예술이 되는 것이 아니요, 사람의 혼에 깊이 울리는 무엇이 있어야 비로소 좋은 예술이라는 말을 한 법하다.

이 의견은 기실은 내 근래의 생각과는 모순되는 생각이요, 종교적인 지나간 생활, 북경에 있을 때까지 옛 생활이 가지던 의견이었다. 그러나 조선의 한 처녀를 대할 때에 나는 이 의견을 말하지 아니할 수 없었고, 이

의견을 말하고 나서는 나는 스스로 내 의견에 놀랐다.

'옳다, 참 옳아! 내 말이 옳다. 나는 내 말에 돌아가지 아니하면 아니된다.'

이렇게 생각하고 심히 엄숙한 기분을 얻어서 나는 도도히 현대의 향락주의, 탐미주의 사조를 배격하고 톨스토이식 예술관을 역설하면서 C의 작품 몇 개의 모럴이 좋지 못함을 사정없이 비판하였다.

"옳아, 옳아, 형님 말씀이 옳아."
하고 Y는 연신 감격하는 찬성의 뜻을 표현하였다.

"형님의 속에는 성도의 불길이 있어요. 형님이 옳음을 역설하실 때에는 형님의 눈에서 불길이 나요."

나중에 Y는 나를 보고 이런 말을 하였다. 나는 이 말을 들을 때에 내 속의 더러움을 돌아보고 등골에 찬땀이 흘렀거니와, 그 대신 나는 '내 마음속의 부정을 다 살라버리고 성도의 마음이 되리라. 내 가슴에는 언제나 성도의 거룩한 불길이 피어오르고 내 몸과 말에서는 우레와 번개를 발하리라.' 이러한 욕심을 가졌다.

나도 C의 눈에서도 일종의 감격의 빛을 볼 수가 있었다. 나는 마치 무당이 일시 신이 접해서 제 능력 이상의 말과 행동을 하듯이 이날 이 자리에서는 마침내 나 이상의 언행을 한 모양이었다.

"폐일언하고 C는 유원 형님을 절대로 믿고 의지하고 복종하고 배우시오."

Y는 이러한 감격한 말로 C에게 명령하였다. 그래 참 명령이었다.

"그럴 테야요. 선생님, 그럴 테야요. 저는 이로부터 선생님 지도하시는 대로 갈 테야요. 저를 오늘부터 제자로 삼으시고 해라, 해주셔요. 네,

네?"

하는 C는 상기로 두 뺨이 붉고 그 정기 있는 눈은 더욱 빛났다.

"아니, 형님. 제자가 아니라 C를 누이동생으로 삼아주시오. C! C는 유원 형님을 오라버니로 뫼시고."

Y는 C의 제안을 이렇게 수정하였다.

이러한 말에 나는 또 내 버릇인 참회가 동하였다. '아아, 내가 무엇이 길래.' 하고 스스로 부끄러워하는 마음이 났다.

그러나 나는 Y와 C의 제안을 거절할 용기가 없었다. 감당치 못한다는 참회의 정의 한편 구석에는 거절하기 싫다 하는 사욕도 끼었던 것이다. 그래서 나는 어름어름해두었다.

이튿날 Y가 C를 데리고 내 집을 찾아왔다. Y는 기어이 내가 C에게 '해라' 하는 것을 보고 싶어 하였다.

그 후 한 일주일 지나서 Y는 만족한 듯이 북해도로 가버렸다. 나는 무론 C와 함께 정거장에를 나가서 전별하였다. C가 내 곁에 바싹 다가서서 자기를 보내는 것을 보고 Y의 심정이 어떨까 하고 나는 그것이 퍽 미안하여서 C에게서 두어 걸음 물러섰다.

그 후부터 C도 나를 찾고 나도 C를 찾았다. 또 편지 왕복도 있었다. 나는 Y의 부탁대로 한 주일에 한 번씩 Y에게 C에 관한 보고 편지를 하였다.

그러나 나는 내 마음속에 위험이 일어남을 느꼈다. 그것은 C가 보고 싶어지고 그 편지가 기다려지는 것이었다. 나는 이래서는 아니 될 것을 알기 때문에 애써서 이 감정을 누르려고 하였다. 그렇지만 누르면 누를수록 그리운 생각이 더욱 간절해지는 것 같았다.

322

C의 편지도 처음에는 다만 무슨 일을 위해서 하던 것이 조금씩 열정의 도를 가하여서, 어떤 때에는 우표를 두 장씩이나 붙인 편지를 하고, 그것도 새벽 두 시라든지 세 시라든지 하는, 그것을 쓴 시간을 끝에 적은 것이었다. 지금 나는 그 편지에 있던 문구를 기억하는 것이 없지마는, 그것을 읽을 때에 내 가슴에 타오르던 불길은 아직도 역력히 기억할 수가 있다. 그 편지에는 무론 나를 사랑한다는 그러한 말은 한마디도 없었다. C도 그가 나를 사랑해서는 아니 된다는 것을 깊이 의식하는 모양이어서 대단히 말을 삼가는 빛이 보였다. 그러나 그의 인생에 대한 고민을 쓰는 것으로 넉넉히 그의 진정을 표시할 수 있는 것이었다.

나는 그러한 편지를 받을 때에 언제나 한 줄이나 두 줄, 그것도 심히 냉담한 말을 골라 쓰려고 애를 썼다. 그러나 그 간단하고 냉담한 속에도 또한 내 열정이 나타남을 금할 수는 없었다.

그가 나를 찾아오거나 내가 그를 찾아가더라도 불과 이삼십 분간 아무 열정적인 말도 없었다. 나는 애써 냉정한 모양을 보이고 교훈하는 태도를 보이었다. C도 누이가 오라비에게 대하는 태도를 잃지 아니하려고 애를 썼다. 그러나 그가 간 뒤에 나는 내 가슴에 풍랑이 일어남을 금할 수가 없었다. 사랑해서 안 될 사람을 향하여 일어나는 애정은 실로 고통이었다. 나는 마가렛에 대해서도 이와 방불한 감정을 경험하지 아님이 아니었지마는, 마가렛에 대해서는 이러한 끌리는 힘은 느끼지 아니하였던 것이다.

'안 돼, 안 돼!'

하고 C가 사다가 화병에 꽂아주고 간 꽃을 비벼버렸다.

어느 추운 날 밤에 나는 늦게 하숙으로 돌아왔다. 그때에는 나는 학교에 가까운 하숙에 와 있을 때요, C와 서로 안 지 일 년이 넘어서였다.

　방에 와보니 C가 내 책상 앞에 앉아 있었다.

　"어째 아직도 안 갔니? 전차가 끊어졌다."

하고 나는 지어서 냉혹한 말을 하였다. 이것은 C를 대함에 내가 위험을
느낄 때 하는 버릇이었다. 자정이 넘은 밤, 하숙 한방, 자리를 깔아놓은
데. 그것은 젊은 남녀에게 큰 위험이 아닐 수 없었다.

　"나, 오빠한테 할 말씀이 있어서 기다리고 있었어요. 이렇게 늦게 있
어서 안 된 줄 알면서도, 내가 왜 오빠의 친동생이 안 되었을까, 사촌이
라도 육촌이라도 못 되었을까?"

　"아무러기로 이게 웬일이냐?"

　"용서하세요, 오빠."

　나는 말없이 우두커니 서 있었다. C의 말이 내 골수에까지 사무치게
정답고 고마웠다. 그러면서도 나는 무서운 얼굴로 그를 대하지 아니하면
아니 된다.

　"오빠, 앉으세요. 잠깐 한 말씀만 하고는 갈 테야요."

　나는 앉았다. 앉아서 내 책상 위에 펴놓인 책을 뒤적거렸다. 그것은 쇼
펜하우어의 『네 가지 뿌리』였다. 이 우주는 마음의 꿈틀거림이라는 그의
철학설을 말한 것이었다.

　'Blind will! Blind will.'

하고 나는 속으로 중얼거렸다.

　"무슨 말이야?"

하고 나는 책망하는 태도로 물었다. 그래도 C는 노여워하지도 아니하
였다.

"나 Y헌테 편지했어요."

"무에라고?"

"인제부터는 혼인 문제를 떠나서 순전히 친구로 지내자구요."

"그건 무슨 소리야?"

"사랑이 안 가는 걸 어떻게 해요?"

"사랑이 안 가? 일 년 이상이나 서로 사랑하다가 약혼까지 했다면서 그건 다 무슨 소리야?"

"그래두 난 사랑할 수 없어요."

C는 한숨을 쉬고 고개를 살래살래 흔들며 화젓가락으로 숯불을 만진다.

나도 잠시는 말이 없었다.

"원체 제가 Y를 사랑한 것은 아니거든요. Y가 하도 그러니깐 끌려간 것이죠. Y가 사람은 좋은 사람이니깐 혼인해서 살면 못 살까, 이렇게 생각했었지요. 그렇지만 두고두고 생각해보니깐 그것이 옳지 않단 말씀이야요. 첫째 제가 저를 속이고, 그러고는 Y를 속이는 것이란 말씀이야요. 그래서 생각다 생각다 끝에 나 자신에게 충실하리라, 하고 결심을 했어요. 오빠에게 먼저 여쭈어보랴고도 했지마는 가만 생각해보니 오빠께서는 무엇이라고 말씀하시기가 어려울 것 같거든요. 그래서 내 마음대로 Y에게허구 집에 오빠께허구 편지를 써 부치고 오빠 뵈오러 온 것이야요. 오빠께서 걱정하실 줄도 알았지마는."

"그리군 어떡할래?"

"그리군 무어 어떡해요? 혼자 살지요. 전 시집 안 가요. 인생 혼자 살아요."

하고 한참이나 멍히 벽을 바라보다가,

"전 오빠 동생으로 오빠만 생각하고 혼자 살 테야요."

하고 두 손으로 낮을 가린다.

나는 고개를 수없이 흔들고 나서,

"C야!"

하고 불렀다.

"네!"

"그게 안 될 말이야. 네가 Y허구 끊는다면 나허구도 절교해야 한다. 너를 내게 소개한 것이 Y거든. 그리고 Y가 너를 내게 맡겼거든. 그렇지 않아도 세상에서는 내가 너를 사랑하느니 말이 많은데 이제 만일 Y허구 파약을 했다면 세상이 어떻게 생각할 것이냐. 또 세상이야 무에라든지 친구의 의리에 어그러진단 말이다. 안 그러냐? 그러니까 인제부터 너는 내게 오지 마라."

C는 훌쩍훌쩍 우는 모양이었다. 그러나 나는 단연히 그와 절교할 수밖에는 없었다.

"저 가요."

하고 C는 일어났다. 나는 못 들은 체하고 책을 들여다보고 있었다.

"오빠, 안녕히 주무셔요."

하고 C는 자작자작 슬리퍼 소리를 내면서 가버렸다.

C가 간 뒤에 나는 마음이 무척 괴로웠다. C에게 대하여 너무 냉혹하게 한 것이 뉘우쳤다. 그러나 친구 Y에 대한 의리로는 나는 이렇게 하지 아니할 수 없다고 생각하고 일종의 승리의 기쁨을 느낄 수가 있었다.

며칠 후에 K가 찾아왔다. K는 C의 친한 동무로서 C와 함께 나를 몇 번 찾기도 하고, 또 C와 나와 함께 몇 번 놀러도 다닌 여학생이었다. 그는 음악학교에 다녔다.

K가 찾아와서 매우 황황하게,

"C가 일간 다녀갔습니까?"

하고 물었다.

"네, 이삼일 전에 다녀갔습니다."

"다녀간 뒤에는 못 만나셨어요?"

"못 만났어요."

K는 잠깐 주저하더니,

"C가 어디로 갔습니다."

하고 편지 하나를 내어서 내게 준다.

그것은 K에게 한 것이었다. 뒤 옆에는 '○○역에서'라고 썼고 연필로 쓴 것이었다.

"읽어보세요."

하고 K는 재촉하였다.

나는 무슨 불길한 예감을 가지면서 편지를 꺼내었다.

그 편지는 이러하였다.

사랑하는 동생,

나는 ○○로 가오. 세상에 살아 있을 마음이 조금도 없소. 나는 Y에게 파혼한다는 선언을 하였고 N 오빠에게서는 절교한다, 다시는 내게 오지 말아라, 하는 선고를 받았소. N 오빠의 처지로는 그것이 당연하다고 생각하오. 그러나 나는 나의 N 오빠에게 대한 감정이 형제의 사랑 이상인 것을 발견하였소. 나는 사랑해야 할 사람에게 대한 사랑을 잃고 사랑해서 안 될 이를 사랑하는 것이오. 그러나 나는 이 사랑을 죽이기로 결심하였소. 만일 이 사랑을 죽이기가 심히 어려우면 나는 이 사랑을 품은 채로 이 몸을 태워버리랴오.

여기까지를 두고는 그 나머지는 찢어버렸다. 그것은 C가 찢었을 리는 만무하고 아마 K가 찢은 모양이었다. 그러나 나는 그 찢은 대목이 무엇이냐고 물을 용기도 흥미도 없었다. 다만 C가 죽는 것만 같아서 가슴이 두근거렸다.

"그러니 지금 곧 따라가보세요."

K는 이렇게 말하였다.

"아니요. 갈 수 없지요. Y헌테 전보를 하렵니다."

하고 나는 하녀를 불러서 곧 전보를 부탁하였다. '곧 오라.'는 것이었다.

"C를 사랑해주세요."

K는 이런 말을 하였다.

"C를 사랑합니다. 누이동생으로요."

나는 이렇게 대답하였다.

"그것으로 C는 만족하지 못합니다."

"그래도 할 수 없지요."

"왜 그러세요? C가 여간 선생님을 사모하는 것이 아닙니다. 일전도 저헌테서 저녁을 먹었어요. 아마 선생님 찾아오기 전날인가 봐요. 암만해도 Y를 사랑할 수가 없노라고요. 그렇지만, 그렇지만 오빠를 어떻게 사랑하느냐고요. 여간 괴로워하는 것이 아니야요. C가 저러다가는 죽을

328

지 모릅니다. 왜 C를 사랑하지 못하십니까?"

"안 될 말이야요. 또 나는 사랑을 원치도 아니해요. 또 내가 남을 사랑하거나 남의 사랑을 받을 처지도 아니오. 전보를 쳤으니까 Y가 올라오겠지요. 그러면 다 해결이 되겠지요."

Y는 올라왔다. 나를 찾아온 Y는 입술이 마르고 눈이 움쑥 들어가고 손가락이 떨리도록 흥분되어 있었다.

나는 손을 내밀어 그에게 악수를 청하였으나, 그는 못 본 체하고 원망하는 눈치로 나를 바라보고 있었다.

"위선자!"

이것이 Y가 내게 던진 첫말이었다.

이 말은 칼로 내 가슴을 에는 듯하였다. 대개 이 말은 내 성격의 정통을 찌른 까닭이었다. 속에는 갖은 물욕과 명예욕과 애욕을 품으면서 겉으로 그것이 없는 척하는 나. 이것이 위선자가 아니고 무엇이냐.

나는 다만 고개를 끄덕끄덕하였다. 하나님이 Y를 보내어 Y의 입을 통하여서 내 죄를 논하시고 내게 경고를 주시는 것 같았다.

"할 말이 없소? 할 말이 없어? 왜 아니라고 좀 못 하오?"

Y는 더욱 손을 떨면서 부르짖었다.

"할 말 없지요, Y형. 내가 분명 위선자거든요."

나는 이렇게 기운 없이 대답하였다.

"C는 내 약혼한 아내인 줄 아시오?"

"알지요."

"알아? 알면서 친구의 약혼한 아내를 유혹한단 말요?"

Y의 어성은 거의 알아들을 수 없으리만큼 떨렸다.

"내가 C에 대해서 마음속으로는 사랑을 느낀 것을 부인할 수 없으나 내가 C를 유혹한 일은 없다고 생각하는데요. 나는 형의 부탁대로 애써 지켜왔노라고 믿는데요."

"에익, 금방 한 말을 또 뒤집어?"

하고 Y는 이를 뿌드득 갈았다. 그는 나를 때리고 차고 싶은 것을 참는 모양이었다. 그의 얼굴에는 피가 한 방울도 없는 것같이 창백하였다.

"무슨 오해 아니시오?"

하고 나는 내 변명을 하려는 것보다는 Y의 흥분된 마음을 눅이려고, 그의 터지려는 심장의 아픔을 덜려고, 이렇게 말하였다.

Y는 아마 내 태연한 태도에 기가 질림인지 잠깐 말이 없이 낯 근육을 씰룩거리더니, 아까보다는 감정을 억제하는 음성으로,

"나는 애인에게 배반을 당하고 또 친구인 형에게 배반을 당하였소. 그 중에 하나만도 분통이 터질 일이어든, 두 가지를 한꺼번에 당하는 심사가 어떠하겠소? 내가 믿고 맡겼던 친구에게, 다른 사람도 아니요 내가 맡긴 사람에게 약혼한 아내를 빼앗긴 심사가 어떠하겠느냐 말이오?"

하는 그의 말은 실로 비창하였다. 이 말을 들을 때에 나는 C를 보고 싶어 한 것이라든지, 그와 마주 앉거나 같이 걸을 때에 일종의 기쁨을 느낀 것이라든지, 이런 것이 다 미안하고 무릇 그와 가까이함으로 내가 기쁨을 얻은 것이 모두 Y의 소유인 보물을 훔친 것만 같아서 낯이 후끈거렸다. 그래서 나는 다만 고개를 푹 수그리고 Y의 입에서 흘러나오는 말을 들을 뿐이었다.

"벌써부터 동경으로부터 내게 형과 C와의 관계에 대해서 투서가 여러 번 왔으나 나는 형을 믿기 때문에 다 찢어버리고 말았지요. 내가 어떻게

형을 믿었는지, 아아, 생각하면 가슴이 터질 것 같소. 이 세상에서 당신만은 믿을 사람으로 알았구려. C는 못 믿어도, 나는 못 믿어도 당신만은 믿을 수 있는 사람으로 알았구려. 그랬더니…….”

하고 Y는 또 부르르 떤다.

“그랬더니 어떻단 말씀이오?”

나는 Y의 내게 대한 인식이 암만해도 잘못된 것 같아서 이렇게 물었다.

Y는 매우 괘씸한 듯이 나를 이윽히 눈 흘겨보더니,

“그래도 뚝 잡아떼? 그래, 사내답게 자백하고 내게 사죄할 만한 양심까지도 없어? 증거를 보이랴? 증거를 보여?”

하고 양복저고리 속주머니에 철필 공책 한 권을 꺼내어 내 면상을 향하고 던진다. 그 책은 내 안경을 쳐서 떨어트렸다.

“그걸 좀 보아!”

하고 Y가 소리를 질렀다.

나는 성이 나려고 하였으나 참았다. 그리고 안경을 다시 집어 쓰고 공책을 들어서 펴보았다. 그것은 C의 일기였다. 일기에는 대부분이 내게 관한 것이었다. 나는 그 일기의 문구들을 지금 기억할 수는 없으나, 내게 대한 퍽 열렬한 애정의 토로였고, 동시에 Y에게 대한 불안을 말한 것이었다. 자기는 암만해도 Y를 버리고 내게로 돌아올 수밖에 없다는 말을 중언부언하였고, 내가 자기의 생명이란 말도 하고, 더 심한 것은 나와 둘이 사랑하는 여러 장면을 상상하여서 여러 편의 시를 지은 것이었다. C는 상상과 현실을 혼동하여서 마치 남이 보면 자기와 내가 현실에서 그러한 장면들을 연출한 것처럼 생각하게 하였다. 그 시의 문구를 이제 기억할 수는 없으나, ‘그이’의 품에 밤이 맞도록 안겨 있었노라는 둥, ‘그이’

의 불 같은 입술의 흔적이 자기의 온몸에 덮였노라는 둥, 저는 벌써 마음만 아니라 몸까지도 '그이'에게 바쳤노라는 둥, 차라리 병적이라 할 만하게 상상한 현실을 혼동한 열정적 문구들을 늘어놓았다. 얼른 보기에는 마치 사랑의 담대한 자백인 것과 같았다.

나는 이 일기를 읽으며 아니 놀랄 수가 없었다. 만일 C가 진정으로 그처럼 뜨겁게 나를 사랑하는 줄을 알았던들, 나는 정말 C의 몸과 마음을 다 가져버렸을는지 모른다. 우정이나 세상의 명예나 신앙이나 다 집어던지고 C와 함께 지옥의 유황불 속으로 춤을 추며 들어갔을는지도 모른다. 나는 이렇게 생각하였다. 사실상 C가 나에게 이처럼 열정을 퍼붓는 줄은 몰랐다.

또 돌이켜 생각하면, 이 일기나 그 속에 있는 시들은 모두 C의 관념유희인지도 모른다. 혹은 나를 오빠라고 칭하고 혹은 '그이'라고 칭하고 혹은 '나를 맡으신 이'라고 하여 그 삼인칭들이 다 나를 가리킨 것이라고 단정할 수도 없지마는, 글의 전체로 보건댄 그 삼인칭 대명사들이 다 나를 두고 이른 것이라고 할 수밖에 없을 것이었다.

"이게 시지, 어디 사실 기록이오?"

나는 일기책을 접어서 Y에게 주면서 이렇게 말하였다.

"두고 지나보면 다 아실 날도 있을 것이오. 나는 지금 구구한 변명을 하기를 원치 아니하고 모든 것을 하나님께 맡기오. 내가 지금 형께 원할 것은 어서 ○○으로 가서 C를 만나시는 것이오."

나는 이렇게 말하고 한숨을 쉬었다.

Y는,

"내가 이렇게 칼까지 품고 왔지마는, 오늘은 그냥 가오. 그러나 우정과 신의를 배반한 남궁석을 고이 세상에 있게 할 수는 없소. 조선을 위해서라도 응징할 필요가 있는 줄 아오."

하고 인사도 없이 가버렸다.

Y가 간 뒤에 나는 C가 무척 그리움을 느꼈다. 그렇게도 나를 생각하던 C런가 하고 일전 밤에 다시는 이곳에 오지 말라고 야멸치게 쫓아버린 것을 뉘우쳤다.

'그러기로 못된 계집애. 무슨 글을 그따위로 써?'

이렇게도 생각하였다.

Y는 동경에 머물러서 나를 성토하기로 일삼았다. 내가 관계있는 모든 단체의 간부들을 찾아다니면서 내 죄상을 호소하였다. 교회에서는 목사가 나를 찾아와서 진상 조사를 하고, 청년회와 학생회에서도 그러하였다. 이러한 조사에 대하여 나는 한마디도 변명하지 아니하였다. 나는 이러한 일이 도저히 변명이 되지 아니함을 알뿐더러, 또 변명하고 싶지도 아니하였다. 내가 이 일을 변명하자면 C를 미친년으로 만들지 아니하고는 할 수 없을 것이다.

그것은 차마 못 할 일이었다. 나를 사모하고 사랑하는 사람을 희생해서까지 내 명예를 보호하려고는 아니 하였다. 나는 이 쓴잔을 잠자코 받기로 결심하였다. 그리고 나는 이 액에 걸린 원인이 내 마음의 부정이라고 믿고, 또 창기 집에 갔던 죄의 벌이라고 믿었다. 그러하기 때문에 나는 이만한 벌을 받는 것이 당연하다고 믿으리라 했다.

나는 교회며 청년회며 학생회며, 잡지에 관한 모든 직분을 내어놓았다. 그리고 내게 학비를 주던 K 씨에 대하여서는 학비를 사퇴하였다. 이러한 누명을 쓴 나로는 도저히 학교에서 선생이 될 수 없다고 생각하였기 때문이다.

Y는 청년회관에 남궁석 성토 매장 연설회를 개최하는 일까지 다 하고는 의기양양하게 북해도로 가버렸다.

그로부터 십여 년이 지나서 Y는 나를 서울에서 찾은 일이 있었다. 그때에 그는 내게 대하여 전연 오해이던 것을 사죄하고 이 일을 아는 친구를 모조리 찾아다니면서 자기가 잘못 알았던 것을 다 말하였노라는 말을 하였다.

Y는 동경 사건이 있은 지 약 삼 년 후에 마침내 C와 혼인하였던 것이다. 그가 C와 혼인할 때에는 나는 남중국과 남양으로 표랑 생활을 할 적이었다. Y는 C와 혼인한 뒤에도 C와 나와의 관계를 좋지 못한 것으로 믿고 있었다고 한다. 다만 지나간 일이니 용서하고 혼인한 것이라고 한다. 그리고 C도 Y의 의심이 풀리도록 분명한 변명을 아니 하였다고 한다. 그러다가 C가 임종에(C는 사 남매의 어머니가 되고는 죽었다) Y를 보고 '그 일기는 전연 자기의 상상으로 쓴 것이라고, 남궁석은 끝까지 제 손가락 하나 건드린 일이 없었느니라고, 도리어 Y를 위하여 자기에게 절교를 선언하였느니라고, 그러나 자기는 생전에 남궁석이가 자기를 사랑하였다는 그 상상적 조작을 뒤집기가 싫었노라고, 그러나 이제 세상을 떠날 때 바른말을 하노라고, 유원 오빠에게 대해서는 그렇게 큰 명예에 손실을 드려서 미안하고 죄송하지마는, 그래도 그것이 한 기쁨이었노라고, 후회는 아니 하노라고.' 이렇게 C가 말하더라고 Y가 말하였다.

Y의 말을 듣고 나는 빙그레 웃었고, 내 곁에 앉았던 내 아내 K도 빙그레 웃었다. K도 나와 C와의 관계에 대하여서는 약간 불쾌한 의심이 있었던 모양이었다.

그는 그러하거니와, 나는 Y 사건으로 해서 학교도 동경도 다 버리고 다시 방랑의 길을 나서게 되었다. 그러나 그 후에 생긴 일들은 지금까지와 같은 청년 시대의 이야깃거리가 아니라, 기미년 사건이라든지, 내 정치적, 사회적, 사상적 여러 가지 사건과 고민이라든지, 모두 심상치 아니한 문제들이어서 이 자서전의 붓을 여기서 잠깐 중지하련다.

'그'는 왜 '그때' 그 '자서전'을 썼을까

김지영

예전부터 이광수에 관한 글을 준비할 때마다 이광수 전집을 찾기 힘들다는 점이 늘 의아했다. 이광수라는 작가가 한국 근현대문학사에서 차지하는 위치를 고려한다면, 가장 최근에 이광수 전집이 발행된 시기가 1970년대라는 사실이 더욱 놀라울 뿐이었다. 이광수의 대표적인 작품들은 단행본으로 출간되기도 했지만, 이광수가 남긴 수많은 글을 모은 전집은 찾기 힘들었다. 더구나 해방 전까지 이광수가 다양한 잡지에 기고한 소소한 글을 우연히 만나기라도 할 때는, 과연 이 글이 이광수 연보에 포함되어 있을지 솔직히 의심스럽기도 했다. 이것은 그만큼 이광수가 남긴 글이 많다는 의미이기도 했으나, 솔직하게 말하면 한국 근현대문학사에서 빠질 수 없는 중요한 인물인 이광수마저도 지금까지 제대로 전집 작업이 이루어지지 않았다는 증거이기도 했다. 그래서 이번 기회에 드디어 이광수 전집을 출판할 수 있게 되었다는 사실이 남다른 의미로 다가왔다.

그리고 이번 전집에 포함된 작품인 『그의 자서전』의 감수를 담당하면서 감수 초반에 느꼈던 감정을 감수 후반에 상기할 수 있었다. 사실 이광수의 대표 작품 중 자주 거론되지 않는 『그의 자서전』은, 이광수 전집을 출판하는 이번 기회가 아니었다면 그 의미를 재조명하기 힘들었을지도 모른다. 그동안 『그의 자서전』은 주로 이광수의 자기 고백적 글쓰기를 연구할 때 다루어졌을 뿐, 『그의 자서전』이라는 작품 자체에 주목한 경우는 찾기 어려웠다. 만약 이번 기회가 없었다면 『그의 자서전』에만 집중하여 꼼꼼하게 살펴볼 동기나 이유를 찾기는 쉽지 않았을 것이다. 그리고 이것은 비단 『그의 자서전』이라는 한 작품에만 해당하는 사실은 아닐 것이다.

이광수는 1936년 12월 12일부터 1937년 5월 1일까지 약 6개월이라는 짧지 않은 기간 동안 『조선일보』에 『그의 자서전』을 연재했다. 작품의 제목에서 알 수 있듯이 이광수는 '자서전'의 형식을 빌려 '그'라는 인물을 내세워 자신의 이야기를 펼쳐나갔다. 인생의 중반기에 자신의 청년 시절까지의 기억을 바탕으로 작품을 형상화한 이광수가 『그의 자서전』을 연재하고 단행본으로 출간한 시기는 일본의 제국주의가 맹위를 떨치며 확장하던 1930년대 중후반이었다. 게다가 그 시기는 이광수뿐만 아니라 식민지 조선의 지식인들이 전향을 선언하던 복잡하고 어수선한 때였다. 이광수는 왜 이렇게 복잡 미묘했던 시기에 자신의 과거, 그것도 청년 시절까지의 이야기를 바탕으로 작품을 창작했던 것일까. 그리고 과연 『그의 자서전』 속 이광수의 고백은 이광수 문학에서 어떤 의미가 있는 것일까.

『그의 자서전』은 현재 사회적으로 명망 있는 중견작가인 '나'가 어린 시절부터 청년 시절까지의 이야기를 고백하는 형식의 소설이다. 『그의 자서전』의 이야기는 어린 시절, 소년 시절, 교원 생활, 방랑의 길, 북간도, 북경, 대학 생활로 나누어져 있다. 주인공 '나'는 쇠락한 양반의 후손으로, 나이 차이가 많은 부모님이 어렵게 얻은 아들이다. '나'는 어린 시절에 전염병으로 아버지와 어머니를 잃고 어려운 상황에 놓이지만, 이를 극복하며 성장하여 동경으로 유학을 다녀와 학생들을 가르치는 일을 하다가 중국, 러시아 등을 거치는 방랑의 길을 떠난다. 그러던 중 미국으로 가려던 계획이 무산되자, 중국에 있던 '나'는 중국을 떠나 러시아 그리고 북간도와 북경 생활을 거친 후에 다시 동경으로 유학을 간다. 그리고 두 번째 유학 생활의 이야기에서 현재로 돌아와서 과거의 오해를 풀며 남은 이야기들을 할 다음을 기약하면서 소설은 끝난다.

물론 그 과정에서 '나'는 많은 일을 겪고 어려움을 이겨내며 현재의 모습에 이르게 되는데, 작품을 읽다 보면 자연스럽게 『그의 자서전』의 주인공 '나'는 작가 이광수를 떠올리게 한다. '고백'이라는 형식과 '그'라고 명명한 주인공이 자연스럽게 일인칭 '나'로 바뀌어 이야기가 기술되는 점도 그런 단서를 주긴 하지만, 무엇보다 여러 연구에서도 밝혀진 바와 같이 실제 이광수의 삶이 연상될 만큼 사실과 겹치는 이야기들이 많기 때문이다. 실제로 이광수는 『그의 자서전』의 주인공처럼 어린 시절에 부모님을 잃고 힘든 유년 시절을 거쳤고 동학의 도움을 받아 동경으로 유학을 떠났다. 또한 첫 번째 동경 유학 후 교단에 잠시 섰던 사실과 그 이후에 조선을 떠나서 중국, 러시아 등을 거쳐 다시 조선으로 돌아왔다는 점 역시 이광수의 실제 삶과 닮았다고 할 수 있다. 『그의 자서전』이 소설인 만큼 작품의 모든 이야기가 사실이라고 볼 수는 없지만, 작가가 작품에서 밝힌 것처럼 '나'의 20대까지의 이야기를 바탕으로 소설이 창작되었음을 짐작할 수 있다.

이광수는 1938년 1월『삼천리국문학』에「나의 자화상」이란 짧은 글을 실었는데, 여기서 그는 자신의 10대부터 40대까지의 삶을 한 문장으로 요약했다. 이광수는 이 글에서 10대 전후의 소년 시대에는 부모를 잃고 고아 노릇을 했고, 20대 전후의 청년 시대에는 상해 등지로 방랑을 했다고 밝히고 있다. 또한 30대 전후의 장년 시대에는 작가 생활에 충실하도록 노력했으며, 40대 전후의 성년 시대는 신문사 생활과 작가 생활도 하고 지금은 한가하다고 자신의 삶을 정리하고 있다. 이 글에서 이광수 자신이 정리한 그의 삶은『그의 자서전』에도 그대로 드러나 있다. 이렇듯 간략하게 요약할 수 있는 사실을 굳이 청년 시대로 한정하여 장편소설로 발표한 데에는 분명 작가의 의도가 숨겨져 있을 수밖에 없다. 이광수는 그 의도를 직접 글로 남기지 않고 동료 작가에게 우회적으로 남기기도 했다.

1979년에 발행한『이광수 전집』에 실린 전영택의 글에 따르면, 이광수는 전영택에게 "지금까지에 대개는 도덕 문제, 특히 민족과 사회에 대한 개인의 도덕 문제를 취급하였으나, 이 소설『그 여자의 일생』에서는 한 걸음 더 깊이 들어가서 영혼 문제를 취급해 볼까." 한다며 "『그 여자의 일생』을, 그리워했지요. 그래서 제목을『그의 자서전』이라고 했"다고 밝히면서『그의 자서전』의 창작의도를 말했다고 했다. 이와 더불어서 전영택은 춘원의 생애를 연구할 재료로 전기적인 것을 추려,『그의 자서전』은 유년 시대부터 25세까지,『나—소년편』은 유년 시대부터 20세까지,『나의 고백』은 소년 때부터 29세까지와 45세부터 54세까지,『인생의 향기』는 소년 때부터 해외 방랑 생활,『돌베개』는 해방 후,『나의 문

단생활 30년』은 유년 시대부터 33세까지로 나누어서 제시했다. 그리고 이는 앞서 이광수가 스스로 자신의 삶을 정의한 내용과도 크게 다르지 않다. 이광수는『그의 자서전』이라는 작품을 통해 청년 시절까지 겪었던 자신의 이야기를 자신의 관점에서 정리하여 남긴 것이다.

그런데 이광수는 1936년 12월 17일 자『조선일보』에서『그의 자서전』을 "근세 조선의 한 측면 기록", "현대에 살아서 움직이고 있는 사람들로만" 보아달라고 했는데, 1937년 6월 8일 자『조선일보』에서는 흥미를 위하여 자신의 이야기인 양 썼으나 "다른 인물들을, 대개는 실제적 인물들의 그림자로 보셔도 좋을" 것이라고 밝히면서 사실이 아닌 듯 사실인 듯 애매모호한 태도를 취했다. 이와 같은 사실들로 미루어보면, 이광수는『그의 자서전』이 단순하게 자신의 자서전으로만 읽히는 것을 원하지 않았던 듯하다. 이는 이광수가『그의 자서전』을 작가 자신의 이야기로만 해석되는 것을 조심하고 경계했음을 짐작할 수 있게 하는 부분이다. 그러면서도 이광수가 자신을 제외한 다른 인물들은 실제 인물에 기초했다는 사실을 굳이 언급한 것을 보면, 모순적으로『그의 자서전』이 작가와 관련이 없는 허구적 인물의 자서전으로만 읽히는 것도 바라지 않은 것으로 보인다.

바로 이 지점에서 앞서 제기한 의문이 생긴다. 이광수는 작품의 제목을 '자서전'이라 밝히면서도 그것이 단순한 한 인물의 자서전, 특히 작가 자신의 자서전으로만 읽히는 것을 우려하고 경계했다. 그러나 우리가 흔히 자서전이라 하면, 인생의 한순간 혹은 어느 특정 시기들을 지정해서 기술하는 경우보다 인생을 돌아보며 일대기로 기술하는 경우를 더 많이 떠올릴 것이다. 그래서 자서전을 읽다 보면 그러한 결심을 한 배경이나 자서전을 쓰는 목적 등이 자연스럽게 등장하는 경우가 많다. 그런데 특이하게도 이광수의『그의 자서전』에서는 중년에 접어든 작가가 왜 그 시기에 자서전의 형식으로 소설을 집필하려고 했는지, 그리고 왜 유년 시절부터 20대까지 일어났던 일들을 회상하고 남기고자 했는지를 발견할 수가 없다. 이광수는 처음부터 끝까지 주인공 '나'가 유년 시절부터 두 번째 동경 유학 때까지 겪었던 일들을 기술할 뿐이다.

기존의 연구들에서는 이광수가『그의 자서전』을 창작한 동기를 주로 그가 가장 존경한 인물인 도산 안창호의 검거와 투옥 그리고 죽음과 연관하여 해석하고 있다. 사실 이광수는『도산 안창호』뿐만 아니라 여러 글에서 도산 안창호를 존경한다는 사실을 밝혔는데, 1930년『삼천리』신년호에 실린 설문「과거 십 년간에 한 일과 장래 십 년간에 할 일」에서도 국내외를 통틀어 가장 존경하는 인물이 도산 안창호라고 말했다. "실로 그이같이 고결한 인격자를 아직 뽑지 못하였"고 "실로 놀라우리만큼 '정직(正直)'으로 일관하시었음이 더욱 존경하는 마음을 일으키게 하"였다고 했다. 이렇듯 소소한 글에서조차 가장 먼저 존경하는 인물로 도산 안창호를 뽑을 정도로 이광수에게 안창호는 가장 크게 영향을 미친 인물이었다.

그러나 적어도『그의 자서전』의 내용에만 한정시켜서 본다면, 도산 안창호와『그의 자서전』을 연관해서 살펴볼 만한 명확한 단서가 있다고 할 수 있을지 의문이 드는 부분도 있다. 1979년에 간행된『이광수 전집』에 실린 전영택의 말처럼 "대체로『그의 자서전』은 문학적 평가에서『그 여자의 일생』이나 또는 훨씬 뒤에 나오는『나―소년편』,『스무살 고개』,『나의 고백』등에 비겨서 뒤떨어진다고 함이 기탄없는 판정"이며, 이는

"당시의 시국 상황과 작자의 정신적 동요 등으로 인한 슬럼프의 시기"였기 때문이라는 평가에서 이광수가 『그의 자서전』을 쓴 이유를 찾을 수도 있을 것이다.

그러나 이 지점에서 다시 생각해봐야 할 문제는 과연 자서전 혹은 자전적 소설에서 '사실', 즉 '진실' 여부가 정말 중요한가이다. 기록이 아닌 이상 인간의 기억은 완벽하지 않고 왜곡되고 변형된다. 그렇다면 작가의 일생과 작품을 얼마만큼의 거리를 두고 어떤 관계로 정의를 내리고 작품을 이해해야 하는 것일까? 이 문제에 대한 답이 명확하지 않기에 우리는 자서전보다 자전적 요소를 내포한 글들에 공통적으로 나타나는 이야기들을 종합하여 기록과 비교하여 분석하는 것이 더욱 정확할 수도 있다는 점을 간과해서는 안 된다. 한 작가가 남긴 작품을 읽고 이해하며 분석하는 목적은 사실 여부를 확인하는 것보다 총체적인 의미를 파악하는 것이 더 중요할 수도 있기에 그 시각을 좀 더 넓힐 필요가 있다.

『그의 자서전』에서 잠깐 붓을 놓은 '나'는 십여 년의 세월이 흐른 뒤에 다시 붓을 들고 그 후의 이야기를 고백한다. 격변하는 세월 속에서 자신을 반성하고 고백해야 할 순간이 왔기 때문이다. 『나의 고백』과 다르게 『그의 자서전』이 이광수 자신의 이야기를 담고 있는 듯하면서도 다른 고백류의 글들과 다른 지점은 자기 고백의 목적이 다르다는 것이다. 앞서 이광수가 이전에 발표했던 작품들과 다른 차원의 의도로 『그의 자서전』을 창작했다고 밝혔다는 전영택의 말처럼 그 당시 작가가 슬럼프였기 때문에 『그의 자서전』을 썼든지, 도산 안창호를 비롯한 주변의 심상치 않은 변화 때문이든지, 이광수는 『그의 자서전』으로 자신의 삶을 되돌아보고자 했다. 소설이란 장르의 특성상 작가의 창작물은 작가 자신으로부터 완전한 독립체일 수 없지만, 작가의 삶과 완전히 일치시켜서 보는 것도 바람직하다고 볼 수 없다. 그러나 시대적으로나 개인적으로나 예민했던 시기에 발표한 작품, 특히 '자서전'의 형식으로 과거를 돌아보며 과오를 고백하고 자신의 생각을 정리하는 작품을 평가할 때, 작품의 내용이 실제 작가의 삶과 얼마나 일치하는가를 따지기보다는 작품을 발표한 시기의 중요성과 그 무렵 발표한 다른 작품들과의 연관 관계에 집중하여 꼼꼼하게 분석하는 것이 조금 더 새로운 시각으로 작품의 의미를 규명하는 데 도움이 되지 않을까.

우리는 왜 작품을 읽으면서 작가가 밝히지 않은 창작 동기를 굳이 찾으려고 애를 쓰는 것일까? 사실『그의 자서전』을 꼼꼼하게 여러 번 읽으면서 들었던 의문은 아직 답을 찾지 못했다. 이광수의 문학 세계를 전부 이해하지도 못한 상황에서 애초에 품었던 의문의 답을 찾는다는 것은 어리석은 것이었거나 예상보다 훨씬 풀기 힘든 문제였을지도 모른다. 그러나 한 가지 분명한 사실은 1930년대 중반 이후 이광수가 보였던 큰 변화의 조짐을『그의 자서전』을 비롯한, 그 당시에 이광수가 발표한 글들에서 미미하게나마 발견할 수 있다는 점이다. 신변잡기식으로도 해석할 수 있는 이 장편소설은 이후에 발표한 다른 장편소설들과도 연관성이 있는 것으로 보인다. 민족 계몽을 위해 힘쓰던 지식인이 역사적 실존 인물로 바뀌면서 이광수가 어떻게 변해갔으며 무엇을 이루고자 했는지, 더 나아가 그가 제시하고자 했던 지도자상의 변화를 이해할 수 있는 단서들을『그의 자서전』과 당시의 글들에서 찾을 수 있다고 믿는다. 그렇기에 이번 전집 간행은 그러한 의미를 담은 작업의 시작이자 새로운 출발점이라고 할 수 있을 것이다.